NORDSEENEBEL

Heike Denzau, Jahrgang 1963, ist verheiratet, hat zwei Töchter und lebt in dem kleinen Störort Wewelsfleth in Schleswig-Holstein. Beim KrimiNordica Award 2015 erlangte sie den zweiten Platz in der Kategorie »Story«. Ihr Kriminalroman »Die Tote am Deich« war nominiert für den Friedrich-Glauser-Preis 2012 in der Sparte »Debüt«. Es folgten zahlreiche Kriminalromane. Heike Denzau veröffentlicht außerdem humorvolle Liebesromane.

HEIKE DENZAU

NORDSEENEBEL

Küsten Krimi

emons:

Lust auf mehr? Laden Sie sich die »LChoice«-App runter, scannen Sie den QR-Code und bestellen Sie weitere Bücher direkt in Ihrer Buchhandlung.

Bibliografische Information der Deutschen Nationalbibliothek
Die Deutsche Nationalbibliothek verzeichnet diese Publikation in der Deutschen Nationalbibliografie; detaillierte bibliografische Daten sind im Internet über http://dnb.d-nb.de abrufbar.

MIX
Papier aus verantwortungsvollen Quellen
FSC® C083411

Umschlagmotiv: fotolia.com/helmutvogler
Umschlaggestaltung: Nina Schäfer, nach einem Konzept von Leonardo Magrelli und Nina Schäfer
Umsetzung: Tobias Doetsch
Gestaltung Innenteil: César Satz & Grafik GmbH, Köln
Lektorat: Hilla Czinczoll
Druck und Bindung: CPI – Clausen & Bosse, Leck
Printed in Germany 2019
ISBN 978-3-7408-0501-2
Küsten Krimi
Originalausgabe

Für Ralf

Vorüber die Flut.
Noch braust es fern.
Wild Wasser und oben
Stern an Stern.

Aus »Am Strande«
von Rainer Maria Rilke

Prolog

»Oh Gott! Dali? … Dalika!« Er beugte sich zu der jungen Frau hinunter, aber noch bevor seine Hand ihren Körper berührte, zog er sie hastig wieder zurück.

Blut suchte sich den Weg durch ihr blauschwarzes Haar, wurde zu einem Rinnsal und sammelte sich auf dem Bongossi-Holz der Terrasse zu einer im Mondlicht funkelnden Pfütze.

Entsetzt richtete er sich auf und trat von ihr weg. »Dalika?«, stammelte er noch einmal.

Er bekam keine Antwort. Nur das leise Rauschen der Wellen war zu hören. Sanft plätscherten sie an den Nordseestrand. Monoton. Wie ein Totenlied.

EINS

Mit einem Stöhnen warf Raphael die Bettdecke von sich und öffnete die Augen. Okay, er war nicht zu Hause, so viel stand fest, denn an der Decke seines Schlafzimmers hing keine Bambus-Funzel. Langsam wandte er den brummenden Schädel und blickte in das Gesicht einer blonden Frau. Einer nackten schlafenden Frau, deren Mund leicht offen stand. Aus dem Mundwinkel verlief eine Spur angetrockneten Speichels Richtung Kinn, und unter den Lidern bildete verschmierte Wimperntusche einen gräulichen Rand. Kein schöner Anblick, aber Raphael war sich sicher, dass er nicht besser aussah. Stöhnend fuhr er sich durchs Haar, während er mit der pelzigen Zunge über seine Lippen glitt.

Elena … Elisa … Eli… Ihr Name wollte ihm nicht einfallen. Fest stand: Er hatte Blondie am vergangenen Abend im Klählatt Pub am Flensburger Hafen aufgerissen, nachdem er bereits diverse Whiskys in sich reingeschüttet hatte. Sie war höchstens fünfundzwanzig und wahrscheinlich eine der Studentinnen, die Flensburg zu Hunderten bevölkerten.

Er ließ seinen Blick über ihre Brüste wandern. Nun, selbst in besoffenem Zustand konnte er sich auf seinen Geschmack verlassen. Ihre Figur war perfekt, und wahrscheinlich hatten sie sich bestens amüsiert. Erinnern konnte er sich nur dumpf daran. Er blickte noch einmal auf ihren Mund. War es wirklich nur Speichel, was da angetrocknet an ihrem Kinn haftete?

Als er sich umdrehte, um nach seiner Armbanduhr und dem Smartphone Ausschau zu halten, bewegte Eli-Irgendwer sich neben ihm. Er nahm sein Handy, das auf dem Boden lag, und drehte sich zu ihr um.

Himmelblaue Augen blickten ihn an. »Raphi.« Sie lächelte, und der trockene Speichel bekam Risse, während ihre Hand seinen nackten Brustkorb streichelte. »Wollen wir zusammen frühstücken? Ich koche Kaffee und –«

»Shit!«, fuhr er ihr über den Mund, auf die Zeitanzeige seines

Smartphones starrend. Es war zwanzig vor elf! Und der Termin mit Notar Dr. Andresen im Haus seiner Eltern war um elf Uhr. »Fuck!« Er sprang aus dem Bett, fischte seine Klamotten im Zimmer zusammen und zog sich an, während die Stimme seiner Mutter durch seinen malträtierten Kopf hallte: Sei wenigstens dieses eine Mal pünktlich, Raphael. Mir zuliebe …

»Was ist denn los, Raphi?«, fragte Blondie.

Er sah sie an, während er in das weiße Hemd schlüpfte. »Ich hab einen Termin verpennt, und tu mir einen Gefallen: Nenn mich nicht Raphi.«

Ihre Mundwinkel kippten. »Heute Nacht hat's dir nichts ausgemacht.«

»Pass auf, Eli…sa«, riet er drauflos. »Ich war stinkbesoffen. Jetzt bin ich nüchtern. Und niemand nennt mich Raphi, wenn mein Blutalkoholwert unter zwei Promille liegt.«

Ihre feinen blonden Augenbrauen zogen sich zusammen. »Ich heiße Rieke.«

Er hielt beim Zuknöpfen des Hemds kurz inne. Dann lächelte er strahlend, dass seine weißen Zähne blitzten, und zwinkerte. »Ja, klar, weiß ich doch. Wie komm ich denn auf Elina?«

»Du sagtest Elisa.«

Er lächelte einfach weiter.

»Rufst du mich an?«, fragte sie, während sie ein Glitzertop vom Boden aufsammelte, hineinschlüpfte und an ihm vorbei zu einer Kommode ging. Sie nahm einen String heraus und drehte sich wieder zu ihm um. Ihr Brazilian Cut verschwand unter dem winzigen Stück Stoff, als sie hineinschlüpfte.

Raphael löste den Blick von ihrem Intimbereich und sah ihr in die Augen. »Ja, klar.« Er griff sein Smartphone und wählte die Nummer seines favorisierten Taxiunternehmens. »Freersen«, meldete er sich. »Ich brauch schnellstens ein Taxi in die …« Er sah Rieke an, die ihre Telefonnummer auf einen Notizzettel kritzelte. »Wo sind wir hier?«

»Friesische Straße.«

Er nannte die Straße und die Hausnummer, die sie hinterwarf, und beendete das Gespräch mit einem »Danke«.

»Hier, meine Handynummer«, sagte sie und hielt ihm den Zettel hin, während er seine Armbanduhr umlegte, zum Flur eilte und seine Sneakers anzog. Er riss ihr den Zettel aus der Hand, sammelte seine Lederjacke vom Boden des Flurs auf und sah sie an. »Ja, dann … bis dann.«

Er übersah ihren gespitzten Mund und drückte seine Lippen kurz auf ihr verwuscheltes Haar.

Die hölzernen Treppenstufen knarzten, als er nach unten hastete. Das Taxi war noch nicht da. Er nutzte die Wartezeit und klemmte ihren Zettel hinter die Windschutzscheibe eines rostigen Fiestas.

»Du Arschloch!«

Raphael blickte die Hausfront hoch. Rieke stand auf einem kleinen Balkon und sah zu ihm runter. Er ging in Deckung, als sie mit beiden Händen in einen bepflanzten Blumenkasten griff und Sekunden später bunte Sommerblumen neben ihm auf dem Boden aufschlugen. Dankbar, dass das Taxi in diesem Moment um die Ecke bog und vor ihm hielt, zog Raphael die Autotür auf. Doch noch während er einstieg, landete eine Geranie samt Wurzeln und Erde direkt auf seiner Brust.

»Arschloch«, schrie sie noch mal und warf Erde nach ihm, weil keine Pflanzen mehr im Kasten waren.

Raphael schüttelte die Geranie und den größten Teil der Erde vor der offenen Autotür ab und zog sie hastig zu.

Der Fahrer musterte ihn, guckte dann zum Balkon hoch. »Na, zielen kann sie ja, was?«

»Allerdings«, sagte Raphael. »Schnell weg.«

»Wo wollen Sie denn hin?«

»In den Marienhölzungsweg, bitte.«

Als sie vor dem Grundstück seiner Eltern ankamen, gab Raphael wegen der Erde, die auf dem Sitz und im Fußraum des Taxis gelandet war, ein mehr als großzügiges Trinkgeld.

Ein Blick auf die Armbanduhr verriet, dass es zwei Minuten nach elf war. Auf eine Dusche würde er verzichten müssen, aber zumindest das verdreckte Hemd musste er noch wechseln, bevor er der versammelten Familie und dem Notar im Esszimmer unter die Augen treten konnte. Sein Vater würde wegen der Verspätung die buschigen grau melierten Augenbrauen zusammenziehen, sich aber erst darüber auslassen, nachdem der Notar gegangen war. Hans-Joachim Freersen, der Kaffeekönig von Flensburg, würde niemals vor einem Nichtfamilienmitglied die Beherrschung verlieren.

Der Kies knirschte unter seinen Füßen, als Raphael den Weg zu der prächtigen Stadtvilla im Laufschritt nahm. Die Augustsonne schien vom Himmel und hatte den Rasen links und rechts des Weges über die Wochen verdorren lassen. Obwohl seine Eltern es gern perfekt hatten, war ihr Öko-Bewusstsein diesmal stärker gewesen, und sie hatten auf das Sprengen verzichtet.

»Hallo, Onkel Raphael. Du kommst viel zu spät«, hallte es neben ihm aus dem Gartenbeet.

Er wandte den Kopf. Zwei blonde Schöpfe waren hinter einem Busch zu erkennen. Die Brut seiner Schwester.

»Ich hab euch schon tausendmal gesagt, dass wir im 21. Jahrhundert leben«, rief er den Jungen zu. »Also sagt gefälligst nicht *Onkel* Raphael. Das ist furchtbar.«

»Aber Papa und Mama haben gesagt, dass wir das sagen sollen«, rief der Kleinere der beiden zurück.

»Die sind ja auch so antiquiert wie die Standuhr in der Bibliothek«, murmelte Raphael, nahm die Eingangsstufen im Laufen und öffnete den rechten Flügel der Haustür. Als er eintrat, verstummten die Gespräche in der kleinen Halle.

Raphael starrte in die Gesichter seiner Familie und des Notars.

Wieso waren die noch nicht im Esszimmer?

»Sorry«, sagte er und setzte sein strahlendes Lächeln auf. »Ich weiß, dass ich ein wenig zu spät bin, aber ich bin in zwei Minuten bei euch.«

Der Kontrast seines Lächelns zu den ernsten Gesichtern musste kolossal sein. Seine Schwester Eva hielt die große Nase wie immer etwas zu hoch, während ihr Mann Olaf, der hinter ihr stand, den Mund spöttisch verzog. Die Lippen seiner

Mutter zitterten, während sie fahrig eine Strähne ihrer perfekt sitzenden Frisur hinter das Ohr strich, an dem eine Perle dezent schimmerte. Neben ihr wippte der Notar auf seinen Füßen, die silbergefasste Brille den Nasenrücken hochschiebend.

Raphaels Blick verharrte einen Moment in dem seines Bruders Johannes, der einen grauen Anzug trug, ein weißes Hemd ohne Schlips und hervorragend aussah. Da sie eineiige Zwillinge waren, musste es umso mehr auffallen, wie schäbig er selbst daherkam.

Sein Bruder verzog die Lippen. Allerdings nicht hämisch, sondern wohl, um ihn vorzuwarnen. Dicke Luft … Raphael nickte ihm zu und suchte den Blick seines Vaters.

Hans-Joachim Freersen, das stand fest wie das Amen in der Kirche, war kurz vorm Platzen. Wegen drei Minuten Verspätung? Raphael musste sich zusammenreißen, um nichts Falsches zu sagen. Hoffentlich war die Verlesung des Testaments zügig abgehakt. Umso schneller konnte er hier wieder verschwinden und sein Leben in London leben.

»Es reicht, Raphael«, sagte Hans-Joachim Freersen. Er sprach leise, aber seine Stimme bebte. »Es reicht.«

»Meine Güte, diese paar Minuten, Vater«, begann Raphael. »Fangt doch einfach schon mal an. Ich bin ja gleich bei euch …«

»Fangt doch an?«

Raphael klappte der Mund auf. Hatte er seinen Vater jemals so schreien hören? Wenn ja, musste es ewig her sein.

»Wir *haben* angefangen!«, schrie Hans-Joachim Freersen. Speichel sprühte aus seinem Mund, während er zwei Schritte auf Raphael zutrat. »Pünktlich! Um zehn Uhr! Und alle waren da. Nur der große Zampano hatte es ja mal wieder nicht nötig!«

Zehn Uhr? Raphael sah zu seiner Mutter, die mit Tränen in den Augen ihrem Mann eine Hand auf den Arm legte. »Hajo, bitte.« Ihre Stimme wurde leiser. »Herr Dr. Andresen ist noch hier.«

»Dr. Andresen kann das ruhig hören«, schrie Hans-Joachim Freersen weiter. Sein Gesicht nahm eine ungesunde Rötung an, während er noch einen Schritt auf Raphael zutrat. »Er kann hören, wie ich dich vor die Tür setze! Er kann hören, dass du … dass du«, er suchte nach den richtigen Worten, »ein Versager bist! Ein Schnorrer! Ein … ein Niemand!« Er wurde nicht leiser. »Du bist die größte Enttäuschung meines Lebens!«

In die sekundenlange Stille ertönte das Schreien der Papageien aus dem Esszimmer – zwei der extravaganten Haustiere, die es im Hause Freersen gab.

»Vater.« Es war Johannes, der sich einschaltete. Er trat neben Hans-Joachim Freersen, legte eine Hand auf dessen Schulter und sagte mit ruhiger Stimme: »Lass es gut sein. Du solltest dich erst mal beruhigen. Und dann klären wir das. Raph hat bestimmt einen guten Grund«, sein Blick wanderte kurz über Raphaels knittriges, von Erde verdrecktes Hemd, »warum er nicht ganz pünktlich war.«

Hans-Joachim Freersen schüttelte Johannes' Hand von der Schulter ab. »Vielleicht solltest du aufhören, diesen Nichtsnutz, auch wenn er dein Zwillingsbruder ist, immer und immer wieder in Schutz zu nehmen! Ich werde das jetzt jedenfalls nicht mehr durchgehen lassen.«

Er wandte sich wieder Raphael zu: »Wenigstens deiner Mutter zuliebe hättest du heute einmal pünktlich sein können. Ist es denn zu viel verlangt, einmal nicht an dich zu denken, sondern an sie? Doch statt den letzten Willen deines Onkels zu respektieren, treibst du dich in irgendwelchen Spelunken rum. Mit deinen ominösen Boxkumpanen und … mit Weibern.«

Sein Blick glitt abfällig an Raphael herunter. »Du siehst aus, als hättest du die Nacht in der Gosse verbracht. Aber«, seine Augen glänzten, »vielleicht ist das auch gut so, denn dann bist du schon mal daran gewöhnt. Ich werde dir den Geldhahn zudrehen. Sofort. Hier und heute. Sieh zu, wie du klarkommst. Wenn du zur Abwechslung mal arbeiten musst, um dein Geld zu verdienen, wird dein Leben ja vielleicht noch mal einen Sinn bekommen.«

»Hajo, bitte!« Frauke Freersen griff nach dem Arm ihres Mannes.

»Ich … werde mich dann verabschieden«, erklang die helle

Stimme des Notars. »Sie, äh, können Ihren Sohn ja von seinem Erbe unterrichten.« Er hielt Hans-Joachim Freersen die Hand hin.

Der schüttelte sie mit hochrotem Kopf, nicht in der Lage, auch nur ein Wort herauszubringen.

»Vielen Dank, Herr Dr. Andresen«, verabschiedete Frauke Freersen den Notar und öffnete die schwere Eichentür mit dem Glaseinsatz für ihn. »Auf Wiedersehen.«

Raphael starrte seinen Vater an. »Jetzt mach mal halblang, Vater. Ich weiß, dass ich einen Fehler gemacht habe. Ich war von elf Uhr ausgegangen und –«

»Glaubst du, es geht hier nur um diesen verpassten Termin?«, schrie sein Vater. »Das ist doch nur einer von Hunderten. Nur ein Tropfen Dreck im Sumpf deines Schmarotzerlebens.« Er hustete, weil er sich an seinem Speichel verschluckte.

Raphael hätte seinem Schwager Olaf am liebsten die Gurgel umgedreht, als der von hinten an Hans-Joachim Freersen herantrat, ihm auf den Rücken klopfte und besorgt fragte: »Geht es, Schwiegervater?«

»Ich schmarotze nicht, sondern mache in London meine Arbeit in der Firma. Sam Wright kann dir bestätigen, dass ich –«

»Wright?«, fuhr Hans-Joachim Freersen ihm über den Mund. Er klang, als würde er jeden Moment wieder loshusten müssen, und doch waren seine Worte gut zu verstehen. »Samuel Wright kann sich glücklich schätzen, wenn ich ihm nicht kündige, und ich bin noch nicht sicher, ob ich das nicht doch noch tun werde. Du wirst keinen Fuß mehr in unsere Londoner Niederlassung setzen. Und weißt du, wie sich das auf unseren Umsatz auswirken wird? Gar nicht! Du wirst dort genauso wenig fehlen wie ein Fuchs in einem Hühnerstall.«

In Raphaels Brummschädel begann eine Alarmsirene, schrill zu läuten. Das hier war eindeutig anders als die üblichen Tiraden seines Vaters. Er schien es wirklich ernst zu meinen.

Bevor Raphael zu einer Verteidigungsrede ansetzen konnte, setzte Hans-Joachim Freersen seine Standpauke schon fort.

»Glaubst du denn wirklich, ich erfahre nicht, was ihr da in

London treibt? Dass ihr, du und Wright, die Abende in den Nachtclubs verbringt und du erst gegen Mittag in der Firma auftauchst? Ich habe lange genug meine Augen davor verschlossen. Hab euch das durchgehen lassen, weil ich hoffte, dass du in London zur Besinnung kommst und zu einem wertvollen Mitglied des Familienunternehmens wirst.« Er hustete noch einmal. »Aber ich habe mich getäuscht.«

Er drehte sich zu Johannes um. »Sag ihm, was er bezüglich des Testaments wissen muss.« Dann wandte er sich noch einmal an Raphael. »Das Erbe deines Onkels wird alles sein, was du bekommst. Und wer weiß, vielleicht pustet dir der frische Nordseewind deinen verlebten Kopf mal so frei, dass du doch noch in akzeptable Gesellschaft zurückfindest. Bis es so weit ist, erwarte von mir keinen Cent mehr.«

Mit diesen Worten wandte er sich ab und ging die geschwungene Treppe hinauf. Frauke Freersen warf Raphael einen traurigen Blick zu, bevor sie ihrem Mann hinterhereilte.

Dass seine Mutter sich so gar nicht für ihn einsetzte, erschütterte Raphael. Es war absolut untypisch für sie.

»Das hast du dir selbst zuzuschreiben.«

Diese Worte aus dem Mund seines Schwagers ließen Raphael rotsehen. Er trat auf ihn zu, blickte von seinen eins dreiundneunzig auf den Kleineren herunter und packte ihn an der silbergrau gestreiften Krawatte. »Du Schleimbeutel solltest mal schön die Fresse halten. Wenn du meine Schwester damals nicht geschwängert hättest, würdest du viel kleinere Brötchen backen.«

»Raphael!« Eva Freersen-Hobel krallte ihre dezent lackierten Nägel in die Hand ihres Bruders. »Lass ihn sofort los. Sofort!«

»Pff!« Raphael löste die Finger aus dem Schlips seines Schwagers und trat zurück.

»Komm mit ins Esszimmer.« Es war Johannes, der ihn am Arm packte und von den anderen wegzog.

»Meine Güte«, sagte sein Bruder, als er die Tür des Zimmers hinter sich zugezogen hatte und Raphael ansah. »Das war hart. Nimm es Vater nicht übel. Er ist einfach –«

»Bitte!«, unterbrach Raphael ihn. »Wir wissen beide, dass er jedes Wort genau so meint, wie er es gesagt hat. Also spar dir deine Predigt für die Kanzel auf. Und jetzt sag mir, was Onkel Schorsch mir vererbt hat. Kann ich mir davon die Wohnung in London leisten?«

Johannes musterte sein Ebenbild ernst. »Definitiv nicht. Aber unter der Brücke schlafen musst du trotzdem nicht. Onkel Schorsch hat uns beiden sein Doppelhaus vererbt. Dir gehört die linke Hälfte, mir die rechte.«

»Hä?« Raphael starrte seinen Bruder an. »Du meinst hoffentlich nicht die alte Bruchbude auf Föhr?«

Johannes grinste. »Genau die.«

***

Raphael atmete tief ein und aus, als er den Boxclub betrat. Die abgestandene Luft, in der sich die Aromen von Schweiß und Staub und Undefinierbarem tummelten, tat gut. Er freute sich darauf, sich die Seele frei zu boxen. Hoffentlich war ein Sparringspartner da.

»Hi, Grumpy«, begrüßte er den Besitzer der Location, der dabei war, einem jungen Türken in die Boxhandschuhe zu helfen.

»Raph!« Gregor Denger verzog die dünnen Lippen zu einem herzhaften Lachen, sodass die Zahnlücke im Oberkiefer zur Geltung kam. »Bin hier gleich fertig. Hol dir solange bei Sunny einen Kaffee ab.« Er nickte zur Seite, wo sich ein kleiner Tresen befand.

Raphael ging zu der jungen Frau, die In-Ears trug und eine Melodie summend an der Kaffeemaschine hantierte. Er tippte ihr über den Tresen auf die Schulter.

Sie zuckte zusammen und schnellte herum. »Raph!«, stieß sie freudig aus und zog sich die Stöpsel aus den Ohren.

»Hallo, Sonnenschein.«

Sie umrundete den Tresen. »Es ist ewig her.«

»Drei Monate sind doch keine Ewigkeit«, sagte er lächelnd,

nahm ihren Kopf in beide Hände und küsste sie. Als er ihre Zunge an seinen Lippen spürte, löste er seinen Mund schnell.

Sunny verzog schmollend die Lippen. »Irgendwann wirst du mich richtig küssen, oder?«

»Natürlich. Sobald ich den Wunsch verspüre, sterben zu wollen.«

»Die richtige Antwort, Kumpel«, lachte neben ihm Gregor Denger auf. »Und du, mein Schatz«, wandte er sich an Sunny, »provozier ihn nicht immer.« Er setzte sich auf einen der klapprigen Holzbarhocker. »Du weißt doch, dass ich Raphael nicht am Leben lassen kann, wenn er dir seine Zunge in den Hals steckt.« Grinsend zeigte er noch einmal seine Zahnlücke. »Ich weiß schließlich, wo die schon überall war.«

Raphael lachte, während Gregors Tochter die Augen verdrehte und wieder hinter dem Tresen verschwand, um die Kaffeemaschine weiter zu befüllen.

Raphaels Blick wanderte zu dem Türken, der sich warm machte, dann weiter zum Ring. Die beiden boxenden Männer erkannte Raphael trotz des Kopfschutzes, den sie trugen. Es waren zwei der Rocker, die einen Großteil der Klientel in Grumpys kleinem privatem Boxclub ausmachten. Dann fiel sein Blick auf einen durchtrainierten blonden Riesen, der sich an einem Sandsack abrackerte. »Wer ist der Zwei-Meter-Mann, Grumpy?«

Gregor griente. »Das ist Morten, 'n Däne. Den geb ich dir als Trainingspartner, sollte sich deine Zunge doch mal aus Versehen im Mund meiner Tochter verirren.«

»Lass mal gut sein. Ich bin nicht mehr so gut in Form, seit ich nicht mehr regelmäßig trainiere. Was ist mit dem Türken? Ist der was für mich?«

Grumpy nickte. »Mehmet ist immer für 'nen kleinen Fight zu haben. Willst du noch einen Kaffee trinken oder dich gleich warm machen?«

Raphael griff nach seiner Sporttasche. »Ich werd erst mal die Maisbirne platt hauen. Wenn mir irgendwas diesen Scheißtag noch versüßen kann, dann ein paar Runden, in denen ich mich richtig auspowern kann.«

»Ärger?«

Raphael nickte. »Mein Alter ist der Meinung, dass ich mein Schwarzes-Schaf-Image überstrapaziert habe.«

»Und das bedeutet?«

»Dass er mich mal kreuzweise kann. Ich hab meine Sachen gepackt, bin hierhergefahren und werde anschließend nach Föhr rüberschippern.«

»Hä?« Grumpy steckte sich einen der Kirschlollis in den Mund, die auf dem Tresen standen. »Was willst du auf der Insel?«

»Überlegen, wie ich meinem Vater zeigen kann, dass ich auf sein Geld nicht angewiesen bin.«

Grumpy brach in schallendes Gelächter aus. Sunny stimmte mit ein.

»Äh …« Raphael starrte von der jungen Frau zu ihrem Vater.

Grumpy wischte sich eine Träne aus dem Augenwinkel. »*Du* willst ohne das Geld deines Alten klarkommen? *Never!*«

ZWEI

Raphael stand an der Reling der »Uthlande« und sah zu den Warften der Hallig Langeneß, die sich wie riesige Maulwurfshügel dunkel gegen den noch hellen Himmel abhoben. Die Fähre hatte pünktlich um zwanzig Uhr abgelegt. Er hatte schon die vorherige Fähre nehmen wollen, allerdings hätte er dann seinen Wagen in Dagebüll stehen lassen müssen, weil die Fähre ausgebucht gewesen war. So hatte er wohl oder übel warten müssen und auch nur das Glück gehabt, dass zwei Reservierungen nicht in Anspruch genommen worden waren.

Er zog ein Päckchen Zigaretten aus der Jackentasche, steckte sich eine an und inhalierte tief. Johannes und er hatten als Kinder oft eine Ferienwoche beim Onkel verbracht. Er erinnerte sich an heiße Sommer, Baden im Meer, Bauen von Sandburgen, Inselerkundungen auf dem Rad und dicke Schwarzbrotstullen mit Griebenschmalz.

Es war ewig lange her, dass er zuletzt auf Föhr gewesen war. Zwölf Jahre etwa. Er war so um die zwanzig gewesen. Ansonsten hatte er seinen Onkel Georg »Schorsch« Rickers nur bei Familienfeiern, die in Flensburg stattfanden, gesehen. Er hatte ihn gemocht. Vielleicht, weil sie sich ähnelten? Auch Schorsch hatte auf Etikette und dergleichen gepfiffen. Sein Geld hatte er mit allem Möglichen verdient, Hauptsache, es hatte nicht zu viel Arbeit gekostet. Es war nie viel übrig gewesen, das meiste war für Schnaps und Zigaretten draufgegangen. Und für Essen. Schorschs Plauze hatte einen beachtlichen Umfang besessen.

Letztendlich war sein Herzinfarkt für alle nicht überraschend gekommen. Immerhin achtundsechzig Jahre hatte der Onkel geschafft, bevor es ihn dahingerafft hatte.

Raphael zuckte zusammen, als sich etwas in seinen Rücken bohrte und eine weibliche Stimme sagte: »Rauchen verboten! Können Sie nicht lesen?«

Er drehte sich um und sah in das empörte Gesicht einer

Endsiebzigerin in blauer Windjacke, die mit einer Gehhilfe vor seiner Zigarette herumfuchtelte.

»Wenn du mir noch einmal deine Krücke in den Rücken bohrst, Oma, schmeiß ich dich über Bord.« Er nahm einen weiteren genüsslichen Zug.

Sie schnappte nach Luft. »Unverschämtheit!« Vor sich hin schimpfend drehte sie bei und steuerte eine der Sitzbänke auf der gegenüberliegenden Seite an. Die übrigen Fahrgäste hatten von dem Intermezzo nichts mitbekommen. Die meisten hielten den Blick auf das Meer gerichtet, einige lasen, andere hielten die Augen geschlossen. Ein paar Kinder tobten durch die Bänke. Allen gemein war wohl, dass sie sich auf die Insel freuten.

Im Gegensatz zu ihm. Raphael war dankbar, dass er sich am Nachmittag noch im Boxring abreagiert hatte, sonst wäre die Oma vielleicht schon am Schwimmen. Der Familienkrieg am Morgen, die Wut auf seinen Vater und die Umstände, die ihn auf die Fähre gebracht hatten, wühlten in ihm. Insbesondere, weil er den Vorwürfen nichts entgegenzusetzen hatte. Der Kaffeekönig hatte recht. Er hatte in London nicht viel zum Nutzen der Firma getan.

Er nahm noch einen Zug und warf die Kippe in die Wellen. Eine Möwe flog schreiend an der Reling vorbei und ließ sich auf den Aufbauten nieder.

Er würde es seinem Vater zeigen. Er würde schon irgendwie klarkommen. Auf jeden Fall würde er nicht zu Kreuze kriechen, das stand fest. Diesen Triumph gönnte er seinem Vater nicht. Es konnte doch nicht so schlimm sein, mit weniger Geld auszukommen. Das mussten andere Leute schließlich auch. Und im Notfall konnte er Johannes anpumpen.

Vierzig Minuten später fuhr er mit seinem weißen Mercedes-Benz 300 SE von der Fähre. Der Oldtimer zog immer Blicke auf sich, und Raphael genoss es. Er liebte den Wagen.

Keine fünf Minuten später parkte er das Cabriolet in der Mühlenstraße gegenüber dem Haus seines Onkels – direkt hinter Schorschs silberfarbenem Renault Clio, der nun ebenfalls ihm gehörte. Mit einem verächtlichen Blick auf das rostige Auto stieg er aus und blieb vor der wild wuchernden Buchsbaumhecke stehen, steckte sich eine Zigarette an und ließ seinen Blick über das rot geklinkerte Fünfziger-Jahre-Haus wandern. Einzelne weiß gestrichene Holzbuchstaben über der Haustür ergaben das Wort »Friesen lück«. Raphael musste nicht überlegen, was es bedeutete, denn in seiner Erinnerung war das kleine G noch vorhanden. »Friesenglück«, murmelte er vor sich hin. Zu der Lücke passte das »Friesen *lück*« jedenfalls perfekt.

Efeu bedeckte die Hauswände größtenteils, und das war zweifellos von Vorteil, denn das Mauerwerk, das hervorblitzte, sah mehr als verwittert aus. Die hölzernen Fenster waren weißgrün gestrichen, doch die Farbe blätterte bereits ab. Ein neuer Anstrich war dringend nötig. Die Vorgärten der beiden Haushälften waren durch eine Buchsbaumhecke getrennt, die gepflegt aussah, genau wie die Hecke vor Johannes' Hälfte zur Straße hin. Seine Hecke dagegen spross in alle Richtungen. Der Apfelbaum auf seiner Grundstückshälfte musste uralt sein, denn er erinnerte sich dunkel, dass er als Kind darauf herumgeklettert war. Der Baum hing voll mit grünen Äpfeln.

Toll! Er war jetzt also Besitzer einer verrottenden halben Spießerbude mit Spießervorgarten in einer Spießerstraße.

Hinter den Fenstern beider Haushälften war es dunkel. Johannes hatte ihm erzählt, dass er seine Haushälfte ab morgen bereits an Feriengäste vermietete – wie der Onkel es getan hatte. Jo hatte also schon gewusst, dass Onkel Schorsch ihnen die Hütte vererbt hatte.

Missmutig öffnete Raphael die schmiedeeiserne Gartenpforte zu seiner Haushälfte und ging den Weg über teilweise gebrochene Waschbetonplatten hinauf. Ein Zweig des Apfelbaums streifte sein Haar, und Raphael dachte daran, dass sein Onkel so klein wie breit gewesen war. Er hatte unter dem Zweig problemlos hindurchgehen können.

Er fummelte den Haustürschlüssel aus der Jackentasche. Ein Mini-Seehund aus Fell baumelte am Schlüsselanhänger. Seine

Mutter hatte geweint, als sie ihm den Schlüssel ausgehändigt hatte. »Schorsch mochte Tiere«, hatte sie geschluchzt.

»Ja, am liebsten in der Pfanne gebraten.« Die Antwort war raus gewesen, bevor er es hatte verhindern können. Doch statt in noch größere Tränenbäche auszubrechen, hatte sie aufgelacht. »Ja, allerdings. Essen war seine Leidenschaft. Wie hat er Vegetarier noch genannt? Ach ja: körnerpickende Spaßbremsen.«

»Warst schon ein sympathischer Typ, Schorsch«, sagte Raphael in die Stille des Hauses, nachdem er eingetreten war und die Tür hinter sich geschlossen hatte. Er lauschte in die Leere hinein. Sollte der Geist seines Onkels hier noch verweilen, dann ohne Rasselkette. Die vollkommene Ruhe war irritierend. London schien Galaxien entfernt.

»Eventuell hättest du öfter lüften sollen«, murmelte Raphael und zog die Haustür wieder auf. Dann ging er durch die Räume des Erdgeschosses und öffnete sämtliche Fenster. Das heisere Kläffen eines Hundes drang herein.

Die Küche erinnerte ihn an seine WG-Zeit in der Studentenbude. Es gab ein Sammelsurium an Schränken, eine mit Kalkflecken verhunzte Spüle und einen Herd, der aussah, als hätten bereits die Neandertaler ihre Mammutkeulen darauf gebraten. Die alte Kaffeemaschine erntete ebenfalls einen verächtlichen Blick. Das Bad entpuppte sich als Alptraum in Dunkelgrün. Die Dusche befand sich in der Wanne.

Im Wohnzimmer gab es die übliche In-diesem-Haus-gab-es-nie-eine-Frau-Ausstattung: durchgesessene Couch, ein einziges Kissen darauf, Sessel, Couchtisch mit Kacheln, Nussbaumschrank, Stehlampe mit Fransenschirm, eingestaubtes Bücherregal und – Raphael strich ehrfurchtsvoll darüber – einen Röhrenfernseher.

Ein weiteres Zimmer hatte wohl als Arbeitszimmer gedient. Ungewöhnlicherweise standen zwei Schreibtische in dem kleinen Raum. Einer davon, Marke Ikea, war aufgeräumt. Ein Laptop stand darauf. Der andere Schreibtisch war aus dunkler Eiche und mit Schnitzereien versehen. Und vollgemüllt.

Raphael griff sich einen der Pappordner, die zu einem schiefen Turm gestapelt waren. »Fall Möhring«, stand dort in der krakeligen Handschrift des Onkels geschrieben. Raphael öffnete ihn und blätterte durch den Inhalt. Der Ordner enthielt eine Art Fragebogen und verschiedene Fotos von einem Mann und einer Frau, die die beiden in eindeutiger Situation zeigten. Raphael stieß ein »Holla!« aus. Der Typ auf dem Foto nagelte gerade eine Brünette auf einer Ledercouch. Anscheinend waren die Fotografien durch ein Fenster geschossen worden.

Raphael legte den Ordner zur Seite und nahm den nächsten. »Fall Bonzo«. Auch hier gab es Fotos. Allerdings von einem Hund. Einem ziemlich toten Hund. Aus allen Winkeln war der Hundekadaver geknipst worden.

Raphael hob weitere Ordner an und las die Namen darauf. »Was zum Teufel …?« War sein Onkel in den letzten Lebensjahren zum Rechtsanwalt mutiert?

Er zog die Schreibtischschubladen auf. In zweien fand er etwas, das ihm ein Grinsen ins Gesicht trieb. Das Erste waren Visitenkarten in einem kleinen Pappkarton. »Friesendetektei Georg Rickers«, stand darauf, mit Angabe der Adresse, Telefonnummer und einer E-Mail-Adresse des Onkels.

Unfassbar. Onkel Schorsch hatte sich als Detektiv verdingt!

Das noch breitere Lächeln galt der Flasche Whisky in der untersten Schublade. Ein Laphroaig. »Guter Stoff, Schorsch«, murmelte Raphael, drehte sich mit dem Schreibtischstuhl und fand im Regal hinter sich, was er suchte. Ein zwar beschlagenes, aber sauberes Glas. Er öffnete die Flasche, schenkte zwei Daumen breit von der bernsteinfarbenen Flüssigkeit ein und atmete die stark torfigen Aromen tief ein, bevor er das Glas hob und in die einsetzende Dämmerung prostete. »Auf dich, Onkel! Slàinte!«

***

Als Raphael aufwachte, schien die Morgensonne ins Zimmer. Viel zu grell für seinen Geschmack. Gut, die diversen Single

Malts am Vorabend taten das ihre dazu, dass er sich benommen fühlte. Er stützte sich mit den Unterarmen auf der Matratze auf und sah sich im Schlafzimmer um. Er konnte sich kaum erinnern, die Treppe hochgegangen zu sein. Auf jeden Fall hatte er gut geschlafen. Die Matratze war super. Die Frage war: Wer hatte das Bett bezogen? Denn der frische Duft verriet, dass er nicht im Mief seines Onkels geschlafen hatte – wofür er mehr als dankbar war. Schorsch war zwar nicht hier im Bett verstorben, sondern auf dem Golfplatz, doch die saubere Bettwäsche wusste Raphael trotzdem zu schätzen.

Das Schlafzimmer war klein, wegen der beiden Fenster aber sehr hell, was wiederum den Gelbstich der Tapeten hervorhob. Onkel Schorsch hatte anscheinend auch im Schlafzimmer geraucht. Das hölzerne Einzelbett stand in der Ecke neben dem Fenster, vor dem Fenster war der Nachttisch platziert, der aus dem gleichen dunklen Holz wie der wuchtige Kleiderschrank war. Auf einem ausgedienten Küchenstuhl lagen Kataloge, und in der anderen Ecke stapelten sich alte Elektrogeräte wie Videorekorder und CD-Player.

Raphael grinste in sich rein, während er seinen Blick durch das Zimmer schweifen ließ. Kein Wunder, dass der Onkel lebenslang Single gewesen war. Dieser Raum war nicht dazu angetan, eine Frau auch nur in den Hauch einer erotischen Stimmung zu versetzen.

Raphael entsann sich dunkel, dass eines der Lieblingswörter seines Onkels »Weiber!« gewesen war. Er hatte es immer mit einem Pfund Verachtung gewürzt.

Und dann hörte Raphael Stimmen. »Weiber?«, stieß er aus und stand auf, um aus dem Fenster zu sehen, aber im Garten und vor dem Haus waren keine Frauen zu sehen. Als ein helles Lachen erklang, stand fest: Es kam von unten.

Mit zusammengezogenen Augenbrauen schlüpfte Raphael in seine Jeans. Was war hier los? Hatte Schorsch vielleicht eine Putzfrau gehabt, die einen Schlüssel besaß? Das würde die frische Bettwäsche erklären. Aber falls das da unten die Putzfrau war, sprach sie entweder mit sich selbst oder war Bauchrednerin.

Jetzt kam noch eine dritte Stimme dazu, eine sehr tiefe. Und die konnte er einordnen. Denn seine klang genauso.

Johannes.

Raphael zog einen Pulli aus der Reisetasche, die er anscheinend im Suff noch nach oben geschleppt hatte, schlüpfte rein und ging barfuß die Treppe runter. Es roch nach Kaffee, und das war gut. Egal, wer ihn gekocht hatte.

Die Stimmen kamen aus dem Arbeitszimmer. Als Raphael im Türrahmen stehen blieb, verstummten sie.

Raphaels Blick fiel auf Johannes, der einen Becher in der Hand hielt und am Bücherregal lehnte. Hinter dem unaufgeräumten Schreibtisch saß eine Frau, die so friesisch aussah, wie man nur aussehen konnte. Sie trug das weizenblonde, leicht gewellte Haar kurz und hatte den Oberkörper einer Hammerwerferin.

Und die Stimme eines Generals, wie ihr »Wow!« verriet.

Sie starrte von ihm zu Johannes. »Der sieht ja wirklich genauso aus wie du.«

Lachend setzte Johannes den Kaffeebecher auf dem aufgeräumten Schreibtisch ab. »So ist das bei eineiigen Zwillingen. Moin, Bruderherz.«

»Hi, Jo.« Raphael sah ihn dabei nicht an, weil er den Blick nicht von der Blonden abwenden konnte, die aufgestanden war und auf ihn zukam. Er konnte sich nicht erinnern, jemals eine Frau getroffen zu haben, die ihm direkt in die Augen blicken konnte. Alles an ihr war überdimensional. In ihren Mund, der ihn angrinste, passte mit Sicherheit eine Banane quer rein.

»Tachchen, Raphael«, begrüßte sie ihn wie einen alten Kumpel und schlug ihm auf den Oberarm. »Freut mich, dich kennenzulernen. Ich bin Imme. Imme Hölderling. Eine deiner beiden Assistentinnen.«

Raphael starrte sie an und schüttelte die Hand, die sie ihm hinhielt, sprachlos. Er konnte nicht einordnen, was sie da gerade gesagt hatte.

Sein Blick wanderte zu der zweiten Frau, die an dem ordentlichen Schreibtisch saß und Blickkontakt mit Johannes hielt.

Ein perfektes Profil – die langen dunklen Wimpern, die kleine Nase, die hübsch geschwungenen Lippen –, wäre da nicht das Kopftuch gewesen.

Raphael gruselte sich vor zwei Arten von Menschen: Kinder und Frauen mit Kopftüchern.

Vor Kindern, weil sie eben Kinder waren. Nervten. Und Frauen mit Kopftüchern – unabhängig davon, ob sie das Tuch aus religiösen Gründen trugen oder nicht – verkörperten das Gegenteil der Frauen, die er schätzte. Er liebte moderne, unabhängige Frauen. Frauen, die wussten, was sie wollten. Die nicht vor Männern kuschten, sondern sie herausforderten und reizten, ohne aufdringlich zu sein.

Er war noch in den Anblick ihres Profils vertieft, als sie ihm ihr Gesicht ganz zuwandte. Und Raphael konnte ein leichtes Zucken nicht verhindern. Sie hatte es bemerkt, denn ihr Blick aus den dunklen Augen verhärtete sich.

Raphael schluckte, während er versuchte, nicht auf ihre linke Wange zu starren, die stark vernarbt war, von der Schläfe abwärts über die halbe Wange bis hinunter zum Kinn. Eindeutig waren Hauttransplantationen vorgenommen worden.

»Das ist Ava Rahmani«, erklang Immes Stimme. »Deine zweite Assistentin. Sie arbeitet nachmittags, ich morgens.« Sie hockte sich auf die Schreibtischkante und strahlte in die Runde.

Raphael wandte den Blick von den Frauen ab und sah seinen Bruder an. »Ich würde dich gern mal sprechen. Allein. Draußen.«

Im Rausgehen hörte er Johannes zu den Frauen sagen: »Keine Panik. Er wird ein guter Chef sein. Er weiß es nur noch nicht.«

Raphael lehnte barfuß an seinem Cabrio und rauchte, als Johannes aus dem Haus trat und mit einem Lächeln auf ihn zukam.

Raphael lächelte nicht.

»Kannst du mir mal sagen«, fuhr er Johannes an, »was Brienne von Tarth und bin Ladens Schwester in meinem Haus zu suchen haben? Wie sind die überhaupt reingekommen? Haben die etwa einen Schlüssel? Oder hast du die angeschleppt?

Und was, verdammt, soll das Gequatsche, sie seien meine Assistentinnen? Wobei sollten die mir assistieren?«

»Ganz schön viele Fragen auf einmal«, sagte Johannes. »Aber die sind schnell beantwortet. Heute habe ich die beiden reingelassen, aber Ava und Imme haben tatsächlich einen Schlüssel. Sie haben für Onkel Schorsch gearbeitet. Jeweils auf Vierhundertfünfzig-Euro-Basis haben sie ihn in seiner Detektei unterstützt und –«

»Ja«, fuhr Raphael ihm über den Mund, »das hab ich gestern Abend schon entdeckt, dass unser lieber Onkel Visitenkarten im Schreibtisch hat, auf denen irgendein Detektiv-Quatsch steht. Du willst mir doch nicht sagen, dass er das wirklich gemacht hat?«

Johannes nickte. »Damit hat er sein Geld verdient. Seit drei Jahren.«

»Und wieso weiß ich das nicht?«

»Weil du nie hier warst. Und vor allem, weil Mama nicht wollte, dass es publik wird. Sie fand es wohl zu schräg? Zu peinlich? Zu …«

»… lachhaft?«

»Wie auch immer. Unser Onkel hatte jedenfalls auf seine letzten Jahre seine Bestimmung gefunden. Er ist darin aufgegangen. Laut Ava und Imme hatte er eine enorme Erfolgsquote zu verzeichnen. Er war in ganz Schleswig-Holstein unterwegs. Und ich glaube«, Johannes atmete tief durch, »dass du ebenfalls ein guter Detektiv wärst. Denn du hast Biss und Leidenschaft und … du bist kein Zahlenmensch, Raph, kein Kaufmann. Du wirst im Familienbetrieb niemals glücklich werden, egal in welchem Bereich.«

Raphael warf die Kippe auf die Straße, seinen Bruder nicht aus den Augen lassend. »Du glaubst wirklich, was du da sagst, oder? Ich … ein Detektiv!« Er lachte schäbig auf. »Raphael Poirot, der Welt größter –«

»Vielleicht solltest du die Latte nicht *so* hoch hängen«, unterbrach Johannes ihn. »Ich sehe dich eher im Wilsberg-Bereich.«

»Wer ist das?«

»Okay.« Johannes schüttelte den Kopf. »Es ist vielleicht auch besser, wenn du dich nicht an TV-Detektiven orientierst. Dann verzapfst du bei der Lösung der Fälle noch mehr Unsinn, als du es ohnehin tun wirst.«

»Ich werde überhaupt keine Fälle lösen.« Raphael stieß sich vom Auto ab. »Und jetzt gehen wir beide zurück ins Haus. Ich werde mir in der Küche einen Kaffee einschenken, und du schickst die Weiber nach Hause. Schorsch ist tot und der Job der beiden damit hinfällig.«

Er ging zurück ins Haus, ohne auch nur einen Blick nach links in das Arbeitszimmer zu werfen. Er bediente sich an der Kaffeemaschine und sah, dass Johannes mit einem Seufzer das Arbeitszimmer betrat. Da er die Tür nicht schloss, ging Raphael mit dem Becher in der Hand auf den Flur und lauschte.

Johannes stammelte: »Lief ganz gut. Ich, äh …«

»Wie lautet das sechste Gebot?«, unterbrach die blonde Riesin Johannes.

»Du sollst nicht ehebrechen.«

Raphael grinste in sich rein, als sie sagte: »Ach so, nee, ich mein das mit dem Lügen.«

»Du sollst nicht falsch Zeugnis reden wider deinen Nächsten, das achte Gebot.«

»Okay, und warum redest du dann falsch Zeugnis? Er will nicht, oder?«

Von Johannes kam keine Antwort. Vielleicht hatte er auch nur genickt.

»Ich hätte sowieso nicht mit ihm arbeiten wollen«, stieß Ava Rahmani aus. Das Stuhlrücken verriet, dass sie aufgestanden war. »Er ist unsympathisch. Arrogant. Wie könnt ihr Zwillinge sein?«

Zicke, dachte Raphael, während Johannes auflachte und sagte: »Wenn ich für diese Frage jedes Mal einen Euro in ein Sparschein gesteckt hätte, hätte ich van Goghs ›Mandelblüte‹ nicht als Kunstdruck, sondern im Original in meinem Wohnzimmer hängen.«

Raphael hörte ein Schlüsselbund klimpern. Anscheinend

löste sie einen Schlüssel daraus. »Danke für alles, Johannes. Ich werde schon etwas Passendes finden.«

Imme schloss sich ihr an. Wie es sich anhörte, klopfte sie ihm den Rücken wie ein Steak. »Mach dir keinen Kopf, Herr Pastor. Uns Friesen haut so schnell nichts um. Auch kein verlorener Job. Und wer weiß, vielleicht ändert er seine Meinung noch.«

»Das Gebet dafür geht heute noch raus«, hörte Raphael seinen Bruder antworten, als er seinen Lauschposten verließ.

DREI

Auf dem Weg vom Anleger zurück zur Mühlenstraße schlenderte Raphael den Sandwall entlang. Er hatte Johannes zum Hafen begleitet, der zu Fuß herübergekommen war und nun auf der »Nordfriesland« zurück zum Festland schipperte.

Sie hatten den Nachmittag zusammen am Meer verbracht, waren schwimmen gegangen, hatten sich die Sonne auf den Bauch brennen lassen und im Aquamarin Currywurst mit Pommes gegessen. Richtig genießen können hatte Raphael den Strandtag trotz des genialen Wetters nicht, obwohl Johannes den Detektei-Schwachsinn mit keinem Wort mehr erwähnt hatte. Da sein Bruder ihm allerdings auch keine anderen Optionen gepredigt hatte, war die Wahrscheinlichkeit groß, dass das Thema für Johannes noch nicht vom Tisch war.

Nicht mit mir, Bruder, dachte Raphael, während er eine Rothaarige ins Visier nahm, die vor der Confiserie Föhr an einem der Stehtische auf einem Hocker saß und an einem Aperol Spritz sog. Obwohl sie in männlicher Begleitung war, nahm sie seinen Blick auf und lächelte ihm zu, während sie das Glas absetzte. Raphael ging weiter. Wie konnte Johannes nur all den Versuchungen widerstehen? Sie waren nun mal scheißattraktive Kerle, die Frauen flogen auf ihr Äußeres. Also konnte man das reichhaltige Angebot doch auch nutzen.

Als er von der Feldstraße in die Mühlenstraße abbog und auf das Haus seines Onkels zuging – er konnte es noch nicht als seines betrachten –, kam ihm eine Frau entgegen. Sein Blick scannte sie automatisch. Sie war eine Exotin, vermutlich Thailänderin, passte aber nicht in sein Beuteschema, denn sie war zu alt. Vielleicht Ende vierzig, Anfang fünfzig. Also löste er den Blickkontakt, öffnete die Gartenpforte und ging zum Haus hinauf.

Als er den Schlüssel ins Schloss steckte, erklang hinter ihm eine dunkle Stimme. »Sie hier neuer Detektiv? Oder Haus gekauft und gibt nix neuer Detektiv?«

Verwundert drehte er sich um. Die Exotin stand an der geschlossenen Pforte und starrte zu ihm herüber.

»Wie bitte?« Er ging zurück.

»Gute Tag. Ich frage, ob Sie Detektiv.« Sie sprach mit schwerem Akzent. »Ich weiß, Herr Rickers tot. Hab ich aber Hoffen, dass neuer Detektiv kommt und kann Hilfe geben zu mir. Sie neuer Detektiv?« Ihre dunklen Augen hingen an seinem Gesicht.

»Ich bin kein Detektiv. Mit dem Tod meines Onkels gibt es auch die Detektei nicht mehr.«

»Oh.« Die Mandelaugen füllten sich mit Tränen. »Ich gewünscht, dass neuer Detektiv kommt. Onkel von Sie hat Hoffen gemacht bei mir. Hat gesagt, hat vielleicht Spur. Aber dann gestorben.« Die Tränen lösten sich und bildeten feuchte Rinnsale auf der bemerkenswert glatten Haut der Frau.

»Eine Spur?«, wiederholte Raphael. »Was für eine Spur?«

Sie schluckte und wischte sich mit dem Handrücken über die Wangen. »Mein Tochter ist verschwunden. Seit ein Jahr. Hier auf Föhr. Von Tag auf andere Tag sie weg. Ehemann sagt, Dalika ertrunken in Meer, aber ich nix glauben. Ich glaube, er sie gemordet.« Das Dunkle ihrer Augen schien noch schwärzer zu werden. Auch ihre Stimme verhärtete sich. »Ich *weiß*, dass er sie totgemacht.«

Wovon redete die Frau da? Er trat einen Schritt von der Pforte zurück. »Warum gehen Sie nicht zur Polizei? Die ist dafür zuständig, wenn Sie, äh, ein Problem haben.«

»Nix Polizei Hilfe.« Sie wedelte abwehrend mit der Hand. »Polizei untersucht alles und findet nix. Dalika weg. Ohne Spur.«

»Tja, äh, Frau …«

»Sagen bitte Khun Som. Ist Name von mir.«

»Das tut mir wirklich leid, Frau Khun … Som«, sagte Raphael. »Aber ich muss jetzt mal rein.« Er deutete zum Haus. »Für Sie dann alles Gute.« Er wandte sich ab.

Sie ging glücklicherweise auch weiter. Doch sein Unbehagen verstärkte sich, denn sie weinte herzerweichend, während sie langsam die Mühlenstraße entlangschritt.

Im Haus steuerte Raphael direkt die Küche an, nahm das letzte Bier aus dem Kühlschrank, das wohl noch sein Onkel hineingestellt hatte, öffnete es mit einem Messer, als er in der Schublade keinen Öffner fand, und trank es im Stehen.

Verrückt. Sein Onkel hatte dieser Frau also gesagt, dass er eine Spur hatte? Was konnte Schorsch schon herausgefunden haben, das der Polizei entgangen war? Wenn die Tochter dieser Frau tatsächlich spurlos verschwunden war, wären die Bullen doch wohl eher auf eine Spur gestoßen als sein versoffener Onkel.

Die Gedanken an die Frau begleiteten ihn, während er mit dem Wagen zum Sky-Supermarkt fuhr, während er an der Kasse in einer Schlange Touristen stand, und auch noch, als er zwei Sandwiches im Wohnzimmer aß und auf den Fernseher starrte. Noch kauend ging er schließlich ins Arbeitszimmer und stellte den Laptop auf dem aufgeräumten Schreibtisch an.

»Fuck, welches Passwort benutzt ihr?« Er probierte ein paar naheliegende Möglichkeiten, ohne Erfolg. Schließlich griff er sich den Packen Ordner vom Schreibtisch und ging damit ins Wohnzimmer. Stück für Stück arbeitete er sich hindurch, aber in keinem der Ordner stieß er auf Unterlagen, die zu dem Fall der verschwundenen Frau passten.

Er ging zurück ins Arbeitszimmer und durchwühlte beide Schreibtische. In einer der Schubladen fand er noch einen Ordner, aber der enthielt die Unterlagen über Imme Hölderling und Ava Rahmani. Genervt hockte er sich wieder vor den Fernseher und zappte sich durch die Programme. Netflix und Sky gab es in Schorschs Bude nicht.

Als er die Beine lang auf dem Sofa ausstreckte, dauerte es nicht lange, und er nickte weg. Immer wieder öffnete er die Augen, doch sie fielen sofort wieder zu. Die Nordseeluft und das ausgiebige Schwimmen und Sonnenbaden forderten ihren Tribut. Er konnte sich nicht erinnern, wann er das letzte Mal vor dreiundzwanzig Uhr schlafen gegangen war.

Im Schlafzimmer des Onkels zog er sich schließlich aus und warf sich aufs Bett. An Schlaf war allerdings nicht zu denken, denn der alte Wecker auf dem Nachttisch tickte so laut, dass Raphael genervt das Licht wieder anmachte und die Schublade aufzog, um den Wecker darin verschwinden zu lassen. Er stutzte.

Sein Herz begann einen Tick schneller zu klopfen, als er den abgegriffenen blauen Ordner herauszog und auf der Pappe las: »Fall Dalika Gorden«. Wobei der Nachname bei der krakeligen Schrift seines Onkels auch Gonden, Gordan oder wie auch immer lauten konnte. »Dalika« konnte er nur entziffern, weil die Asiatin ihm den Namen ihrer Tochter genannt hatte.

Die Müdigkeit war wie weggeblasen. Er setzte sich im Bett auf und öffnete den Ordner. Ins Auge fiel sofort ein Foto, das mit einer Büroklammer an den vom Onkel entworfenen Fragebogen geheftet war. Langes schwarzes Haar umrahmte ein herzförmiges Gesicht. Dunkle Mandelaugen blickten ihn an. Dalikas Lächeln war hinreißend. Um ihren zarten Hals hing eine Kette mit einem Stern, der mit vielen kleinen Zirkonias besetzt war – dass es Diamanten waren, war wohl kaum anzunehmen.

»Hoffentlich lebst du noch«, murmelte Raphael. »Du bist viel zu schön, um tot zu sein.« Er blätterte sich durch die linierten und karierten Seiten, die sein Onkel wohl aus Collegeblöcken herausgerissen hatte. Viel gab es allerdings nicht zu lesen. Schorsch schien wenig davon gehalten zu haben, Erkenntnisse schriftlich festzuhalten. Wenn es denn überhaupt Erkenntnisse gegeben hatte.

Raphael hielt ein Blatt Papier, auf dem der Onkel einzelne Wörter, Buchstaben und Zahlen notiert hatte, näher an das trübe Licht der Nachttischlampe. »Elende Sauklaue.« Was stand da? »Flesch … Flasch … Flasche?« Nein, Flasche konnte es nicht heißen. Denn es fehlte hinten das e. Aber was sollte Flesch oder Flasch bedeuten? Schorsch hatte drei Ausrufezeichen dahintergesetzt.

Raphael konzentrierte sich auf die weiteren Wörter. Eines konnte Hinsch heißen – oder Hirsch? Ein weiteres vielleicht Erhardt oder Enhadt. Oder Erholt? Auf einem kleinen Zettel, der von einem Zettelblock abgerissen war, stand ein weiteres einzelnes Wort. Basid. Auch hinter dieses Wort hatte Schorsch drei Ausrufezeichen gesetzt.

Basid? Was sollte das heißen? Vielleicht war es thailändisch. Raphael googelte ein Übersetzungsprogramm, aber als er »Basid« eingab, blieb die Übersetzung ein »Basid«.

»Leck mich, Schorsch«, murmelte Raphael genervt. Er ging mit dem Smartphone nach unten ins Arbeitszimmer und zog den Ordner aus der Schreibtischschublade, in dem sich die Unterlagen zu Imme Hölderling und Ava Rahmani befanden.

Er nahm das Blatt mit Immes Daten zur Hand und wählte die darauf angegebene Festnetznummer.

»Raphael Freersen hier«, meldete er sich, als Imme das Gespräch annahm. »Ich vermute mal, dass du mit der Sauklaue meines Onkels vertraut bist? ... Wie? Ja, ich weiß, dass es gleich Mitternacht ist ... Geschlafen? Ja, sorry, das kann ich ja nicht ahnen. Welcher normale Mensch geht denn vor zwölf ins Bett? ... Nein, ich bin schon noch ganz dicht. Und wenn du deinen Job hier weitermachen willst, dann sei morgen früh um Punkt neun hier ... Ja-ha, du kriegst Geld dafür.«

Er starrte auf sein Handy. Sie hatte mit einem »Juchhu, Johannes' Gebete sind erhört worden« aufgelegt.

»Gar nichts ist erhört worden.« Raphael gähnte und stieg wieder die Treppe hinauf. Er warf den Ordner auf den Boden und ging zu Bett. Mandelförmige Augen begleiteten ihn in einen tiefen Schlaf.

***

»Flesch oder Flasch ... oder vielleicht Flasche?« Imme Hölderling hielt das Blatt, das Raphael ihr gereicht hatte, gegen das Licht der Morgensonne, die in das Bürofenster schien. »Aber da ist ja kein e, oder?«

»Ja, danke, so weit war ich auch. Ich denke, du kennst die Schrift meines Onkels?«

»Ruhig, Brauner«, sagte Imme, ohne ihn anzusehen. »Ich habe gesagt, dass ich sie kenne, nicht, dass ich sie lesen kann.

Schorsch hat nicht nur gekrakelt, sondern war auch noch starker Legastheniker.«

»Ach«, Raphael war überrascht, »das ist mir neu.«

»Du weißt nicht viel von deinem Onkel, was?«

So, wie Imme ihn musterte, fühlte er sich gleich schuldig. »Wir haben uns keine Liebesbriefe geschrieben. Woher soll ich also wissen, dass er Legastheniker war?«

»Von seiner Schwester vielleicht? Die ist doch deine Mutter.«

Raphael lachte auf. »Meine Mutter würde sich eher Bart Simpson auf die Brust tätowieren, als zuzugeben, dass in ihrer Familie etwas nicht perfekt ist.«

Er nahm ihr das Papier aus der Hand und legte es in den Ordner zurück, zusammen mit dem Zettel, auf dem das Wort »Basid« stand. Auch dieses Wort hatte Imme nicht zuordnen können.

»Er hat ja kaum was aufgeschrieben. Hat er euch vielleicht etwas gesagt zu dem Fall? Habt ihr mit ihm darüber gesprochen?«

Imme schürzte die Lippen. »Schorsch war uns gegenüber nie mitteilsam. Aber was willst du wissen? Ich kann dir etliches erzählen. Jedenfalls das, was hier jeder weiß. Dalika Gorden ist eine bildhübsche Thailänderin und seit fast einem Jahr spurlos verschwunden. Da ihre Flip-Flops und ihr Handtuch in den Dünen gefunden wurden, kann man davon ausgehen, dass sie ertrunken ist. Aber ihre Leiche wurde nie angespült. Ihr Mann ist Martin Gorden, Pächter des Restaurants ›Bullauge‹ in der Gmelinstraße.« Sie deutete auf die Akte. »Schorsch hat alle Zeitungsartikel über den Fall gesammelt. Daraus erfährst du schon mal 'ne Menge.«

»Einige hab ich beim Frühstück schon gelesen. Die Journalisten haben fleißig recherchiert.« Er lümmelte sich auf seinen Schreibtischstuhl und legte die langen Beine auf dem Schreibtisch ab. »Dalika war 'ne Nutte.«

»Ja, das war sie in ihrem Vorleben wohl«, sagte Imme ernst. »Gorden hat sie in Thailand bestimmt nicht auf einer Kunstauktion kennengelernt. Er hat sie aus ihrem Drecksleben in

Bangkok rausgeholt. Auf jeden Fall hat er sie aber lieben gelernt. Und sie hat ihn auch geliebt. Vielleicht einfach nur aus Dankbarkeit, aber alle hier haben sehen und erleben können, dass sie ihn geliebt hat.« Ihre Augen blitzten. »Ich wäre jedenfalls dankbar, wenn ich keine geilen europäischen Böcke mehr bedienen müsste, um meine Familie ernähren zu können.«

»Guck mich nicht so an! Ich war noch nicht bei 'ner Nutte.« Er grinste. »Hab ich nicht nötig. Die Weiber fliegen auf mich.«

Ungläubig schüttelte Imme den Kopf. »Dass du ein Zwilling von Johannes bist, ist wirklich ein Mysterium ... Aber zurück zum Thema. Martin Gorden hat Dalika vor einem Jahr als vermisst gemeldet, als er von einer Tour zurückkam, die er mit dem Kleinen auf dem Festland gemacht hatte.«

»Sie haben ein Kind?«

»Nath ist Dalikas Sohn. Er müsste jetzt sieben Jahre alt sein. Sie hat ihn als Zweijährigen mit in die Ehe gebracht. Martin Gorden hat ihn adoptiert, als sie geheiratet haben. Und er ist vernarrt in den Kleinen. Sie waren eine glückliche kleine Familie.«

»Dalikas Mutter ist fest davon überzeugt, dass ihre Tochter von Gorden umgebracht wurde.« Raphael hatte Imme von dem Gespräch berichtet.

»Ja«, Imme nickte, »der Verdacht, dass der Ehemann es war, liegt ja immer nahe, wenn eine Frau spurlos verschwindet. Da ist die Kripo wohl auch dran gewesen. Der hat etliche Verhöre über sich ergehen lassen müssen. In der Nacht ihres Verschwindens war er erwiesenermaßen nicht auf der Insel. Aber ihre Sachen hätte er schließlich am Morgen nach seiner Rückkehr am Strand deponieren können, um ein Ertrinken vorzutäuschen. Es gab auch Gerüchte über eine angebliche Geldnot bei den Gordens, aber das können einfach Gerüchte sein. Der Laden brummt schließlich. Im ›Bullauge‹ ist immer was los.« Sie stockte. »Ganz ehrlich, ich glaub nicht, dass er was damit zu tun hat. Martin Gorden ist völlig fertig, seit Dalika weg ist. Immer noch. Und er liebt den Jungen. Der würde nichts tun, was Nath schadet.«

»Hmm«, Raphael musterte Imme, »wo soll man da also ansetzen, um was rauszufinden? Wenn sogar die Polizei auf dem Schlauch steht …«

»Zuallererst musst du dich mal um dich selbst kümmern, bevor du überhaupt was rausfinden *darfst.*« Immes Blick war streng. »Du musst beim Ordnungsamt ein Gewerbe anmelden, wenn du detektivisch tätig sein willst. Das heißt, du musst ein polizeiliches Führungszeugnis anfordern, und du musst nachweisen, dass du durch die IHK über die Rechtsvorschriften informiert wurdest. Vorbestraft bist du hoffentlich nicht? Dann kannst du's nämlich vergessen.«

»Gewerbe anmelden? Ruhig, Braune. So weit sind wir ja wohl noch nicht. Ich bin nur ein wenig neugierig geworden.«

Imme lächelte breit. »Die Grundvoraussetzung für diesen Job erfüllst du also.« Sie tippte mit dem Finger auf den Ordner. »Ava kann Schorschs Hieroglyphen besser deuten als ich. Ruf sie an und bitte sie, herzukommen.« Ihr Gesicht wurde ernst. »Ehrlich, ich würde hier gern wieder arbeiten. Aber Ava ist auf das Geld mehr angewiesen als ich. Wenn du dir also nur eine von uns leisten kannst, nimm bitte sie.«

»Schauen wir mal«, sagte Raphael. »Noch ist mein Konto gut gefüllt, aber es gibt keinen Nachschub. Es sei denn, ich arbeite dafür.«

»Dann finde raus, was mit Dalika passiert ist. Es gibt auch noch weitere Fälle abzuarbeiten. Schorsch hat damit sein Geld verdient. Dann kannst du das auch.«

Raphael sah in Immes hochgradig begeistertes Gesicht. »Warum eigentlich nicht? Besseres hab ich momentan sowieso nicht zu tun.« Er deutete auf das Telefon auf dem Schreibtisch. »Funktioniert das? Dann ruf deine Kollegin an und sag ihr, dass sie sich pronto hierherbewegen soll, wenn sie arbeiten will.«

»*Das* will ich hören!« Imme boxte ihm auf die Brust und griff zum Hörer. »Bis auf freitags waren wir jeden Tag hier. Ava arbeitet immer nachmittags von zwei bis fünf, ich vormittags von neun bis zwölf«, sagte sie, während sie eine Kurzwahltaste drückte und lauschte.

»Mir wurscht, wer von euch hier wann auftaucht. Hauptsache, es ist immer frischer Kaffee gekocht.«

»Da muss ich noch mal in meine Stellenbeschreibung gucken … Ah, Ava! Imme hier. Du glaubst nicht, wo ich gerade bin, darum sag ich's dir. Ich sitz an unserem Schreibtisch im ›Friesenglück‹. Er hat Blut geleckt! Der Fall von Dalika Gorden hat ihn so weit angefixt, dass er weitermachen will. Kannst du vorbeikommen? … Nun komm schon, Ava-Maus. So schlimm ist der gar nicht. Den Macho erziehen wir uns hin.«

Raphael hörte sprachlos zu. Die Friesenriesin war einmalig. Einmalig unverschämt. Und damit irgendwie perfekt geeignet, seine Mitarbeiterin zu sein.

»Wir werden aus Schorschs Klaue nicht schlau … Okay, sag ich ihm.« Imme legte den Hörer auf und sah Raphael an. »Sie kann erst heute Nachmittag kommen. Um zwei Uhr ist sie hier. Und bitte …«, ihr Gesicht wurde ernst, »reiß dich 'n bisschen zusammen. Ava ist nicht wie ich. Mit mir kannst du einen derben Spaß machen«, grinsend schlug sie ihm auf den Oberarm, »aber Ava ist … sensibel. Erschreck sie nicht mit deinem Gehabe.«

»Kann es sein, dass du das Verhältnis Chef/Angestellte irgendwie nicht begriffen hast? Erzählst *du mir* gerade, was ich tun und lassen soll?«

Imme stand auf. »Ich koch dir erst mal einen Kaffee, Chef. Das tun weibliche Angestellte doch?« Pfeifend ging sie in die Küche.

»Weiblich?«, murmelte Raphael. »Schön wär's.«

***

»Danke«, sagte Raphael und nahm im »Bullauge« von der Bedienung die Speisekarte entgegen. Da er im Fall Dalika irgendwo ansetzen musste, hatte er sich zu einem Mittagessen hierher aufgemacht. Vielleicht bekam er Martin Gorden zu Gesicht.

Die Tische in der Gaststube waren nur zur Hälfte besetzt, was Raphael nicht wunderte, denn bei dem schönen Wetter wollten natürlich alle draußen sitzen. Entsprechend war auf der Terrasse kein Tisch mehr frei. Aber dort hatte er auch nicht sitzen wollen.

»Kann ich schon was zu trinken bringen?« Die junge Frau strich sich eine Strähne ihres halblangen blonden Haars hinter das Ohr und lächelte hinreißend. Als er auf ihr Namensschild auf der weißen Bluse blickte, nahmen ihre Wangen einen Hauch Farbe an.

Warum pappte sie es auch mitten auf die Brust?

»Ich nehm ein Pils, Sarah.«

»Klein oder …?«

»Groß.«

»Gern«, sagte sie mit einem weiteren Lächeln – obwohl sie Stress hatte. Sie ging zum Tresen, legte den Zettel mit der Bestellung dort ab und eilte mit zwei Softdrinks, die bereitstanden, nach draußen. Der Barkeeper – ein blonder Mittdreißiger – schien alle Zeit der Welt zu haben. Er stand am Zapfhahn und verpasste einem Bier gerade eine Schaumkrone, die für eine Werbeanzeige durchgehen konnte.

Raphael blickte sich im Gastraum um. Das dunkle Mobiliar wirkte bieder bis altbacken, aber alles war sauber und ordentlich. Für maritimes Flair sorgten blaue Tischdecken, Muscheldeko und ein paar Netze mit Plastikhummern über dem Tresen. Auf den Fensterbänken fanden sich ein Sextant, ein großer Schiffskompass und Fernrohre.

Hier hatte Dalika Gorden also ihre Arbeitszeit verbracht, während ihr Mann in der Küche für die Gäste kochte. Ihre exotische Schönheit musste allen männlichen Gästen ins Auge gefallen sein. Hatte sie hier vielleicht jemanden kennengelernt, der ihr mehr bieten konnte, als nervigen Touristen eine Scholle zu servieren, die ihr fast um das Doppelte älterer Mann in der Küche gebrutzelt hatte? Aber laut Imme war sie eine zu gute Mutter gewesen, um einfach auf Nimmerwiedersehen zu verschwinden.

Als Sarah wieder hereinkam und einen Blick zu ihm herüberwarf, vertiefte er sich in die Speisekarte.

»Bitte sehr.« Sie legte einen feuchtfleckigen Bierdeckel vor ihm ab und stellte das Pils darauf. »Was darf es zu essen sein?«

»Können Sie etwas empfehlen?«

»Ach, eigentlich schmeckt alles prima, was der Chef auf den Teller zaubert. Sind Sie denn mehr der Fisch- oder der Fleischtyp?«

Er sah ihr in die Augen und lächelte. »Ich bin für alles offen.«

Ihre Wangen zeigten ihm, dass er hier leichtes Spiel haben würde. Und das war gut, denn er brauchte Informationen. Aber er durfte nicht zu plump vorgehen. »Wenn Sie sagen, alles ist lecker, nehme ich die Matjes nach Hausfrauenart«, sagte er und reichte ihr die Speisekarte zurück.

»Sehr gern. Mit Pell- oder –«

»Mit Bratkartoffeln. Sagen Sie … Ihr Chef, Herr Gorden, wohnt der hier auch im Haus? Oder befindet sich hier nur das Restaurant?«

»Der wohnt hier nicht. Oben ist gar nicht so viel Platz. Da gibt's nur eine kleine Ferienwohnung. Warum?«

»Warum? Also …« Fuck! Gedankennotiz, Raph: Beim Detektivspielen nur Fragen stellen, die man auch schlüssig begründen kann.

Glücklicherweise kam er um die Antwort herum, weil der Barkeeper sie rief. Vier frisch gezapfte Bier warteten auf dem Tresen darauf, an den Mann gebracht zu werden.

Raphaels Hoffnung, dass Martin Gorden einmal aus der Küche auftauchen würde, erfüllte sich nicht.

»Hat's geschmeckt?«, fragte Sarah, als er den leeren Teller eine Dreiviertelstunde später zur Seite schob.

»Sehr gut. Sie haben nicht zu viel versprochen.« Das war die Wahrheit. Als Koch war Gorden zu gebrauchen.

Sie strahlte. »Darf ich noch ein Dessert bringen?«

Er zwinkerte. »Sie sind doch schon da.« Okay, so viel zu »nicht plump«.

Aber sie kicherte. »Sie sind lustig«, sagte sie. »Also kein Dessert?«

»Doch, ich nehme einen Aquavit.«

Auflachend ging sie zum Tresen. Während sie die Bestellung in die Kasse tippte, öffnete sich die Eingangstür, und ein schwarzhaariger Junge trat ein. »Hallo, Nath«, begrüßte sie ihn. »Hast du Hunger?«

Raphael merkte auf. Nath. Dalikas Sohn!

»Nee, hab bei Mats gegessen.« Im Gegensatz zu seiner Oma sprach er akzentfrei, was kein Wunder war, denn von seinen sieben Lebensjahren hatte er laut Imme fünf hier auf Föhr verbracht.

Der Junge steuerte einen freien Tisch an der anderen Seite der Gaststube an, stellte einen Rucksack auf einem der drei Stühle ab und verschwand hinter der Schwingtür in die Küche.

Fünf Minuten später – Raphael hatte sich in der Zwischenzeit mit seinem Smartphone beschäftigt – kam er wieder heraus und setzte sich an den Tisch. Er zog etwas aus dem Rucksack, ein Heft anscheinend, denn er blätterte darin.

Raphael winkte Sarah zu, als sie mit einem Tablett schmutziger Gläser von draußen hereinkam. »Ich möchte doch noch ein Dessert. Gibt's einen Schokoeisbecher?«

»Können wir machen.«

»Danke, Sarah. Ich werde ihn da drüben essen. Hier zieht es.« Er deutete zum Fenster, das auf Kipp stand, allerdings kein Lüftchen hereinließ. Er ignorierte ihren irritierten Blick, ging durch den Raum und steuerte den freien Tisch neben dem an, an dem der Junge saß.

Raphael setzte sich so, dass er den Jungen beobachten konnte. Das Heft entpuppte sich als Panini-Stickeralbum. Geöffnete Stickertüten lagen daneben. Mit verdreckten, aber flinken Fingern löste der Kleine ein Bildchen nach dem anderen von der Folie und klebte sie ein.

»Was sammelst du denn?«, fragte Raphael ihn. »Die WM ist doch schon lange vorbei. Und unsere Mörteltruppe hat es auch nicht verdient, eingeklebt zu werden.«

Nath musterte ihn. »Ich sammel Jurassic World. WM hab ich schon voll.«

»Ah, okay.« Raphael wandte seine Aufmerksamkeit der Kellnerin zu, die einen Pokal mit drei Schokoeiskugeln, Sahne, Schokoladensoße und -raspeln vor ihm abstellte. »Danke, Sarah. Mehr Schoko geht wirklich nicht.«

Mit einem »Lassen Sie's sich schmecken!« verschwand sie wieder nach draußen.

Er begann zu löffeln und fragte sich, was er an Infos aus dem Kleinen herausholen konnte. Gören waren schließlich Plaudertaschen, das musste er ausnutzen. »He, Panini-Fan, möchtest du auch ein Eis? Ich geb dir eins aus.«

Naths Augenbrauen zogen sich zusammen, während er aufblickte und Raphael musterte. »Nee.« Er wandte sich wieder dem Album zu.

Kröte!

Detektiv zu sein war schwieriger als erwartet.

In diesem Moment schwang die Schwingtür auf, und ein dunkelblonder Mann in schwarz-weiß karierter Kochhose, weißem Shirt und fleckiger Schürze trat in den Gastraum. Er ließ seinen Blick kurz über die wenigen Gäste streifen, nickte Raphael mit einem »Guten Tag« zu, weil der ihn ansah, und trat zu dem Jungen an den Tisch. Er wuschelte ihm durchs Haar, und Raphael war klar, dass er Martin Gorden vor sich hatte. »Magst du ein Eis, mein Großer?«

»Nee, hat mich der Mann da auch grad gefragt.«

Raphael wurde heiß, als der kleine dreckige Zeigefinger sich auf ihn richtete.

»Aha?« Martin Gordens blaue Augen musterten ihn, nicht unfreundlich, aber deutlich reserviert. Sein dunkelblondes Haar war schütter, das Gesicht hager, und die Blässe zeigte, dass der Mann keine Zeit hatte, das herrliche Wetter am Strand zu genießen, denn das Restaurant war mittags und abends geöffnet – bis auf mittwochs, da war Ruhetag, wie Raphael an einem Schild an der Tür gelesen hatte.

Raphael nahm schnell einen Löffel voll Eis, damit er den Mund voll hatte und nicht gleich antworten musste.

»Darf ich fragen, was Sie mit meinem Sohn zu schaffen haben?« Gorden trat zu ihm an den Tisch.

»Gar nichts. Ich wollte nur freundlich sein. Er saß da so allein.«

»Er ist nicht allein.« Martin Gorden blieb freundlich. »Sie

sollten fremden Kindern kein Eis anbieten. Das kommt nicht so gut.«

Raphael lachte auf und sagte, gespielt verstehend: »Ah, ich weiß, was Sie meinen. Entschuldigen Sie bitte, ich wollte Ihrem Sohn nicht zu nahe treten.«

Gorden nickte ihm zu. Nachdem er noch ein paar Sätze mit seinem Adoptivsohn gewechselt hatte – Belanglosigkeiten über einen Film, den der Junge im Kino sehen wollte –, verschwand er wieder in der Küche. Der Kleine klebte noch ein paar Bilder ein, dann folgte er seinem Vater.

Raphael winkte Sarah zu. »Ich würde gern zahlen.«

Sie ging an die Kasse und legte wenig später einen Bon vor ihm ab. »Vierunddreißig fünfzig, bitte.«

Raphael zog sein Portemonnaie aus der hinteren Tasche seiner Jeans. »Mach vierzig«, ging er ins Duzen über. »Und was würdest du davon halten, wenn ich dich heute Abend auf einen Aperol Spritz einlade?«

Sie schluckte, während sie die beiden Zwanziger nahm, die er ihr hinhielt. »Also, ich … ich würde ja gern Ja sagen, aber ich hab Spätdienst.« Ihr war anzusehen, wie es hinter ihrer Stirn arbeitete. »Nächste Woche Mittwoch hätte ich aber Zeit. Sind Sie … bist du dann noch hier?«

»Oh, ich bin kein Urlauber. Ich wohne hier.« Unfreiwillig, aber das ging sie nichts an. »Dann bis nächsten Mittwoch. Um neunzehn Uhr in der Milchbar am Sandwall?«

»Ja, gut. Dann … bis dann.«

Er ließ die Zähne blitzen. »Ich freu mich.«

Raphaels Blick wanderte auf dem Rückweg über die Häuser und Grundstücke der Mühlenstraße. Grüne Hecken, manche übermannsgroß, überwogen als Abgrenzungen. Auf einer weißen Bank saß eine lebensgroße Figur in Form eines Pfeife rauchenden Kapitäns. Auf einem anderen Grundstück kam gerade ein Rasenroboter um die Ecke gefahren. Den brauchte er nicht. Bei ihm war der Rasen durch den genialen Sommer so dermaßen verbrannt, dass es kaum etwas zum Mähen gab.

Hingucker in der Straße war natürlich die Mühle. Ihr fehlten zwei Flügel, was ihr einiges an Charme nahm, aber insgesamt machte sie einen äußerst gepflegten Eindruck. Vielleicht wurde sie gerade restauriert.

»Was geht hier denn ab?«, stieß er aus, als er sein Grundstück betrat. Er hatte das Kinderlachen und -kreischen schon gehört, als er vom Rebbelstieg in die Mühlenstraße abgebogen war. Dass der Lärm von seinem Grundstück kam, hatte er allerdings nicht erwartet.

Ein Blondschopf hing kopfüber an einem Ast im Apfelbaum, zwei weitere tobten um den Baum herum. Ein viertes Kind mit dunklen Haaren saß auf der Bank unter dem Fenster des Arbeitszimmers, neben sich ein paar Bilderbücher, und schaute den dreien, still in sich reinlachend, zu.

»Hey!«, brüllte Raphael, weil keines der Kinder reagiert hatte. »Ich rede mit euch Kröten!«

Alle sahen ihn an, der Baumhänger aus der Kopfüber-Perspektive.

»Was treibt ihr hier? Ksch …« Raphael wedelte mit den Händen. »Verschwindet wieder nach drüben. Das hier ist mein Grundstück.«

»Wir dürfen hier spielen«, antwortete der kleinste Blondschopf, ein Junge von höchstens vier Jahren in einem verwaschenen T-Shirt mit Feuerwehrwagen-Aufdruck.

»Du darfst atmen und sonst nichts.« Raphael packte ihn und warf ihn über die Buchsbaumhecke, die Johannes' Grundstück von seinem trennte. Dann schnappte er sich das blonde Mädchen. Die Kleine kreischte, als sie unsanft auf der anderen Seite landete.

»Und du? Gehst du freiwillig rüber?«, wandte Raphael sich an den Großen, der sich vom Baum heruntergeschwungen hatte.

»Aber da wohnen wir gar nicht.«

»Erzähl mir nichts. Ihr seid doch die Mieter von nebenan. Also bleibt gefälligst da drüben. Und nehmt euch ein Beispiel an Mogli.« Raphael deutete auf den dunkelhaarigen Jungen, der nach wie vor auf der Bank saß und das Geschehen stumm verfolgte. »Der sitzt still.«

»Was ist hier los?« Imme trat aus dem Haus und blickte von Raphael zu den beiden Blondschöpfen auf dem anderen Grundstück. Das Mädchen versuchte gerade, ihren kleinen Bruder auf die dichte Hecke zu stemmen. Immes Stimme wurde streng. »Bente, Fiete, ihr kommt da sofort weg. Da drüben habt ihr nichts verloren.«

Der Große deutete auf Raphael. »Der Mann hat sie rübergeworfen, Mama.«

Raphael sah Imme an. »Das sind deine Gören?«

»Allerdings. Wieso wirfst du sie über die Hecke?«

»Ich hab sie nicht geworfen.«

»Hast du wohl«, rief die Kleine mit kirschroten Wangen.

»Ich hab euch rüber*gehoben.*« Raphael grinste Imme an. »Mit etwas Schwung.«

Der Große hatte seinen kleinen Bruder inzwischen von der Buchsbaumhecke heruntergezogen. Mit anklagendem Blick auf Raphael sagte er zu seiner Mutter: »Der ist ausländerfeindlich. Er hat zu Tarik Mogli gesagt.«

»Mausebär«, antwortete Imme ihm, »der ist sicherlich kein Rassist, der hat nur keine Manieren. Und keine Geografiekenntnisse. Mogli kommt aus Indien. Und unser süßer Tarik hier«, sie schnappte sich den zarten Jungen von der Bank und hob ihn auf ihre breiten Schultern, was der Kleine mit einem fröhlichen Lachen quittierte, »ist Afghane.« Sie sah Raphael an. »Tarik ist Avas Sohn.«

»Aha.« Raphael blickte um sich. »Und mein Grundstück ist der städtische Kindergarten, oder was?«

»Ruhig, Brauner.« Imme lachte und trabte mit Tarik im Pferdegalopp um Raphael herum. »Meine drei Hölderlinge nehm ich jetzt mit nach Hause. Wir sind nur hier, weil wir Ava und Tarik zu Okes Geburtstag eingeladen haben.«

»Ich werd neun«, warf der Große ein. Er hing wieder im Apfelbaum und sah Raphael an. »Dich lad ich nicht ein.«

Raphael verzog keine Miene. »Das ist jetzt schon die beste Nachricht des Tages, egal was noch kommt.«

Imme lachte laut. »Ava ist drinnen und übersetzt dir

Schorschs Hieroglyphen. Bis morgen, Chef.« Sie hob Tarik von ihren Schultern, schmatzte ihm einen Kuss auf den dunklen Schopf und ging. Die drei Blondschöpfe setzten sich erst in Bewegung, als Imme einen Pfiff ausstieß, der die Amseln aus den Bäumen fegte.

Raphael blickte auf den dunkelhaarigen Jungen hinab, der stumm zu ihm heraufsah. »Bist du immer dabei, wenn deine Mutter hier arbeitet?«, fragte er.

Der Kleine schüttelte den Kopf.

Das war ja schon mal beruhigend. »Und warum bist du jetzt hier?«

»Weil ich nicht allein zu Hause bleiben darf.«

»Tarik!«, erklang Ava Rahmanis dunkle Stimme an der Tür. »Du wolltest doch lesen.« Sie schob ihn Richtung Bank und sah dann Raphael an. »Er ist nur dabei, weil ich auf die Schnelle keine andere Lösung gefunden habe. Und ich bin ja auch nur kurz hier, um Schorschs Krakeleien zu übersetzen.« Sie lächelte, anscheinend in Erinnerung an Schorsch, denn das Lächeln verschwand, als sie ihn wieder anblickte. »Wollen wir die Notizen zusammen durchgehen?«

Raphael folgte ihr ins Haus. Sie hatte einen Knackarsch, das verriet die enge Jeans. Dazu trug sie eine schwarze Bluse mit Fledermausärmeln. Ihre Unterarme waren unbehelligt geblieben von der Säure, die ihr das Gesicht verätzt hatte. Das Kopftuch, für das sie sich heute entschieden hatte, war schwarz mit fliederfarbenen Ornamenten. Wie mochte es darunter aussehen? Die Narben reichten jedenfalls bis unter das Tuch.

»Hier«, sie griff zwei Blätter von ihrem Schreibtisch. »Dies hier heißt eindeutig Flesch. Was es bedeutet, weiß ich nicht. Die anderen beiden Wörter sind Hinsch und Erhardt. Und dies hier«, sie tippte auf eine Buchstaben- und Zahlenfolge, »sind Autokennzeichen. Hiesige. NF-DH-942 und NF-E-1351.« Dann nahm sie den Zettel mit dem einzelnen Wort zur Hand. »Das heißt wohl Basid, aber was es bedeutet, kann ich nicht sagen.«

Raphael griff nach den Aufzeichnungen seines Onkels. »Ja, klar, das sieht wirklich nach Autokennzeichen aus, und dann sind das hier …«, er tippte auf die Worte Hinsch und Erhardt, »vermutlich die Namen dazu.«

»Wie kommen Sie darauf?«

Sie … Raphael sah sie an. Imme hatte ihn gleich geduzt. Jetzt von Ava Rahmani gesiezt zu werden, obwohl sie Johannes geduzt hatte, war unerwartet. Aber gut, wenn Madame Unlocker es so wollte. »Weil es in Kombination mit den Autokennzeichen Sinn ergibt« sagte er. »Die meisten Leute bringen doch ihre Initialen im Kennzeichen unter. Das H bei DH könnte für Hinsch stehen, das D vermutlich für den Vornamen. Und das E im anderen Kennzeichen steht für Erhardt.«

»Hm«, sie sah ihn an, »das könnte tatsächlich stimmen. Und es sollte herauszufinden sein.«

»Prima«, nickte Raphael. »Dann finden *Sie* es mal raus.« Das »Sie« zu betonen, hatte er sich nicht verkneifen können.

Ava ging nicht darauf ein. »Ich?«, fragte sie nur erstaunt.

»Sind Sie hier die Assistentin oder nicht?«

»Es war eine Gefälligkeit, dass ich heute hergekommen bin. Ich habe nicht vor –«

»Ich stelle Sie ein«, unterbrach Raphael sie, wieder auf die Zettel blickend. »Zu den gleichen Konditionen wie mein Onkel.« Er sah erst auf, als das Schweigen zu lang wurde. »Was? Ich dachte, Sie wollten den Job?«

Sie musterte ihn, holte dann tief Luft. »Also gut. Ich … versuche es.«

»Sie *versuchen* es … Irgendwie fühl ich mich gerade ein wenig wie Frankensteins Monster.«

»Oh, keine Sorge, Sie sind das genaue Gegenteil von Frankensteins Monster.«

In diesem Moment kam Tarik von draußen herein. Anscheinend hatte er den letzten Satz mitbekommen, denn er hakte nach: »Ist das Monster klein, Mama?«

Ava ging mit ihm nach draußen.

Durch das geöffnete Fenster hörte Raphael ihre Antwort.

»Es ist hässlich. Aber liebenswürdig.«

VIER

Raphaels dritte Nacht auf Föhr hatte ihm erneut einen erholsamen und traumlosen Schlaf beschert. Den Morgen verbrachte er damit, sich Haus und Grundstück von Martin Gorden anzuschauen, dessen Adresse Imme ihm genannt hatte. Wie erwartet, ergab diese Aktion nichts Ungewöhnliches. Gorden lebte mit seinem Adoptivsohn in einem Häuschen im Stine-Andresen-Weg. Laut Straßenschild war Stine Andresen eine Heimatdichterin gewesen. Einfamilienhäuser verschiedener Bauarten mit individuell angelegten Gärten und grünen Hecken, Lattenzäunen oder Steinwällen reihten sich dort aneinander.

Gordens Grundstück mit Rasen und einem Staudenbeet war nicht sonderlich gepflegt, aber auch nicht verkommen. Das Einzige, was Raphael auffiel, waren ein Kinder-Mountainbike, das an der Hauswand lehnte, und der SUV in der Garage. Beides sah neu aus, und diese Tatsache stand in krassem Widerspruch zu dem Geldmangelgerücht.

Die Nachbarn zu befragen, traute er sich nicht, da er nicht wusste, wie sie zu Gorden standen. Wenn sie ihm von seinen Erkundungen berichteten, würde sich Gorden womöglich an seinen gestrigen Besuch im Restaurant erinnern. Und das wollte er nicht. Es war einfacher, verdeckt zu schnüffeln.

Mittags aß er beim Pizza King in der Mittelstraße draußen am Stehtisch eine große Salami-Peperoni und googelte dabei das Ende der Sommerferien für Schleswig-Holstein – es war der kommende Freitag. Zufrieden machte er sich in die nahe Süderstraße auf. Da die Sommerferien für die nordfriesischen Inselkinder eine Woche früher endeten – das wusste er noch aus seiner Kindheit –, würde Nath Gorden jetzt also in der Schule sein. Vielleicht kam er mit dem Jungen ins Gespräch. Denn wer sagte denn, dass Dalika wirklich tot war? Vielleicht lief hier ja auch ein perfekt inszenierter Versicherungsbetrug?

Menschen kamen bei finanziellen Schwierigkeiten auf die absurdesten Ideen.

Er hatte Imme aufgefordert, herauszufinden, nach wie vielen Jahren eine Versicherung eine Lebensversicherung auszahlte und ob das überhaupt geschah, wenn keine Leiche auftauchte. Wenn Dalika versteckt lebte, würde sie vielleicht mit ihrem Sohn in Kontakt treten. Irgendwann. Vielleicht hatte sie es sogar schon getan?

Raphael hatte diesen Gedankengang eigentlich gleich wieder beiseiteschieben wollen, denn er war doch ziemlich an den Haaren herbeigezogen. Sie würde ihren Sohn kaum über Jahre hinweg alleinlassen, und das würde sie müssen, um nicht entdeckt zu werden. Aber abchecken wollte er diese Möglichkeit trotzdem. Und hören, was Klein Gorden noch so ausplapperte.

Die Rüm-Hart-Schule war ein mächtiger Kasten, dessen Dach und Mauerwerk sich rot gegen einen strahlend blauen Himmel abhob. In vielen Räumen standen die weißen Fenster, deren Scheiben durch Sprossen unterteilt waren, offen, und vereinzelt hörte man Kinderlachen.

Raphaels Geduld wurde arg strapaziert. Mehrfach lief er die Süderstraße auf und ab, bevor Nath Gorden endlich in einem Pulk Kinder das Schulgelände verließ. Von seiner gestrigen Maulfaulheit war nichts zu bemerken. Der Kleine unterhielt sich mit einem weiteren Jungen, lachte und rief einem Mädchen mit blondem Pferdeschwanz etwas zu, worauf sie kicherte.

Raphael wartete auf dem Bürgersteig gegenüber der Neuapostolischen Kirche, bis der Junge direkt an ihm vorbeiging. »Nath! Hallo!«

Der Junge blieb stehen und drehte sich um. Er musterte Raphael, und sofort stand Erkennen in seine Augen. Misstrauisch zogen sich die dunklen Augenbrauen zusammen. »Ja?«

»Hi, wir haben uns ja gestern schon kennengelernt. Ich arbeite fürs Radio und würde gern ein Interview mit dir machen. Zum Thema …« Raphael brach ab. Der Blick des Jungen hatte sich verändert. Angst zeigte sich darin, und Raphael fühlte sich mulmig.

Sein Gefühl verwandelte sich in Entsetzen, als der Junge zu schreien begann. Laut und schrill. Mit geschlossenen Augen und aufgerissenem Mund stand er da und schrie sich die Lunge aus dem Leib. Die anderen Kinder blieben stehen und starrten ihn an.

Im selben Moment legte sich eine Hand hart auf Raphaels Schulter. »Was haben Sie schon wieder mit meinem Sohn zu schaffen?« Die Hand löste sich. »Nath, komm her, mein Schatz, es ist alles gut.«

Raphael drehte sich um. Nath lief auf Martin Gorden zu und warf sich in dessen ausgebreitete Arme.

Wieso war der Kerl nicht in seinem Restaurant? Die Antwort fiel Raphael in der nächsten Sekunde ein. Weil heute Mittwoch war. Ruhetag im »Bullauge«.

Fuck!

Eine Mutter, die ihre Tochter abgeholt hatte, war aufmerksam geworden. Sie trat auf Martin Gorden zu, der Nath im Arm hielt und Raphael mit Blicken skalpierte.

»Was ist los?«, fragte die Frau. »Kann ich was tun?«

Und zu Raphaels Entsetzen antwortete Gorden: »Ja. Rufen Sie die Polizei. Dieser Mann«, er wies mit dem Kopf auf ihn, »belästigt Kinder. Gestern wollte er Nath ein Eis spendieren. Jetzt steht er hier vor der Schule.«

»Ich belästige …?« Raphael blieb die Spucke weg. Das lief nicht gut.

»Oh Gott!« Die Mutter betrachtete ihn mit einem Ausdruck, gegen den Gordens Blick der einer Märchentante war. Sie zog ein Handy aus der Tasche und hämmerte dreimal auf die Tasten. Und Raphael war klar, dass es der Notruf war.

Hau ab!, schrie seine innere Stimme, während sie hysterisch in ihr Smartphone sprach, und er hätte der Stimme nur zu gern Folge geleistet, insbesondere weil sich mittlerweile rund zwanzig Kinder um ihn versammelt hatten und ihn anstarrten, als sei er der Grinch, aber er zwang seine Beine zum Stehenbleiben. Denn wenn er nicht als Kinderschänder in die Annalen der Rüm-Hart-Schule eingehen wollte, war es wohl besser, mit der

Wahrheit rauszurücken. Und warum auch nicht? Angriff war doch angeblich immer die beste Verteidigung.

Er sah Gorden in die Augen. »Ich bin Privatdetektiv.« Wow! Das klang gut. »Und ich ermittle wegen des Verschwindens Ihrer Frau.«

Gordens Gesichtsfarbe wechselte von wutrot zu schreckensbleich.

»Meinen verstorbenen Onkel Georg Rickers müssten Sie ja kennen, Herr Gorden«, fuhr Raphael im Plauderton fort. »Ich führe die Friesendetektei fort.«

Alle starrten ihn an.

»Detektiv?«, stammelte Gorden.

Der Blick der Mutter veränderte sich so schlagartig, dass Raphael sich erlaubte, ihr zuzuzwinkern. Sie wandte schnell den Blick ab, blieb aber stehen, wo sie stand. Zweifellos wollte sie kein Wort von dem verpassen, was hier passierte.

Martin Gorden hatte sich gefasst. »Was fällt Ihnen ein, meinen Sohn zu belästigen?« Massive Wut färbte seine Stimme. »Ich werde Sie anzeigen! Die Polizei wird ja jeden Moment hier sein.«

»Ich habe nichts Verbotenes getan«, sagte Raphael ruhiger, als er sich fühlte. Durfte man Kinder vor Schulen nicht anquatschen, auch wenn man nichts Schlimmes im Sinn hatte? Diese Frage würde zweifellos gleich beantwortet werden, denn die Sirene des Polizeiwagens war schon zu hören.

Wenig später stoppte das Fahrzeug am Straßenrand, direkt neben ihnen. Der Beamte, der auf dem Beifahrersitz saß, stieg aus. »Was ist hier –«

Er kam nicht dazu, den Satz zu beenden, denn Martin Gorden fiel ihm ins Wort. »Er hat meinen Sohn bedrängt.«

Die Mutter zwängte sich an zwei Kindern vorbei zu den Beamten durch. »Ich habe Sie angerufen. Weil wir dachten, der Mann belästigt die Kinder. Aber«, ihr Blick wanderte zu Raphael, »er ist Privatdetektiv. Er ermittelt hier.«

In Raphaels Oberbauch kribbelte es. *Er ist Privatdetektiv.* Wenn sie es sagte, klang es nur noch halb so cool. Eher …

lächerlich. Und die Reaktion des Polizisten bestätigte sein Gefühl.

»Sie *ermitteln* hier also«, sagte der Mann spöttisch, während er sich zu voller Größe aufrichtete und vor ihm aufbaute. »Ihren Ausweis!« Statt Spott lag jetzt Härte in der Stimme. Er hielt die Hand auf. »Und den Gewerbeschein.«

»Er hat ganz doll geschrien«, stieß ein Mädchen aufgeregt aus.

»Wer hat geschrien?« Es war eine Polizeibeamtin, die dem Mädchen die Frage stellte. Raphael sah nur ihren Rücken.

»Mein Sohn«, übernahm Martin Gorden das Antworten. Er streichelte über den Kopf des Jungen, der das Ganze mit aufgerissenen Augen beobachtete. »Er muss sich wahnsinnig erschreckt haben, als der Mann auftauchte. Der Kerl hat ihn gestern schon in unserem Restaurant belästigt. Er wollte Nath mit einem Eis locken.«

Gordens Blicke waren Dolche, als er Raphael ansah. »Ich habe meinem Sohn danach geraten, sollte der Mann ihn noch mal belästigen, einfach loszuschreien. Und das war ja anscheinend ein guter Rat.«

»Es ist alles gut«, lobte die Polizistin Nath und streichelte ihm über den Kopf. »Du hast alles richtig gemacht.« Sie wandte sich Raphael zu und erstarrte.

Auch Raphael fehlten für einen Moment die Worte. Es musste zehn Jahre her sein, dass er sie zuletzt gesehen hatte. Sie war älter geworden, eindeutig. Aber sie war noch genauso schön wie früher. Vielleicht sogar noch schöner. Die Reife stand ihr.

»Sina, was ... Du bist Polizistin? Hier? Auf Föhr?«

Der Schrecken in ihrem Blick verlor sich. »Raphael!«

Der Polizeibeamte sah seine Kollegin an. »Du kennst den?«

Sie nickte. »Ja, von früher.«

Die nächste Viertelstunde rauschte an Raphael vorbei. Er würde Ärger bekommen, das stand fest, denn natürlich konnte er keinen Gewerbeschein vorweisen. Immerhin hatte er klarstellen können, dass seine Absichten gegenüber Nath Gorden nicht pädophiler Art gewesen waren.

»Lassen Sie die Gordens in Ruhe!«, gab der Beamte ihm unmissverständlich mit auf den Weg. »Die Familie hat genug mitgemacht. Die Kripo Husum ermittelt in dem Fall. Da braucht es keine Cowboys wie Sie, die meinen, hier den großen Max markieren zu müssen. Halten Sie sich von den Gordens fern. Verstanden?«

Leck mich! Raphael blickte auf den Polizisten hinunter. »Verstanden. Solange mir dieser Gewerbelappen fehlt, werde ich mich zurückhalten.«

Die Augenbrauen des Beamten zogen sich zusammen. Er sah zu Martin Gorden. »Möchten Sie ihn anzeigen?«

Raphael hielt den Blick, mit dem Gorden ihn musterte. »Nein«, sagte Gorden schließlich. Er klang erschöpft, und Raphael fühlte sich unwohl. »Nein, ich … ich will nur, dass Nath endlich seine Ruhe hat. Und ich auch.«

»Er wird Sie und Nath nicht mehr belästigen, Herr Gorden«, erklang Sinas Stimme. Sie sah Raphael an. »Nicht wahr?«

Er nickte. Versprechen wollte er nichts.

Martin Gorden nahm Naths Schultasche und ging mit ihm davon – ohne noch ein weiteres Wort zu sagen.

Raphael musterte Sina. »Hast du fünf Minuten für mich?«

Sie sah zu ihrem Kollegen, der dabei war, die aufgeregten Kinder zu beruhigen und nach Hause zu schicken. Sie nahm Raphaels Arm und lotste ihn ein paar Meter von den anderen weg.

»Ich dachte, du lebst im Schwarzwald«, sagte Raphael. »Jedenfalls war das die letzte Info unserer Cliquenfreundin Marlen, vor zehn Jahren, nachdem du dich auf und davon gemacht hast. Ohne Abschied. Einfach so.« Er schürzte die Lippen. »Von einem Tag auf den anderen war Sina Hermann einfach verschwunden.«

Ihre Wangen verfärbten sich noch mehr, als sie es schon getan hatten. »Ich heiße jetzt Ahmling.«

»Herzlichen Glückwunsch! Noch ein Herz hast du dann ja wohl nicht gebrochen.«

»Raph, ich –«

»Egal«, fuhr er ihr barsch über den Mund. »Wen interessieren schon alte Geschichten?«

»Kommst du, Sina?«, erklang die Stimme ihres Kollegen. Er stand am Polizeiwagen.

Sie nickte ihm zu und sah Raphael wieder an. »Du solltest aufpassen, was du hier veranstaltest, Raph. Du magst ja die Detektei deines Onkels weiterführen wollen, aber dir muss klar sein, dass du bei deinen *Ermittlungen* keinerlei Rechte und Befugnisse hast. Du bleibst Privatperson.«

»Dann ist es ja ganz wunderbar, dass ich dich hier getroffen habe, Sina Ahmling. Du wirst mir bestimmt den einen oder anderen Gefallen tun wollen, stimmt's?«

Ihre Gesichtszüge verhärteten sich. »Deine Arroganz war schon immer unbeschreiblich. Ich werde garantiert nicht meine Dienstpflicht verletzen, weil du irgendwelche Infos brauchst.«

»Wir werden sehen.«

Sie wandte sich einfach ab und ging zum Polizeiwagen.

Gedankenverloren machte Raphael sich auf den Heimweg. Er wäre an dem silberfarbenen SUV achtlos vorbeigegangen, hätte nicht eine Bewegung im Fond seine Aufmerksamkeit auf den Wagen gelenkt. Es war Nath, der ihn gesehen hatte und sich in den Sitz presste, wahrscheinlich in der Hoffnung, nicht von ihm gesehen zu werden. Er war allein im Wagen. Raphael sah sich um. Wo steckte Martin Gorden?

Er entdeckte ihn am Schaukasten der Kirche. Gorden hielt sein Handy ans Ohr gepresst. Raphael konnte aus der Entfernung kein Wort verstehen, aber Gorden wirkte mehr als aufgebracht.

Mit wem telefonierte er?

Wahrscheinlich mit seinem Anwalt, gab er sich selbst die Antwort.

Als Raphael sein Haus betrat, wühlte es in ihm. Zum einen wegen der überraschenden Begegnung mit Sina, zum anderen wegen Gordens aufgeregtem Telefonat. Was, wenn es nicht der Anwalt gewesen war?

Imme saß am Assistentinnen-Schreibtisch, einen Stapel alter Akten vor sich. Sie war dabei, den Reißwolf zu füttern. Er ließ sich auf den Stuhl hinter seinem Schreibtisch fallen und berichtete ihr in allen Einzelheiten, was vor der Schule abgegangen war.

»Du wolltest *den Jungen ausquetschen*?«, wiederholte sie fassungslos. »Nath ist ein Kind! Er hat seine Mutter verloren! Wie und warum auch immer. Du kannst doch nicht so verroht sein, dass dir das egal ist.«

»Ist doch alles gut. Ich bin ja gar nicht dazu gekommen, der kleinen Kröte Fragen zu stellen.«

»Glücklicherweise. … Tu mir einen Gefallen: Werde nie Vater.«

»Seh ich aus, als hätte ich das vor? Kinder sind gruslig.«

Imme stand auf. »Und tschüs.«

»Was? Jetzt bist du beleidigt?«

»Nö. Aber ich hab Feierabend.« Sie nickte Richtung Wand. Raphael folgte ihrem Blick zu der Uhr in Eiche rustikal, deren Pendel abmontiert im Uhrenkasten lag. Es war zehn vor zwölf.

»Zahl ich nicht bis um zwölf?«

»Ich war ja schließlich auch schon um zehn vor neun hier.«

»Wir haben bis Viertel nach neun Kaffee getrunken!«

»Das gehörte bei Schorsch auch dazu. Außerdem hab ich dich dabei mit Infos zu den Gordens versorgt.«

»Mein Onkel hat euch nicht zufällig vom Arbeitsamt vermittelt bekommen? Aus der Abteilung Die-die-zu-nix-zu-gebrauchen-sind?«

Lachend winkte Imme ihm zu. »Genau mein Humor, Raph. Bis morgen.«

Als Ava um vierzehn Uhr kam, verzichtete Raphael darauf, sie von der Aktion vor der Schule zu unterrichten. Mütter waren ja anscheinend sehr sensibel, wenn es um Kinder ging.

Stattdessen ging er in die Küche, füllte zwei Becher mit dem Kaffee, den er gerade gekocht hatte, und ging damit ins Arbeitszimmer zurück. Den Becher mit dem Aufdruck »Schietwetter« behielt er in der Hand, den mit dem Sonnenblumenmotiv setzte er vor Ava ab.

»Ich hoffe, Sie mögen starken Kaffee … Rufen Sie bitte diese Frau King-Kong, oder wie auch immer sie heißt, an und sagen Sie ihr, dass ich den Fall übernehme.«

»Sie meinen Khun Som, Dalikas Mutter? Khun ist die thailändische Anrede für Frau oder Herr. ›Frau Khun‹ ist quasi doppelt gemoppelt. Aber Schorsch hat sie auch immer Frau Khun Som genannt.«

Raphael starrte sie an. »Wie auch immer, die mein ich jedenfalls. Geben Sie ihr meine Kontonummer und sagen Sie ihr, dass sie mir einen Vorschuss überweisen soll.« Er zog sein Portemonnaie aus der Jeans, fummelte eine Karte heraus und warf sie Ava auf die Schreibtischunterlage, die ein dicker Papierblock war.

Ava nahm die Karte auf, und Raphael stellte fest, dass sie sehr feingliedrige Finger hatte, deren Nägel zartrosa lackiert waren.

»Wie viel Geld möchten Sie?«, fragte sie.

»Keine Ahnung. Wie viel hat mein Onkel genommen? Sie hat ihm doch bestimmt schon was gezahlt? Angerechnet wird davon jedenfalls nichts. Was vorher hier gelaufen ist, interessiert mich nicht.«

»Schorsch hat von ihr keinen Vorschuss verlangt. Frau Som ist nicht vermögend.«

»Ich auch nicht. Ich brauch das Geld. Sind fünfhundert zu viel?«

»Fünfhundert!« Avas Stimme wurde lebhaft, in Form von Entsetzen. »Das kann sie nie und nimmer zahlen. Fünfzig. Allerhöchstens.«

Raphael starrte sie an. »Fünfzig?«

Ava hielt seinem ungläubigen Blick stand.

Er schluckte das *»Never!«* herunter, das er der lächerlichen Zahl hinterherschicken wollte, und sagte stattdessen: »Okay, fünfzig … Ich werde auf dieser Kackinsel verhungern und verdursten, das steht fest.«

Einen Moment lang überlegte er, ihr zu verraten, dass sie dieses Zugeständnis einzig ihren wunderschönen Augen zu verdanken hatte, aber auch das schluckte er herunter.

FÜNF

Es war nicht stockdunkel im Raum, als Raphael erwachte, denn der Halbmond warf sein kaltes Licht an den Seiten des Rollos vorbei ins Schlafzimmer. Ein Blick auf sein Handy verriet, dass es gerade einmal zwei Uhr war. Er war erst vor einer Stunde ins Bett gegangen.

Was hatte ihn geweckt?

»Vermutlich die Stille«, murmelte er vor sich hin. In London hatte er keine einzige leise Nacht erlebt. In seiner Wohnung in der Curtain Road in Shoreditch waren Straßenlärm und Nachtleben ständig präsent gewesen.

Dann hörte er, was ihn wohl geweckt hatte. Ein Kind weinte. Nebenan – in Johannes' Haushälfte – waren heute neue Feriengäste eingezogen. Ein junges Ehepaar mit einem Baby, das schon bei der Ankunft geplärrt und ihm seinen Kaffee verdorben hatte, den er draußen auf der Bank unter dem Arbeitszimmerfenster eigentlich in der Sonne hatte genießen wollen.

Genervt stand er auf, als das Schreien nach kurzer Ruhephase wieder einsetzte. Er zog ein Shirt über, ging nach unten, schenkte sich ein Glas Cola ein, nahm seine Zigaretten und ging durch die Hintertür nach draußen – barfuß, nur in Boxershorts. Er setzte sich auf die Bank am Schuppen. Eine von vier Bänken auf dem kleinen Grundstück. Schorsch schien gern draußen gesessen zu haben. Vielleicht hatte er nachts nicht schlafen können und genau hier gesessen? Hatte die kühle, klare Luft tief eingeatmet. War dem Geruch der Nacht nachgegangen.

Konnte man Sauerstoff riechen? Roch er nach nassem Laub und gleichzeitig frisch und würzig, und schmeckte er salzig? Raphael atmete tief ein und aus. Vielleicht musste man nur lange genug in einer Metropole wie London gelebt haben, um das so zu empfinden.

Er griff nach der Zigarettenschachtel und fummelte eine

heraus, während seine Gedanken zu Sina wanderten. Und in die Vergangenheit. Gerade als er das silberne Feuerzeug aufflammen lassen wollte, wurde seine Aufmerksamkeit auf einen Punkt außerhalb seines Grundstücks gelenkt. Auf ein Glimmen, winzig, kaum wahrnehmbar, doch er konnte es sofort einordnen. Jemand stand auf dem gegenüberliegenden Bürgersteig und rauchte. Immer wieder glomm es in Abständen auf.

Raphaels Herzschlag nahm Fahrt auf. War es ein Zufall, dass um zwei Uhr nachts ausgerechnet auf der gegenüberliegenden Seite seines Hauses jemand stand und rauchte? Natürlich war das möglich. Aber Raphael gefiel nicht, dass der Jemand neben seinem Mercedes stand. Er hätte den Oldtimer vielleicht doch lieber auf die Auffahrt fahren sollen.

Er nahm die Zigarette aus dem Mund, warf sie neben sich und stand auf. Mit langen Schritten nahm er Kurs auf das Glimmen. »He!«, rief er.

Im selben Moment erklangen hastige, sich in Richtung Rebbelstieg entfernende Schritte. Der Typ haute ab, also hatte er was zu verbergen.

Raphael rannte los. »Ey, du Wichser, bleib stehen!« Er joggte zweimal in der Woche. Und das Training kam ihm zugute, denn er konnte das Keuchen des Mannes vor sich, der nach links in den Rebbelstieg abgebogen war, immer besser hören. Er kam ihm näher.

Aber wer auch immer vor ihm davonlief, hatte einen Vorteil, denn er trug vermutlich Schuhe. Für Raphael endete die Verfolgungsjagd auf dem Parkplatz beim Schwimmbad, als er in etwas trat, das ihn aufschreien und stoppen ließ.

»Fuck!« Er hob seinen schmerzenden Fuß und tastete den Ballen ab. Warm klebte das Blut an seinen Fingern, als er ein Scherbenstück herauszog. Er war in eine zerbrochene Flasche getreten. Vorsichtig trat er einen Schritt zur Seite, fort von den Scherben, und sah sich um. Schatten von Bäumen an der Lüttmarschhalle ragten in die Dunkelheit. Der Kerl war verschwunden. Schritte waren nicht mehr zu hören.

Humpelnd trat er den Heimweg an. Wer war der Typ, den

er verfolgt hatte? Ein Mann war es auf jeden Fall gewesen. Das hatte das Keuchen verraten.

Zurück im Haus machte er sich auf die Suche nach Verbandszeug. Ein Pflaster würde nicht reichen, wie die Blutflecken auf dem Boden verrieten, aber er wurde nicht fündig. Dann fiel ihm der Verbandskasten im Auto ein. Er humpelte nach draußen, trat an seinen Mercedes und erstarrte. Sah er richtig, oder spielte die Dunkelheit ihm einen Streich? Hektisch öffnete er den Kofferraum, griff nach der Taschenlampe darin und richtete den Strahl auf die Beifahrerseite seines Wagens. *»Fucking hell!«* Ein tiefer Kratzer zog sich vom hinteren Kotflügel über die Tür bis zur Motorhaube.

»Du blödes Arschloch!«, schrie er in die Nacht, dorthin, wo der Unbekannte verschwunden war. »Ich krieg dich! Dafür krieg ich dich dran!« Er lief um den Wagen herum. Die Schmerzen am Fuß blendete er dabei aus. »Oh nein!« Er wimmerte. Auch die komplette andere Seite war zerkratzt.

Raphael verbrauchte sein gesamtes Arsenal an Schimpfwörtern, während er ins Haus zurückhumpelte. Als er im Arbeitszimmer nach dem Telefon griff, um die Polizei anzurufen, verharrte er in der Bewegung und legte das Mobilteil zurück.

Gorden! Das war dieser Drecksack Gorden gewesen!

Er zog Jeans und Sneakers an, ohne die Wunde zu verbinden, setzte sich in seinen zerkratzten Wagen und fuhr los. Der Typ war zu Fuß geflohen, vielleicht zu seinem Auto, vielleicht aber auch nicht. Wenn es wirklich Gorden gewesen war, würde er ihn vielleicht erwischen, bevor er zu Hause war.

Die Fahrt in den Stine-Andresen-Weg dauerte keine drei Minuten, weil er sich nicht an das Tempolimit hielt. Raphael stellte den Motor aus und starrte zu Gordens Haus, das dunkel dalag. Der SUV stand im Carport. Raphael stieg aus und ging zu dem Wagen. Sein Ballen brannte, und bei jedem Schritt quatschte das Blut im Schuh, aber für einen Verband war nun mal keine Zeit gewesen. Er ging in die Knie und tippte vorsichtig an den Auspuff. Er war kalt.

Raphael ging zu seinem Mercedes zurück und wartete zehn

Minuten. Nichts geschah, niemand tauchte auf. Er nahm sein Handy, verfluchte sich, dass er sich Gordens Nummer nicht notiert hatte, suchte über das Internet dessen Festnetznummer heraus und wählte.

Nach dem dritten Klingeln wurde es hinter einem Fenster im Obergeschoss hell. »Gorden«, meldete Martin Gorden sich. Seine Stimme klang fragend, aufgeregt.

Raphael legte wortlos auf. Dass Gorden nicht verschlafen geklungen hatte, bedeutete nichts. Jeder, der um drei Uhr nachts angerufen wurde, würde eher alarmiert klingen, wenn er das Gespräch annahm, denn nächtliche Anrufe bedeuteten selten etwas Gutes. Und die Tatsache, dass Gorden erst nach dem dritten Klingeln das Licht angeknipst hatte, sprach dafür, dass er geschlafen hatte.

Raphael wusste, dass er nicht sicher sein konnte, aber Gorden schien auszuscheiden. Wer also war der Wichser, der vor ihm abgehauen war und der wahrscheinlich seinen Wagen zerkratzt hatte?

***

Als Raphael am Morgen nach einem kurzen, unruhigen Schlaf erwacht war, kochte er Kaffee und löste den Verband, den er sich in der Nacht um den Fuß gewickelt hatte. Die Wunde schmerzte, aber die Blutung war gestillt. Er wickelte trotzdem einen neuen Verband um den Fuß, damit er nicht noch einen weiteren Schuh versaute. Die Sneakers von letzter Nacht hatte er in den Müll geworfen.

Erst nach dem zweiten Kaffee traute er sich nach draußen zu seinem Wagen, um den Schaden am Lack zu begutachten. Was seine Wut allerdings nicht schmälerte. Im Gegenteil. Im Sonnenlicht sah das Ganze noch schlimmer aus. Sein Baby! Raphael traten die Tränen in die Augen. Er zuckte zusammen, als ein fröhliches »Moin, Chef!« neben ihm erklang.

Imme strahlte ihn an, dann veränderte sich ihr Gesichtsausdruck. Ungläubig fragte sie: »Heulst du?«

»Höchstens vor Wut«, stieß er aus. »Irgendein Wichser hat mich heute Nacht besucht und das hier getan.« Er deutete auf die Kratzer und berichtete, was sich ereignet hatte.

»Krass«, sagte Imme, als er fertig war. »Du bist bereit, ein Grundschulkind, das seine Mutter verloren hat, *auszuquetschen*. Aber wegen 'ner blöden Karre heulst du?«

»Hast du mir überhaupt zugehört? Ich habe einen Typen verfolgt, der das Haus beobachtet hat! Und der das hier getan hat!« Er streichelte die Motorhaube noch einmal und stellte sich dann vor den Mercedes. »Genau hier hat der Typ gestanden.«

Er sah sich um. Und stutzte, als sein Blick auf eine braune Kippe im Rinnstein fiel. Er bückte sich und sammelte sie auf. »Der Typ hat geraucht«, murmelte er.

»Ist das ein Zigarillo?«

Raphael nickte. »Allerdings. Ein nicht ausgetretener Zigarillostummel.« Er sah sie an. »Der Typ hat den Stummel weggeworfen, als er abgehauen ist.«

»Möglich. Oder ein x-beliebiger Zigarilloraucher hat seinen Stummel einfach auf die Straße geworfen.«

»Quatsch! Der Typ hat geraucht! Und er wird kaum mit Kippe im Mund geflohen sein. Der hat ordentlich gekeucht, als ich ihn verfolgte. Das hier«, er hielt ihr den Stummel so dicht unter die Nase, dass sie angewidert einen Schritt zurücktrat, »ist ein Corpus Delicti, sag ich dir.«

Imme nickte. »Den Fall Dalika wieder aufzunehmen erscheint jedenfalls mehr als richtig. Denn in einem stimme ich dir zu: Das, was heute Nacht passiert ist, ist garantiert kein Zufall.« Sie sah ihn an. »Jemand will dich vergraulen.«

»Dann ist der Jemand aber sehr dämlich. Megadämlich. Denn jetzt bin ich erst richtig heiß darauf, den Fall zu übernehmen. Dein vorrangiger Job heute Morgen: Du kümmerst dich um meine Gewerbeanmeldung. Und dann rufst du meine Versicherung an. Ich will wissen, ob die das Lackieren übernehmen. Ich geh zu den Bullen und mach 'ne Anzeige.« Noch einmal strich er zart über den weißen Lack.

»Natürlich übernimmt die Versicherung das, wenn du vernünftig versichert bist«, sagte Imme. »Da brauch ich gar nicht anzurufen. Guck einfach auf deine Police.«

»Ich bin dein Chef und will, dass du da anrufst. Klar?«

»Ja, Massa. Ich werd ja für meine Stunden hier bezahlt. Da mach ich auch dämliche Anrufe.«

»Hast du eigentlich 'ne Probezeit? Falls ja, sieht es im Moment nicht gut für dich aus.«

Imme griff lachend in die Riesentasche, die um ihre Schulter hing. Sie zog eine mintfarbene Plastikdose heraus und öffnete den Deckel. »Ich hab heute Morgen schon gebacken. Magst du Schoko-Himbeer-Muffins?«

Köstlicher Duft zog an Raphaels Nase vorbei. Er legte den linken Arm um Immes Schultern. »Komm ins Haus, wunderbare Assistentin. Kaffee ist fertig.« Die rechte Hand hielt er mit der Handfläche nach oben wie ein Tablett. Darauf lag der Zigarillostummel. Der erste Beweis, den er gesichert hatte.

»Wie sieht's denn hier aus?« Imme deutete auf den Fußboden, als sie das Haus betraten. Raphaels Blut klebte noch fleckig auf den Fliesen.

Raphael sah sie an. »Du hast nicht zufällig Lust, hier mal durchzuwischen? Das Klo müsste auch geputzt werden. Ich zahl auch extra.«

Imme verschränkte die Arme vor der Brust. »Keine Chance. Ich hab den Job bei Schorsch angenommen, um dem Hof und dem Haushaltsleben für ein paar Stunden zu entkommen. Da werde ich garantiert bei dir nicht zu putzen anfangen.«

»Ihr habt einen Hof? So mit Viechern und so?«

»Ja, mein Tjark ist Landwirt. Mit Leib und Seele. Und da meine Schwiegereltern auf dem Altenteil nebenan leben, ist reichlich Hilfe da, sodass ich halbtags hierher verschwinden kann. Aber nicht zum Putzen!« Sie überlegte. »Ich kann dir eine Hilfe besorgen. Als Schorsch noch lebte, kam Frau Mommsen von gegenüber zweimal die Woche zum Putzen rüber, aber –«

»Dann sag der Bescheid«, fuhr Raphael ihr über den Mund. »Sie soll hier so schnell wie möglich den Feudel schwingen.«

Frau Som erschien am Donnerstag pünktlich zu dem von Ava vereinbarten Nachmittagstermin. Sie weinte vor Freude darüber, dass Raphael den Fall übernehmen wollte. »Sie gute Mann. Sie geben Hilfe zu mir. Ich dankbar. So dankbar.«

Raphael richtete sich im Stuhl auf und sah zu Ava, die an ihrem Schreibtisch saß und auf dem Laptop eine Liste mit Fällen anlegte, die Onkel Schorsch noch angenommen hatte und die Raphael eventuell würde beenden können.

»Ich mache Vorzahlung. Frau sagt«, Dalikas Mutter drehte sich auf dem Stuhl vor Raphaels Schreibtisch und deutete auf Ava, »ich soll bezahlen fünfzig Euro.«

Raphael sah zu, wie Frau Som ein kleines Portemonnaie aus ihrer roten, mit Fransen versehenen Handtasche nahm, es aufknipste und zwei ineinander verknüllte Scheine herauszog. Den Zehner stopfte sie in das Portemonnaie zurück, den Fünfziger faltete sie auseinander, strich ihn glatt und legte ihn vor Raphael auf dem Schreibtisch ab. »Bitte, bitte schön.«

Raphael grapschte nach dem Schein. Das erste als Detektiv verdiente Geld!

Das Hochgefühl schwand, als er erneut zu Ava blickte. Mit zusammengezogenen Augenbrauen hämmerte sie auf die Tastatur ein. Obwohl sie ihn nicht ansah, wusste Raphael, was in ihren Augen zu lesen sein würde. Und das wurmte ihn. Was bildete Ava Rahmani sich ein? Etwa, dass er das Geld furzte, das er ihr als Lohn zahlte? Er steckte den Schein ein. Fünfzig Tacken waren eine gute Flasche Whisky.

Er berichtete Dalikas Mutter von dem Zusammentreffen mit Gorden vor der Schule. Dass er selbst dort gewesen war, um Nath anzusprechen, ließ er aus. Das hätte Avas Tastatur nicht überlebt.

Frau Som hatte keine Hemmungen, über Dalikas Vorleben zu sprechen, als er nachhakte. »Ja, sie hat verkauft Körper. Alle tun. Ich auch, als ich jung. Können leben mit Geld von Männer aus Europa.« Es lag kein Zeichen von Abscheu in ihrer Stimme. Der Nachsatz »Deutsche Männer gute Männer«, den sie hastig hinzufügte, schien allerdings dazu zu dienen, ihn gewogen zu stimmen.

Raphael ging nicht darauf ein. »Und Sie haben wirklich keine Ahnung, was mein Onkel herausgefunden hatte? Er hat Ihnen nichts über die Spur verraten, die er angeblich hatte?«

Sie hob die Schultern. »Hat gesagt, hat Spur. Mehr nicht.«

»Okay. Ich verspreche Ihnen, zu tun, was ich kann.«

»Danke, Herr! Danke! Ich werde Geld schaffen bei für Sie. Familie in Heimat wird helfen.«

In Raphaels Oberbauch begann es zu kribbeln. »Wo wohnen Sie denn eigentlich?«

»Runter von Insel.« Sie deutete Richtung Festland. »Auf Platz mit Wohnwagen.«

»Sie leben auf einem Campingplatz?«

»Hier auf Insel ist zu teuer. Bin gekommen vor ein Jahr von Heimat hierher, als Dalika verschwunden. Will bleiben für Nathapong. Will ihn holen in Heimat, wenn Gorden verhaftet. Soll nicht leben hier, wo Mutter tot und Vater Mörder.«

»Haben Sie denn momentan Kontakt zu Ihrem Enkel?«

Sie schüttelte den Kopf. »Gorden erlaubt nicht. Hab ich Nathapong viele Monate nicht gesehen.«

Aus Gordens Sicht verständlich, dachte Raphael. Schließlich bezichtigte ihn seine Schwiegermutter des Mordes an seiner Frau. Er beugte sich vor. »Frau Khun ... Som, es gibt keinerlei Beweise, dass Martin Gorden für das Verschwinden Ihrer Tochter verantwortlich ist. Vielleicht täuschen Sie sich. Vielleicht ist sie wirklich ertrunken. Nicht immer gibt das Meer seine Opfer wieder frei.«

In ihre Augen traten Tränen. »Ich weiß, er lügt! Ich hab gesehen es in seine Augen. Er ist nix gutes Mann wie Sie.«

Okay, gab Raphael vor sich selbst zu, damit war ihre Fähigkeit als Augenleserin skeptisch zu betrachten.

»Ich werde tun, was ich kann, um herauszufinden, was mit Dalika passiert ist«, versprach er ihr. »Und ... wir werden auf Erfolgsbasis abrechnen.«

Frau Som sah ihn an. »Ich nicht verstehe.«

»Sie brauchen mich nur zu bezahlen, wenn ich herausfinde, was mit Dalika passiert ist.« Er zog den Fünfziger aus seiner Hosentasche und hielt ihn ihr hin.

Ava warf ihm einen überraschten Blick zu.

Dalikas Mutter begann zu weinen, während sie nach dem Geldschein griff. »Sie guter Herr! Gut Karma. Sie, Herr, und Ihr Familie sollen leben in ewig Glück.« Sie stopfte den Schein ins Portemonnaie zurück und verabschiedete sich.

Ava begleitete sie hinaus. Als sie wieder ins Büro kam, grinste Raphael. »Ich hoffe für mich und meine Familie, dass sie eine bessere Glückwünscherin als Augenleserin ist.«

Um Avas Mund spielte ein kleines Lächeln. Sie setzte sich an ihren Schreibtisch und sah Raphael über beide Tische hinweg an. »Das war sehr nett von Ihnen, ihr das Geld wiederzugeben.«

»Nun, es hat sich gelohnt. Sie haben mich gerade zum ersten Mal angelächelt.« Und kaum hatte er die Worte ausgesprochen, bereute er sie, denn ihr Lächeln verschwand abrupt. Mit starrem Gesicht wandte sie sich wieder dem Laptop zu.

Raphael wandte den Blick von ihr ab, aber seine Gedanken blieben noch einen Moment bei Ava. Wer auch immer ihr das Gesicht verätzt hatte, hatte ihr mit dieser Tat sehr viel mehr geraubt als nur ihre Makellosigkeit.

***

Sinas Adresse herauszufinden war einfach gewesen. Imme Hölderling schien jeden Wyker Bewohner persönlich zu kennen und hatte ihm gesagt, dass Sina mit ihrer Familie in der Gartenstraße wohne: »In dem Haus mit dem Erker und dem Fenster, das aussieht wie ein Kirchenfenster.«

Raphael hatte einen Tag verstreichen lassen, aber an diesem Freitag machte er sich auf den Weg in die Gartenstraße.

In das weiß verputzte Haus war tatsächlich eine Art Kirchenfenster mit bunten Scheiben eingearbeitet, ansonsten wirkten Haus und Garten eher spießig. Er warf einen Blick auf seine Armbanduhr. Achtzehn Uhr. Ob ihr Mann zu Hause war?

Er wollte Sina allein sprechen, hatte allerdings auch keine Geduld, länger zu warten. Er trat an die Haustür und drückte den Klingelknopf über dem Messingschild mit der schlichten Aufschrift »Ahmling«.

»Hi«, sagte Raphael, als Sina die Tür öffnete. »Ich …« Er brach ab. »Oh Mann! Was ist passiert?«

Sinas linkes Auge war von einem Bluterguss umgeben, dessen Farbe zwischen Violett und verschiedenen Blautönen pendelte und sich bis über den Nasenflügel zog. Unterhalb der Augenbraue klebte ein Pflaster.

»Was willst du hier?« Sie sprach leise, blickte sich nach drinnen um, trat zu ihm vors Haus und zog die Tür ran, ohne sie zu schließen. »Was du hier willst, hab ich gefragt!« Sie klang panisch und … ja, ängstlich.

»Ich wollte nur noch mal mit dir über die guten alten Zeiten reden. Und über alte Weggefährten.«

Ihre Augen füllten sich mit Tränen. »Bitte, Raphael, lass die alten Zeiten ruhen. Bitte!«

Er deutete auf ihr Gesicht. »Was ist passiert?«

Sie lachte künstlich auf. »Skateboards in einem zugemüllten Kinderzimmer sollten verboten werden. Ich bin heftig gestürzt, wie du siehst.«

»Du hast Kinder?«

»Eine Tochter. Und um die muss ich mich jetzt kümmern, darum geh bitte, Raphael.«

»Ich verschwinde gleich. Aber vorher …« Er zog einen Zettel aus der Hosentasche und reichte ihn ihr. »Ich brauche eine Auskunft, die du mir sicherlich geben wirst. Ich muss wissen, wer die Halter der Fahrzeuge mit diesen Kennzeichen sind. Meine Handynummer hab ich dazugeschrieben.«

Sie starrte auf den Zettel, dann zu ihm. »Spinnst du?«, zischte sie leise. »Das kann ich nicht machen. Ich –«

»Für dich ist das doch ’ne Routineabfrage. Kostet dich Montag nur ein paar Minuten deiner Zeit.«

In diesem Moment wurde die Tür aufgezogen, und Sina zuckte zusammen. Ein dunkelhaariges Mädchen blickte ihn an. »Wer ist das, Mama?«, fragte sie, ohne ihre Mutter anzusehen.

Sina steckte den Zettel hastig ein. »Niemand. Und jetzt geh wieder rein, mein Schatz. Ich helfe dir gleich beim Basteln.«

Die Kleine lächelte ihm zu, und er lächelte automatisch zurück. Sie würde den Jungs einmal die Köpfe verdrehen, das stand fest.

»Nächste Woche ist meine Kinderparty, und Mama und ich basteln Prinzessinnenkronen«, verriet sie ihm strahlend und ging wieder rein.

Er starrte ihr hinterher, bis Sina die Tür erneut zuzog. »Wie alt ist sie?«, fragte er.

»Acht. Sie wird acht.«

Die Tür öffnete sich erneut. »Liebes, alles okay?« Ein Mann Mitte dreißig trat neben Sina und legte ihr seinen Arm um die Schulter. Er musterte Raphael.

Und Raphael musterte ihn. Er war braunhaarig, weder besonders attraktiv noch hässlich. Unter dem dunkelblauen T-Shirt zeichnete sich ein leichter Bauchansatz ab. Ein Durchschnittstyp. Und doch gab es etwas, das Raphael negativ auffiel: die helle Stimme des Mannes. Unangenehm klang sie in seinen Ohren nach.

»Der Herr hat nur nach dem Weg gefragt.« Sinas Stimme war fest, aber der Blick, mit dem sie Raphael ansah, war Flehen pur. Bitte sag ihm nicht, wer du bist!, lautete die Botschaft darin.

Raphael zögerte einen Moment, dann blickte er Sinas Ehemann an. »Ich suche Familie Röhrig«, phantasierte er drauflos. »Ihrer Frau sagte der Name nichts. Sie sollen hier im Stine-Andresen-Weg wohnen.« Gordens Straße war die einzige Straße in der Nähe, die er kannte.

»Sie sind hier in der Gartenstraße. Der Stine-Andresen-Weg ist zwei Straßen weiter.«

Raphael lachte. »Na, dann kann ich ja lange suchen. Danke. Und einen schönen Tag für Sie.«

»Gleichfalls«, sagte Sinas Mann.

Sina sagte nichts. Ihr Danke lag in ihrem Blick.

Zu Hause stieg Raphael in die Wanne, um zu duschen. Als er den Duschvorhang zuzog, nahm er sich vor, schnellstmöglich einen neuen zu kaufen. An diesem hing der Siff von Jahrzehnten.

Er dachte an Sina. Schlug ihr unsympathischer Kerl sie? Raphael boxte zu lange, um nicht sofort erkannt zu haben, dass ihr Matschauge keineswegs von einem Sturz herrührte. Jemand hatte ihr ein Veilchen geschlagen. Dabei konnte er sich kaum vorstellen, dass sie sich das gefallen lassen würde. Aber kannte er sie noch gut genug, um das beurteilen zu können? Zehn Jahre waren schließlich eine lange Zeit.

Genervt nahm er den Duschkopf, der in alle Richtungen spritzte, aus der Halterung und spülte das Duschgel von seinem Körper. Noch ein Teil für die Einkaufsliste.

Und dann ließ er den Duschkopf mit einem Ausruf des Schreckens fallen, denn der Duschvorhang wurde ruckartig aufgezogen.

Sprachlos starrte er auf die kleine alte Frau herunter, die strahlend zu ihm aufsah. »Gud maaren, Schorschs Enkel!«

»Äh …«

»Sie sind aber ein hübscher großer Mann.«

»Was zum …?« Hektisch stieg er aus der Wanne, griff das Handtuch von dem weißen Plastikhocker und wickelte es sich um die Hüften. »Wer sind denn Sie, verdammt?«

»Na, na, na.« Sie wackelte mahnend mit dem Zeigefinger. »Hier wird nicht geflucht. Ich bin Frau Mommsen. Ich mach hier doch sauber.«

Frau Mommsen … Hatte Imme den Namen nicht erwähnt? Das kleine Hutzelweibchen war also Schorschs Putzfrau!

»Wie sind Sie reingekommen?«

»Na, wie wohl?« Sie griff in die Tasche ihrer dunkelblauen Baumwollhose, an der Unmengen von hellen Fellhärchen hafteten, und hielt einen Schlüssel in die Höhe.

»Sie haben einen Schlüssel zum Haus? Zu *meinem* Haus? Her damit!« Er hielt die Hand auf.

Völlig unbeeindruckt steckte sie den Schlüssel in ihre Tasche zurück. »Wenn Sie den wiederhaben wollen, müssen Sie ihn rausholen.« Sie reckte ihm fröhlich die Hüfte entgegen.

Raphael starrte auf ihre Hosentasche. Eher würde er sich seine Finger einzeln abhacken, als sie in die Hose der Alten zu stecken.

Ihr Gesichtsausdruck wechselte von fröhlich zu betrübt. »Der gute Schorsch. Ich vermisse ihn. Aber als Frau Hölderling mich fragte, ob ich jetzt für Sie putzen möchte, hab ich natürlich Ja gesagt. Für Schorschs Enkel tu ich das.«

»Ich bin sein Neffe, nicht sein Enkel.«

»Ach!« Sie musterte ihn unter diesem Gesichtspunkt erneut und nickte dann wohlwollend. »Ich werde zwar bald dreiundachtzig, aber das bisschen Haushalt hier krieg ich wieder in den Griff.« Sie ging zu der offenen Badtür und drehte sich dort noch einmal um. »Erst mal kümmere ich mich um den Boden. Sie scheinen mir ein kleines Schweinchen zu sein, Herr Rickers. Überall diese Marmeladenflecken.«

»Ich heiße Freersen, Raphael Freersen! Und das ist keine Marmelade auf dem Boden, sondern –«

Sie ließ ihn nicht ausreden. »Ich heiße Frau Mommsen«, wiederholte sie sich fröhlich. »Wir beide werden uns schon gut verstehen. Ich mag große Männer. Mein Mann war auch groß. Nicht so groß wie Sie, vor allem nicht dort«, sie deutete auf seinen Intimbereich, »aber hübsch war er auch.«

Sprachlos starrte er auf die Tür, die sie hinter sich zuzog. Es gab nur eine Erklärung: Föhr war von der Regierung annektiert und zum Alcatraz der Verrückten deklariert worden.

Und er war mittendrin.

***

Samstagmorgen ging Raphael vor dem Frühstück an den Strand. Er schwamm zwanzig Minuten, in der Hoffnung, dass das brennende Salz die Fußwunde reinigte. Dann sah er einem Jungen und einem Mädchen im Grundschulalter zu, wie sie von einer der Steinbuhnen aus versuchten, mit einem Kescher Wollhandkrabben aus der Nordsee zu fischen. Der froschgrüne Plastikeimer für die Beute war noch leer.

»Kleiner Tipp«, sagte Raphael in Erinnerung an seine eigene Kindheit. »Zertretet eine Miesmuschel und bindet sie an eine Schnur. Die Krabben lieben das Muschelfleisch und beißen gut an.«

Er und Johannes hatten in den Ferien beim Onkel unendlich viele Stunden damit verbracht, die Krabben zu angeln und im Eimer zu sammeln, um sie schließlich am Strand wieder auszuschütten und zuzusehen, wie sie in ihrer eigenartig queren Fortbewegungsweise ins Wasser zurückeilten.

»Muscheln sind Lebewesen. Da darf man nicht drauftreten«, antwortete ihm die Kleine.

Gab es eigentlich nur noch klugscheißende Gören? »Wenn man Miesmuscheln lebendig in kochendes Wasser wirft, wird ein leckeres Mittagessen draus«, sagte Raphael gnadenlos, schlüpfte in seine Shorts und ging nach Hause. Er hatte Appetit bekommen.

Mangels Miesmuscheln briet er sich Rührei und Speck und aß dazu zwei dicke, mit Butter beschmierte Scheiben von dem dunklen Vollkornbrot, das er tags zuvor in der Bäckerei Hansen gekauft hatte. Gesättigt räumte er den kleinen Küchentisch ab, bediente sich noch einmal an der Kaffeemaschine und ging mit der Tasse ins Arbeitszimmer.

Die nächste Stunde verbrachte er damit, Martin Gorden zu googeln, aber die Recherche im Internet war nicht ergiebig. Es gab zwei Pressefotos, die Gorden bei Veranstaltungen zeigten. Auf dem einen lächelte er mit Dalika in die Kamera, auf dem anderen stand er – mit Kochmütze und Schürze – neben einem dunkelblonden Mann im Anzug am Tresen seines Restaurants. Einen dazugehörigen Artikel fand Raphael nicht.

Aber wozu hatte er Imme? Er griff nach seinem Smartphone und rief sie an. »Ja-ha, ich weiß, dass Wochenende ist. Gib mir mal deine E-Mail-Adresse. So was hast du doch hoffentlich? Ich brauch nämlich dein Immepedia-Wissen.« Er hielt das Telefon vom Ohr weg, als sie loslachte, und notierte dann die Adresse.

»Super. Ich schick dir gleich ein Foto rüber. Du kannst mir vielleicht sagen, wer der Typ darauf ist, neben Gorden … Was? Ja, allerdings war Frau Mommsen hier. *Darüber* sprechen wir Montag.«

Nachdem er Imme das Foto geschickt hatte, kam die Antwort postwendend per E-Mail: »Das ist Kai Kersten, einer der reichsten Insulaner. Dem gehören hier etliche Immobilien. Er ist der Besitzer vom Bullauge. Martin Gorden hat das Restaurant von ihm gepachtet. Bis Montag, Chef! Und nerv mich bis dahin nicht mehr. LG Imme«.

Raphael betrachtete den Mann auf dem Foto noch einmal genauer. Der Typ wirkte mit seinen grau melierten, für Raphaels Geschmack zu langen Haaren gelackt, hatte aber ein sympathisches Lächeln.

Konnte der Typ ihn weiterbringen? Raphael wollte nicht einfallen, wie.

»Und jetzt ist Wochenende«, murmelte er vor sich hin und stand auf. Detektiv spielen konnte er Montag wieder. Er würde sich Richtung Südstrand aufmachen. Vielleicht konnte er bei Pitschi's was Knackiges für den Abend aufreißen.

SECHS

»Wer war das denn?«, fragte Imme am Montagmorgen, nachdem sie sich an der Haustür mit einer Blondine die Klinke in die Hand gegeben hatte.

Raphael winkte der jungen Frau hinterher, als sie sich noch einmal umdrehte und ihm einen Kussmund zuwarf. »Das war Nina.«

»Aha.« Imme sah ihn an. »Und?«

»Und was?«

»Ja, muss ich mir den Namen merken? Johannes sagte, du bist Single.«

»Mein Bruder ist 'ne Labertasche. Der hat euch über mein Privatleben gar nichts zu erzählen. Und ... du musst dir den Namen nicht merken.« Er grinste und zog sein Handy aus der Hosentasche, weil es vibrierte.

»Freersen. ... Ah, Sina.« Er ging ins Büro, setzte sich an seinen Schreibtisch und ignorierte Immes gebrummtes »Nina, Sina, was für ein Verschleiß«.

»Das ist eine einmalige Angelegenheit, Raphael«, hörte er Sinas Stimme durch das Telefon. Unterdrückte Wut klang hindurch. »Also, schreib mit.«

Er riss einen Zettel von einem Block ab. »Leg los.«

»Der Halter des Fahrzeugs mit dem Kennzeichen NF-DH-942 ist Dieter Hinsch, der Halter des anderen Fahrzeugs heißt Steffen Erhardt.«

»Wusste ich's doch ... Und die Adressen?«

»Verdammt, Raphael, ich –«

»Jetzt gib mir schon die Adressen«, fiel er ihr ins Wort. »Dann lass ich dich auch in Ruhe.«

Sie zögerte einen Moment, dann nannte sie ihm die jeweilige Anschrift der beiden Männer.

»Danke.«

Sina legte einfach auf.

Raphael legte das Handy zur Seite und blickte auf den Zettel. Dieter Hinsch lebte auf Sylt, Steffen Erhardt in St. Peter-Ording.

»Das war ja anscheinend doch keine deiner Flammen«, sagte Imme. Und da sie nicht dämlich war – er hatte sie schließlich nach Sinas Adresse gefragt –, hakte sie nach: »War das Sina Ahmling? Die Polizistin? Wieso gibt die dir Informationen?«

Er lächelte breit. »Mein Charme öffnet mir eben Wege und Türen.« Mehr würde er Imme nicht erzählen. Assistentin hin oder her, sie musste nicht alles wissen. »Auf jeden Fall hab ich jetzt die Adressen der Halter. Du weißt schon, die Kennzeichen, die Schorsch notiert hatte.«

»Okay, sehr gut.«

»Und jetzt schau ich mal, was das Internet über die beiden Typen hergibt.«

Er arbeitete sich konzentriert durch die Ergebnisse. Dieter Hinsch war zweiundfünfzig Jahre alt und verheiratet. Er war Immobilienmakler auf Sylt. Seine Firma schien zu laufen, und er schien spendabel zu sein, denn sein Name wurde oft in Zeitungsartikeln über Benefizveranstaltungen auf Sylt genannt. Über seine Familie gab das Internet wenig her. Es gab ein Foto, das ihn mit einer Frau und zwei Jugendlichen zeigte. Anscheinend seine Familie, denn die Frau tauchte auf weiteren Bildern auf. Sie war eine kleine Moppelige, deren herzliches Lächeln große Lebensfreude ausstrahlte.

Die Recherche zu Erhardt war unergiebig. Raphael fand weder heraus, wie alt der Mann, noch, was er von Beruf war. Und ein Foto gab es auch nicht. Als er entschied, beide Männer an ihren Wohnorten zu observieren, bescherte ihm das einen wohligen Schauer auf seinem Rücken.

»Wie komm ich morgen von hier am schnellsten nach Sylt rüber?«, fragte er Imme.

»Tja, eine Variante wäre die Fähre nach Dagebüll, von dort nach Niebüll und dann mit dem Zug rüber nach Sylt. Problem: Der Zugverkehr auf die Insel läuft leider nicht immer so optimal.«

»Ich hab keinen Bock, stundenlang an einem Bahnhof zu warten. Nächster Vorschlag.«

»Mit 'ner Cessna?«

»Bin ich Mark Zuckerberg? Kann ich mir nicht leisten. Nicht *mehr*.«

»Dann bleibt nur noch der Wasserweg. Ich finde mal raus, wann die Schiffe der Adler-Linie morgens gen Sylt aufbrechen. Seit Neuestem gibt es auch einen Katamaran auf der Strecke.«

Der »Adler Cat« legte am nächsten Morgen pünktlich um neun Uhr in Wyk ab. Die See war ruhig, und Raphael genoss die schnelle Fahrt zur Nachbarinsel. Vom Anleger auf Sylt gönnte er sich ein Taxi nach Kampen, weil er keine Lust auf eine Fahrt mit dem Linienbus hatte. Er ließ sich an der Hauptstraße absetzen und ging zu Fuß über den Wattweg zum Hans-Hansen-Wai.

Glücklicherweise waren einige Touristen unterwegs, die ein wenig Deckung boten, denn Raphael stellte schnell fest, dass er sich unmöglich lange vor Hinschs Grundstück aufhalten konnte, ohne den Nachbarn oder der Familie Hinsch selbst aufzufallen.

Er schlenderte in den nächsten beiden Stunden einige Male am Grundstück vorbei, aber außer dass ein DHL-Bote ein Päckchen lieferte, das Frau Hinsch entgegennahm, tat sich nichts. Auf jeden Fall schien es noch ein kleineres Kind zu geben, denn ein Kinderfahrrad lag quer auf der Auffahrt.

Um die Mittagszeit gönnte Raphael sich im Manne Pahl ein Wiener Schnitzel und ein Pils. Er erkundigte sich in dem Restaurant nach Hinsch, aber dort kannte ihn niemand. Raphael wagte daraufhin, in zwei weiteren Lokalen Erkundigungen einzuholen, aber keiner der Befragten wusste etwas Negatives zu berichten. Hinsch war ein geachteter Geschäftsmann und lebte im privaten Bereich unauffällig.

Nach einer weiteren Stunde Observierung, in der die Sonne heiß vom Himmel brannte, ansonsten nichts weiter passierte und sich niemand von der Familie Hinsch blicken ließ, dämmerte es Raphael, dass der Detektivjob vielleicht doch nicht so Indiana-Jones-mäßig war, wie er es sich vorgestellt hatte.

Vielleicht lag es auch an der Tatsache, dass er Sylt anders kannte. In der Vergangenheit war er oft auf der Insel der Reichen und Schönen gewesen. Vor allem wegen der Schönen. Im Sansibar hatte er mit Freunden in den Dünen ausgelassene Partys gefeiert. Aber Sylt hatte auch im sportlichen Bereich einiges zu bieten. Der Surf Cup war legendär. Und im März war er extra aus London angereist, um mit Johannes am traditionellen Syltlauf teilzunehmen. Heute, so ziellos und ohne jede Action, fühlte er sich auf der Insel deplatziert.

Da der Katamaran erst um achtzehn Uhr fünfzig zurückfuhr, verließ Raphael Sylt am Nachmittag frustriert mit dem Zug und fuhr mit der Fähre von Dagebüll zurück nach Föhr. Wie viel Zeit allein das Hin- und Herfahren gekostet hatte!

Als er sein Haus betrat, empfing ihn ein helles Lachen aus dem Büro. Ava. Wer oder was entlockte ihr eine solche Fröhlichkeit?

»Johannes!«, sagte er überrascht, als er sein Büro betrat. Sein Bruder saß an seinem Schreibtisch, einen Becher Kaffee in der Hand.

Avas Lächeln verschwand. »Hallo«, sagte sie förmlich.

Raphael erwiderte den Gruß im gleichen Ton. Da Ava sich ihrem Laptop zuwandte, sah er Johannes an. »Was treibt dich denn schon wieder her? Musst du keine Kinder taufen oder Senioren beerdigen?«

Johannes lächelte. »Dir auch ein fröhliches Hallo, Bruderherz.« Er zwinkerte danach Ava zu.

Raphael stutzte. Na, die beiden schienen ja dicke miteinander zu sein. Er warf einen schnellen Blick zu der Afghanin, die heute ein schlichtes cremefarbenes Kopftuch trug. Kam Johannes vielleicht gar nicht seinetwegen?

»Ich hatte Sehnsucht nach dem Meer«, sagte Johannes in diesem Moment. »Und natürlich will ich wissen, wie's dir geht.«

»Tatsächlich?« Raphael hörte selbst, dass er unhöflich klang. »Lass uns was essen gehen«, fügte er versöhnlich hinzu. »Dann erzähl ich dir, was es Neues gibt.« Er wandte sich Ava zu. »Muss ich irgendetwas wissen?«

»Ja, eine Frau Meyse hat angerufen und bittet um Rückruf. Ich habe das Post-it mit der Handynummer auf Ihren Schreibtisch geklebt.«

»Danke.« Er lächelte ihr zu. »Ich ruf sie nachher zurück.«

Sie nickte und wandte sich Johannes zu. »Vielen Dank noch mal für das Buch.« Sie deutete auf ein großformatiges Hochglanzbuch.

Raphael las den Titel: »Van Gogh«. Johannes war ein Fan des niederländischen Malers und im Frühjahr in Amsterdam gewesen. Wahrscheinlich hatte er das Buch aus dem Museum mitgebracht.

»Avas Lachen geht direkt ins Herz, findest du nicht?«, sagte Johannes, kaum dass sie sich im Restaurant Bi de Pump an den Tisch neben dem Tresen gesetzt hatten.

Raphael sah seinen Bruder an. Interessant. Sie berührte also Johannes' Herz. Tauschten sie noch mehr aus als Bücher? Ein Gedanke, der seinen Bauch kribbeln ließ. Was wohl an dem Chaos in seinem Inneren lag. Sina beherrschte seine Gedanken. Er konnte Johannes kaum ansehen, ohne mit der Neuigkeit herausplatzen zu wollen, dass sie hier auf Föhr lebte.

»In den Genuss von Avas Lachen bin ich noch nicht gekommen«, beantwortete er stattdessen Johannes' Frage. »Sie mag mich nicht. Du hast es doch gehört, sie *siezt* mich.«

»Nimm ihr diese Distanz nicht übel. Ava hat Furchtbares erlebt. Wenn sie dich erst besser kennt, wird sie lockerer werden.«

»Ist mir auch wurscht. Solange sie ihren Job gut macht ...«

Johannes musterte ihn mit seinem Johannes-Blick. War es Wärme, was darin lag? Güte? Irgendetwas jedenfalls, von dem Raphael wusste, dass es in seinem eigenen Spiegelbild niemals auftauchte.

Und wieder wollte Sinas Name über seine Lippen schlüpfen, aber er beherrschte sich. Er musste sich erst über die Konsequenzen klar werden. Und darum begrüßte er es, als Johannes das Thema wechselte.

»Soll ich Mama von dir grüßen? Ich treffe sie Donnerstag. Sie hat mich überredet, sie zu einem Geburtstagsabendessen zu den Bichlers zu begleiten.«

»Zu den Nasen?«

»Sag das nicht. Ich hab jetzt schon Angst, dass ich ihn irgendwann mal mit Herrn Nase anrede.«

Raphael lachte auf. Herr Nase. So hatten sie den Geschäftsfreund des Vaters schon in der Kindheit und Jugend genannt. Die mächtigen Hakennasen der Bichler-Familie, die in Flensburg eine Keramikmanufaktur betrieb, zogen sich durch alle Generationen. »Wieso begleitet unser Vater Mama nicht?«

»Er macht übers Wochenende einen Segeltörn mit unserem Schwager. Außerdem will Mama den Bichlers deren jährliche Spende für ihren Wohltätigkeitsbasar abschwatzen, und sie scheint zu hoffen, dass ein Pastor da hilfreich wirkt. Die Bichlers sind der Kirche sehr zugewandt. Und ich habe mich natürlich von Mama breitschlagen lassen, weil ich weiß, wie wichtig es ihr ist … Aber nun zu dir. Ich freue mich riesig, dass du Onkel Schorschs Arbeit fortsetzt.«

Raphael erzählte seinem Bruder alles, was es im Dalika-Fall zu berichten gab, während er seine Scholle aß. Johannes hatte sich für das wechselnde Tagesgericht entschieden – Gulasch mit Salzkartoffeln – und hörte ihm ruhig zu.

»Mysteriös bleibt es allemal«, sagte Johannes schließlich. »Ich bin gespannt, ob du herausfindest, welche Spur unser Onkel angeblich entdeckt hatte. Auf jeden Fall ist es mehr als großzügig von dir, dich von Frau Som nur bei Erfolg bezahlen zu lassen. Ava hat es mir erzählt … Hmm, das Gulasch ist oberlecker.«

»Ava Rahmani und Imme Höllending, oder wie auch immer die Riesin heißt, sind un-fass-bare Plappermäuler! Die haben dir gar nichts von den Fällen zu stecken.«

Johannes grinste. »Du hast mir doch selbst gerade alles brühwarm berichtet.«

Raphael griff nach seinem Pils. »Klar. Aber das wissen die ja nicht.« Er nahm einen großen Schluck und wischte sich den Schaum von den Lippen. »Und dann diese Putzfrau, Frau

Mommsen! Die ist fast scheintot, megaunheimlich. Sie hat den Duschvorhang aufgerissen, als ich in der Wanne stand und …«, er senkte seine Stimme, »meinen Schwanz gemustert!«

Johannes lachte, wurde aber gleich wieder ernst. »Ich habe die alte Dame mal kennengelernt, als ich bei unserem Onkel zu Besuch war. Ich hatte den Eindruck, dass sie noch ganz pfiffig ist.«

»Pfiffig? Die ist mannstoll!« Er erzählte Johannes von ihrer Hosentaschen-Reingreif-Aufforderung und endete mit einem tiefen Seufzer. »Und jetzt hat sie immer noch meinen Schlüssel.«

Johannes bekam das Grinsen nicht aus dem Gesicht. »Ich kann dir die Nummer der Reinigungskraft geben, die bei mir in der Ferienwohnung putzt.«

»Darauf komm ich zurück, denn als Putze ist die Alte nicht zu gebrauchen. Es war nicht wirklich sauber, nachdem sie weg war.«

»Das ist das Alter. Sie sieht wahrscheinlich nicht mehr gut.«

»Toll, ich hab 'ne blinde Putzfrau. Kannst du mir bei deinem nächsten Besuch Vaters Pistole aus dem Tresor mitbringen? Dann kann ich mich erschießen. Weil hier nur Irre um mich sind. Nur!«

»Ja, etwas *föhr*rückt scheint dein Leben im Moment wirklich zu sein.« Johannes begann, an der Tischdeko herumzufummeln. »Und da passt die Bitte, die ich habe, vielleicht ja auch rein.«

»Na, jetzt bin ich gespannt.«

»Ich würde so gern mal wieder boxen.«

»Dann geh zu Grumpy und box dir die Seele aus dem Leib.«

Johannes wurde ernst. »Du weißt ganz genau, dass ich das nicht machen kann.«

»Tss!« Raphael schüttelte verständnislos den Kopf. Johannes war der Meinung, dass sich sein Beruf und der Boxsport nicht vertrugen. Er befürchtete, seine Schäfchen würden sich von ihm abwenden, wenn sie herausfanden, dass er seine Fäuste leidenschaftlich gern auf Kopf und Körper seiner Sparringspartner platzierte. Seit Johannes Pastor in Sanderup war, einem kleinen Dorf vor den Toren Flensburgs, hatte er das Boxen aufgegeben – eigentlich.

»Du möchtest also mal wieder in meine Haut schlüpfen?«, stellte Raphael klar. Mittlerweile musste es das dritte oder vierte Mal sein.

»Ja. Wenn es für dich okay ist.«

»Ich kann damit bestens leben«, antwortete Raphael. »Du bist doch derjenige, der glaubt, die Lügen bringen dich in die Hölle.«

Johannes grinste schief. »Stimmt, ich habe danach immer ein schlechtes Gewissen, aber die Hölle … davon gehe ich eigentlich nicht aus. Ich tue mit dieser Notlüge ja niemand anderem weh.« Er leerte seine Rhabarberschorle. »Rufst du bei Grumpy an? Oder soll ich den Termin selbst machen?«

»Mach ihn selbst.«

»Okay. Ich gebe dir Bescheid, wann ich da bin. Nicht dass du zufällig zeitgleich aufkreuzt.« Die Vorfreude auf einen Fight stand ihm ins Gesicht geschrieben. »Muss ich noch irgendwas wissen, um mich nicht zu verraten? Gibst du Sunny immer noch einen Begrüßungskuss?«

»Ja, klar. Wenn du das nicht machst, wissen sie sofort, dass du nicht ich, sondern du bist.« Raphael zögerte einen Moment, dann fügte er hinzu: »Allerdings ist es jetzt ein Zungenkuss.«

***

Mittwochvormittag setzte Raphael im alten Renault Clio seines Onkels mit der Fähre nach Dagebüll über. Da seine bevorzugte Autowerkstatt in Flensburg erst in der kommenden Woche einen Termin zum Lackieren frei hatte und er sein Baby nicht woanders hingeben wollte, stand der Mercedes weiterhin in der Mühlenstraße. Raphael verfluchte den Renault während der Fahrt nach St. Peter-Ording mehrfach, weil er kaum wusste, wohin er mit seinen langen Beinen sollte, aber alles war besser als ein zerkratzter Oldtimer.

Nach siebzig Minuten Fahrtzeit stoppte Raphael vor dem Grundstück von Steffen Erhardt in der Pestalozzistraße im Ortsteil St. Peter-Böhl. Auf der breiten Auffahrt stand ein cremefarbener Mini Cooper. Das Kennzeichen war nicht das, was Schorsch notiert hatte. Aber das störte Raphael nicht. Ein Mini war ein typisches Frauenauto. Der Wagen gehörte wahrscheinlich Erhardts Frau oder Freundin. Erhardt selbst würde hoffentlich irgendwann auftauchen.

Mit Blick zur Armbanduhr stellte er fest, dass er sich ruhig noch ein Stündchen Auszeit gönnen konnte, denn so früh hatte niemand Feierabend.

Weitere zehn Minuten später parkte Raphael im St. Peter-Ordinger Ortsteil Bad im Parkhaus der Dünen-Therme. In der Trattoria Pasquale hockte er sich auf einen der langbeinigen Hocker, nachdem er sich am Tresen ein alkoholfreies Weizen und ein Krabbenbrötchen geholt hatte. Er scannte automatisch das weibliche Angebot, das in engen Tops und Shorts oder luftigen Sommerkleidchen vorbeiflipflopte, während seine Gedanken bei Steffen Erhardt waren. Wenn der Typ zu Hause ankam und aus dem Wagen stieg, würde er zumindest ein Foto schießen können. Wie er an weitere Informationen über Erhardt kommen sollte, war ihm allerdings schleierhaft. Zur Not musste er eine Nachbarschaftsbefragung durchführen.

Das Handy in seiner Jeans vibrierte. Johannes hatte ihm eine WhatsApp geschickt: »Hallo, Raph, bin heute Abend bei Grumpy. Lass dich also bitte nicht blicken.«

»Alles klar, Bruder«, schrieb Raphael zurück. »Genieß es. Viel Spaß!«

Als sich zwei hübsche Mittdreißigerinnen mit einer Weinschorle zu ihm an den Tisch gesellten, ihre Zigaretten rausholten und um Feuer baten, schob er die Gedanken um Erhardt beiseite. Eine halbe Stunde Flirtzeit musste drin sein.

War es vielleicht genau diese halbe Stunde, die ihm geholfen hätte, Erhardt knipsen zu können? Dieser ärgerliche Gedanke kam Raphael, als er erneut am Grundstück in der Pestalozzistraße vorfuhr. Neben dem Mini Cooper stand jetzt ein schwarzes BMW-Cabrio mit dem Kennzeichen NF-E-1351. Er hatte Erhardt verpasst.

Raphael parkte so, dass er die Auffahrt einsehen konnte. Die

Bäumchen am Straßenrand spendeten ein wenig Schatten. Immer wieder einmal griff er zum Handy, um so zu tun, als telefoniere er. Zweimal stieg er aus und ging am Grundstück vorbei, aber es verging eine weitere Stunde, ohne dass sich etwas tat.

Genervt wollte er gerade aufgeben, als sich die Haustür öffnete. Ein Mann Mitte dreißig in türkisfarbenem Poloshirt und weißen Bermudas küsste eine Blondine an der Haustür und ging dann zum BMW. Er trug einen großen Rucksack über der Schulter.

Raphael zog sein Smartphone aus der Hosentasche und ließ das Seitenfenster herunter. Ein schnelles Foto gelang. Noch mal zu knipsen traute er sich nicht, denn die Frau an der Haustür sah jetzt in seine Richtung.

Erhardt legte den Riesenrucksack auf dem Rücksitz des BMW ab. Er war blond, schlank und anscheinend bestens gelaunt, denn er pfiff ein Lied vor sich hin, als er einstieg und ein Cap und eine Sonnenbrille aufsetzte. Die Kiesel knirschten, als er die Auffahrt herunterfuhr und auf die Straße abbog.

Raphael hielt das Handy ans Ohr gedrückt und sprach hinein, was ihm gerade in den Sinn kam. Nur seine Lippen zu bewegen, erschien ihm zu blöd. »Ja, bis gleich, Schatz. Ich hab hier noch einen Termin in der Pestalozzistraße, aber ich bin pünktlich zum Abendessen zu Hause.« Okay, er kam sich auch jetzt noch dämlich vor, fühlte sich aber irgendwie sicher. Sein Blick hing an Erhardt und am BMW, als er an ihm vorbeifuhr. Erhardt sah ihn kurz an und konzentrierte sich gleich wieder auf die Straße.

»Du fährst zum Golfen!«, murmelte Raphael, dem Wagen hinterhersehend. Der vermeintliche Rucksack auf dem Rücksitz war eindeutig ein Golfbag gewesen. Da seine Mutter ein ähnliches Modell besaß, war Raphael sich sicher.

Und dieser Gedanke brachte ihn ins Grübeln. Onkel Schorsch war auf dem Föhrer Golfplatz zusammengeklappt und einem Herzinfarkt erlegen, zum Erstaunen der ganzen Familie, denn außer seiner Mutter spielte kein Mitglied der Familie Golf – schon gar nicht Schorsch.

War das Golfen vielleicht gar nicht Schorschs neues Hobby gewesen? Hatte er sich im Föhrer Golfclub nur angemeldet, um dort zu recherchieren?

Andererseits ergab das keinen Sinn. Raphael wusste, dass St. Peter-Ording über einen eigenen Golfplatz verfügte – seine Mutter hatte schon sämtliche Plätze Schleswig-Holsteins bespielt. Also würde sich Erhardt wohl kaum auf den Weg nach Föhr machen, um zu spielen, sondern den heimischen Platz anfahren.

Raphael griff nach dem Smartphone und googelte. Neben dem Nordsee-Golfclub St. Peter-Ording e. V. gab es ganz in der Nähe noch den Tatinger Open-County-Platz. Raphael entschied sich, zuerst den Golfplatz in St. Peter-Ording anzusteuern. Er lag nicht weit entfernt im Ortsteil Böhl am Eiderweg, direkt in den Dünen.

Auf dem Parkplatz an der Driving-Range entdeckte Raphael Erhardts BMW auf den ersten Blick. Er würde in Erfahrung bringen müssen, ob Erhardt auch auf Föhr spielte.

Raphael blickte auf die Uhr. Er würde sich auf den Rückweg machen. Schließlich traf er sich um neunzehn Uhr mit der süßen Kellnerin aus dem »Bullauge«.

***

Sarah traktierte ihn mit dem üblichen Dating-Fragenkatalog, als sie am Sandwall an einem der kleinen Tische der Milchbar an der Promenade saßen. Sarah hatte sich für den Platz im Strandkorb entschieden, Raphael saß ihr auf einem Korbstuhl gegenüber. Der Gewitterschauer, der eine halbe Stunde zuvor für etwas Abkühlung gesorgt hatte, war glücklicherweise vorbei, sodass sie draußen sitzen konnten.

Sarahs Fragen beantwortete Raphael teils wahrheitsgemäß, teils vage. Alter, Hobbys und dass er seit Neuestem in Wyk wohnte, durfte sie wissen, aber nicht, dass er Privatdetektiv war. Auf jeden Fall flirtete er, was das Zeug hielt.

»Ich hab gehört, dass deine Chefin spurlos verschwunden

ist«, wagte er endlich sein Ziel anzusteuern, als Sarah an ihrer dritten Toten Tante sog. »Stimmt das?«, stellte er sich dumm.

»Yep.« Sie nickte mit großen Augen, während sie den Becher abstellte und die Sahne mit dem Strohhalm unter den heißen Kakao rührte. »Weg ist sie. Und keiner weiß, wohin.«

Das, was sie ihm zu Dalikas Verschwinden erzählte, wusste er bereits alles, und er langweilte sich entsprechend, während sie munter plapperte. An den ihm richtig erscheinenden Stellen warf er immer mal ein »Aha« oder »Nein!« oder »Unglaublich!« ein.

»Also scheiden sich die Geister«, fasste er zusammen, als sie geendet hatte und durstig nach ihrem Becher griff. »Die einen glauben, sie ist auf und davon, die anderen denken, sie ist ertrunken. Und die dritte Gruppe glaubt, sie wurde ermordet?«

Sarah beugte sich zu ihm und gewährte ihm so einen tieferen Einblick in ihr schwarzes Top. Sie hatte keine festen Brüste, aber das störte ihn nicht. Den leidenschaftlichsten Sex hatte er mit einer Frau gehabt, die als Topmodel mit Karacho durchgefallen wäre. »Dali ist nicht abgehauen«, sagte sie. »Sie hätte Nath niemals alleingelassen. Entweder jemand hat tatsächlich nachgeholfen, oder sie ist ertrunken.«

»Ist sie denn öfter mal abends allein ins Wasser gegangen? Ist doch eigenartig, oder?«

Sarah schüttelte heftig den Kopf. »Nee, das ist gar nicht eigenartig. Dali hat das Meer geliebt. Hat sie wohl an ihre Heimat erinnert. Sie ist oft abends nach Feierabend schwimmen gegangen, manchmal war es sogar elf … Guck mal, wie hübsch!«, rief sie aus und deutete zum Wasser.

Raphael folgte ihrem Blick. Über den Warften von Langeneß zeigte sich ein prächtiger Regenbogen, während eine weiße Fähre der Wyker Dampfschiffs-Reederei Kurs auf Amrum hielt. Ein schönes Bild. Doch seine Gedanken waren woanders.

»Aber dann hätte das Meer Dalikas Leiche irgendwann freigegeben«, überlegte er. »An irgendeinem Strand wäre sie angespült worden. Auf Föhr oder auf Amrum.«

»Weiß man's?« Sie machte einen Schmollmund. »Lass uns über was anderes reden. Wasserleichen sind gruslig.«

»Und dein Chef, Martin Gorden«, wagte er einen Vorstoß, »könnte der sie … du weißt schon …« Er fuhr sich mit dem Finger über die Kehle. »Ist er vom Typ her eifersüchtig? Dalika soll ja eine Schönheit gewesen sein. Die männlichen Gäste haben sich doch bestimmt die Hälse nach ihr verrenkt.«

Sarah sog mit dem Strohhalm lautstark den Rest aus dem blauweißen Porzellanbecher. »Ja, schon, aber die hat sich auf nix eingelassen, die Dali. Die war treu. Und der Chef, der hätte das ja gar nicht mitgekriegt, also, wenn da was gewesen wäre, mit einem Gast. Der steckt ja immer nur in seiner Küche. Der hätte sich viel mehr um Dali kümmern müssen. Sie hätte das verdient gehabt. Nur mittwochs, am Ruhetag, da haben sie im Sommer immer am Strand gepicknickt. Aber da war Nath natürlich auch dabei.« Sie zwinkerte ihm zu. »Du weißt schon, was ich meine. Das hätten sie doch auch mal allein machen können.«

Raphael versuchte zu ignorieren, dass ihre Zunge langsam über ihre Lippen strich. »Also hat sie sich nicht mit Gästen eingelassen?«, fragte er.

»Nicht dass ich wüsste.« Sarah lallte mittlerweile ein wenig. »Anbe… Angebaggert wurde sie aber oft genug. Nicht nur von Gästen.«

»Aha?« Raphael sah sie nicht an, um nicht zu neugierig zu wirken. Er winkte der Bedienung.

Doch Sarah war sowieso im Plappermodus. »Henning hat sie immer wie ein verliebtes Schaf angestarrt. Aber Dali ist da nicht drauf eingegangen. Na, und KK lief der Sabber doch fast aus dem Mund, wenn er ins ›Bullauge‹ kam.«

Raphael horchte auf und konnte kaum die Bestellung aufgeben, als der Kellner von der Milchbar am Tisch stand. »Für mich noch ein Radeberger und für diese wunderhübsche junge Dame, was sie möchte«, sagte er schließlich.

Sarah hielt dem Mann den leeren Becher hin. »Noch 'ne Tote Tonte, äh, Tante, bitte.«

»Wer ist Henning?«, konnte Raphael seine Neugier nicht mehr zügeln, als der Kellner gegangen war. »Und wer KK?«

»Och nee«, maulte Sarah und machte einen Schmollmund,

der wirklich zum Küssen war. »Ich will da jetzt nicht mehr drüber reden. Fällt dir nichts Besseres ein?« Sie strich mit dem Strohhalm, den sie in der Hand behalten hatte, über ihre Lippen.

»Du hast recht. Es gibt wirklich Schöneres, über das es sich zu reden lohnt.« Er lächelte. »Über dich zum Beispiel.«

Sie sagte zwar »Schleimer«, aber sie freute sich sichtlich.

Raphael ließ seinen Finger über ihren Handrücken gleiten. »Gleich kommt unser Drink. Was hältst du danach von einem Strandspaziergang bei untergehender Sonne?«

Sie beugte sich wieder vor. »Davon halte ich eine ganze Menge.«

»Wunderbar. Dann musst du jetzt nur noch meine blöde Neugierde stillen. Ich bin neu hier und werde wahrscheinlich eine ganze Weile bleiben, da möchte ich die Insel gern kennenlernen. Und zum Beispiel wissen, wer Henning und KK sind. Du kennst das doch bestimmt auch, oder? Wenn man irgendwas nicht aus dem Kopf kriegt und sich auf nichts anderes konzentrieren kann.«

»Klar.« Sie winkte ab. »Wenn ich auf einen Namen nicht komme, grüble ich so lange, bis ich's hab. Also, Henning ist unser Barkeeper. Henning Sökers.«

»Der Blonde hinterm Tresen?«

»Genau. Und KK ist der Verpächter. Also ich nenn ihn immer KK. Der heißt Kai Kersten. Dem gehört das ›Bullauge‹ und noch so einiges mehr hier auf Föhr.«

Raphael horchte auf. Kai Kersten, den Namen hatte Imme ihm genannt, als er ihr das Internetfoto von dem Typen geschickt hatte, der sich mit Gorden hatte ablichten lassen. Dem Typen mit den zu langen Haaren und dem sympathischen Lächeln.

Raphaels Gedanken blieben bei den beiden Männern, während sie ihre Getränke leerten. Zwei neue Namen, bei denen er ansetzen konnte!

Der Strandspaziergang fiel aus, weil es erneut zu regnen begann, worüber Raphael nicht unglücklich war. »Ich bring dich nach Hause«, bot er Sarah an, als sie den gröbsten Schauer unter dem Vordach des Schuhhauses Brunkhorst abwarteten. Sie nahm sein Angebot dankend an. Während sie kurz darauf durch leichten Nieselregen zur Strandstraße gingen, versuchte er, ein wenig Abstand zu ihr zu halten, denn sie hatte versucht, nach seiner Hand zu greifen. Ein absolutes No-Go!

»Da oben wohn ich«, sagte Sarah, als sie fünfzehn Minuten später vor einem Einfamilienhaus in der Strandstraße stehen blieb. »Im Obergeschoss. Ein Zimmer mit Küchenzeile und kleinem Bad. Nix Besonderes, aber einigermaßen günstig. Und ich darf den Garten nutzen.«

Raphael zog sie schnell zur Haustür, als er die Nachbarin erkannte, die auf dem Grundstück nebenan, in der Hand eine Gießkanne, einen Kübel an der Hauswand ansteuerte. Es war die Mutter, die an der Rüm-Hart-Schule die Polizei gerufen hatte. Er hatte keine Lust, diese Bekanntschaft zu vertiefen.

Vor der Haustür gab er Sarah einen Kuss. Nicht zu kurz, aber auch nicht zu lang. Sie wirkte enttäuscht, aber er wollte keinesfalls mit ihr im Bett landen. Sie gehörte zum Job. Er brauchte sie vielleicht noch für weitere Auskünfte.

»Und du willst wirklich nicht mit rein?«, fragte sie noch einmal.

»Wirklich.« Er lächelte.

»Aber einen Abschiedskuss möchte ich dir noch geben.« Bevor er wusste, wie ihm geschah, lagen ihre Lippen auf seinen. Gierig bohrte sich ihre Zunge in seinen Mund, während sie sich an ihn presste. Er spürte ihre weichen Brüste durch den Stoff seines Hemds, und seine Zunge reagierte automatisch. Als sie leise stöhnte, war es mit seiner Zurückhaltung vorbei.

Scheiß auf »Tabu wegen Job«!

SIEBEN

»Seit wann genau spielte mein Onkel Golf?«, begrüßte Raphael Imme, als sie am Donnerstagmorgen das Büro betrat.

»Dir auch einen schönen guten Morgen, Chef.« Dann überlegte sie. »Schorsch hat nicht lange Golf gespielt. Ich denke, es waren höchstens vier Wochen, bevor er starb.« Sie sah ihn nicht an, sondern hob ihre Riesentasche auf den Schreibtisch und holte drei mit einer weißen Masse befüllte Gläser und eine Zehnerpackung mit Eiern heraus.

»Das stell ich bei dir in den Kühlschrank. Ist für Ava, nimmt sie heute Nachmittag mit.« Sie stapelte die Gläser auf die Eierpappe und ging damit in die Küche.

»Aha«, murmelte Raphael. Als sie wieder auftauchte, fragte er: »Darf ich vielleicht auch erfahren, was du in *meinen* Kühlschrank gestellt hast?«

»Frische Eier von unseren Hühnern. Und Quark und Joghurt vom Biohof Wögens in Utersum. Erk und Helga machen den selbst. Frisch von frischer Milch von friesischen Kühen.«

»Warst du in einem früheren Leben Werbetexterin?«

Imme lachte. »Soll ich dir auch was mitbringen, wenn ich wieder hinfahre?«

»Gern. Und Eier auch.«

Sie starrte ihn an. »Echt jetzt?«

»Ich dachte, die Zeiten wären vorbei, in denen Frauen sich wundern, wenn ein Single-Mann sich gesund ernährt.«

»Hab mich schon über den hohen Gemüseanteil in deinem Kühlschrank gewundert.«

»Kochen ist meine zweite Leidenschaft.«

Imme setzte sich. »Na, was die erste ist, muss ich ja nicht fragen.«

Raphael grinste. »Selbst schuld, wer sich früh bindet. Warum soll ich Erbsensuppe löffeln, wenn ich von einem Büfett mit lauter verschiedenen Köstlichkeiten naschen kann?«

Imme musterte ihn. »Mit meinem Tjark bin ich seit Jugendzeiten zusammen. Er ist die erste Liebe meines Lebens, und er wird auch die einzige bleiben. Er und unsere drei Rabauken sind mein Büfett. Und glaub mir, das quillt über von Liebe und Fröhlichkeit, von Spaß und Geselligkeit.«

»Und von Geplärre und Nervensägen.«

Imme schüttelte bedächtig den Kopf. »Hast du noch niemals geliebt? Wahrhaft geliebt?«

Raphael stellte den PC an. »Wenn ich philosophisches Gedöns hören will, geh ich zu Johannes in die Kirche. Und jetzt wird nicht mehr gequatscht, sondern gearbeitet. Ich hab gestern Abend einen weiteren Auftrag klargemacht. Eine Frau Meyse aus Frankfurt möchte, dass wir ihren Göttergatten observieren. Sie glaubt, dass er was mit einem Kurschatten hat. Er heißt Gregor Meyse und ist Kurgast in der Nordseeklinik Westfalen, hier in Wyk.«

»Der Rubel rollt also«, freute Imme sich.

»Genau. Darum sieh zu, dass du ihn vor die Linse kriegst.« Er deutete zu der Kamera auf dem Regal. »Vorzugsweise natürlich am besten gleich mit Schatten. Sein Foto sende ich dir auf dein Handy, damit du weißt, nach wem du Ausschau zu halten hast.«

»Hä?« Imme starrte ihn an. »*Ich* soll den beobachten?«

Raphael sah auf. »Ja, bist du nun meine Assistentin oder nicht?«

»Ja, schon, aber … bei Schorsch haben wir nur Büroarbeit gemacht.«

»So viel kann das doch gar nicht gewesen sein.«

»Wir haben ja auch seinen ganzen privaten Kram gemacht. Steuern, Versicherungen, alles. Schorsch hatte das nicht so mit Bürokratie.«

Raphael lehnte sich in seinem Bürostuhl zurück. »Büroarbeit ist Erbsensuppe. Möchtest du in diesem Fall vom Büfett naschen, das sich da draußen befindet?« Er deutete zum Fenster.

Imme sprang auf, ging zum Regal und griff sich die Kamera. »Allerdings.« Sie strahlte ihn an. »Ich werde mich vor der Klinik auf die Lauer legen und Meyse unauffällig beschatten. Detektivin, wie aufregend! Bis später.«

Sie nahm ihre Tasche, und weg war sie.

Raphael sah ihr durch das Bürofenster hinterher. Der Zweig des Apfelbaums streifte ihr Haar. *Unauffällig.* Das dürfte schwierig werden.

Er schickte Imme das Foto von Meyse auf ihr Handy. Im selben Moment erhielt er über WhatsApp einen Videoanruf von Johannes. Sekunden später blickte ihn sein Bruder vom Smartphone-Bildschirm aus an. Das Veilchen, das sein linkes Auge zierte, konnte mit dem von Sina locker mithalten.

»Scheiße! Jo!«, stieß Raphael aus. »Was ist los? Wer hat dir die Fresse poliert? Hast du etwa ohne Schutz geboxt?«

»Witzig«, spie Johannes aus. »Ich wünschte, ich wäre zum Boxen gekommen. Das Matschauge hat Grumpy mir verpasst. Und ich denke, du weißt ganz genau, warum.«

Raphael schluckte. Grumpy hatte tatsächlich Worten Taten folgen lassen! Wie eine Raubkatze schlug das schlechte Gewissen seine Krallen in Raphael hinein. »Du hast Sunny einen Zungenkuss gegeben?«, fragte er. »Ernsthaft? Das war ein Gag von mir.«

»Ich lach mich tot«, sagte Johannes mit Grabesstimme. Er drückte vorsichtig eine in ein Tuch gewickelte Kühlkompresse auf sein Auge. »Wie ich aussehe! So kann ich Sonntag unmöglich meinen Gottesdienst halten.«

»Dann mach krank. Sag, du hast Magen-Darm oder so.«

»Ja, klar. Kommt ja auf eine Lüge mehr oder weniger nicht an, was? Und was sag ich unserer Mutter? Sie wird mich lynchen, wenn ich sie heute Abend nicht zu den Bichlers begleite. Und natürlich kann ich ihr nicht sagen, wie ich mir das Veilchen eingefangen habe … Shit!« Er klang fertig. »Ich sag ihr das mit der Magen-Darm-Grippe. Und schließe mich eine Woche im Pastorat ein.«

Raphael fühlte sich noch mieser. »Ich guck spätnachmittags bei dir rein«, sagte er nach einem Moment des Überlegens.

»Bleib, wo du bist. Denn sonst könnte ich in Versuchung

geraten, dir ebenfalls ein Matschauge zu schlagen. Dir habe ich es schließlich zu verdanken.«

»Ich hab dich auch gern, Bruder. Bis später!«

Er rief den Fährplan der Wyker Dampfschiffs-Reederei online auf und entschied, die Fähre um fünfzehn Uhr fünfzehn zu nehmen. Bis dahin würde er noch ein wenig recherchieren. Beim Föhrer Golfclub erfuhr er vielleicht, ob Hinsch und Erhardt dort spielten.

Bis zum Golfplatz, der am Grevelingstieg zwischen Wyk und Nieblum lag, waren es laut Routenplaner rund viereinhalb Kilometer. Raphael überlegte kurz, ob er das Fahrrad des Onkels nehmen oder zu Fuß gehen sollte. Der Renault fiel raus, weil das Wetter wieder gut war und er es liebte, sich zu bewegen. Da noch genug Zeit war, entschied er sich gegen das Rad und ging zu Fuß.

Er nahm den Weg am Krankenhaus im Rebbelstieg vorbei, bog links in die Badestraße ab, dann in die Waldstraße und ging am Föhrer Fisch Restaurant vorbei.

Als er die Gmelinstraße entlanglief, sah er schon von Weitem, dass Martin Gorden – in Kochkleidung – auf dem Bürgersteig gegenüber dem »Bullauge« an der Straße stand und sich mit einem Mann unterhielt, der an einem schwarzen Audi Q8 lehnte. Als Raphael näher kam, erkannte er den Mann. Es war Kai Kersten. Groß, das Haar noch länger als auf dem Pressefoto, stand er mit vor der Brust verschränkten Armen da und hörte Gorden zu, der auf ihn einredete.

Raphael war noch ein gutes Stück entfernt, als er bemerkte, dass Martin Gorden ihn wahrnahm, denn er starrte zu ihm herüber. Raphael hielt den Blickkontakt, aber Gorden sah weg, sagte etwas zu Kersten und ging ins Restaurant zurück.

Kersten blieb an den Wagen gelehnt stehen und schaute ihm entgegen. Kurz bevor Raphael auf gleicher Höhe war, zog Kersten etwas aus der Brusttasche seines schwarzen Hemds. Eine silberfarbene Schachtel, aus der er etwas herausfummelte und es sich zwischen die Lippen steckte.

Raphael wurde heiß bis in den Schädel, als er sah, dass es ein Zigarillo war.

Kersten hielt den Augenkontakt zu ihm, ließ ein Feuerzeug aufflammen, nahm einen Zug und stieß den Rauch langsam und genüsslich aus.

Raphael wechselte vom Bürgersteig auf die Straße und hielt Kurs auf Kersten, der einen weiteren Zug nahm, ohne den Blick abzuwenden.

»Du Wichser!« Raphael war nur noch drei Schritte von Kai Kersten entfernt. »Dich mach ich fertig.«

Kersten gab seine entspannte Position auf. Und das Lächeln. »Wie bitte?«

Raphael packte ihn am Hemd. »Du warst doch dreist genug, den Zigarillo direkt vor mir anzuzünden. Dann spiel hier jetzt auch nicht den Unwissenden.«

Kai Kersten packte Raphaels Hand. »Ich weiß nicht, wovon Sie reden, Mann. Allerdings weiß ich, wer Sie sind, denn Martin hat es mir gerade gesagt: Sie sind dieser Möchtegern-Detektiv, der alles wieder aufwühlen will, was bei Martin und Nath gerade abheilt.« Seine Stimme wurde leise, fast zischend. »Wenn Sie Ihre Finger nicht sofort aus meinem Hemd nehmen, schreie ich um Hilfe. Sie sehen doch bestimmt die Urlauber, die da kommen? Das sind perfekte Zeugen. Und wenn die Polizei dann kommt, sind Sie fällig. Schließlich haben Sie schon Martin und den Jungen belästigt. Und jetzt noch mich …« Er schnalzte mit der Zunge. »Das kommt nicht gut.«

Raphael war Kerstens Blick zu dem Ehepaar gefolgt, das auf Fahrrädern näher kam. Der Mann zog einen Fahrradanhänger, in dem ein Kleinkind saß. Er ließ Kersten los. »Ich krieg dich dafür dran, Kersten. Wer mein Auto zerkratzt, hat ein Problem. Ein mächtiges.«

Kersten verzog die Lippen. »Ihr Auto? Kenn ich nicht. Aber ich sag Ihnen eins: Lassen Sie Martin Gorden und seinen Sohn in Ruhe! Die beiden haben genug mitgemacht. Wenn Sie mich noch einmal belästigen, zeige ich Sie an. Und wagen Sie es nicht noch einmal, mich zu duzen.«

Sie musterten sich beide mit verzerrten Mienen.

»Ich werde rausfinden, was mit Dalika Gorden passiert ist«, presste Raphael heraus und trat einen Schritt zurück.

»Prima«, spie Kersten aus. »Das wäre für Martin und Nath eine Erlösung. Aber lassen Sie die beiden da gefälligst raus. Und jetzt entschuldigen Sie mich.« Er wandte sich ruckartig ab, stieg in seinen Wagen und gab Gas.

Raphael sah ihm nach. Dieses aalglatte Arschloch würde er drankriegen!

Dann trat er den Zigarillostumpen aus, den Kersten glühend auf die Straße geworfen hatte, steckte ihn ein und ging weiter. Als er den Fehrstieg erreichte, war die Wut auf Kersten immer noch nicht verraucht. Selbst dem Flugplatz schenkte er keine Beachtung, obwohl er ihn als Junge geliebt hatte. Stundenlang hatte er mit Johannes das Starten und Landen der Cessnas beobachtet.

Der Golfplatz lag direkt hinter dem Flugplatz. Ein Blick auf den Parkplatz zeigte, dass die Autos von Hinsch und Erhardt dort nicht standen. Aber das hatte Raphael auch nicht erwartet. Wenn sie hier überhaupt spielten, dann vermutlich an den Wochenenden. Er würde die nächsten drei Tage die Augen offen halten.

Aber … würden die Männer überhaupt mit dem Wagen rüberkommen? Schließlich waren die Fährplätze im Sommer schon früh ausgebucht. Die Wahrscheinlichkeit war also groß, dass sie zu Fuß aufs Schiff gingen und sich dann mit einem Taxi hierher chauffieren ließen.

Fuck! Musste er sich jetzt wirklich noch im Föhrer Golfclub anmelden? Vermutlich ja, schließlich hatte Schorsch das auch getan. Und Raphael war sich inzwischen sicher, dass der Onkel das nicht getan hatte, weil er plötzlich ein Herz für den Golfsport entwickelt hatte.

Er überlegte kurz. Er könnte sich eine Tageskarte für die Driving-Range holen, um so auf das Gelände zu gelangen. Vielleicht kam er dort mit einem Stammgast oder Mitarbeiter ins Gespräch und konnte so herausfinden, ob die beiden Herren hier spielten. Doch dann kam ihm eine viel bessere Idee. Er nahm sein Handy, drückte eine eingespeicherte Nummer und wartete.

Nach dem dritten Klingeln wurde das Gespräch angenommen. »Raphael! Wie schön, dass du dich meldest.«

»Hallo, Mama. Ich hatte Sehnsucht nach deiner Stimme«, log er. »Wie geht's dir?« Er steckte sich eine Zigarette an, während er erfuhr, dass sie sich über seinen Anruf freute, hoffte, dass es ihm gut ging, und seinen Vater täglich bearbeitete, die Sanktionen zu lockern.

»Lass gut sein, Mama«, sagte er nach ihrem letzten Satz. »Ich komm hier gut klar. Ich führe Schorschs Detektei weiter.«

Ihr Schweigen nach dieser Ankündigung war lang.

»Mama?«

»Raphael, ich weiß gar nicht, was ich dazu sagen soll.«

»Am besten nichts. Aber ich brauche deine Hilfe in einem Fall. Kannst du am Wochenende auf die Insel kommen und deine Golfausrüstung mitbringen? Du musst für mich auf dem Föhrer Golfplatz recherchieren.«

»Ich muss …?« Wieder war sie sprachlos. »Bist du betrunken?«

»Nein, ich war nie nüchterner als momentan. Ich gehe nur meinem neuen Job nach.«

»Kannst du dir nicht einfach einen normalen Beruf suchen? Wie alle anderen auch? Es wird doch auf dieser Welt irgendetwas geben, das für dich geeignet ist.«

»Vielleicht. Aber bis es so weit ist, bin ich Detektiv und brauche die Hilfe meiner golfspielenden Mutter. Und da sie mich liebt, wird sie mir diese Hilfe sicherlich gewähren.«

Ihr dicker Seufzer sagte ihm, dass er gewonnen hatte. »Danke, Mama.«

»Heute Nachmittag schaffe ich es nicht. Ich gehe abends mit deinem Bruder zu den Bichlers.«

»Ach?« Offenbar hatte Johannes ihr noch nicht gesagt, dass er sie nicht begleiten würde. »Jo hat schon von der Nasen-Party berichtet.«

Zu seiner Überraschung war sie nicht entsetzt, sondern lachte herzlich. »Ihr seid unmöglich … Samstag gehe ich mit deinem Vater segeln. Morgen Nachmittag könnte ich es vielleicht einrichten, wenn ich den Tee mit Inga absage. Aber erst muss ich wissen, was du von mir willst. Was soll ich auf dem Golfplatz tun?«

»Einlochen. Und dabei herausfinden, ob zwei Männer mit den Namen Hinsch und Erhardt auf Föhr Golf spielen.«

»Hm … Die Namen sagen mir nichts. Aber das sollte ich rausfinden.« Wieder war es einen Moment lang still. Dann sagte sie: »Aufregend! Ich werde ermitteln.«

Raphael grinste breit. Nach Imme war sie heute schon die zweite Frau, die Abenteuerlust in sich verspürte. »Mama, du bist toll. Bis morgen. Ich freu mich.« Und das war nicht gelogen.

***

Als Raphael um halb zwölf sein Büro betrat, saß Imme am Schreibtisch.

»Fall Meyse ist geklärt«, begrüßte sie ihn. »Ich hab mich bei Inke Peper auf die Terrasse gesetzt, also bei ihrem Antikladen am Sandwall, schräg gegenüber der Klinik. Inke verleiht übrigens auch Gummistiefel, falls du mal Bedarf hast. Na, jedenfalls hab ich da eine Stunde lang auf der Lauer gelegen – Inke hat mich, lieb, wie sie ist, mit Tee versorgt –, und dann kam Meyse Hand in Hand mit seinem Kurschatten aus der Kurklinik marschiert. Ich bin den beiden hinterher, und was soll ich sagen … Sie sind heiß verliebt.« Imme deutete auf den Bildschirm ihres Laptops. »Ich habe die Fotos gerade hochgeladen.«

Raphael stellte die Tüte mit den Lebensmitteln ab, die er unterwegs noch im Edeka-Markt Knudtsen eingekauft hatte, und ließ die Fotos auf sich wirken. Der fünfundfünfzigjährige Meyse und eine blonde Mittvierzigerin knutschten, hielten Händchen, lachten miteinander, knutschten, tranken Tee an einem Tischchen im Café Steigleder, knutschten …

»Wow!« Raphael verzog anerkennend den Mund, griff nach

der Maus und zoomte einige Details heran. Er nickte Imme zu. »Gut gemacht. *Sehr* gut! Die Fotos sind auch qualitativ toll, und das, obwohl du aus dem Verborgenen heraus agieren musstest. Du hast Talent. Frau Meyse wird uns gute Arbeit bescheinigen, falls sie den hysterischen Anfall überlebt, den diese Fotos zweifellos auslösen werden.«

»Rufst du sie an?«, fragte Imme. »Oder schickst du ihr die Fotos per E-Mail rüber?«

»Lass mich kurz überlegen …« Raphael nahm die Tüte mit dem Einkauf wieder auf und ging in die Küche. »Ich werde sie anrufen. Nächste Woche Mittwoch. Oder Donnerstag oder Freitag«, rief er Imme zu, während er die Lebensmittel verstaute.

»Hä?« Imme kam aus dem Büro und sah ihn mit großen Augen an. »Die Fotos sind doch wohl eindeutig. Du kannst sie gleich anrufen.«

»Theoretisch ja.« Raphael holte die Bratpfanne aus dem Backofen und ließ ein wenig von dem gekauften Öl hineinfließen. »Praktisch muss ich das Geld reinholen, das mir im Dalika-Fall fehlt. Weil ich Frau Kung-Fu quasi für lau helfe, müssen wir es an anderer Stelle erarbeiten. Und da ich Frau Meyse einen Tagessatz von dreihundert Euro abknöpfe, lassen wir das Ganze noch ein wenig laufen. Sie weiß ja nicht, dass wir die Fotos schon haben.«

»Das ist Betrug.«

»Das ist Sich-zu-helfen-Wissen.« Raphael riss das Netz mit den Zwiebeln auf und nahm drei heraus. »Außerdem trifft es keine armen Leute. Guck dir auf dem Foto die Uhr an, die Meyse trägt. Das ist ein Breitling-Chronograph. Dafür hat er mindestens achttausend Euro berappt. Und das goldene Armband am anderen Handgelenk ist auch nicht von Tchibo.«

»Hm.« Imme sah nicht überzeugt aus. »Dann musst du die Rechnung selbst schreiben. Bei so was möchte ich nicht mitmachen.«

»Kein Problem, Mutter Teresa.«

Nachdem Imme gegangen war und er das Steak mit frischen Champignons und Zwiebeln und einen grünen Salat mit Essig und Öl verputzt hatte, ging er an den Strand, genoss für eine halbe Stunde die Sonne auf seinem Körper und schwamm anschließend noch eine Viertelstunde.

Zurück im Haus entschied er nach einer Achsel-Schnüffelprobe, sein Shirt in die Waschmaschine zu stopfen, die er am Morgen bereits zur Hälfte befüllt hatte. Er steckte das Strandhandtuch noch mit hinein und stellte die Maschine an. Nur in Jeans trat er aus dem Badezimmer und sah sich Ava gegenüber.

»Oh, ich hab Sie gar nicht reinkommen hören«, sagte er. Er sah auf seine Armbanduhr. »Mir war nicht bewusst, dass es schon zwei ist.«

»Ich …« Ava starrte auf seinen nackten Oberkörper, schluckte, dann sah sie ihm in die Augen. »Ich möchte Ihnen den Schlüssel zurückgeben. Es … es gefällt mir nicht, einfach in Ihre Privatsphäre einzudringen.« Sie begann, in ihrer Tasche herumzufummeln.

»Jetzt bloß keinen Stress«, sagte Raphael ruhig. »Ihr seid doch bei Schorsch auch einfach reinmarschiert. Außerdem müsste ich dann ja immer hier sein, um Sie reinzulassen. Und das bin ich nicht.«

Sie sah ihn wieder an, krampfhaft bemüht, nicht auf seinen nackten Oberkörper zu blicken. »Ihr Onkel war angezogen, wenn ich zum Arbeiten kam.«

»Mit freiem Oberkörper werden Sie mich vielleicht noch des Öfteren antreffen, wenn ich vom Strand komme. So lauf ich im Sommer rum …«

Raphael musterte Avas starres Gesicht. »Vielleicht sollten wir etwas klarstellen: Sie mögen mich vielleicht nicht, aber ich bin nicht Ihr Feind. Ich weiß nicht, wer Ihnen das angetan hat«, er deutete auf ihr Gesicht, »und ich muss es auch nicht wissen. Aber seien Sie versichert: Ich habe nicht vor, Sie in irgendeiner Weise zu verletzen. Ich weiß selbst, dass ich 'ne große Klappe habe, und Ihnen gefällt vielleicht nicht alles, was ich sage, aber ich bin, wie ich bin. Auf jeden Fall aber bin ich nicht der große böse Wolf. Also tun Sie mir einen Gefallen: Gucken Sie mich nicht so an, als sei ich das.«

Die Farbe ihrer Wangen war nach wie vor von einem zarten Rot. »Es tut mir leid, wenn ich Sie dazu gebracht habe, sich so zu fühlen«, sagte sie, steif wie eine Brise aus Nordost. »Ich bitte um Entschuldigung.«

»Ich möchte doch keine Entschuldigung! Es gibt nichts zu entschuldigen. Ich möchte einfach nur … ein lockeres Arbeitsverhältnis.«

»Natürlich. Ich gehe dann mal an meine Arbeit.« Sie klang dabei so locker wie ein gespannter Flitzbogen.

Raphael ging duschen, zog sich an und kochte Kaffee. Er stellte auch Ava einen Becher auf den Schreibtisch, als er mit seinem Kaffee zu seinem Platz ging.

»Danke«, sagte sie mit einem Lächeln, zu dem sie sich eindeutig zwang.

Raphael sagte nichts, sondern rief die Fotos von Meyse auf, die Imme ihm an seinen E-Mail-Account geschickt hatte. Woran lag es, dass Ava ihm gegenüber so verkrampft war? War er denn wirklich so anders als Johannes?

Ja, lachte seine innere Stimme herzhaft auf, ja, das bist du.

ACHT

»Hallo, Sonnenschein!«, begrüßte Raphael Sunny, als er am Nachmittag den Boxclub in Wanderup betrat. Strahlend ging er auf sie zu.

Grumpys Tochter wehrte ihn ab, als er ihr einen Kuss geben wollte. »Dass du dich noch hertraust!«

Er legte seine Sporttasche ab und setzte sich auf einen der Barhocker am kleinen Tresen. »Kann ich ahnen, dass dein Vater Ernst macht?«

»Ja, allerdings konntest du das ahnen.«

Raphael holte tief Luft. Sunny hatte recht. Im Grunde hatte er gewusst, dass Grumpy ausflippen würde, wenn er den Zungenkuss mitbekam. Warum er seinen Bruder dieser Gefahr ausgesetzt hatte, darüber würde er später nachdenken. Morgen oder nächstes Jahr.

»Hat es sich wenigstens gelohnt?« Raphael zwinkerte Sunny zu. »Wie küsst Jo?«

Sie beugte sich zu ihm. »Er boxt nicht nur besser als du, er küsst auch besser.« Sie verdrehte die Augen. »Himmlisch.« Dann wurde sie wieder ernst. Ihre gezupften Augenbrauen zogen sich zu einem dünnen Entrüstungsstreifen zusammen. »Der arme Jo! Er hatte keine Chance. Ich hab ihn einfach damit überfallen. Obwohl Papa keine zwei Meter entfernt stand. Es überkommt mich eben, wenn ich einen von euch sehe.«

»Du bist echt 'n Arsch«, begrüßte Gregor Denger ihn und ließ sich neben Raphael auf einem Barhocker nieder. »Lässt deinen Bruder auflaufen. Dass es Jo ist, hab ich ja erst danach gemerkt.«

»Du hast ihm hoffentlich nicht gesagt, dass du weißt, dass er nicht ich ist?«

»Nee, natürlich nicht. Dann würd er nicht wiederkommen. Und das wollen wir doch alle nicht, oder? Er hat so viel Talent! Ihn könnte ich sogar gegen Morten kämpfen lassen, du weißt schon, den Dänen. Dich würde der so wegpusten.«

»Danke. Du bist echt motivierend.«

Gregor lachte. »Du weißt doch selbst, dass Jo besser ist. Das hat ihn gleich beim ersten Mal verraten, als er sich für dich ausgegeben hat. Schon nach dem ersten Jab wusste ich Bescheid.«

Raphael klopfte ihm auf die Schulter. »Danke, dass ihr das Spiel immer mitspielt, Grumpy.«

Gregor steckte sich einen Lolli in den Mund. »Das tu ich nicht für dich, sondern für ihn. Jo ist 'n toller Mensch. Aber«, er griente, »auch ein Pastor kriegt meine Faust zu spüren, wenn er sich an meiner Tochter vergreift.«

»Sie«, Raphael zeigte auf Sunny, »sie will *uns* doch dauernd ihre Zunge in den Hals stecken!«

»Tja«, meinte Gregor Denger, »ihr dürft eben den Mund nicht aufmachen.«

»Ich hab gesagt, dass ich dich nicht sehen will«, begrüßte Johannes Raphael eine Stunde später, nachdem er die Tür des Pastorats in Sanderup vor den Toren Flensburgs geöffnet hatte.

»Ich muss doch meinen lädierten Bruder besuchen. Schließlich bin ich für die Blessur verantwortlich. Jedenfalls indirekt. Außerdem möchte ich heute Nacht bei dir schlafen. Ich bin abends in Flensburg unterwegs.« Raphael musterte Johannes. Die Schwellung um das Auge herum zeigte, dass Grumpy nicht zimperlich gewesen war. Rot, violett und bläulich hatte sich die Haut verfärbt.

Mit einem Grummeln ließ Johannes ihn herein.

Das große alte Haus hatte seinen ganz speziellen Geruch, stellte Raphael jedes Mal fest, wenn er Johannes besuchte. Es stammte aus dem Ende des 19. Jahrhunderts und hatte im Laufe der Jahrzehnte viele Pastoren beherbergt, mitsamt ihren Familien.

Es wird Zeit, dass Jo auch endlich jemanden an seiner Seite hat, dachte Raphael, als er ihm ins Wohnzimmer folgte. Jo war nicht wie er. Er genoss das Singleleben nicht, sondern litt darunter.

»Ganz ehrlich, Jo«, sagte Raphael, als sie auf dem knautschigen Ledersofa im Wohnzimmer Platz genommen hatten, beide einen Becher Kaffee vor sich, »im Nachhinein wundere ich mich, dass du Sunnys Kuss tatsächlich erwidert hast. Es hat dich doch sonst schon Überwindung gekostet, sie überhaupt auf den Mund zu küssen.«

»Was glaubst du denn?«, fauchte Johannes ihn an. »Dass es mir Spaß macht, Menschen, die ich gern habe, zu hintergehen, indem ich mich für dich ausgebe?« Tief durchatmend schloss er die Augen. »Ich habe wieder einmal, nur um meiner Box-Leidenschaft zu frönen, das achte Gebot missachtet.«

Er öffnete die Augen und sah Raphael an. »Ich bin der schlechteste Pastor, den die Welt je gesehen hat.«

»Gut, dass du nicht katholisch bist. Sonst hättest du die Neunschwänzige rausholen müssen.«

Die winzige Hoffnung, dass Johannes über seinen Spruch lachte, erfüllte sich nicht. Stattdessen seufzte er tief. »Der Schlag von Grumpy hatte für mich eine geradezu doppelte Bedeutung. Es war ein Zeichen, dieser Schlag ins Gesicht. Es war die gerechte Strafe für mein Lügengebilde.«

»Ach herrje, das ist jetzt also die moralische Peitsche?«

Johannes sah ihn an. »Ich will ehrlich sein, Bruder.« Tränen schossen ihm in die Augen. »Ich habe es genossen, als Sunny mir ihre Zunge in den Mund gesteckt hat. Ich bin einfach … ausgehungert.«

Raphael starrte ihn an. »Reden wir tatsächlich gerade über Sex?«

»Worüber denn sonst?«, erwiderte Johannes aufgebracht. »Ich lebe allein, seit Corinna mich verlassen hat. Seit drei Jahren!«

»Was mich seit drei Jahren denken lässt, dass du unmöglich mein Bruder sein kannst.«

Johannes schüttelte den Kopf. »Lass mich heute einfach in Ruhe. Ich denke, es ist an der Zeit, mir über einiges klar zu werden, was Frauen betrifft. Ich sollte ihnen vielleicht doch wieder Raum in meinem Leben geben.«

Raphael musterte ihn. Meinte Jo eine bestimmte Frau?

»Pastor Papendiek übernimmt meine Vertretung für den Sonntagsgottesdienst«, wechselte Johannes das Thema. »Es war furchtbar, ihn anlügen zu müssen … Ich werde nie mehr boxen.«

Raphael ging auf diese Ankündigung nicht ein. »Was hat unsere Mutter gesagt, als du ihr mitgeteilt hast, dass sie heute Abend allein zu den Nasen gehen muss?«

»Na, was wohl? Sie war wahnsinnig enttäuscht, hat fast geweint. Wenigstens konnte ich sie überzeugen, mich nicht zu besuchen. Ich habe ihr gesagt, dass sie sich die Magen-Darm-Grippe hier nicht wegholen soll.«

Raphael seufzte. Nicht weil er sich seine Mutter *fast* weinend vorstellte, sondern weil sein Bruder so betrübt wirkte. Gerade presste Jo sich die Hand auf den Bauch, als hätte er wirklich einen Virus. Wie es aussah, musste er seinen gestern vor dem Schlafengehen gefassten Plan tatsächlich in die Tat umsetzen. Das war er seinem Bruder schuldig.

»Darf ich mich mal an deinem Kleiderschrank bedienen?«, fragte er Johannes. »Meine Klamotten aus London sind noch nicht da, und bis dahin brauche ich dringend einen Pulli und vielleicht ein, zwei Hemden.« Er sah seinen Bruder nicht an. »Für den kurzen Zeitraum was Neues zu kaufen, kann ich mir momentan nicht leisten.«

Johannes deutete Richtung Schlafzimmer und grummelte: »Bedien dich und nimm, was du brauchst. Ich geh die nächsten Tage ja sowieso nicht vor die Tür.«

Raphael nahm seine Sporttasche mit ins Schlafzimmer. Er öffnete den Kleiderschrank und tat, was Johannes ihm angeboten hatte: Er nahm, was er brauchte.

***

Auf dem Weg nach Solitüde genoss Raphael die Fahrt durch Flensburg. Die Stadt war Heimat, selbst das Kraftfahrtbundesamt, das er gerade passierte. Punkte durfte er da allerdings keine mehr riskieren. Auch das riesige sh.z-Gebäude, dessen

Rollläden zur Weihnachtszeit so geschlossen wurden, dass sie einen Tannenbaum darstellten, gehörte unbedingt zu Flensburg.

Raphael parkte am Minigolfplatz und ging zu Fuß zur Villa des Keramikmoguls Bichler, die sich im Solitüder Weg befand. Die Front des Vasen-Königshauses bestand praktisch nur aus Glas, und Raphael wusste, dass er genauso gebaut hätte. Die Aussicht war es allemal wert, in ihrer ganzen Schönheit genossen zu werden. Der Abhang hinunter zum Strand war grün bewachsen, verbarg aber nicht den Blick auf die Förde. Gegenüber war Dänemarks Küste zu erkennen. Dazwischen, im Ostseewasser, das sich heute sanft wiegte, lagen die Ochseninseln. Und hinter den Ochseninseln musste Annies Kiosk liegen. Er war mit Jo oft genug in der dänischen Pølser-Bude gewesen.

Raphael löste den Blick, ging zur Villa und klingelte. Der melodische Gong war kaum verhallt, als das Leasing-Hausmädchen der Bichlers ihm öffnete und ihn ins Esszimmer führte. Er zupfte an der grau-weißen Krawatte, die er zu dem dunkelgrauen Anzug gewählt hatte. Die Jacke war durch den Transport in der Sporttasche ein wenig zerknautscht, aber darüber sah die Geburtstagsgesellschaft hoffentlich hinweg.

Um die fünfundzwanzig Leute tummelten sich in dem großen Raum, der von schweren Mahagonimöbeln und einem Klavier beherrscht wurde. Prächtige Blumensträuße in großen Vasen aus der hauseigenen Keramikmanufaktur lockerten das strenge Ambiente auf. Die Gäste hatten noch nicht Platz genommen, sondern standen bei Champagner und Fingerfood in Grüppchen beieinander.

»Oh, wie wunderbar, Herr Pastor. Sie haben es doch noch geschafft!«, wurde er Sekunden später von Frau Bichler begrüßt. »Ihre Mutter hatte Sie mit einer Magen-Darm-Grippe entschuldigt.« Sie klang ein wenig verwirrt.

Das »Johannes!« seiner Mutter klang noch überraschter. Sie stand in einer kleinen Gruppe am offenen Kamin.

»Ich dachte in der Tat, ein Virus hätte mich erwischt«, antwortete Raphael Frau Bichler mit – wie er hoffte – Johannes-Satzwahl. »Aber im Laufe des Nachmittags stellte sich heraus, dass es sich wohl nur um eine morgendliche Unpässlichkeit gehandelt hat. Und selbstverständlich konnte ich unter diesem Aspekt unmöglich darauf verzichten, Ihrer netten Einladung zu folgen. Ich hatte mich seit Tagen darauf gefreut.«

Frau Bichler strahlte.

Seine Mutter auch. Sie hatte den Platz am Kamin verlassen und kam auf ihn zugeeilt. Ihr Strahlen hielt allerdings nur so lange an, bis er sie mit einem »Hallo, Mama, ich habe es doch noch geschafft« begrüßte und sie auf die Wange küsste.

»Oh Gott«, stieß sie aus. Sie starrte ihn an.

»Na, es reicht doch, wenn du weiter Johannes zu mir sagst«, scherzte Raphael.

Frau Bichler schien sich nicht entscheiden zu können, ob sie über seinen für einen Pastor höchst unangebrachten Scherz lachen oder echauffiert sein sollte. Ihre Lippen zuckten entsprechend wild.

»Dann will ich dem Geburtstagskind mal meine Glückwünsche und Gottes Segen überbringen«, sagte Raphael schnell, schenkte Frau Bichler sein Du-bist-die-schönste-Frau-der-Welt-Lächeln und erntete ein freudiges Aufstrahlen ihrer blauen Augen.

Er sah sich um. Wo steckte Herr Nase?

Er stand am Bücherregal, flankiert von zwei Erwachsenen – die Frau trug ein Baby auf dem Arm – und einem etwa zehnjährigen Kind.

Raphael setzte sich in Bewegung. Seine Mutter folgte ihm. »Ein falsches Wort, Raphael«, zischte sie in seinem Rücken, »und ich bringe dich eigenhändig um.«

Raphael drehte sich zu ihr um und reichte ihr seinen Arm. Flüsternd beugte er sich zu ihr herunter. »Tief in deinem Inneren bist du doch eine Abenteurerin, Mama. Also, genieß die Show. Ich werde dir helfen, die Spendensumme der Nasen in exorbitante Höhen zu treiben.«

Mit seiner Mutter, die ihre Hand wie eine Adlerklaue in seinen Arm gekrallt hatte, gesellte Raphael sich zu der Runde am Bücherregal. Hartmut Bichler, Chef der Flensburger Bichler

Keramikmanufaktur GmbH, begrüßte ihn lautstark. Raphael reichte ihm die Hand. »Meinen herzlichen Glückwunsch zu Ihrem Geburtstag, Herr Bichler. Möge unser Herrgott auch im neuen Lebensjahr schützend die Hand über Sie halten.«

War das übertrieben? Raphael war sich nicht sicher, denn seine Mutter hatte kaum wahrnehmbar gestöhnt. Aber Bichler lächelte und drückte seine Hand fest. »Danke, Herr Pastor … Kennen Sie meine Kinder?« Er deutete auf den Mann mit der Hakennase neben sich. »Das ist mein Sohn Alexander und das«, er deutete auf die brünette Frau mit dem Baby auf dem Arm, »meine Schwiegertochter Anne mit dem jüngsten Nachwuchs. Und das hier«, er zog die dritte Hakennase zu sich heran, »ist mein Enkel Lasse-Boy.«

Anne Bichler drehte sich so, dass Raphael dem Baby in ihrem Arm ins Gesicht sehen konnte. »Das ist unsere Martje.«

Raphael betrachtete das schlafende Kind. Dann wandte er sich mit einem Zwinkern an Anne Bichler. »Sie kommt eindeutig nach ihrer schönen Mutter.«

Seine Mutter stöhnte erneut, während Anne Bichler stumm lächelte.

Beim Abendessen saß seine Mutter neben ihm. Sie bekam kaum einen Bissen herunter, dafür griff sie des Öfteren zum Weinglas. »Ist doch alles gut«, flüsterte Raphael ihr beim Hauptgang zu und ließ sich das zarte Perlhühnchen schmecken.

Erst beim Dessert wurde es wieder brenzlig.

»Sagen Sie, Herr Pastor«, sprach Anne Bichler ihn an, »können Sie uns nicht einen schönen Taufspruch für unsere Martje empfehlen? Mein Mann und ich können uns nicht einigen. Alexander ist für Vers 8 des Römerbriefes. Sie wissen schon, diese mächtigen Zeilen, 38 bis 39. Ich tendiere ja eher zu Samuel, Vers 16, Zeile 7.

Raphael sah aus dem Augenwinkel, dass sich die Finger seiner Mutter um ihr Sherryglas verkrampften. »Puh, ja …«, sagte er, bar jeder Ahnung, und ließ den Löffel mit der roten Grütze sinken, »beide haben etwas für sich. Ich bin ja eher Fan von Samuel als von den Römern« – seine Mutter wimmerte leise –,

»aber wie wäre es mit einer dritten Möglichkeit? Mama …«, er wandte sich seiner Mutter zu, die gerade den Sherry in einem Zug hinunterstürzte, »sag doch Frau Bichler meinen Taufspruch auf.«

Er sah wieder zu Anne Bichler, wohlwollend nickend. »Ein ganz wunderbarer Spruch.« Dann griff er nach der Hand seiner Mutter. »Und dich kann ich so auf deine Bibelfestigkeit testen.« Er zwinkerte in die Runde, und alle lachten.

Seine Mutter nicht. Als stünde sie vor einer Prüfungskommission, sagte sie den Taufspruch mit emotionsloser Stimme auf: »Wenn ihr mich von ganzem Herzen suchen werdet, so will ich mich von euch finden lassen, spricht der Herr.«

Raphaels »Danke, Mama« kam auch von ganzem Herzen.

»Das ist wirklich ein wunderbarer Spruch, Herr Pastor, und ja auch sehr bekannt«, sagte Alexander Bichler. »Warum hatten wir ihn nur nicht in der Auswahl?«, wandte er sich an seine Frau.

Sie antwortete nicht, sondern sah Raphael an. »Ich hoffe doch, dass Sie unsere Kleine taufen werden?«

»Unbedingt. Der Herr freut sich über jedes Kind, das durch die Taufe zu ihm findet. Insbesondere natürlich über Ihre Maja.«

Seine Mutter stöhnte wieder.

»Martje, Herr Pastor, unsere Tochter heißt Martje«, sagte Anne Bichler.

Die nächsten beiden Stunden schaffte Raphael ohne Fauxpas. Und ohne Zigaretten, was wesentlich schwerer war, aber Johannes rauchte nun mal nicht. Auch seine Mutter wirkte etwas entspannter. Was zum größten Teil an dem für sie ungewohnt hohen Alkoholkonsum lag – und daran, dass der alte Bichler sie nach dem Kaffee zur Seite genommen und ihr eine Überweisung im hohen vierstelligen Bereich zugesichert hatte.

Als es ans Verabschieden ging, war sie ganz gelöst. »Es war ein wunderbarer Abend, Herr Bichler«, sagte sie, mit etwas schwerer Zunge, an der Tür zum Geburtstagskind. »Herzlichen Dank dafür.«

Bichler nahm ihre Hand. »Umso bedauerlicher, dass Ihr Mann nicht dabei sein konnte, liebe Frau Freersen. Wir beiden alten Haudegen kennen uns ja schon so lange.«

Frauke Freersen nickte. »Ja, und so oft kommen der Kaffeekönig und der Nasenkönig von Flensburg ja auch nicht … zusammen.«

Raphael hielt den Atem an. Dass seiner Mutter schon vor dem letzten Wort bewusst geworden war, was ihr da über die Lippen geschlüpft war, stand fest.

»Vasenkönig«, piepste sie in das peinliche Schweigen hinein. »Oh Gott, *Vasen*könig meinte ich … natürlich.«

»Das hat sie nicht gesagt!«, stieß Johannes am nächsten Morgen beim Frühstück aus, als Raphael den Abend minutiös vor ihm ausgebreitet hatte – jedenfalls die relevanten Dinge.

»Doch«, Raphael wischte sich die Lachtränen von den Wangen, »hat sie.« Und in der Erinnerung daran brach er erneut in einen Lachflash aus.

Johannes fiel mit ein.

»Die arme Mama«, keuchte Johannes irgendwann. »Wir müssen ihr unbedingt klarmachen, dass sie kein schlechter Mensch ist, sondern einfach nur Sigmund Freud bestätigt hat.«

»Hab ich schon versucht«, sagte Raphael, sich sammelnd. »Immerhin ist sie schon mal so weit, dass sie nicht sich selbst die Schuld gibt, sondern mir. Schließlich hat sie nur so viel Alkohol getrunken, weil sie Angst hatte, dass jemand meine Scharade durchschaut.«

Johannes holte tief Luft und wurde ernst. »Das hättest du auch wirklich nicht tun dürfen, Raph. Du kannst dich nicht für mich ausgeben! Wir sind keine Kinder mehr. Du hättest uns beide in eine hochnotpeinliche Situation gebracht, wenn das aufgeflogen wäre.«

»Aber genau darum ging es mir doch! Ich wollte nicht, dass man dir etwas anlasten kann. Hätte ich es dir gesagt, hättest du niemals deine Zustimmung gegeben. Also musste ich es ohne dein Wissen tun. Und es hat ja auch bestens funktioniert.«

Er grinste. »Dass Mama den Nasenkönig von Flensburg kürt, kann ja keiner ahnen.«

***

»Das war ja geradezu lächerlich einfach«, sagte Frauke Freersen, als sie am Nachmittag nach der Golfpartie auf dem Föhrer Platz bei Raphael in der Mühlenstraße eintraf. Dass sie ihre Zusage, ihm zu helfen, nach dem vorabendlichen Desaster nicht zurückgezogen hatte, sondern mit ihm zusammen nach Föhr gefahren war, hatte ihn überrascht. Aber sie hatte ihren Fauxpas mit keiner Silbe mehr erwähnt, und es war sicherlich besser für ihn, das auch tunlichst zu vermeiden.

»Und?«, fragte er, vom Sofa aufstehend. Er hatte gerade mit Samuel Wright in London telefoniert.

»Die Herren Erhardt und Hinsch bespielen einmal im Monat den Föhrer Golfplatz.«

»Tatsächlich?« Raphaels Herzschlag nahm Fahrt auf. »Wie hast du es herausgefunden?«

»Sie waren da.«

Raphael starrte sie an. »Hinsch und Erhardt waren da? Heute?«

»Ja. Ich habe Anka Holsten auf dem Platz getroffen, eine frühere Schulkameradin. Sie und ihr Mann sind zwar aufs Festland gezogen, aber sie haben hier ein Ferienhaus und sind ständig am Golfen. Ich fragte sie nach den beiden, und Anka antwortete: ›Natürlich kenne ich die. Ich habe vorhin noch mit Dieter Hinsch geplaudert.‹«

Frauke Freersens helle Augenbrauen zogen sich zusammen. »Anka Holsten hat ein Handicap von achtzehn. Kann man das glauben? In der Schule konnte sie kaum drei plus drei zusammenzählen.«

»Äh ...«

»Aber das hat natürlich auch nichts miteinander zu tun«, stellte sie selbst fest. »Ich habe übrigens nur neun Loch gespielt, um dir die Nachricht so schnell wie möglich zu überbringen.

Frauke Freersen spielt nur neun Loch! Das stell sich mal einer vor.«

»Du hättest mir eine WhatsApp schicken und dann weiterspielen können.«

»Wie banal! Es geht hier doch um Mord, oder? Da kann ich dir eine so wichtige Mitteilung unmöglich per Handy senden.«

»Ich denke kaum, dass uns der Verfassungsschutz abhört, Mama. Und ob es um Mord geht, steht keinesfalls fest.«

Frauke Freersen ignorierte seine Bemerkung und ging zu dem Regal, auf dem neben einigen Büchern jede Menge Onkel-Schorsch-Nippes herumstand: Familienfotos, mehrere Karnickelzüchter-Pokale und seine Bieröffner-Sammlung.

Sie griff nach einem großen, bunt lackierten Nussknacker und ließ dessen Mund ein paarmal auf- und zuklackern. »Den hat Schorsch aus dem Erzgebirge mitgebracht. Es war seine einzige Reise, die ihn über Schleswig-Holstein hinausgeführt hat. Er war so heimatverliebt, dass er nie das Bedürfnis hatte, zu verreisen.«

Raphael schwieg vorsichtshalber, denn seine Mutter hatte Tränen in den Augen, als sie das gerahmte Foto zur Hand nahm, das sie und Schorsch als Kinder zeigte. Die Geschwister hielten beide ein Kaninchen auf dem Arm und strahlten in die Kamera. Auf dem Foto war noch nicht zu erkennen, dass die jüngere Schwester einmal einen Kopf größer sein würde als der große Bruder.

Die Frage war, wie er sie jetzt schnellstens hinauskomplimentieren konnte. Er musste zum Golfplatz, um Hinsch und Erhardt zu beschatten, wenn sie den Platz verließen. Er würde den Männern auf die Fähre folgen und sich in deren unmittelbare Nähe setzen, um vielleicht etwas aufzuschnappen, das ihn weiterbrachte. Die Hoffnung, etwas Relevantes zu hören, lag zwar im Minimalbereich, aber er wusste nicht, was er sonst tun sollte.

Frauke Freersen war mit ihren Gedanken noch bei ihrem Bruder. Sie strich über eine goldene Medaille, die Schorsch für seine Blauen Wiener verliehen worden war. »Nach seinem Tod habe ich hier nichts weggeräumt. Ich wusste ja von ihm, dass er euch die beiden Haushälften vererben wollte. Ich habe nur seine ausgelatschten Hauspuschen als Erinnerung mitgenommen und die Fotoalben.«

»Was hat Eva denn eigentlich von ihm geerbt?«

»Nichts.« Frauke Freersen verdrehte die Augen. »Du weißt doch, dass Schorsch Eva nicht so besonders mochte. Und Olaf mochte er auch nicht.«

Raphael schwieg. Der gute Onkel. Vielleicht hätte er ihn doch öfter besuchen sollen. Sie waren sich ähnlicher, als ihm bewusst gewesen war.

»Deine Schwester hat mir bei der Testamentseröffnung schon ein bisschen leidgetan. Sie ist in Tränen ausgebrochen.«

»Gut, dass ich nicht dabei war. Wenn Eva heult, zieht sie den Rotz immer so eklig hoch.«

»Raphael.«

»Was? Das hat sie schon als Kind gemacht.«

Seine Mutter schüttelte den Kopf, griff aber nach seiner Hand. »Willst du wirklich hierbleiben und die Detektei weiterführen?«

»Ich führe diesen Fall zu Ende. Ob erfolgreich oder nicht, werden wir sehen. Danach verschwinde ich von hier.«

»Dein Vater wird bald ein Einsehen haben.« Seine Mutter strich ihm lächelnd über die Wange. »Es wird dieses Mal nur etwas länger dauern als üblich.«

»Er kann mich mal«, stieß Raphael aus, aber er hörte selbst, dass er nicht mehr so wütend klang. Vielleicht, weil er es selbst am besten wusste? Sein Vater würde ihm, wenn er sich beruhigt hatte, natürlich wieder einen Job in der Firma beschaffen.

Aber bis dahin hatte er noch genug zu tun.

»Mama, nimm es mir nicht übel«, entschied er sich für die Wahrheit, weil die Zeit weglief. »Aber ich möchte die beiden Männer beschatten, wenn sie den Platz verlassen. Darum muss ich jetzt los. Soll ich dir ein Taxi rufen, das dich zum Hafen bringt?«

»Nein, das mach ich selbst. Sieh zu, dass du zum Golfplatz kommst, mein Schatz. … Das ist ja so aufregend!«

Raphael parkte den Renault seines Onkels auf dem Parkplatz des Golfclubs unter schattigen Bäumen. Hoffentlich hatten die Männer den Platz noch nicht verlassen. Er stieg aus und zermarterte sich den Kopf, wie er dort, ohne aufzufallen, erfragen konnte, ob Hinsch und Erhardt noch spielten. Und vor allen Dingen, ohne dass die beiden erfahren würden, dass jemand nach ihnen gefragt hatte.

Sein Blick scannte die Umgebung, als er Richtung Anmeldung ging. Linker Hand gab es ein Holzgatter, das auf den Bürgersteig an der Straße führte. Ein Golfball diente als Knauf. Über der Tür des Pavillons hing ein rundes Schild mit dem Aufdruck »GC Föhr 1925«. Die schrägen Streifen in Gelb, Rot und Blau mochten die Vereinsfarben sein.

Er betrat den Pavillon und war froh, dass die Empfangsdame hinter dem Tresen telefonierte, denn er wusste immer noch nicht, wie er seine Frage nach den beiden Männern formulieren sollte. Am besten erkundigte er sich erst mal nach einer Mitgliedschaft im Club. Er konnte durchblicken lassen, dass er der Neffe von Georg Rickers war, der hier auf dem Golfplatz sein Leben gelassen hatte. Das würde die Dame vielleicht zum Plaudern bringen, und er konnte auf Hinsch und Erhardt zu sprechen kommen.

Er blickte durch das große Fenster direkt auf das Putting-Green. Eine höchstens Achtzehnjährige mit blondem Pferdeschwanz puttete gerade einen Ball aus dem Bunker. Raphael grinste. Da gab es noch Übungsbedarf, denn mit dem Ball flog pfundweise Sand in die Luft.

Und dann passierte etwas, das er nicht eingeplant hatte. Durch die Scheibe sah er zwei Männer auf den Pavillon zukommen. Er brauchte einen Moment, um zu realisieren, dass es Hinsch und Erhardt waren. Hastig wandte er sich ab und betrachtete die große Luftbildaufnahme des Golfplatzes an der Wand der Anmeldung. Glücklicherweise kamen die Männer nicht herein, sondern warfen der Empfangsdame im Vorbeigehen nur ein lockeres »Wiedersehen!« und »Tschüs« durch die offen stehende Tür zu. Mit dem Hörer am Ohr winkte die Frau ihnen zu.

Raphael wartete einen Moment, dann folgte er den beiden. Er wollte kein Risiko eingehen. Schließlich hatte Erhardt ihm einen Blick zugeworfen, als er im Wagen seines Onkels vor Erhardts Grundstück in St. Peter-Ording gestanden hatte. Er hatte zwar eine Sonnenbrille getragen, aber wenn Erhardt ein gutes Gesichtsgedächtnis besaß …

Die beiden verstauten mit Hilfe des Fahrers ihre Golfbags im Taxi und stiegen ein. Raphael eilte mit langen Schritten zum Renault zurück. Zwei Wagen waren zwischen ihm und dem Taxi, während sie nach Wyk reinfuhren. Verwundert stellte Raphael fest, dass das Taxi nicht Richtung Fähre fuhr, sondern auf den Heymannsweg und dann in die Hafenstraße abbog und dort vor dem »Hotel Jasper« hielt. Auch Raphael stoppte. Hinsch und Erhardt stiegen aus. Sie schulterten ihre Golfbags und betraten das in einem auffälligen Blau gestrichene Hotel.

Die beiden blieben also übers Wochenende! Raphael dachte nach. Nun, dann würde er sich hier auf die Lauer legen. Vielleicht verließen die beiden das Hotel noch mal. Er fuhr weiter und parkte beim Parkplatz am Hafenamt rückwärts ein, um das Hotel im Auge zu haben.

Raphaels Geduld wurde auf eine harte Probe gestellt. Er war dankbar, dass das Gebäude des Hafenamts gleichzeitig die öffentlichen Toiletten beherbergte.

Nach einer ereignislosen Stunde und drei Zigaretten betrat er das Hotel, um zu schauen, ob die beiden dort im Restaurant zu Abend aßen. Aber sie gehörten nicht zu den Gästen. Mit dem leckeren Aroma nach gebratenem Fisch in der Nase verließ er das Hotel und setzte sich wieder ins Auto. Nach einer weiteren Stunde, vier Zigaretten und etlichen Flüchen betrat er das Restaurant noch einmal.

Diesmal hatte er mehr Glück. Die beiden Männer saßen an einem Tisch am Fenster. Ein schneller Blick auf die Teller verriet, dass sie bei der Vorspeise waren – Scampi.

Jetzt wusste er zumindest, dass sie in der nächsten Stunde kaum das Hotel verlassen würden. Also konnte er sich die Beine vertreten und auch etwas essen. Bei Scheel bekam er das letzte

Krabbenbaguette. Anschließend ließ er sich auf der Außenterrasse der Pinte ein großes Pils schmecken.

Nach einer halben Stunde war er zurück am Auto. Er setzte sich hinein und wartete. Und wartete. Zweimal ging er an dem Fenster vorbei, hinter dem die beiden saßen. Das Essen musste lange durch sein, aber sie unterhielten sich bei weiteren Getränken. Um zweiundzwanzig Uhr gab Raphael sich noch ein Viertelstündchen, dann würde er nach Hause fahren. Die beiden würden den Abend gemütlich im Hotel ausklingen lassen. Seine Mutter war nach einer Golfpartie auch immer müde.

Und doch wurde sein Ausharren belohnt. Mit klopfendem Herzen registrierte Raphael, dass Hinsch und Erhardt das Hotel zehn Minuten später verließen. Von Müdigkeit war bei ihnen nichts zu erkennen. Sich rege unterhaltend gingen sie die Hafenstraße hinunter und bogen auf den Sandwall ab, der von doppelarmigen Laternen beleuchtet wurde.

Raphael schloss den Wagen ab und folgte ihnen. Die Männer hatten keinen Blick für das dunkle Meer an ihrer linken Seite oder für die in kurzen Abständen aufblinkenden roten Lichter der Windkraftanlagen auf dem Festland, auch nicht für die wenigen Menschen, die ihnen noch entgegenkamen. Auf jeden Fall schienen sie sich bestens zu amüsieren, denn immer wieder erklang ihr Lachen.

Sie wechselten vom Sandwall auf den Promenadenweg am Strand. Es ging am Leuchtturm vorbei bis zum Strandübergang an der Ecke Bad- und Gmelinstraße. Dort bogen die Männer in die Gmelinstraße ein, und eine dumpfe Vorahnung ließ Raphaels Herz höher schlagen.

Doch ergab das Sinn? Es war gleich halb elf. Das »Bullauge« würde jeden Moment schließen. Also konnten sie kaum auf dem Weg dorthin sein. Doch sie gingen weiter und betraten tatsächlich Martin Gordens Restaurant.

Raphael blieb in sicherer Entfernung stehen. Das musste er erst mal verdauen. Was hatten die Männer mit Gorden zu schaffen? Gegessen hatten sie im Hotel. Und das »Bullauge« würde jeden Moment seine Pforten schließen. Schloss sich hier der Kreis? Sein Onkel war diesen Männern schließlich auf der Spur gewesen.

Raphael ging langsam weiter. Hinter den Fenstern der Gaststube war zu erkennen, dass an einem der Tische noch zwei Gäste saßen. Im Terrassenbereich hielt sich niemand mehr auf. Bedauernd, dass er das Auto nicht dabeihatte, irrte Raphaels Blick umher. Wo konnte er sich auf die Lauer legen? Er wollte sehen, wann die beiden das Restaurant wieder verließen.

Kurz entschlossen überquerte er die Straße und betrat das Grundstück schräg gegenüber dem »Bullauge«, denn hinter den Fenstern des Hauses auf diesem Grundstück brannte im Gegensatz zu den Nachbarhäusern kein Licht. Doch als er die Gartenpforte öffnete, quietschte sie, und im Haus begann ein Hund zu kläffen.

Raphael wartete ab. Es ging kein Licht im Haus an, und der Hund beruhigte sich wieder. So leise wie möglich steuerte er einen riesigen Rhododendron an, hinter dem er sich verbergen konnte. Er musste nur zehn Minuten warten, dann verließ ein junges Pärchen das Restaurant. Im selben Moment fuhr ein quietschgelber Twingo vor und hielt am Straßenrand. Eine junge Frau um die zwanzig in Schlabberhose und T-Shirt stieg aus.

Raphael machte sich noch kleiner, als Martin Gorden aus dem Restaurant auftauchte. Er sprach mit der jungen Frau, allerdings so leise, dass Raphael kein Wort verstehen konnte, dann öffnete Gorden die Beifahrertür, bückte sich und hob etwas heraus.

Raphael wagte sich einen Schritt vor, um zu sehen, um was es sich dabei handelte.

Martin Gorden hielt seinen Adoptivsohn auf dem Arm. Der Junge schien zu schlafen, denn sein Kopf ruhte an Gordens Hals. Raphael war mehr als verwirrt. Was machte der Junge um diese Zeit hier?

Gorden verabschiedete die junge Frau mit einem Winken, und sie fuhr davon. Er trug den Jungen ins Restaurant, während Raphael in Deckung ging, denn ein paar Jugendliche näherten sich von rechts. Als er wieder aufsah, war alles ruhig im »Bullauge«. Fünfzehn Minuten später verließen erneut zwei

Leute das Restaurant. Aber es waren nicht Hinsch und Erhardt, sondern Kellnerin Sarah und der Barkeeper, wie das Licht einer Straßenlaterne verriet. Die beiden hatten also Feierabend.

Raphael verbarg sich erneut, obwohl die Chance, dass sie ihn im Dunkeln hier sahen, gering war.

Und dann geschahen mehrere Dinge gleichzeitig. Kaum dass Sarah und der Barkeeper weg waren, näherten sich Schritte von links. Zwei Paare kamen plaudernd näher, und zu Raphaels Schrecken betrat ein Paar das Grundstück, auf dem er sich verborgen hielt.

»Schlaft gut«, rief die Frau dem weitergehenden Pärchen zu, während ihr Mann sagte: »Wir hatten die Pforte doch geschlossen. Wieso steht die offen?«

Raphael ging um den Rhododendron herum, so leise wie möglich, was gar nicht so einfach war, denn auf dem Rasen lagen trockene Blätter des Busches.

»Bestimmt steckt Werbung im Briefkasten«, erklang die Stimme der Frau. »Die Jugendlichen schließen die Pforte doch nie, wenn sie was austragen.«

Raphael hörte den Deckel des Postkastens klappern. »Hier ist nichts drin«, sagte der Mann.

Drinnen begann der Hund zu bellen. »Aus, Rudi!«, rief der Mann, noch bevor er aufgeschlossen hatte. Glücklicherweise ließen die beiden den Hund nicht in den Garten, sondern schlossen die Tür hinter sich, als sie drinnen waren. So leise und unauffällig wie möglich verließ Raphael sein Versteck, denn Rudi würde sicherlich vor dem Zubettgehen noch mal nach draußen gelassen werden, um sein Bein zu heben. Er verzichtete darauf, die quietschende Pforte zu öffnen, sondern stieg einfach darüber.

Gegenüber im »Bullauge« war das Licht in der Gaststube erloschen. Dafür fiel ein Lichtschein durch das Rollo des oberen rechten Fensters, wenig später ging das Licht auch im linken Zimmer an. Sarah hatte ihm erzählt, dass sich dort oben eine kleine Ferienwohnung befand. Stammte das Licht von Feriengästen? Sicherlich nicht, denn es war zu auffällig, dass das Licht oben angegangen war, kurz nachdem es in der Gaststube erloschen war.

Was hatte das alles zu bedeuten? Wieso war das Kind hierhergebracht worden? Und wieso hatten die beiden Männer das Restaurant noch nicht verlassen, obwohl der Gastraum dunkel war?

Oder hatten sie es verlassen, während er sich vor dem heimkehrenden Ehepaar versteckt hatte? Fragen über Fragen.

Raphael trieb sich noch eine Stunde herum, ging immer wieder am »Bullauge« vorbei. Nur im linken oberen Zimmer brannte Licht.

Er brannte darauf, zu erfahren, was dort oben vor sich ging, aber nach einer weiteren ereignislosen halben Stunde gab er sich geschlagen. Er würde es heute nicht erfahren.

Groggy vom Warten und gleichzeitig gepusht durch die Anspannung machte er sich auf den Heimweg. Nach zwei doppelten Single Malts ging er zu Bett.

Was ging im »Bullauge« vor sich? Diese Frage begleitete ihn in den Schlaf.

NEUN

Raphael glaubte zuerst an einen Traum, als er eine fröhliche Stimme hörte. »Gud maaren!« Er grunzte in sein Kopfkissen und drehte sich auf die Seite. Doch gleich darauf schoss er herum, denn der Finger, der sich in seinen Rücken bohrte, war eindeutig real.

»Neun Uhr ist durch, Herr Rickers. Sie haben den Wecker anscheinend nicht gehört?« Frau Mommsen von gegenüber strahlte ihn an. In ihrer Hand hielt sie das Rohr des Staubsaugers.

»Was zum Teufel treiben Sie hier?« Raphael riss die Bettdecke, die er im Schlaf zur Seite gewühlt hatte, über seinen Unterleib. Er trug zwar eine Boxershorts, aber dieses Hutzelweibchen starrte schon wieder auf seinen Körper.

»Mit dem Putzen in Küche und Bad bin ich schon durch. Vor neun Uhr wollte ich nicht saugen, aber jetzt …«, sie blickte auf die schäbige goldfarbene Armbanduhr an ihrem dürren Handgelenk, »… wird es ja wohl langsam mal Zeit mit dem Aufstehen, Herr Rickers. Der frühe Vogel fängt den Wurm.«

»Mein Name ist Freersen. Und es ist Wochenende! Ich schlafe, so lange ich will, und wenn es bis Mitternacht ist.« Raphael sprang auf, die Bettdecke um seinen Unterleib mit einer Hand festhaltend. Die andere Hand streckte er aus. »Sie geben mir jetzt den Schlüssel zu meinem Haus. Sofort.«

Frau Mommsen strahlte ihn an. »Sie sind aber auch ein lustiger Mensch, Herr *Freersen*. Wenn ich Ihnen meinen Schlüssel gebe, komm ich ja nicht mehr rein. Wie soll ich dann hier putzen? Dass ich mir Ihren Namen nicht merken kann, ist ja auch ein Ding. Aber mit fast dreiundachtzig darf man auch ein bisschen vergesslich sein, oder? Nicht dass Sie denken, ich bin senil, um Gottes willen. Beim Kreuzworträtseln schlag ich Hannchen Petersen um Längen.«

»Frau …« Ihm fiel der Name nicht mehr ein.

»Mommsen«, sagte sie fröhlich. »Mine Margarete Mommsen. Dreimal M.«

»Okay, Frau Mommsen, Sie geben mir jetzt meinen Schlüssel.«

»Nein.« Sie hob das Bein, drückte mit dem Fuß den Startknopf des Saugers und begann zu saugen.

Sprachlos starrte er sie an. Die Alte war definitiv irre. Er griff Jeans und Shirt vom Stuhl, ging mit der Decke um den Körper ins Bad und zog sich dort an. Tief durchatmend beschloss er, unten erst mal einen Kaffee zu trinken. Dann würde er der Alten, wenn sie runterkam, in die Hosentasche greifen. Jawohl! Der Gedanke daran ließ ihn kläglich stöhnen, während er die Treppe hinunterging.

Als er die Küche betrat, stockte er. Auf dem Küchentisch stand ein Körbchen mit zwei frischen Brötchen. Die Butter aus dem Kühlschrank stand daneben. Außerdem ein Glas Marmelade, das nicht aus dem Supermarkt stammte, sondern ein mit krakeliger Schrift beschriebenes Etikett trug. »Erdbeer 2018«.

Irritiert hob er ein gehäkeltes weißes Hühnchen mit rotem Kamm an. Darunter kam ein Ei im Eierbecher zum Vorschein.

Triple M hatte ihm Frühstück gemacht.

Dass das Sauggeräusch im Obergeschoss verstummt war, registrierte er erst, als Mine Mommsen neben ihm sagte: »Ich hoffe, Sie mögen Erdbeermarmelade. Ich könnte sonst auch noch Kirsch rüberholen. Und den Tee habe ich stark gemacht. So trank Schorsch ihn am liebsten.«

»Ich hasse Tee«, murmelte Raphael mit Blick auf die blau gemusterte Kanne, die wohl ehemals weiß, jetzt aber schäbig cremefarben war. Der Onkel musste jahrzehntelang seinen Tee daraus getrunken haben. Sie stand auf einem schmuddeligen roten Stövchen.

Frau Mommsens Kopf mit dem silbergrauen dauergewellten Haar ruckte vor. »Was haben Sie gesagt?«

Raphael sah sie an, dann wanderte sein Blick zu ihrer Hosentasche. Seine Hand kribbelte. »Wissen Sie was?«, sagte er, als er wieder aufsah. »Heute ist nicht der Tag für Heldenmut.« Er ließ sich auf den Stuhl sinken und lächelte sie an. »Ich liebe selbst gekochte Erdbeermarmelade.« Und das war nicht gelogen.

»Sie sind aber auch ein Schatz, Herr Rickers.« Sie wuschelte ihm durch die ungekämmten Haare. »Wir beiden Hübschen werden noch viel Spaß miteinander haben.«

***

Raphael hatte den Renault so geparkt, dass er den Eingang des Golfplatzes im Blick hatte. Mittlerweile war es dreizehn Uhr. Von Hinsch und Erhardt keine Spur. Würden sie heute noch golfen, oder hatten sie Föhr bereits verlassen? Er hatte sich nicht getraut, sich im Hotel zu erkundigen. Zu groß war die Gefahr, dass die Empfangsdame den beiden sagen würde, dass nach ihnen gefragt worden war.

Im Warten mittlerweile geübt, harrte er im aufgeheizten Renault aus. Er wollte nicht draußen am Wagen stehen, falls sie kamen. Und er hatte Glück. Um dreizehn Uhr dreißig näherte sich ein Taxi, und Hinsch und Erhardt stiegen aus.

Raphael atmete auf, startete den Renault und fuhr los. Die nächsten beiden Stunden konnte er sich anderweitig beschäftigen, denn so lange würden sich die beiden mindestens auf dem Platz aufhalten. Er entschied sich, zum Strand zu fahren. Da die Schönwetterphase am nächsten Tag enden sollte, wollte er die Zeit zum Faulenzen nutzen. Handtuch und Badehose hatte er vorsorglich in den Rucksack gestopft. Und er würde auch nicht weit rauslaufen müssen, denn in einer Stunde war Hochwasser.

Raphael parkte den Wagen am Strandaufgang an der Anlage Haus Halligblick. Dort war es hoffentlich nicht so überlaufen wie in Wyks Südosten.

In der Tat war die Touristendichte hier geringer. Er suchte sich einen Platz hinter den Strandkörben, zog die Badehose an und ging ins Wasser, das im ersten Moment zum Schreien kalt und dann herrlich erfrischend seinen erhitzten Körper umfloss, nachdem er mit einem Hechtsprung untergetaucht war. Zwanzig Minuten tummelte er sich in der Nordsee, dann ging er zurück zu seinem Platz. Er musste ein gutes Stück laufen, denn die Strömung hatte ihn abgetrieben. Seine Blicke glitten dabei über das Angebot an Strandbesucherinnen. Da auch er gemustert wurde, ergab sich das eine oder andere Augenzwinkern.

Ohne sich abzutrocknen, ließ er sich schließlich auf sein Badelaken fallen und schloss die Augen. Die Strandgeräusche taten gut. Das Meer rauschte leise, die Möwen kreischten. Ein Motorengeräusch am Himmel kündigte an, dass vom nahen Flugplatz gerade eine Cessna gestartet war oder gleich landen würde. Das Brummen des Motors hörte er lieber als das Schreien der Kinder, die in der Nähe spielten, aber seine Gedanken wanderten weiter. Zurück zum gestrigen Abend, der ihn bereits den gesamten Vormittag beschäftigt hatte.

Mittlerweile war er zu dem Schluss gekommen, dass die junge Frau im gelben Twingo Naths Kindermädchen sein musste. Und sie hatte Nath vielleicht zum »Bullauge« gebracht, weil sie ausgehen wollte und der Junge nicht allein zu Hause bleiben sollte.

Doch wieso war Gorden nicht einfach nach Hause gefahren? Schließlich war Feierabend gewesen.

Weil Hinsch und Erhardt noch dageblieben sind, gab Raphael sich die Antwort. Die beiden hatten das Restaurant vermutlich nicht verlassen, während er sich versteckt gehalten hatte. Das sagte ihm sein Gefühl, und darauf hatte er sich immer verlassen können. Doch was bedeutete diese Zusammenkunft der Männer?

Ein Gedanke, besorgniserregend, ekelhaft, trat immer wieder vor alle anderen Möglichkeiten, die er durchspielte.

»Du spinnst, Freersen«, ermahnte er sich selbst. »Das wäre doch längst jemandem aufgefallen.«

Er kam hoch, griff nach der Sonnenbrille, lehnte sich auf die Unterarme zurück und ließ seinen Blick schweifen. Amrum lag in leichtem Dunst da.

Früher, wenn er mit Johannes eine Ferienwoche beim Onkel verbracht hatte, hatten sie immer von Utersum aus eine Wattwanderung zur Nachbarinsel gemacht. Nicht in einer geführten Gruppe, sondern nur mit dem Onkel. Schorsch hatte schließlich jeden Priel und die Gezeiten genauestens gekannt. Die Zweieinhalb-Stunden-Wanderung war Abenteuer pur gewesen. Der Onkel hatte dabei Gruselstorys erzählt: von Leuten, die sich im Nebel im Watt verirrt hatten, die zu spät losgegangen waren oder Amrum vor Erschöpfung nicht mehr erreichten.

Raphael lächelte in der Erinnerung daran und verspürte Lust, die Wanderung noch einmal zu wiederholen. Allerdings nicht allein. Seine Vernunft verabschiedete sich zwar sporadisch, aber in diesem Fall wohl besser nicht. Das Watt konnte tückisch sein.

Er zog sein Smartphone aus dem Rucksack, um die Zeiten zu googeln, an denen die geführten Touren im westlich gelegenen Utersum starteten, aber er konnte auf dem Display nichts erkennen, weil die Sonne sich spiegelte. Genervt steckte er das Handy zurück und ließ seinen Blick über die Menschen am Strand schweifen.

Rechts von ihm lagen zwei Blondinen oben ohne. Sie schienen sonst ein Oberteil zu tragen, denn ihre Brüste hoben sich wie blasse Hügel von den gebräunten Körpern ab.

Ein Stückchen hinter ihnen buddelten zwei Jungen in einem Riesenloch. Eine Frau in mohnrotem Bikini trat zu den beiden und sagte etwas. Sie stand zwar ein gutes Stück entfernt, aber Raphaels Kennerblick erkannte eine perfekte Figur. Sie war nicht zu dünn, hatte aber eine schmale Taille. Den Busen konnte er nicht beurteilen, da ihr langes schwarzes Haar darüberfiel.

Er wollte sich gerade auf das Handtuch zurücklegen, als einer der Jungen einen Eimer mit Wasser aus dem Sandloch heraus auf die Frau schüttete. Sie kreischte, rannte ein Stück weg und rief: »Tarik! Das wirst du büßen!« Sie lachte, als der Junge ihr antwortete. Was er sagte, verstand Raphael nicht. Er war baff.

Die Bikinischönheit war Ava Rahmani!

Er konnte gar nicht einordnen, was an ihrer Freizügigkeit ihn mehr verwirrte: sie ohne Kopftuch zu sehen oder aber ihr kaum verhüllter Körper. Hätte man ihn gefragt, hätte er sie eher in Burka als im Bikini am Strand gewähnt.

Raphael zögerte einen Moment, dann stand er auf. Er ging an den halbnackten Blondinen vorbei, mit Seitenblick auf die cremefarbenen Hügel, und näherte sich Ava und den Jungs im Sandloch.

»Hallo«, sagte er, als er in Sprechweite war. Die Narben an ihrem Oberschenkel machten klar, woher die Haut stammte, die ihr ins Gesicht transplantiert worden war.

Sie drehte sich abrupt zu ihm herum. »Herr Freersen …«

»Ich liege dahinten«, er deutete hinter sich, »hab Sie kreischen hören und dachte, ich sag mal schnell Hallo.« Er versuchte, nicht auf ihren Körper zu blicken, sondern zu den Jungs im Loch, die ihn ignorierten und mit Feuereifer weiter Sand in ihre Eimer schaufelten.

Ava sagte nichts.

Raphael versuchte es mit einem Lächeln. »Sie nutzen also auch den vorerst letzten herrlichen Tag?« Sein Blick glitt über ihr Gesicht, das ohne Kopftuch so anders wirkte. Das schwarze Haar rahmte ihr zartes Gesicht mit den dunklen Augen perfekt.

»Ja«, sagte sie steif und nichts weiter. Stattdessen fummelte sie noch mehr Haar vor ihr Dekolleté und erreichte damit das Gegenteil von dem, was ihr zweifellos vorschwebte.

Er ließ seinen Blick kurz über ihren Körper gleiten. »Ohne Kopftuch hätte ich Sie fast nicht erkannt«, gab er zu. »Und ganz ehrlich: Ich bin überrascht, Sie ohne zu sehen. Ich dachte, dass das Tuch auch Ausdruck Ihres Glaubens sei.«

»Ich bin zwar Muslimin, aber westlich erzogen. Das Kopftuch trage ich aus dem Ihnen bekannten Grund. Denn Ihr ›auch‹ bezieht sich doch auf die Tatsache, dass ich mit dem Tuch meine Narben verdecke?«

Sie klang patzig, was Raphael ärgerte. »Ja, in der Tat«, entgegnete er schärfer als beabsichtigt. »Ich sehe nicht ein, warum wir es nicht thematisieren sollten. Sie …«, seine Stimme wurde milder, »… haben offensichtlich Schreckliches erlitten. Umso mehr freue ich mich für Sie, dass Ihre Kopfhaut nicht betroffen ist.« Sein Blick glitt über ihr nachtschwarzes Haar, und erst jetzt bemerkte er, dass die dicklichen Narben an ihrer Schläfe unter dem Haar verschwanden. Als ihm klar wurde, warum, sprach sie es schon aus.

»Ihnen gefällt mein Haar?«, sagte sie spöttisch. »Ich kann es Ihnen ausleihen. Denn ich kann es abnehmen.«

»Es tut mir leid.« Ernst sah er sie an. »Ab sofort werde ich die Klappe halten, denn es ist ja offensichtlich, dass Sie mit mir nicht darüber sprechen möchten.«

»Ich mag überhaupt nicht darüber sprechen. Weder mit Ihnen noch mit anderen Fremden.«

Er nickte. In seinem Bauch kribbelte es. Sie empfand ihn als fremd. Wieso konnte er sie nicht mit dem gleichen Abstand betrachten? Weil ich Mitleid mit ihr habe, gab er sich selbst die Antwort.

»Entschuldigung, dass ich Sie belästigt habe«, sagte er steif. »Wir sehen uns dann Montag.« Er drehte sich um und ging.

***

Raphael hockte im Wagen seines Onkels auf dem Parkplatz am Hafenamt und beobachtete das Hotel, in das Hinsch und Erhardt zurückgekehrt waren, nachdem sie fast vier Stunden auf dem Golfplatz verbracht hatten, was für ein Achtzehn-Loch-Spiel sprach. Die Wartezeit am Golfplatz war für Raphael gefühlt doppelt so lang gewesen. Entsprechend waren seine Laune und der Zigarettenkonsum.

Jetzt war es zwanzig Uhr dreißig, und die beiden Männer saßen im Hotelrestaurant wieder an einem Tisch am Fenster und ließen es sich schmecken. Raphael hatte sich diesmal auf die Wartezeit besser vorbereitet und lauschte einem Hörbuch von Val McDermid. Nebenher daddelte er auf dem Smartphone rum. Doch seine Gedanken schweiften immer wieder zu den beiden Männern. Würde es heute Abend bei dem Essen bleiben? Oder würde sich das Prozedere des vergangenen Abends wiederholen? »Achtzig Prozent gegen zwanzig«, wettete er gegen sich selbst, »dass ihr euch wieder zum ›Bullauge‹ aufmacht.«

Sein Gefühl schien ihn diesmal zu trügen, denn es wurde

halb elf – zu dem Zeitpunkt hatten sie gestern das Hotel verlassen –, aber die Männer blieben am Hoteltisch sitzen. Erst eine halbe Stunde später erhoben sie sich. Würden sie zu Bett gehen? Raphael spürte, wie die Lethargie, die das Warten mit sich brachte, von ihm abfiel. Mit erhöhtem Herzschlag starrte er zur Hoteltür.

»Na also«, stieß er aus, als die Männer aus der grünblauen Hoteltür traten. Er blieb im Wagen sitzen, bis sie um die Ecke zum Sandwall verschwunden waren. Als er aus dem Auto stieg, entwich mit ihm eine Qualmwolke.

In nicht allzu großem Abstand, schließlich war es dunkel, folgte Raphael den Männern. Diesmal war er nicht überrascht, als die beiden in der Gmelinstraße zum »Bullauge« abbogen. Im Gegensatz zum Vorabend schien Gordens Restaurant diesmal allerdings bereits geschlossen zu sein, denn als Raphael kurz nach den Männern dort eintraf, war unten alles dunkel. Nur im oberen linken Fenster brannte Licht. Er ging am Grundstück vorbei und drehte am Pfannkuchenhaus um. Hatte das Kindermädchen den Jungen heute auch wieder zum Restaurant gebracht?

Raphael ärgerte sich über sich selbst. Warum war er so dumm gewesen, den Männern vom Hotel aus zu folgen? Viel effektiver wäre es gewesen, wenn er vor dem »Bullauge« auf sie gewartet hätte. Dann hätte er mitbekommen, ob Nath hier war.

Als Detektiv hatte er definitiv noch zu lernen.

Entschlossen, eine halbe Stunde zu warten, um zu schauen, ob der Junge noch gebracht wurde, steuerte Raphael erneut den Rhododendron auf dem gegenüberliegenden Grundstück an. Im Haus dort war alles dunkel. Rudis Herrchen und Frauchen waren also entweder wieder unterwegs oder schliefen. Raphael hoffte auf Zweiteres. Er öffnete die quietschende Pforte nicht, sondern stieg darüber hinweg, nachdem er sich mehrfach umgesehen hatte, und bezog hinter dem Busch Stellung, ohne Rudis Aufmerksamkeit auf sich zu ziehen.

Fünfzehn Minuten später merkte Raphael auf, als das Licht im rechten Zimmer oben im »Bullauge« anging. Es schien durch die schmalen Spalte zu beiden Seiten des dunklen Rollos. Doch bevor Raphael überlegen konnte, was dort oben passierte, öffnete sich die Haustür rechts hinter ihm. Erschrocken wandte er sich um. Auf dem Hausflur brannte Licht, und dann flitzte auch schon ein halbhohes helles Etwas aus der Tür, gefolgt von einer weiblichen Stimme. »Mach schnell, Rudi.«

Raphael stand wie erstarrt. Wenn die Töle ihn bemerkte … Und dann war es auch schon so weit. Rudi und er starrten sich einen Moment lang im Halbdunkel an. Im Gegensatz zu ihm versuchte Rudi allerdings gar nicht erst, Ruhe zu bewahren.

»Scheiße!«, fluchte er, als der Hund zu knurren begann und im nächsten Moment kläffend auf ihn zustürmte. Raphael rannte links am Busch vorbei auf den Grundstückszaun zu.

Sein Fluchen und Rennen blieb natürlich von der Hausherrin nicht unbemerkt. Sie schrie auf und rief mit schriller Stimme: »Thorsten, komm schnell runter! Hier ist einer in unserem Garten! … Rudi, fass! Fass, Rudi! Fass den bösen Mann!«

Sich mit einer Hand auf einem der Pfosten abstützend, gelang es Raphael gerade noch, über den Zaun zu springen, bevor Rudi eines seiner Hosenbeine erwischte. Im Weglaufen sah er, wie im »Bullauge« das Rollo im linken Zimmer ein Stückchen hochgezogen wurde. Man war dort zweifellos auf das Kläffen und Schreien aufmerksam geworden.

Raphael wurde erst langsamer, als er das Hotel Upstalsboom erreicht hatte. Er wollte nicht durch Rennen auffallen, denn ihm kam ein Pärchen entgegen. Ansonsten war um diese Uhrzeit auf Föhr glücklicherweise der Hund begraben.

Leider nicht Rudi.

***

Als Raphael am Sonntagmorgen aufwachte, war es bereits nach zehn. Wohlig drehte er sich im Bett auf den Rücken. Herrlich, wie ruhig es war. Keine nervende Frau Mommsen, kein Kindergeschrei aus den Nachbargärten. Nur das Kreischen einiger Möwen und das Klappern eines Storchs drangen durch das

Fenster zu ihm herein. Und es störte ihn nicht. Im Gegenteil. Es war entspannend.

Er bereitete sich ein reichhaltiges englisches Frühstück mit gebratenem Speck, Pilzen, Rührei und Toast zu. Während er die Baked Beans, die er liebte, auf den Teller füllte, waren seine Gedanken bei Hinsch und Erhardt. Was hatte der Onkel wohl über sie herausgefunden? Warum nur hatte Schorsch so rein gar nichts schriftlich festgehalten? Das hätte Raphael einiges erleichtert.

Als er mit dem Messer den Teller sauber kratzte und es ableckte, durchfuhr es ihn plötzlich heiß. Klirrend landete das Messer auf dem leeren Teller.

Schorsch war auf dem Golfplatz zusammengebrochen! Was, wenn es gar kein Herzinfarkt gewesen war?

Raphael sprang auf und steckte sich eine Zigarette an. Hatte der Onkel zu viel herumgeschnüffelt? War ihm das zum Verhängnis geworden?

»Jetzt spinn nicht rum«, versuchte Raphael sich zu beruhigen. Schorsch hatte vorher schon zwei Infarkte gehabt. Und sein Lebensstil war der Gesundheit absolut nicht zuträglich gewesen.

Dennoch … in einem ursächlichen Zusammenhang mit den beiden Männern konnte der Infarkt trotzdem stehen. Dem Onkel musste irgendetwas klar geworden oder widerfahren sein, das ihn so aufgeregt hatte, dass sein Herz kapitulierte.

Nach langer Grübelei war das Bedürfnis, den Fall Dalika zu lösen, fast übermächtig geworden, als Raphael sich mittags auf den Weg zum »Hotel Jasper« machte, wo Hinsch und Erhardt abgestiegen waren. Diesmal zögerte er nicht, sich an die Rezeption zu wenden. Er brauchte Infos.

»Guten Tag«, begrüßte er die Frau mittleren Alters hinter dem Tresen mit seinem strahlendsten Lächeln – gut, dass kein Mann dahinterstand. »Habe ich Glück und erwische Steffen und Dieter noch? Bestimmt nicht, was? Die beiden haben wohl wie gewohnt eine der früheren Fähren genommen? … Oh, Entschuldigung, ich rede von Steffen Erhardt und Dieter Hinsch.

Ich wollte den beiden noch etwas mitgeben.« Er ließ die Zähne blitzen.

Die Rezeptionistin lächelte zurück, einen Hauch mehr als geschäftsmäßig freundlich. »Ja, Herr Hinsch und Herr Erhardt sind abgereist.«

»Schade. Aber …«, Raphael winkte ab, »… egal. So eilig ist es nicht. Steffen und Dieter kommen ja in vier Wochen wieder, nicht? Oder etwa früher? Das wäre mir natürlich recht. Ich könnte Steffen auch kurz anrufen, aber dann wäre die Überraschung weg. Sie können mir das sicher genauso schnell beantworten.«

Sein Hallo-du-schönste-Blume-der-Welt-Lächeln verfehlte seine Wirkung nicht. »Ja, genau, wie gewohnt in vier Wochen«, plauderte sie aus.

Auf dem Nachhauseweg war Raphael stolz auf seine Schauspielkunst. Und enttäuscht, dass er tatsächlich vier Wochen warten musste, bis die beiden Männer wieder nach Föhr kamen.

Nun, er würde die Zeit nutzen. Als Erstes würde er sich den Barkeeper vorknöpfen. Mal sehen, was aus dem Typen rauszuholen war.

Am Montagabend wartete Raphael ab zweiundzwanzig Uhr auf einer der weißen Bänke des Pfannkuchenhauses auf Henning Sökers. Der Wind ließ die Blätter der Linden rauschen, und die Fähnchen des Cafés, auf denen ein Froschkönig prangte, flatterten. Raphael musste sich gedulden. Es war fast elf, als der Barkeeper vom »Bullauge« endlich Feierabend machte und sich auf dem Bürgersteig näherte. Er ging wie ein Seemann auf Landgang, leicht schwankend. War er betrunken?

»Herr Sökers?«, sprach Raphael ihn an und stand auf, als er auf seiner Höhe war.

Sökers blieb stehen. »Ja?« Er klang skeptisch, während sein Blick über Raphael glitt.

»Mein Name ist Freersen. Ich ermittle im Fall Ihrer Chefin.« Die Worte waren raus, bevor er darüber nachgedacht hatte, aber … wow! Es klang einfach gut. *Ich ermittle.*

»Was? Ich … Sind Sie von der Polizei?« Sökers' Stimme klang angespannt. Eine Fahne hatte er nicht, also war sein Gang nicht alkoholbedingt schwankend.

»Nein, ich ermittle privat.« Raphael merkte, dass er von Sökers intensiv gemustert wurde, was in der Dunkelheit nicht einfach für ihn war. Das Licht der Straßenlaterne reichte kaum heran.

Sökers trat näher. »Woher kennen Sie meinen Namen? Und wieso lauern Sie mir hier auf?«

»Ich habe Ihnen nicht aufgelauert. Ich habe auf Sie gewartet, weil ich dachte, dass Sie ungern in Anwesenheit Ihres Chefs über Dalika Gorden sprechen.«

»Was wollen Sie von mir? Die Polizei hat schon jeden vernommen, der Dalika irgendwie kannte. Für wen ermitteln Sie denn?«

»Dalika Gordens Mutter hat mich engagiert. Sie glaubt, dass Martin Gorden seine Frau umgebracht hat.« Das einfach mal rauszuhauen erschien ihm richtig.

Henning Sökers schwieg, aber sein schwergehender Atem war in der Stille der Nacht gut zu hören. »Das hat der alte Rickers doch schon rauszufinden versucht.«

»Ich habe seinen Job übernommen.« Dass er der Neffe war, brauchte der Mann nicht zu wissen. »Glauben Sie auch, dass Dalika ermordet wurde?«

»Keine Ahnung!« Sökers wurde laut. »Ich weiß es nicht! Lassen Sie mich damit zufrieden. Ich hab meine Aussage bei der Polizei gemacht.«

»Ich will Ihnen ja nichts Böses. Ich bin nur wahnsinnig neugierig. Ihr Chef hat am Wochenende Besuch in den oberen Räumen des Restaurants empfangen, und da frage ich mich, warum er seinen Besuch nicht zu Hause empfängt.«

»Fragen Sie ihn doch selbst. Ist mir egal, wohin der seinen Besuch einlädt. Vielleicht fühlt er sich zu Hause einfach nicht mehr wohl? Da erinnert ihn doch alles an Dali.«

»Ich fand es nur eigenartig, weil auch der Junge mitten in der Nacht zum Restaurant gebracht wurde.«

Henning Sökers winkte ab. »Kann schon mal vorkommen, wenn der Chef lange arbeitet. Der Kleine soll nicht allein zu Hause sein.«

»Können Sie sich vorstellen, dass Dalika Gorden freiwillig gegangen ist?«

Wieder herrschte Schweigen. »Niemals«, brach es schließlich aus Henning Sökers hervor. »Das hab ich auch der Polizei gesagt. Dali war 'ne tolle Mutter. Sie war … toll. Also, so als Mensch, mein ich. Ich mein jetzt nicht das Äußere. Also, sie war voll schön, aber das ist ja nicht das Wichtigste. Sie war einfach so …« Er suchte nach dem richtigen Wort.

»Toll.«

Sökers nickte heftig. »Ja, genau. Nett und fröhlich. Und nie ungerecht oder maulig, auch wenn viel Arbeit war. Ich hab immer gedacht, wenn sie einen anguckt, dann … scheint die Sonne.«

Raphael plierte durch das Schummerlicht. Ach du Scheiße! Ein Poet. Der Kerl war eindeutig in Dalika Gorden verknallt gewesen. Das musste er ausnutzen.

»Ist Martin Gorden ein guter Chef?«

»Ja, schon. Nicht so nett wie Dali, aber das wär wohl keiner. Gorden ist schon in Ordnung.«

Raphael steckte sich eine Zigarette an und bot Sökers ebenfalls eine an. Er bediente sich, und Raphael sah im Licht des Feuers, das er ihm gab, dass dem Mann Tränen in den Augen standen.

»Sie waren in sie verliebt.«

»Was?« Sökers trat einen Schritt zurück. »Nee, Mann!« Er klang jetzt aggressiv. »Wenn eine nett ist, muss man ja nicht gleich in die verliebt sein. Oder sind Sie in alle verliebt, die Sie nett finden?«

Gedankennotiz, Raphael: Bei Befragungen etwas subtiler vorgehen.

Aber Ehrlichkeit konnte vielleicht nicht schaden, darum antwortete er: »Ich bin ständig in alles verliebt, was tolle Titten, lange Haare und einen IQ nicht unter hundert hat.«

Henning Sökers starrte ihn an. »Ich geh jetzt.«

»Sie schließen eine Affäre also aus, wenn ich Sie richtig verstanden habe?«

»Ja, Mann! Dali hat so was nicht gemacht. Und mit mir schon gar nicht. Für die Dali war ich nur … ein Kumpel.« Er warf die Kippe weg. »Nacht«, sagte er und ging.

»Nacht. Und danke!« Raphael sah ihm nach, bis die Dunkelheit Sökers' Schatten schluckte. Unerfüllte Liebe … Konnte das ein Grund sein, das Subjekt der Begierde abzumurksen?

ZEHN

»Hat mein Onkel mal Sachen in einem Labor untersuchen lassen?«, fragte Raphael Imme, als sie sich Dienstagmorgen im Büro an den Schreibtischen gegenübersaßen.

Imme sah auf. »Ich wüsste nicht, dass Schorsch mal irgendwas an ein Labor geschickt hat. Was für Sachen meinst du denn?«

Raphael blickte auf die braunen Stummel, die er neben der Schreibtischunterlage abgelegt hatte. »Ich hab hier die beiden Zigarillostummel, du weißt schon: Der eine lag neben meinem Wagen, den anderen hat Kai Kersten auf die Straße geworfen. Ich hab ihn aufgesammelt.«

Imme war anzusehen, dass sie überlegte, dann schien es klick zu machen. »Willst du die etwa auf DNA überprüfen lassen?«

»Yep. Ich will wissen, ob der Speichel an beiden Kippen der gleiche ist.«

Imme grinste breit. »Ist ja wie im Film hier bei uns! ... Macht richtig Spaß, mit dir zu arbeiten. Schorsch hat Ava und mich ja nie teilhaben lassen an seinen Erkenntnissen.«

Gab es ein Gefühl, das sich wie ein edler, den Gaumen umschmeichelnder Whisky anfühlte? Ja, definitiv. Das, was da gerade heiß und mächtig seine Brust füllte, war tiefe Freude. Es fühlte sich wahnsinnig gut an, zu hören, dass jemandem etwas gefiel, was er tat. Wann hatte er das jemals erlebt?

Aber das musste die Friesenriesin nicht wissen, dann hob sie noch mehr ab. »Schorsch hat euch nichts erzählt, weil ihr Frauen seid«, antwortete er stattdessen. »Die hat er nie für voll genommen ... Also, finde mal raus, Watson, wo wir die Corpora Delicti untersuchen lassen können.«

»Das heißt Cor*pus* Delicti.«

»Nein, Frau Schlauberger, heißt es nicht. Es sind zwei Stummel. Plural. Ich hab zwar nur das kleine Latinum, aber dafür reicht's gerade noch.«

»Meine Fresse, der Herr kann Latein.« Sie schürzte die breiten Lippen. »Hätte ich jetzt irgendwie nicht erwartet.«

»Tja, ich bin der Mann mit den tausend Geheimnissen.«

Dass Imme laut auflachte und »Nee, eher nicht« rausprustete, ärgerte ihn. Und noch viel mehr ärgerte es ihn, dass er sich darüber ärgerte.

»An die Arbeit« sagte er darum. »Ich hab dich nicht zum Quatschen eingestellt.«

»Aye, Chef. Ich kümmere mich mal um die Labore, aber … du weißt schon, dass dich das 'ne Stange Geld kosten wird, die *Corpora* untersuchen zu lassen?«

Mit zusammengezogenen Augenbrauen sah er Imme an. »Ja, vermutlich.« Und dann kam ihm eine viel bessere Idee. »Lass das mal mit den Laboren. Ich denke, ich habe jemanden, der das für uns erledigt.«

»Dieser Jemand heißt nicht zufällig Sina Ahmling?« Imme musterte ihn. »Darf man fragen, woher du sie kennst?«

»Von früher.«

Imme starrte ihn weiter an. Und er starrte zurück. Mehr würde er nicht preisgeben.

»Kennst du ihre Familie ein wenig?«, fragte er. »Ihren Mann? Gibt's da irgendwelche Gerüchte, ob die Ehe funktioniert?« Wyk war in der Beziehung schließlich ein Dorf. »Als ich Sina das letzte Mal sah, hatte sie ein blaues Auge«, entschied er sich, ehrlich zu sein. »Sie sagte, sie sei ausgerutscht und gefallen. Aber das war mit Sicherheit gelogen. Sie wurde geschlagen.«

»Ach, tatsächlich?«, merkte Imme interessiert auf. »Ja, da gab es tatsächlich schon mal ein Gerücht, dass Sina Ahmlings Mann handgreiflich geworden sein soll. Muss ein halbes Jahr her sein.« Sie schüttelte den Kopf. »Wenn das so ist, kann ich sie nicht verstehen. Wie kann man bei einem Kerl bleiben, der einen prügelt?«

Raphael richtete sich auf seinem Stuhl auf. Sein Riecher hatte ihn also nicht getrogen. »Frag ich mich auch«, stimmte er Imme zu.

Warum verließ Sina diesen ekelhaften Typen nicht? Das wollte nicht in seinen Kopf.

»Und die Tochter?«, hakte er nach. »Gibt es da auch Gerüchte? Wenn der Kerl Sina schlägt, macht er das vielleicht auch bei der Kleinen.« Schon bei dem Gedanken brodelte es in ihm.

»Nein, da hat man nie was gehört«, sagte Imme. »Und Oke hat auch nie was erzählt. Die beiden sind in Parallelklassen.«

»Oke ist dein Ältester, richtig?«, fragte Raphael. »Der, der mich nicht zu seinem Geburtstag einladen wollte.«

»Genau der.« Imme lachte, wurde aber gleich wieder ernst. »Soll ich mich nun um ein Labor kümmern, oder willst du die DNA-Untersuchung über Sina Ahmling laufen lassen? Wobei mich natürlich weiterhin brennend interessiert, wieso sie das für dich tun würde.«

Raphael blieb verschlossen. »Ich erledige das selbst, danke.«

Er rang den ganzen Tag mit sich, sogar als er im Bett lag, war er noch unschlüssig. Sina schien genug Probleme zu haben. Sollte er sie wirklich in die Situation bringen, eventuell auch noch beruflich Ärger zu bekommen? Andererseits … sie hatte damals auch keinerlei Rücksicht genommen. Auf Gefühle, auf Wünsche und Träume.

Doch Sinas geschundenes Gesicht tauchte immer wieder vor ihm auf. Gehörte sie zu den Frauen, denen es nicht gelang, sich von einem gewalttätigen Partner zu lösen? Zu denen, die hofften, er würde sich bessern? Und was war mit der Kleinen? Sina würde doch wohl nicht zulassen, dass sie auch geschlagen wurde? Mutterliebe würde doch über die Abhängigkeit zum Mann hinausgehen? Er mochte weiß Gott keine Kinder, aber der Gedanke, dass sich jemand an Schutzlosen vergriff, war unerträglich.

Dass Immes Sohn nie etwas von Verletzungen der Kleinen berichtet hatte, bedeutete gar nichts. Sina und ihr Mann würden das Mädchen kaum in die Schule gehen lassen, wenn sie sichtbare Spuren an Gesicht oder Körper hätte. Dann würden sie sie wegen einer Grippe oder dergleichen abmelden.

Nun, er würde sich morgen weiter damit beschäftigen. Gähnend drehte er sich zur Seite. Doch im Wegnicken sah er das Gesicht der Kleinen wieder vor sich. Die braunen Locken, das niedliche Lächeln …

Im selben Moment war er hellwach. Er setzte sich senkrecht im Bett auf.

Sie sind in Parallelklassen … Das waren Immes Worte gewesen.

Immes Ältester war neun geworden. Das hatte der Junge selbst zu ihm gesagt. Neun, nicht acht!

Und Sina hatte behauptet, ihre Tochter sei acht geworden.

Das passte nicht zusammen, es sei denn, Oke hätte eine Klasse wiederholt. Aber der Kleine war pfiffig. Der war mit Sicherheit nie backen geblieben und würde es auch in Zukunft nicht.

Und das bedeutete, dass die kleine Ahmling entweder wegen Hochbegabung eine Klasse übersprungen hatte, oder aber Sina hatte ihn bezüglich des Alters der Kleinen angelogen. Und wenn das so war, gab es dafür nur einen einzigen Grund.

Krampfhaft rechnete Raphael nach, wie lange genau es her war, dass Sina damals Hals über Kopf verschwunden war.

»Oh Gott!«, stieß er aus, als er es ausgerechnet hatte.

***

Als Ava am Mittwochnachmittag das Büro betrat, saß Raphael am Schreibtisch.

»Hallo, Frau Rahmani«, entgegnete er förmlich und mit einem knappen Lächeln ihrem »Hallo, Herr Freersen«. Seit der Begegnung am Strand war ihr Verhältnis noch unlockerer geworden.

Avas Blick glitt über den aufgeräumten Schreibtisch. Sie suchte nach Notizen von Imme. Die beiden arbeiteten Hand in Hand weg, was anlag. Aber Imme hatte ihr nichts hinterlassen.

»Haben Sie etwas für mich zu erledigen?«, fragte sie und sah ihn an. »Ansonsten würde ich Schorschs alte Ordner weiter nach Unterlagen durchforsten, die wegkönnen.«

So hatten sie es vereinbart. Onkel Schorsch hatte Unmengen von Papier hinterlassen. Alles, was je an ihn adressiert worden war, hatte er messiemäßig aufbewahrt. Es gab noch GEZ-Abgabebescheide und Telefonrechnungen von vor dreißig Jahren.

Raphael musterte ihr zartes Gesicht, in dem, wie ihm gerade auffiel, nicht mehr die Narben, sondern die dunklen Augen der Blickfang waren.

Warum trug sie im Büro immer ein Kopftuch und nicht die Perücke? Vermutlich waren die Tücher luftiger, fiel ihm ein. Doch hätte sie es dann nicht auch am Strand getragen?

»Würden Sie heute Außendienst machen?«, fragte er schnell, als ihm auffiel, dass sie auf eine Antwort wartete.

»Außendienst? Ich?« Ihre Augen wurden noch größer, aber sie wirkte nicht abgeneigt. Zweifellos hatte Imme ihr von dem Beschattungsauftrag Meyse berichtet.

»Aus sicherer Quelle weiß ich, dass Martin Gorden mit seinem Sohn mittwochs gern ein Picknick macht. Da ist Ruhetag im ›Bullauge‹.« Dass die Quelle Kellnerin Sarah war, wollte er ihr nicht erzählen. »Ich möchte mich an seine Fersen heften. Was ich mir davon verspreche, weiß ich selbst nicht, aber ich habe nichts, wo ich heute sonst ansetzen könnte.«

Ava nickte. »Und was soll ich dabei tun?«

»Ich werde mich im Wagen meines Onkels in der Nähe von Gordens Wohnhaus auf die Lauer legen. Da ich aber nicht weiß, ob die beiden zu Fuß gehen oder mit Rad oder Wagen zum Picknick fahren, möchte ich Sie bitten, sich mit Schorschs Fahrrad in der Nähe bereitzuhalten. Wenn die Gordens radeln, folge ich ihnen mit dem Rad. Sie könnten dann das Auto meines Onkels zurückfahren. Mit dem Wagen würde ich auffallen, wenn ich ihnen so langsam folge … Sie können doch Rad fahren? Und Auto fahren?«

Ihre dunklen Brauen zogen sich zusammen, was, wie Raphael fand, ziemlich entzückend aussah.

»Ich bin nicht behindert, nur weil mein Ex-Mann mir den

Schädel verätzt hat. Natürlich kann ich Rad fahren. Und einen Führerschein habe ich auch.«

Verblüfft starrte Raphael Ava an. Sie hatte mehr verraten, als ihr wohl bewusst war. Vielleicht sollte er sie öfter ärgern. Der Täter war also ihr Ex-Mann.

Ava schien ihm anzusehen, was er dachte, denn sie setzte hitzig nach: »Nun wissen Sie also, wer es war. Und um Ihr Wissen zu vervollständigen: Es war vor fünf Jahren. Ich wollte mich von ihm trennen, und ... das wurde mir zum Verhängnis.« Sie schluckte. »Er sitzt im Gefängnis.« Tief durchatmend sah sie ihn an. »Nur noch zwei Jahre.«

Wortlos erwiderte er ihren Blick. Sie hatte jetzt schon Angst vor dem Tag, an dem er entlassen würde.

»Danke, dass Sie es mir erzählt haben«, sagte Raphael ernst. Und nicht mehr. Weil er sicher war, dass sie keinen weiteren Kommentar hören wollte.

Sie atmete noch einmal tief durch. »Okay ... dann bringe ich Ihnen also Schorschs Fahrrad, wenn Sie es brauchen?«

Er nickte.

»Aber die beiden könnten Sie bemerken, wenn Sie ihnen folgen. Selbst mit Abstand. Warum lassen Sie mich nicht den beiden folgen? Wenn Sie den Picknickplatz erreicht haben, rufe ich Sie an und sage Ihnen, wo die Gordens sind.«

Raphael sah Ava überrascht an. »Das würden Sie tun?«

»Ja. Eine Mutter ist verschwunden. Ein Kind verlassen. Ich möchte, dass dieser Fall geklärt wird. Und wenn ich dazu beitragen kann ...«

Zwei Stunden später beorderte Ava ihn zum Strandabschnitt neunundzwanzig am Flugplatz. Als Raphael im Wagen über den ungepflasterten Weg angefahren kam, stand sie mit dem Fahrrad dort, wo auf einem Schotterplatz zwei Wagen abgestellt und ein paar Fahrräder angekettet waren. Als Raphael ausstieg, erkannte er unter den Rädern das neue Mountainbike von Nath.

»Super, danke«, sagte Raphael. Er sah Richtung Dünen.

»Hierher sind sie also gefahren. Auf dem Schild«, er deutete hinter sich, »stand: ›Hundestrand‹.«

Ava hatte rote Wangen. »Ja, aber links ist der FKK-Abschnitt.« Sie wies Richtung Nordsee. »Und dahin sind sie abgebogen.«

»Aha. Na, dann mal los.«

Ava starrte ihn an. »Ich, äh, fahre doch jetzt ins Büro zurück, oder?«

»Natürlich nicht. Vier Augen sehen mehr als zwei. Es sei denn, Sie sind lieber Stubenhockerin als Abenteurerin.« Er lächelte. »Ich lasse Ihnen die Wahl.«

Der fortgeschrittene Sommer und die in Schleswig-Holstein beendeten Ferien machten sich bemerkbar. Der FKK-Strandabschnitt war nur spärlich besucht. Vereinzelt gab es noch Spaziergänger, die am Wasser entlang Richtung Nieblum gingen.

»Das war eine gute Idee mit der Decke«, flüsterte Ava wenig später neben ihm.

Sie lagen beide bäuchlings auf der von Raphael mitgebrachten Decke hinter einer Düne. Das war vermutlich verboten, weil die Dünen mit Sicherheit unter Naturschutz standen, aber dahinter waren sie vor den Blicken der Gordens sicher. Und dass die beiden ihre Köpfe sahen, wenn sie sie über den Dünenrand hoben, war eher unwahrscheinlich. Avas Augen waren auf Martin und Nath Gorden gerichtet, die in zweihundert Metern Entfernung am Strand saßen – beide nackt, ebenfalls auf einer Decke – und ihren mitgebrachten Proviant futterten.

»Ja.« Raphael flüsterte ebenfalls. Er betrachtete Avas Gesicht von der Seite. Die Aufregung hatte die Röte ihrer Wangen verstärkt. »Mit der Decke fallen wir hier weniger auf, falls sich von hinten doch jemand nähert. Wir sind Touristen. Dumme Touristen, die nicht wissen, dass man die Dünen nicht betritt.«

Das Flüstern wäre eigentlich nicht nötig gewesen, denn es herrschte auflandiger Wind. Es war vielmehr so, dass neben dem Zirpen der Grillen Fetzen von Worten und das Lachen der Gordens bis zu ihnen drangen. Aber das Flüstern erzeugte eine Stimmung, die ihm gefiel. Es machte ihn und Ava zu Komplizen.

Er zog seinen Rucksack zu sich heran, holte ein Fernglas heraus und sah hindurch.

»Legen Sie das weg!«, zischte Ava panisch neben ihm.

Er nahm das Fernglas von den Augen und sah sie an.

»Das ist hier der FKK-Abschnitt! Fotografieren und Filmen und so was ist hier strengstens verboten. Wenn uns einer erwischt«, sie sah sich ängstlich um, »dann werden wir für Spanner gehalten. Wir würden angezeigt werden.«

»Ehrlich, dieses Ich-lande-vielleicht-im-Knast-Gefühl ist das Salz in der Detektivsuppe.« Raphael grinste und hielt ihr das Fernglas hin. »Möchten Sie auch mal durchgucken?«

Avas Augen waren riesig. »Nein!«

Raphael verdrehte die Augen. »Meine Güte, das mit dem Knast war ein Scherz. Wir würden höchstens eine Anzeige kriegen.«

»Das ist mir schon klar«, zischte Ava. »Aber ich möchte definitiv keine Anzeige wegen Spannerei.«

»Wir spannen ja nicht, wir ermitteln. Und wenn Sie diesen Unterschied nicht erkennen …« Er hob die Schultern und sah wieder durch das Fernglas.

Es dauerte ein paar Sekunden, dann erklang Avas Stimme. »Also gut, ich möchte auch mal schauen.«

Sich ein Lächeln verkneifend reichte Raphael ihr das Fernglas.

Über eine halbe Stunde wechselten sie sich mit dem Beobachten ab und brachten auch die Kamera zum Einsatz. Mit dem Objektiv zoomten sie jedes Detail auf der Gorden'schen Decke heran. Und die Gesichter der beiden. Nath strahlte eine natürliche kindliche Fröhlichkeit aus. Immer wieder sprang er während des Essens auf, sammelte etwas aus dem Sand – Muscheln oder Steine – oder kletterte flink wie eine Bergziege über das schwarze, einbetonierte Gestein, das den Strand vor den gierigen Wellen schützte, und lief zum Wasser. Martin Gordens Gesicht wirkte gelöst. Er schien die freie Zeit, die er mit seinem Sohn verbringen durfte, zu genießen.

Dennoch verspürte Raphael ein Unwohlsein. »Warum geht

er mit seinem Stiefsohn an den Nacktbadestrand? Warum kann der Kleine keine Badehose tragen?«, murmelte er.

»Es gibt etliche FKK-Anhänger auf Föhr«, antwortete Ava. »Und Dalika soll das Nacktbaden auch geliebt haben. Also kennt Nath es so und ist völlig unverkrampft.«

»Aber hier ist doch kaum jemand. Am anderen Strandabschnitt würde Nath vielleicht Schulkameraden zum Spielen treffen.«

»Aber genau das möchte Martin Gorden vielleicht nicht«, meinte Ava. »Der Restaurant-Ruhetag ist der einzige Tag, an dem er seinen Sohn mal für sich hat.«

»Hmm«, grummelte Raphael.

»Warum nur haben sie die Blumen mitgebracht?«, wiederholte Ava flüsternd noch einmal die Frage, die sie sich bereits gestellt und diskutiert hatten, während sie durch die Kamera zu den Gordens geblickt hatten.

Raphael reckte den Kopf über die Düne. Der Picknickkorb, in dem der Rosenstrauß steckte, war mit bloßem Auge knapp zu sehen. Alles im Korb Befindliche hatten Martin und Nath Gorden ausgepackt, nur die Blumen nicht. Es war kein gebundener Strauß, sondern Supermarktware, in Cellophan verpackt.

»Ich denke doch, dass sie ihn dalassen werden«, flüsterte Ava weiter. »Als Blumengruß für Dalika. Weil sie an diesem Platz wahrscheinlich eine schöne gemeinsame Zeit verbracht haben.« Ava nahm die Kamera runter und sah Raphael an. »Ich würde es so machen. Sie haben keinen anderen Ort, wo sie hingehen können. Es gibt kein Grab, es gibt … nichts.«

Raphael nickte. »Wir werden es sehen, wenn sie gehen.«

Sie hatten verschiedene Theorien bezüglich der Rosen aufgestellt. Waren die Blumen ein Geschenk für jemanden, den sie auf dem Nachhauseweg besuchen wollten? Oder waren sie tatsächlich für Dalika? Und wenn ja, würden sie sie einfach in den Sand legen oder sie vielleicht ins Wasser werfen? Dalika war gern schwimmen gegangen, hatte Sarah gesagt. Avas These, Dalika habe vielleicht Geburtstag, konnte Raphael sofort widerlegen. Er hatte Dalikas Geburtstag im Kopf, weil sie am gleichen

Tag Geburtstag hatte wie sein Vater. Das war ihm beim Lesen der Akte aufgefallen.

Nur um zu erfahren, was es mit den Blumen auf sich hatte, lagen sie überhaupt noch hier. Aber die Gordens machten noch keine Anstalten, aufzubrechen.

Ava blickte auf ihre silberne Armbanduhr. »Ich werde nicht mehr lange bleiben können. Ich muss Tarik um Viertel nach fünf bei der Nachbarin abholen.«

»Können Sie nicht anrufen?«, fragte Raphael. »Vielleicht kann die Nachbarin noch ein Stündchen dranhängen? Sie soll Tarik die Glotze anstellen, dann nervt er sie nicht.«

Er griff nach dem Fernglas, weil Martin Gorden aufstand. Aber Gorden packte nicht zusammen, sondern folgte Nath zum Wasser. Sein Hintern hob sich farblich nicht von den Beinen ab. Er war am ganzen Körper blass.

»Tarik ist kein nervendes Kind. Im Gegenteil. Er ist für sein Alter viel zu oft viel zu ernsthaft.«

Raphael bedauerte seinen letzten Satz. Mütter und Kinder … da musste man anscheinend jedes Wort einzeln auf die Goldwaage legen, bevor man es aussprach. »Er ist der Mann im Haus«, sprach er aus, was ihm in den Kopf schoss. »Da fühlt er sich wahrscheinlich für vieles verantwortlich, was ihn eigentlich noch gar nicht zu interessieren hätte.«

Ava starrte ihn an.

»Was?« Raphael hob in Unschuld die Schultern. Was hatte er jetzt wieder Dummes gesagt?

»Genau das habe ich auch schon oft gedacht«, sagte Ava leise.

Wow! Raphael war baff. Er war ein Kinderpsychologe!

»Dabei achte ich so sehr darauf, dass er von Dingen, die mich belasten, nichts mitbekommt«, flüsterte Ava, nahm die Kamera und blickte noch einmal hindurch Richtung Decke. »Aber Kinder haben eine Antenne dafür.«

Da Raphael nichts weiteres Schlaues einfallen wollte, schwieg er vorsichtshalber, um seinen Montessori-oder-was-auch-immer-Ruf nicht sofort wieder zu ruinieren.

»Her mit der Kamera!«, zischte er im selben Moment. Ava

wandte den Blick dorthin, wo er hinsah. Vom Strandaufgang her kam ein Mann über die Dünen gelaufen, genau auf sie zu.

Raphael nahm Ava die Kamera ab und stopfte sie und das Fernglas in den Rucksack.

»Was machen wir jetzt?«, fragte Ava aufgeregt, den Blick auf den näher kommenden Mann gerichtet.

Nichts, dachte Raphael, wir liegen hier ja nur rum. Und selbst wenn der Typ vom Amt für Küstenschutz war, würde er ihnen nicht die Köpfe abreißen, sondern sie nur ermahnen, umgehend die Dünen zu verlassen.

»Wir könnten auf Liebespaar machen«, sagte er aber stattdessen. »So machen die das in den Filmen doch immer, um unauffällig zu wirken.« Und im selben Moment wurde ihm bewusst, dass die Sache mit den Worten und der Goldwaage nicht so verkehrt war, denn Ava versteifte sich neben ihm.

»Wagen Sie nicht, mich zu berühren!« Sie robbte auf der Decke nach unten, um nicht aufzustehen. Gorden hätte sie sonst vielleicht gesehen.

»Das war ein Witz«, sagte Raphael schnell. »Also regen Sie sich ab. Glauben Sie wirklich, ich hätte das gemacht?«

Sie sah ihn an, während sie ihre weißen Leinensneakers anzog. Ihr Blick versprühte Eissplitter. »Nein. Natürlich hätten Sie das nicht gemacht. Dieses Gesicht«, ihre Finger fuhren kurz über die Narben, »lädt gewiss nicht dazu ein.« Sie stand auf und ging.

»Av… Frau Rahmani!« Raphael sprang auf und folgte ihr, leicht gebeugt, bis er vom Strand nicht mehr zu sehen war. »Jetzt warten Sie schon!«, rief er ihr gedämpft hinterher. Gott, warum waren Frauen immer so scheißkompliziert?

Sie drehte sich nicht um, sondern lief davon, vorbei an dem sich nähernden Mann, der nicht wie ein Tourist wirkte, sondern Arbeitskleidung trug.

Raphael blieb vor ihm stehen. »Weiber. Ich werde die nie verstehen.« Er blickte Ava hinterher. Sie lief zum Fahrrad.

Der Mann war tatsächlich ein Mitarbeiter des Landesbetriebs für Küstenschutz, wie er Raphael erzählte, und Raphael trollte sich. Er wartete auf dem Flughafenparkplatz eine halbe Stunde ab, dann fuhr er zurück und ging zur Düne, um Ausschau nach dem Küstenschützer zu halten. Aber was auch immer der Mann kontrollieren wollte: Er war nicht mehr zu sehen. Und das war gut so.

Raphael musste noch eine weitere halbe Stunde warten, dann zogen die Gordens sich an und packten zusammen. Er sah durch das Objektiv, wie Martin Gorden den Strauß aus dem Korb nahm, das Geschirr und die Dosen hineinlegte und die Decke zusammenfaltete, während Nath sein Spielzeug – Schaufel, Eimer und einen gelben Bagger – in eine Plastiktüte stopfte.

Und dann, nachdem Martin Gorden etwas zu dem Kleinen gesagt hatte, stellten sich die beiden gerade hin und falteten die Hände. Gorden sagte etwas. Raphael hielt den Atem an. Sie beteten!

Dann nahm Gorden den Blumenstrauß, zog das Cellophan ab und steckte die Rosen in den Sand.

Es war eine Andacht für seine verschwundene Frau, sagte Raphael sich, als er nach Wyk zurückfuhr. Es war so, wie Ava es gesagt hatte: Die Gordens hatten keinen anderen Platz zum Trauern. Und doch erschien ihm die Aktion eigenartig. Er nahm sich vor, sich am nächsten Mittwoch noch einmal an den Dünen auf die Lauer zu legen. Würde sich das Blumenablegen wiederholen?

Dabei war es nicht diese Frage, die ihn vorrangig beschäftigte. Seit dem Aufstehen malträtierte ihn der Gedanke an Sinas Tochter. Konnte das wirklich sein? War der grässliche Ahmling nicht der Vater? Wieder und wieder hatte er nachgerechnet. Und es passte. Wäre Sina zum Zeitpunkt ihres plötzlichen Weggehens schwanger gewesen, wäre die Kleine jetzt neun. Natürlich konnte es sein, dass Ahmling der Grund für ihr Verschwinden gewesen war. Sina hatte vielleicht längst eine Affäre mit dem Mann gehabt, und er hatte sie geschwängert.

Aber die dunklen Locken des Mädchens …

Sinas Mann hat auch braunes Haar, sagte Raphael sich, während er den Wagen in die Mühlenstraße lenkte. Er parkte ihn auf der Auffahrt hinter seinem Mercedes und stieg aus. Er musste es wissen! Er musste herausfinden, ob seine Vermutung stimmte.

Und dann?

»Dann sehen wir weiter«, murmelte er vor sich hin. Er ging nicht ins Haus, sondern schlug den Weg Richtung Strand ein. Er brauchte erst mal ein kühles, frisch gezapftes Bier, und das würde er sich jetzt im Strandcafé Valentino gönnen.

Bevor er zu Sina fuhr.

ELF

Er hatte es am Vorabend tatsächlich geschafft, sich zusammenzureißen, und nur ein Bier getrunken. Um den Moment der Wahrheit dennoch hinauszuzögern, war er zu Fuß in die Gartenstraße gegangen.

Aber er hatte nicht geklingelt.

Weil er nicht gewusst hatte, was er hätte sagen sollen, wenn Sinas Mann die Tür geöffnet hätte. Und Feierabend, von was auch immer, hätte der Typ um die Zeit bestimmt gehabt.

Also hatte er die Aktion auf den heutigen Donnerstag verschoben, in der Hoffnung, dass Sina in ihrer Mittagspause nach Hause fuhr. Dass sie wieder arbeitete, daran bestand für ihn kein Zweifel. Es waren zwölf Tage vergangen, seit sie ihm mit dem Matschauge die Tür geöffnet hatte. Der Bluterguss würde jetzt abgeklungen sein, sodass sie sich wohl wieder unter die Leute und damit auch zur Arbeit traute.

Der Carport war leer. War ihr Mann mit dem Wagen unterwegs? Oder sie? Er blickte auf seine Uhr. Die Kleine würde auf jeden Fall noch in der Schule sein, denn es war gerade mal Viertel nach zwölf.

Ohne weiteres Zögern betrat Raphael das Grundstück mit dem verdorrten Rasen und klingelte. Und obwohl er gehofft hatte, dass Sina die Tür aufzog, begann sein Herz stärker zu schlagen, als sie es tat. Sie war nicht in Uniform, sondern trug weiße Shorts und ein blau-weiß gestreiftes Shirt. Das blonde Haar hatte sie zu einem Pferdeschwanz zusammengebunden. Und nur wer wusste, was ihr geschehen war, konnte wohl den noch leicht gelblichen Hauch um das Auge herum erkennen.

»Was willst du hier?«, begrüßte sie ihn erschrocken, und wie bei seinem ersten Besuch trat sie schnell zu ihm vor die Tür und zog sie heran, ohne sie ganz zu schließen.

»Ist dein Kerl zu Hause?«

»Nein«, stieß sie aus, »aber … Raphael, was auch immer du

von mir willst – ständig –«, das Erschrecken in ihrem Blick wich der Wut, »können wir nicht hier klären. Komm nicht mehr zu mir nach Hause! Ruf mich an, dann treffen wir uns irgendwo. Ich will nicht, dass Sönke etwas mitbekommt.«

»Weil er dich dann wieder vermöbelt? Und du das zulässt?« Raphael wollte es verdrängen und spürte dennoch Mitleid, als ihr Tränen in die Augen schossen. Aber die Schonzeit war vorbei. Er musste es jetzt wissen!

»Deine Tochter …«, setzte er an, »ist sie nicht doch neun geworden? Und nicht acht?«

Ihre Reaktion zeigte ihm, dass er richtiglag. Sina wurde blass.

»Raph, bitte –«, begann sie, und es klang beschwörend, doch sie kam nicht dazu, weiterzusprechen, denn die Tür wurde aufgezogen.

Überrascht starrte Raphael auf das Mädchen. Ihre Blicke trafen sich für einen Moment. War das ein Pyjama, was sie da trug? Wieso war sie nicht in der Schule? Sie sah blass aus! Hatte der Kerl etwa …? Sein Blutdruck schwoll von einer Sekunde zur anderen so stark an, dass er einen Internisten zum Hyperventilieren gebracht hätte.

»Hat dein Kerl«, blaffte er Sina an, »sie etwa auch …?« Aber er brach ab, weil die Kleine bereits antwortete.

»Ich bin krank.« Stolz, als hätte sie einen Oscar für ihr Lebenswerk errungen, setzte sie mit leuchtenden Augen hinzu: »Ich hab Scharlach. Das ist was mit Strepkokken. Und die sind ganz schön gefährlich.«

»Meint sie Streptokokken? Das ist ansteckend, oder?« Raphael sah Sina an, während er einen Schritt zurücktrat.

»Ja«, gab Sina wütend und, wie es aussah, auch ein wenig genüsslich zurück. »Sehr ansteckend!«

»Du warst schon mal hier«, sagte die Kleine. Dann sah sie ihre Mutter an. »Wer ist das denn?«

»Niemand.«

»Wage es nicht, mich niemand zu nennen!«, blaffte Raphael Sina an. Er sah zu dem Mädchen, holte tief Luft und sagte: »Kleine, ich werde dir jetzt was sagen –«

»Nein!«, schrie Sina. Sie stieß ihre Tochter ins Haus und zog die Tür mit einem Rumms zu. Sie begann zu weinen. »Du kannst es ihr nicht so sagen, Raph! Es würde ihre Welt zerstören! Sie ist nicht erwachsen, sie ist ein Kind! Du kannst es ihr nicht einfach vor den Kopf knallen.« Sie weinte auf. »Verstehst du das denn nicht?«

Raphael schluckte. Sina weinte jetzt bitterlich. Pures Mitleid strömte in ihm empor, aber er drückte es mit aller Macht in die Quelle zurück. »Dann sag du es ihr. Und auch deinem Kerl«, fügte er mit harter Stimme hinzu. »Und zwar heute noch.«

»Sönke weiß es«, stieß sie zwischen den Schluchzern aus. »Wir … haben uns … nach ihrer Geburt kennengelernt. Aber sie … weiß es nicht.«

»Sie glaubt, der Schläger ist ihr Vater?«

Sina war bei seinen Worten zusammengezuckt. »Ich schwöre es, Raphael, er hat sie nie angerührt. Nie! Dann wäre ich längst mit ihr weggegangen.« Sie atmete hastig und verzweifelt. »Sie liebt ihn. Genau wie er sie.«

»Erwarte kein Mitleid von mir«, antwortete er hart. »Aber sag mir eins: Warum bist du damals gegangen? Schwanger! Das will nicht in meinen Kopf. Ich –«

»Für Geld«, unterbrach sie ihn mit brüchiger Stimme. »Ich habe es für Geld getan.«

Irritiert sah Raphael sie an. Was redete sie da? »Ich verstehe nicht …«

»Euer Vater stand eines Abends bei uns vor der Tür. Mein Vater hatte sie ihm geöffnet, stinkbesoffen wie immer. Und ich bin sicher, dein Vater hätte keinen Schritt über unsere dreckige Schwelle gesetzt, wenn es ihm nicht so ein dringliches Bedürfnis gewesen wäre, mich von seinem Sohn fernzuhalten.«

Ihr Blick war fest, als sie ihm in die Augen sah, auch ihre Stimme. »Der Kaffeekönig hat es sich hunderttausend Euro kosten lassen, die für seine Familie unzumutbare Sina Hermann aus Flensburg zu entfernen. Er konnte es nicht ertragen, euch mit der Säuferfamilie Hermann in Verbindung zu sehen.« Sie hatte aufgehört zu weinen. »Und er hatte wohl recht. Ich bin Dreck. Schließlich habe ich das Geld genommen.«

Raphael hatte mit allen möglichen Antworten gerechnet, aber nicht mit dieser. Er war so perplex, dass er für den Moment sprachlos war. Sein Vater …

»Du hast ihn mit dem Baby erpresst?«, stieß er schließlich aus, immer noch verwirrt.

»Nein, so war es nicht!« Sina klang energisch. »Er kam zu mir. Er hatte Geld dabei. Zwanzigtausend. Dafür sollte ich mich … fernhalten. Ich würde die Freersens in ein Licht rücken, in dem sie nicht stehen sollten. Glaub mir, diese Worte kleben wie Fliegendreck in meinem Hirn. Sie werden nie daraus verschwinden. Ich war für ihn das Dunkle. Das Böse. Was glaubst du, wie ich mich gefühlt habe?«

Ihr Gesicht war hart, als sie weitersprach. »Ich wusste nicht, was ich sagen sollte. Ich war so wütend … und verletzt. Und beschämt. Mein Vater und meine Mutter saßen auf unserem fleckigen Sofa in unserem vollgemüllten Wohnzimmer. Vor sich einen Tisch mit schmutzigen Tellern und leeren Bierflaschen, und es stank nach Schnaps, und dein Vater stand mit mir auf dem Flur … Es war die Hölle für mich.«

Raphael gab ihr einen Moment Zeit. Vor allem, weil er selbst das Gesagte verdauen musste.

»Dann habe ich ihm gesagt, dass ich schwanger bin, und«, sie schüttelte sich, wohl in der Erinnerung daran, »da musste er sich gegen die Wand lehnen. Er ist ganz blass geworden.« Sie lachte hämisch auf. »Aber er hat sich schnell wieder erholt. Das Einzige, was dein Vater gesagt hat, war: ›Dann erhöhe ich auf hunderttausend, wenn du verschwindest.‹«

»Und du hast dich kaufen lassen.«

Sina atmete tief durch. »Ja.«

»Für lächerliche hunderttausend Euro hast du –«

»Für dich und deine stinkreiche Familie ist es vielleicht lächerlich wenig Geld, Raphael!«, unterbrach sie ihn barsch. »Für mich war es die Welt. Und dennoch habe ich nicht gleich zugesagt. Ich habe eine Woche lang verzweifelt hin und her überlegt.«

»Liebe oder Geld«, stieß Raphael bitter aus. »Und entschieden hast du dich für den Mammon.«

»Ja.«

Einen Moment lang hing das Schweigen wie ein giftiger grüner Nebel zwischen ihnen. »Wie konntest du das tun?«, sagte Raphael schließlich.

Es kam keine Antwort.

Raphael starrte die Tür an, hinter der von dem Mädchen nichts zu hören war. »Wie heißt sie eigentlich?«, wandte er sich an Sina.

»Hannah. Sie heißt Hannah.«

Raphael schüttelte mit einem freudlosen Auflachen den Kopf. »Hannah …« Er fasste Sina an den Oberarmen, nicht zu fest, aber bestimmt. »Sag es ihr. Oder ich tue es.« Und dann ging er.

***

Am Abend bereitete Raphael sich eine Gemüsepfanne mit Hähnchenbrust und Reis zu. Aber der Gedanke an das, was sein Vater getan hatte, dämmte seinen Appetit so sehr, dass er den halb leer gegessenen Teller angeekelt von sich schob.

Er hatte immer Schwierigkeiten mit seinem Vater gehabt. Schon in der Kindheit, obwohl sein Vater die Erziehung der Kinder der Mutter überlassen hatte – das alte Rollenspiel. Was man ihm aber, wenn man gerecht war, nicht vorwerfen konnte. Hans-Joachim Freersen hatte die Familie finanziell bestens versorgt. Die kleine Firma war über die Jahrzehnte zum Imperium geworden. Freersen-Kaffee fand sich, in fördeblauem Papier vakuumverpackt, in allen Supermarktregalen Deutschlands. Zum Kaffeekönig von Flensburg wurde man nicht durch Hände-in-den-Schoß-Legen, sondern durch Tatkraft, Disziplin und Geschäftssinn. Und da Raphael keine dieser drei Eigenschaften zu eigen war, hatte sein Vater auch immer seine Probleme mit ihm gehabt.

Im Gegensatz zu Johannes waren seine Versetzungen in die

nächste Klasse immer nur mit Ach und Krach gelungen. Und Raphael wusste, wäre der Grund dafür ein geringerer IQ gewesen, hätte der Vater damit leben können. Aber seine Faulheit hatte den Vater zur Weißglut getrieben und manches Mal laut werden lassen. In der Jugend wurde das Verhältnis noch schwieriger. Raphaels Umgang gefiel ihm nicht. Dass Johannes dieselben unerwünschten Freunde hatte, wurde ihm, Raphael, angelastet.

Als er dann noch das BWL-Studium nach fünf Semestern abgebrochen hatte, war er von seinem Vater endgültig zum schwarzen Schaf der Familie ernannt worden – ernannt durch Schweigen. Wochenlang hatte er kein Wort mit ihm geredet.

Mehrere Jahre hatte Raphael sich in verschiedenen Studiengängen ausprobiert. Keinen davon hatte er zu Ende geführt. Dass sein Vater ihn während dieser Zeit trotzdem großzügig unterstützte und ihm eine Wohnung finanzierte, hatte er – das war Raphael klar – seiner Mutter zu verdanken. »Der Junge wird seinen Weg schon noch machen, Hajo.« Wie oft hatte sie diesen Satz gesagt?

Entspannung war erst eingetreten, als Raphael sich bereit erklärt hatte, in London in das Familienunternehmen hineinzuschnuppern.

Und das war ja nun wirklich gründlich in die Hose gegangen.

Dass er für seinen Vater immer eine Enttäuschung gewesen war, wusste Raphael. Er hatte damit leben gelernt. Er hatte ihn sogar verstanden. Aber die Sache mit Sina … Das war ungeheuerlich.

Und das Schlimme daran war, das musste Raphael vor sich selbst zugeben, dass es wehtat. Sein Vater war ihm auf eine eigentümliche Art immer fremd geblieben. Aber Dünkel hatte er bei ihm nie bemerkt. Er hatte seinen Vater für geradlinig und integer gehalten. Für jemanden, der Menschen achtete. Umso mehr erschien sein damaliges Verhalten einfach grotesk und unfassbar. Und vor allem verachtenswert.

Und das würde er ihm ins Gesicht sagen.

Aber nicht heute. Obwohl seine Fäuste sich danach sehnten, dem Jucken nachzugeben und sich in das stets glatt rasierte Gesicht seines Vaters zu rammen. Heute besann er sich auf das, was Johannes ihm inbrünstig mit auf den Weg gegeben hatte, als er einmal ausgerastet war. »Egal welche Wut, welchen Hass du in dir spürst, Raphael, ganz egal wieso, weshalb, warum: Schlaf eine Nacht darüber, bevor du reagierst.«

Und weil er wusste, dass es mit dem Einschlafen erst sehr spät klappen würde, tippte er eine WhatsApp-Nachricht an Sarah in sein Handy. »Hi! Hast du Lust auf einen Feierabend-Absacker bei mir?« Bevor er auf »Senden« drückte, warf er noch einen Blick über das Geschriebene, löschte hastig das »bei mir« und ersetzte es durch »bei dir«. Womöglich maß sie dem sonst noch eine Bedeutung bei, wenn er sie zu sich einlud. Und das war das Allerletzte, was er wollte.

Eine halbe Stunde später vibrierte sein Smartphone. Die kleine rote Drei auf dem WhatsApp-Emblem kündigte drei Nachrichten von Sarah an.

Die erste Nachricht war ein fetter Smiley, dem zwei Herzen aus den Augen quollen. Die zweite enthielt den Text: »Oh ja, super! Freu mich! Holst du mich am Bullauge ab? Küsschen, Kuss, schmatz, schmaaatz!« Es folgten drei küssende Smileys. Die dritte Nachricht war ein pochendes Herz.

»Meine Fresse«, murmelte Raphael. »Was erträgt man nicht alles für ein paar Informationen.« Er antwortete: »Freu mich auch. Aber melde dich, wenn du in deiner Wohnung bist. Ich komm dorthin.«

Das würde sie hoffentlich ohne Begründung hinnehmen. Sie am »Bullauge« abzuholen war zu gefährlich. Martin Gorden könnte es mitbekommen, und dann würde er seine Kellnerin natürlich zur Rede stellen.

Als Raphael um elf Uhr abends an dem Einfamilienhaus in der Strandstraße eintraf, musste er nicht klingeln, denn die Haustür stand einen Spalt offen. Im Licht der Außenlampe las er den Zettel, der an die Glasscheibe des Seitenelements geklebt war. »Tür bitte schließen, Raph, wenn du drinnen bist.« Kleine Herzchen umrahmten das Geschriebene.

Es verwunderte Raphael ein wenig, dass er anscheinend nicht klingeln sollte, aber er trat ein und schloss die Tür hinter sich. Von dem kleinen Vorflur, dessen Wände mit einer alten Förtenpfanne und einem Regal mit Bierbembeln dekoriert waren, gingen die Treppe ins Obergeschoss und eine Tür, die wohl in die Wohnung der Vermieter führte, ab.

Raphael ging die Treppe hinauf und klopfte an die Zimmertür mit dem getöpferten Schild »Sarah Vollmert«. Als sie die Tür aufzog, war klar, warum sie ihm nicht die Außentür hatte öffnen wollen.

Sie stand in roten Spitzendessous vor ihm.

»Hallooo!«, stieß er aus. Prall drängten sich ihre vollen, weichen Brüste gegen den Spitzen-BH. Hol uns hier raus!, schienen sie zu schreien.

Ihr gehauchtes »Hi, Raphael« sollte wahrscheinlich erotisch klingen, hörte sich aber eher nach Halsentzündung an.

Trotzdem reagierte Raphaels Körper sofort, als sie sich mit einem Lächeln umdrehte und auf schwarzen Pumps, deren Absätze abgestoßen waren, zum Sofa stöckelte. Ihr hübscher runder Po blitzte unter der roten Spitze des Shortys hervor.

Mit schnellen Schritten folgte er ihr, drehte sie zu sich um und presste seinen Mund auf ihre Lippen. Gierig wanderten seine Hände von der Taille über ihre Pobacken. Er beugte seinen Kopf und küsste ihren Hals, bevor er sich dem Dekolleté widmete. Ihr lustvolles Aufstöhnen sorgte dafür, dass sie es nicht einmal ins Bett schafften, sondern sich aufs Sofa fallen ließen.

Das zweite Mal fand im Bett statt. Ermattet lagen sie schließlich nebeneinander. Sarah musste ihren Kopf von seiner Brust heben, als Raphael nach seiner Jeans angelte. Als er ein Zigarettenpäckchen herausfischte, sagte sie: »Du willst doch wohl jetzt nicht rauchen?«

»Allerdings will ich das.« Raphael fummelte eine Zigarette aus der Schachtel und steckte sie in den Mund, während er die Hosentasche nach dem Feuerzeug abtastete.

»Du bist aber auch ein Suchtie, Hase.« Sie schnalzte missbilligend mit der Zunge, während sie ihm die Zigarette aus dem Mund zog und auf den Boden warf. »Wenn du unbedingt rauchen musst, stell dich ans Fenster.«

Raphael spürte, wie sich – tatsächlich – seine Nackenhaare aufstellten. *Hase.* Welche Macht ein einzelnes harmloses Wort haben konnte!

Er stand auf und sah sie an, die Zigarette aufsammelnd. »Nenn mich nie wieder Hase. Dann muss ich brechen. Mein Name ist Raphael.«

Sie kicherte. »Du bist aber auch ein witziger Typ.«

Witzig … Hatte ihn nicht auch Frau Mommsen so betitelt? Wieso glaubten alle, er mache Scherze? Grunzend öffnete er das große Velux-Fenster und stellte sich davor. Er blickte in den dunklen Nachthimmel, während er den Rauch tief inhalierte. Der beleuchtete Fernsehturm lag in seinem Blickfeld.

Als er zurückkam, saß Sarah im Bett. Sie trug jetzt ein Top und hielt ihm eine Flasche Astra entgegen. Sie selbst nuckelte an einer Kiezmische.

»Danke.« Er legte sich, auf einen Ellbogen gestützt, wieder neben sie, nahm das Bier und ließ sich einen Riesenschluck durch die Kehle laufen. »Aaah, schön kühl. Du weißt, was Männern gefällt.« Mit einem Lächeln sah er sie an und küsste sie.

»Du weißt aber auch, was Frauen gefällt.« Ihr albernes Kichern verriet ihm, dass sie noch nicht viel Erfahrung mit Männern hatte. Das Kompliment sackte trotzdem genauso gefällig ab wie der nächste Schluck Bier. Beschwert hatten sich die Frauen noch nie. Aber in seine Zufriedenheit mischte sich etwas, das ihm nicht gefiel. Fühlte sich so etwa ein schlechtes Gewissen an?

Er benutzte sie. Gut, der Sex gefiel ihnen beiden, aber er hatte nur stattgefunden, weil er hier war, um etwas von ihr zu erfahren.

Alter, werd jetzt nicht weich, gab er sich selbst einen Ruck. Ein schlechtes Gewissen nach dem Sex war eine völlig neue Erfahrung, und das war … nicht schön.

»Gestern hab ich durch Zufall deinen Chef am Strand gesehen«, begann er sich vorzutasten. »Zwischen Wyk und Nieblum. Mit seinem Adoptivsohn.«

»Kann sein. Hab ich dir doch erzählt, dass die immer mal am Strand picknicken. Haben sie schon gemacht, als Dali noch da war.«

»Ja, ich erinnere mich. Picknicken sie immer an derselben Stelle? Es war der FKK-Strand.«

Sarah nahm einen Schluck ihres Alsterwassers. »Ja, ich würde ja nie auf die Idee kommen, aber die sind immer nackt baden gegangen. Einmal hab ich den Chef nackt gesehen.« Sie schüttelte sich. »Voll gruslig.« Sie musterte ihn. »Wieso interessiert dich das eigentlich?«

»Er hat einen Strauß Rosen in den Sand gesteckt, bevor sie gingen.«

Sie riss die Augen auf. »Echt?« Nach einem Moment des Überlegens sagte sie: »Der hat sie echt geliebt. Sind wohl für Dali, die Rosen. Zur Erinnerung.«

Raphael nickte. Alle dachten das Gleiche.

»Sag mal, der Kleine … Nath hieß er, oder?«, tat er unwissend. »Der wurde letztes Wochenende von einer jungen Frau zum ›Bullauge‹ gebracht. Gegen dreiundzwanzig Uhr. Ich hab das zufällig gesehen, als ich mit dem Rad von Nieblum kam. Hab da einen alten Kumpel besucht«, log er drauflos. »Das hat mich gewundert. Das Restaurant hatte schon geschlossen. Wieso schleppt die also den Kleinen dahin?«

Sarahs Antwort kam gegen jede Erwartung prompt. »Nath schläft öfters oben in der Ferienwohnung, wenn sie leer ist.«

»Aha?«

»Die Wohnung hat der Chef ja mitgepachtet. Aber er vermietet sie nur ab und zu. Und die junge Frau war bestimmt Janine. Die passt immer mal auf Nath auf.«

»Und warum schläft der Kleine da und nicht zu Hause?« Um sie von seiner neugierigen Fragerei abzulenken, begann er, kleine Küsschen auf ihre Schulter zu hauchen.

»Der Chef bereitet nach Feierabend oft noch was für den

nächsten Tag vor, wenn er bis dahin nicht dazu gekommen ist. Speziell am Wochenende. Da ist ja immer so viel los. Ist schon 'ne arme Sau«, fügte sie hinzu und trank einen Schluck. »Henning und ich können nach Hause gehen, aber der Chef ... Wenn man selbstständig ist, hat man im Grunde nie Feierabend.«

Weil sie seine Frage noch nicht beantwortet hatte, formulierte Raphael sie noch einmal neu. »Aber warum wird Nath zu Hause aus dem Schlaf gerissen und dorthin gebracht?«

»Weil Janine ja auch irgendwann mal nach Hause muss. Oder feiern gehen will. Was weiß ich. Auf jeden Fall würde der Chef Nath nie allein zu Hause lassen. Also bringt Janine ihn zum ›Bullauge‹. Der Kleine schläft dann oben weiter.«

»Hm ... eigenartig ist das schon.«

»Soll uns doch nicht kratzen, wie der sein Kind erzieht.« Sarah nahm ihm die Bierflasche ab und stellte sie zu ihrer auf den Nachttisch. Bevor er wusste, was geschah, setzte sie sich rittlings auf ihn und zog das Top aus. Sie strich mit den Fingern aufreizend über ihre Brustwarzen, während sie ihren Unterleib leicht auf seinem kreisen ließ. »Bereit für eine dritte Runde, Cowboy? ... Oh, ich merk schon: Die Antwort ist Ja.«

***

»Sag mir cuándo, sag mir wann«, erklang es am Freitagvormittag aus der Kurmuschel, als Raphael den Sandwall entlangschlenderte. »Sag mir cuándo, cuándo, cuándo«, begleitete eine Piccolöchen schwingende Frauentruppe lautstark die Showband.

Raphael wollte Besorgungen machen, die er immer aufgeschoben hatte. Im Gewerbegebiet kaufte er bei Eisen-Gustav einen Duschkopf und einen neuen Duschvorhang. Dann ging er zurück ins Zentrum, um sich ein Notizbuch zu besorgen. »Das kriegst du bei Kiki« – Imme hatte ihm hierfür die Wyker Buchhandlung empfohlen.

Er blätterte durch die weißen Seiten, als er nach dem Kauf neben den Postkartenständern des Buchladens in der Mittelstraße stehen blieb. Ein Büchlein für schnelle Notizen konnte nicht schaden, auch wenn er wichtige Daten im Smartphone festhielt. Er steckte es in die Innentasche seiner Lederjacke. Als er weitergehen wollte, hörte er eine bekannte Kinderstimme sagen: »Guck mal, Mama, da ist der Mann wieder.«

Er drehte sich um und sah sich Auge in Auge mit der gesamten Familie Ahmling. Wut überfiel ihn von einer Sekunde auf die andere, als er sah, dass Hannahs Hand in der von Sönke Ahmling ruhte. Ihre kleine Hand gehörte nicht in die Hand dieses Mannes!

Sina wurde blass. Sie starrte ihn erschrocken an, während Hannah Raphael munter erzählte: »Wir gehen zum Arzt. Der untersucht mich.«

Raphael sah, wie sich der Gesichtsausdruck von Sönke Ahmling drastisch veränderte. Ahmlings Augenbrauen wurden zu einem einzigen Strich. »Was ist hier los?« Sein Blick wanderte von Sina zu Raphael zurück. Argwöhnisch musterte er ihn.

Raphael trat auf die drei zu. Sina war anscheinend nicht in der Lage, ein Wort herauszubringen.

»Sie haben doch letztens nach dem Weg gefragt«, sagte Sönke Ahmling. Aber sein misstrauischer Blick verriet, dass er bereits erkannt hatte, dass das wohl nicht die wahre Antwort auf seine Frage gewesen war.

Raphael ignorierte ihn. Er wandte sich an Sina. »Wie ich sehe, hast du es ihnen nicht gesagt.«

»Was nicht gesagt?«, stieß Sönke Ahmling wütend aus. Er packte Sinas Arm. »Wovon redet der?«

Raphael packte ebenfalls zu. Wie eine Schraubzwinge legten sich seine Finger um Ahmlings Handgelenk. »Lass sie los, du Wichser!«, presste er hervor.

»Raphael«, stieß Sina weinend aus, während er Ahmlings Hand von ihrem Oberarm riss.

Hannah guckte erschrocken von einem zum anderen. »Papa …«, stieß sie ängstlich aus.

Und das war zu viel für Raphael. Sie hatte diesen Mann nicht Papa zu nennen!

»Ich werde dir sagen, wer ich bin, Hannah«, wandte er sich

an das Mädchen und ging dabei automatisch vor ihr in die Knie. Er ignorierte Sinas »Raphael, nein!« und lächelte die Kleine an. »Ich bin dein Onkel.«

Einen Moment lang herrschte Schweigen. Hannah starrte ihn mit großen Augen an.

»Was hat das zu bedeuten? Wer …?«, fauchte Sönke Ahmling in Sinas Aufstöhnen hinein.

Raphael stand wieder auf. Er sah Sina an. »Alles Weitere an Erklärungen überlasse ich dir.«

Dann sah er Sönke Ahmling in die Augen. »Und wenn du Wichser noch ein einziges Mal Hand an diese Frau legst«, er deutete auf Sina, »dann prügel ich dich windelweich.«

Um sich abzulenken, machte Raphael sich eine halbe Stunde später zum Greveling auf. Die Straße ging zwischen Wyk und Nieblum vom Grevelingstieg ab. Dort lebte Kai Kersten mit Frau und zwei Töchtern, so viel hatte er herausgefunden. Er wollte sich einfach mal umsehen. Kersten würde wohl nicht zu Hause sein, denn das Immobiliengeschäft betrieb er von seinem Büro in einem Haus in der Großen Straße aus, das sein Eigentum war. Außerdem besaß Kersten laut Imme weitere Ferienhäuser in Wyk und eines in Utersum.

Kerstens Privathaus war weiß gestrichen und reetgedeckt. Die Fensterläden passten farblich zu der dunkelgrünen Haustür mit den Blumenornamenten. Das unerwartet kleine Anwesen war gepflegt und wirkte nicht so steril wie die benachbarten Grundstücke. Deren Häuser waren fast baugleich, aber sie wurden definitiv als Ferienhäuser vermietet, denn die Gärten waren eher pflegeleicht gehalten, und es fehlte der Schnickschnack, der auf Kerstens Grundstück zu finden war: Blumentöpfe, von bunten Sommerblumen überquellend; ein großes Trampolin; ein Riesenplanschbecken, in das man über eine Leiter hineingelangte; Feuerkörbe und edle Gartenmöbel auf zwei Terrassen.

Raphael bekam Kerstens Frau zu sehen, als die mit einer Gießkanne das Haus umrundete und die Pflanzen in den großen Porzellankübeln goss. Sie war eine schlanke Blondine und mindestens zehn Jahre jünger als Kersten. Die Mädchen waren wohl in der Schule. Sie mussten im Teenie-Alter sein, denn es fanden sich keine Spielgeräte auf dem Grundstück, die auf jüngere Kinder schließen ließen, vom Trampolin abgesehen. Aber wahrscheinlich hüpften auch große Kröten gern.

Raphael saß gerade wieder im Renault seines Onkels, als Kai Kersten in seinem Audi Q8 vorfuhr. Raphael war froh, dass er den Wagen ein Stück die Straße runter geparkt hatte. So nahm Kersten ihn nicht wahr. Ein Blick auf die Armbanduhr verriet, dass es mittlerweile Viertel nach zwölf war. Kersten war wohl zum Mittagessen heimgekehrt.

Raphael fuhr nach Hause – nicht schlauer als zuvor. Während er sich ein Brot schmierte, fiel ihm ein, dass er vergessen hatte, Sina bezüglich der Speichelproben an den Zigarillos anzusprechen – die Erkenntnis um Hannah hatte das völlig in den Hintergrund gedrängt.

Und jetzt würde sie ihm diesbezüglich etwas husten.

ZWÖLF

Am Nachmittag jagte Raphael mit seinem lädierten Mercedes auf der B 199 nach Flensburg. Der Termin für die neue Lackierung war zwar erst am Montag, aber da er jetzt sowieso nach Flensburg fuhr, würde er den Wagen schon mal in der Werkstatt abliefern.

Die knapp sechzig Kilometer waren in einer Stunde gut zu schaffen. Von der Werkstatt gönnte er sich ein Taxi zum Familienunternehmen. Die Kaffeerösterei Freersen befand sich am Harniskai am Ostufer des Hafengebiets. Er stieg direkt vor dem Eingangsbereich des viergeschossigen Bürogebäudes aus und bat den Fahrer, zu warten, denn er würde nicht lange bleiben. Seinem Vater seine Meinung ins Gesicht zu speien sollte nicht viel Zeit beanspruchen.

Röstaromen lagen in der Luft, und das konnte nur von Vorteil sein, denn ganz in der Nähe befand sich das Klärwerk.

Als Raphael den Vorraum zur Eingangshalle der Rösterei betrat, fiel sein Blick auf den mannshohen Pappaufsteller, eine brasilianische Kaffeepflückerin, die einen Korb voll mit roten Kaffeekirschen vor sich hielt. Die milchkaffeefarbene Luana mit dem bunten, zu einem Turban geschlungenen Kopftuch begrüßte die Besucher seit dreißig Jahren, wobei die Pappfigur immer mal wieder erneuert wurde. Luanas Konterfei prangte auch auf der hellblauen Verpackung jedes einzelnen Kaffeepakets der Freersen-Rösterei.

Raphael grüßte einen Mann zurück, der das Gebäude verließ. Er kannte ihn nicht, aber der andere wusste anscheinend, wer er war, denn er hatte ihn mit »Guten Tag, Herr Freersen« angesprochen.

Raphael nahm den Fahrstuhl in den vierten Stock und hielt Kurs auf das Büro seines Vaters. Die Wände des Flurs schmückten große Fotografien in goldfarbenen Rahmen. Die Bilderfolge erzählte quasi die Geschichte der Kaffeebohne, vom Kultivieren und Pflanzen des Keimlings, der Pflege der Plantagen, dem Ernten der Kirschen und dem Rösten und Verarbeiten der Kaffeebohnen bis hin zu der Fotografie, auf der in einer weißen Tasse mit Luana-Emblem der dampfende Freersen-Kaffee abgebildet war.

Die Freersen-Rösterei bezog ihren Kaffee aus allen Teilen der Welt, in der Kaffee angebaut wurde. Afrika, Lateinamerika, Indien … Raphael hatte mit seinem Vater viele Länder und Plantagen bereist. Damals hatte sein Vater noch gehofft, ihn für das Familienunternehmen begeistern zu können.

Mit einem »Moin, Frau Habekost« betrat Raphael das Vorzimmer zum Büro seines Vaters.

»Oh, Raphael, guten Tag! Das ist ja eine schöne Überraschung, Sie mal wieder zu sehen.« Seit er erwachsen war, duzte Frau Habekost ihn nicht mehr, obwohl sie ihn von Kindesbeinen an kannte.

Raphael war nicht nach Geplänkel. »Ist mein Vater da?« Er lief auf die Bürotür zu und öffnete sie.

»Nein.«

Raphael hielt inne. »Ist er im Betrieb?« Er sah auf seine Armbanduhr. »Doch noch nicht zu Hause, oder?« Mittlerweile war es siebzehn Uhr dreißig, aber sein Vater verließ das Büro höchst selten vor achtzehn Uhr. Er trat an die großen Fenster und blickte auf die gegenüberliegende Hafenseite, wo sich die Kneipen befanden, in denen er verkehrt hatte. Zweifellos hatte er öfter von der anderen Hafenseite auf dieses Gebäude geblickt als anders herum.

Frau Habekost war ihm gefolgt. Sie schüttelte den silbergrauen Bob. Genau wie Luana gehörte sie zum Inventar der Firma. »Heute ist doch der Hochzeitstag Ihrer Eltern. Familien-Abendessen …« Sie schob die mohnrote Brille mit dem Zeigefinger ein Stückchen die Nase herunter und sah ihn darüber an. »Sind Sie denn nicht …«, sie stockte, wollte anscheinend nichts Falsches sagen, »also … dabei?« Ihre Wangen nahmen einen Hauch Farbe an.

Familien-Abendessen … Raphael erinnerte sich, dass seine

Mutter bei der Nasenparty davon gesprochen hatte. Er hatte abgewinkt, bevor sie ihn überhaupt eingeladen hatte. Und sie schien darüber nicht unglücklich gewesen zu sein. Solange sein Vater noch sauer auf ihn war, hielt sie es wohl für besser, so wenig Berührungspunkte wie möglich zu bieten.

Nun, diesen Gefallen konnte er ihr jetzt nicht mehr tun.

»Dann hol ich mir mal ein Hummerschwanzsüppchen ab«, stieß er aus und ging. Es gab *immer* Hummerschwanzsuppe am Hochzeitstag seiner Eltern. Das komplette Hochzeitsmenü wurde Jahr für Jahr wieder serviert.

An der Tür drehte er sich noch einmal um. »Die neue Brille steht Ihnen übrigens wunderbar, Frau Habekost. Sie gehören zu den Frauen, die einfach nicht älter werden.« Das war nicht gelogen. Frau Habekost hatte schon vor dreißig Jahren so alt ausgesehen wie heute.

Sie musterte ihn über die Brille hinweg. Ein winziges Lächeln spielte auf ihren dünnen Lippen. »Und Sie sind und bleiben ein Charmeur, Raphael.«

Während der Taxifahrt durch Flensburg zum Haus seiner Eltern wurde Raphaels Wut auf seinen Vater von Nachdenklichkeit überlagert. Was, wenn Johannes am Essen teilnahm? Und das tat er bestimmt.

Raphael wusste seit der ersten Begegnung mit Sina nicht, wie er seinem Bruder mitteilen sollte, dass sie auf Föhr lebte, gar nicht weit von ihm entfernt. Und mit dem Wissen um Hannah wurde die Entscheidung um das Wie nicht einfacher. Fest stand aber, dass er es Jo so schnell wie möglich sagen musste. Alles andere würde der Bruder ihm berechtigterweise übel nehmen.

Aber er konnte es Jo unmöglich vor der ganzen Familie sagen.

Sollte er seinen Vater aus dem Esszimmer herausbitten, wenn er im Elternhaus eintraf? Aber vielleicht öffnete sein Vater ja auch persönlich die Haustür. Dann konnte er ihm direkt in der Halle sagen, was er von ihm hielt.

Doch es war sein Schwager, der ihm die Tür des Hauses im Marienhölzungsweg öffnete.

»Hallo, Olaf«, begrüßte Raphael ihn kühl.

»Du?«, sagte Olaf zur Begrüßung.

»Ja, ich.« Er drängte sich an seinem Schwager vorbei.

»Ich dachte, ihr seid beide *verhindert*«, sagte Olaf mit süffisantem Unterton.

Raphael horchte auf und drehte sich zu seinem Schwager um. »Beide?«

»Na, Johannes ist ja seit Langem entschuldigt. Kirchengemeindeausflug mit den Senioren, aber du hast doch in den letzten Jahren immer eine Ausrede gefunden, nicht am Hochzeitstag-Dinner teilzunehmen. Und insbesondere nach dem letzten Zusammentreffen mit deinem Vater hätte ich dich hier heute nicht erwartet.«

Raphaels Hände zuckten, als sich die linke Augenbraue des Schwagers indigniert hob und er sagte: »Hajo wird nicht begeistert sein, dich zu sehen, Raphael. Gut, dass wir den Hauptgang schon hinter uns haben. Der Rinderbraten wäre ihm wohl im Hals stecken geblieben.«

Raphael schürzte verächtlich die Lippen. »Dann komm mal mit, Schwager. Gleich wirst du erleben, wie ihm das Dessert im Hals stecken bleibt.« Er wandte sich ab und ging mit langen Schritten Richtung Esszimmer. Dabei sandte er ein Stoßgebet des Dankes Richtung Zimmerdecke. Jo war nicht da!

»Raphael«, riefen seine Mutter und seine Schwester gemeinsam aus, als er das Esszimmer betrat, dicht gefolgt von seinem Schwager.

»Hallo zusammen.« Sein Blick glitt nur flüchtig über die beiden Frauen. Er suchte den Blick seines Vaters. Jetzt, wo Johannes nicht hier war, brauchte er keine Rücksicht zu nehmen. Er würde seinem Vater in Anwesenheit der restlichen Familie sagen, was er von ihm hielt.

»Guten Tag, Raphael«, begrüßte der ihn förmlich und ohne Wärme in der Stimme. »Wie nett, dass du vorhattest, am Familientreffen teilzunehmen. Aber, wie üblich, bist du zu spät.«

Als einer der beiden Papageien zu schreien begann, wandte Raphael kurz den Kopf. Arabica und Robusta hockten beide auf der Stange, die sich durch den riesigen Käfig auf dem Mahagoni-Sideboard zog.

»Setz dich doch, Raphael, und iss das Erinnerungsdessert mit uns«, sagte Hajo Freersen einen Hauch freundlicher, als beide Papageien einen Schrei ausstießen. »Sogar die Vögel versetzt du in Unruhe, wenn du da rumstehst.«

»Du kannst dir dein Kack-Fürst-Pückler-Hochzeitstag-Gedenk-Eis sonst wohin stecken«, platzte Raphael der Kragen. Mit zwei Schritten stand er vor seinem Vater. »Wie konntest du Johannes das antun? Sina Hermann war die Liebe seines Lebens! Und du gehst hin und schiebst ihr einen Scheck rüber, damit sie verschwindet! Damit Sina *die Freersens nicht in ein Licht rückt, in dem sie nicht stehen sollten.*« Den Satz hatte er sich gemerkt.

Voller Genugtuung sah Raphael, dass das Gesicht seines Vaters sich tomatenrot färbte. Hans-Joachim Freersen legte den Löffel, den er in der Hand hielt, klirrend auf dem Dessertteller ab. »Was …? Woher …?«

»Jo ist nie wieder richtig glücklich gewesen«, stieß Raphael bitter aus. »Nie! Oder warum, glaubst du, hat Corinna ihn nach drei Jahren verlassen? Sie war 'ne tolle Frau. Aber sie hat gespürt, dass in ihm noch viel mehr Liebe steckt, als er ihr zeigen konnte. Weil er nicht für andere Frauen das empfinden kann, was er für Sina empfunden hat.«

»Was redest du denn da nur, Raphael?«, fiel seine Mutter ein. Sie war aufgestanden, trat zu ihm und packte ihn am Arm, während ihr Blick abwechselnd von ihm zu ihrem Mann glitt. »Was hat das zu bedeuten? Was ist mit Sina?«

»Vater hat Sina damals bezahlt, damit sie verschwindet«, fuhr Raphael fort. »Sie war ihm nicht gut genug für unsere verkackte Familie! Dabei war sie tausendmal mal wert als dieser Schleimbeutel.« Sein Finger deutete auf Schwager Olaf, was einen hysterischen Aufschrei seiner Schwester nach sich zog.

Raphael ignorierte es und blickte wild in die Runde. »Sina

hat es nie leicht gehabt. Hat unter ihrer Familie gelitten. Ja, ihr Vater und ihre Mutter waren beide Säufer, und ihr Bruder war in Drogendelikte verwickelt, aber sie ...«, er schrie jetzt wieder, »war nicht so! Sie war liebenswert und fröhlich und ... und einfach in Ordnung. Sie hat gelitten unter ihrer Familie, aber dennoch war es ihre Familie. Und Jo hatte keinen Dünkel. Es hat ihn einen Scheißdreck interessiert, dass Sina nicht aus besseren Verhältnissen stammte. Er wollte sie! Mitsamt ihrer Familie!« Raphael brach die Stimme weg.

»Er hat sie so geliebt«, sagte er schließlich leise. »Und du, Vater, hast ihm seine große Liebe genommen. Weil du es dir leisten konntest.«

Hajo Freersens Gesicht war immer noch ungesund rot, aber seine Stimme klang fest, als er sagte: »*Ihre* Liebe war aber nicht so intensiv. Sie hat das Geld schließlich genommen!«

»Hajo!« Entsetzen färbte Frauke Freersens Stimme. »Du hast Sina Geld gegeben?«

»Hunderttausend Euro hat er es sich kosten lassen«, klärte Raphael sie auf, was verschiedene Reaktionen am Tisch auslöste.

»Hunderttausend!«, stieß sein Schwager ungläubig aus.

Eva schwieg mit offen stehendem Mund. Raphael rechnete es ihr hoch an, dass sie den Vater mit einem Blick maß, der das übliche Wohlwollen nicht enthielt.

Seine Mutter hatte sich an die Brust gegriffen. Sie starrte ihren Mann an. »Du hast Sina hunderttausend Euro gegeben, damit sie sich von Johannes trennt?« Tränen schwangen in ihrer Stimme mit.

Hajo Freersen warf die Leinenserviette auf den Tisch und sprang auf. »Sie hat das Geld doch genommen! Das zeigt doch, was für eine sie ist!«

»Was hättest du denn als neunzehnjähriges Mädchen getan«, schrie Raphael seinen Vater an, »wenn der Kaffeekönig von Flensburg in deiner verhunzten Bude steht und dir klarmacht, dass du und deine Familie Dreck seid und er dich nicht in seiner kostbaren Familie haben will?« Raphael meinte in diesem Moment, was er sagte, obwohl er selbst den Gedanken nicht hatte abschütteln können, seit Sina es ihm gesagt hatte. Sie hätte auch die andere Wahl treffen können. Gegen das Geld, für Johannes.

Frauke Freersen weinte jetzt. »Johannes …«, schluchzte sie. »Ich habe immer gespürt, dass er nie wieder so geliebt hat … Mein armer Junge.« Mit einem gequälten Blick zu ihrem Mann ließ sie sich auf einen Stuhl sinken. Sie griff nach einer Serviette und weinte hinein.

»Hunderttausend sind ganz schön viel«, sagte Olaf, und alle starrten ihn an.

»Eigentlich waren es ursprünglich auch nur zwanzigtausend«, gab Raphael zurück. »Würdest du diese Summe für angemessener für ein Mädchen aus schlechtem Haus halten?« Angewidert wandte er sich von Olaf ab und seinem Vater zu. Mit einem Wink in die Runde sagte er: »Klär sie selbst auf, warum du um achtzigtausend erhöht hast, Vater.« Dann drehte er sich um und ging.

Draußen atmete Raphael tief durch. Für seine Mutter tat es ihm leid. Sie war jetzt schon fertig. Wie würde sie es aufnehmen, wenn sein Vater ihr sagte, dass er die *schwangere* Sina mit Geld zum Teufel gejagt hatte?

Er atmete noch einmal tief ein und aus. Er musste Jo alles sagen. Schleunigst. Im Wagen schrieb er eine WhatsApp-Nachricht an seinen Bruder. »Hi, Jo, habe gehört, dass du unterwegs bist. Wann bist du zurück in deiner Wohnung?«

Die Antwort kam umgehend. »Hallo, Lieblingsbruder! Bin gerade wieder hier. Brauchst du mal wieder einen Übernachtungsplatz?« Ein Zwinker-Smiley lächelte ihn dazu an.

»Übernachtungsplatz, ja«, schrieb Raphael zurück. »Aber ich will nicht ausgehen, sondern mit dir einen Bruder-Abend verbringen. Ich bring deinen Lieblingsrotwein mit.«

Den wirst du nämlich brauchen, Jo.

***

»Wie hältst du so was nur aus? Fünf Tage mit einem Bus voller Tattergreise durch die Gegend zu gondeln … ein Alptraum.«

Mit verzerrten Lippen stach Raphael in seine Pizza Gamberetti, während er Johannes am Esszimmertisch des Pastorats gegenübersaß. Sie hatten sich aus Flensburg von Feuerstein Pizza und Salat liefern lassen, und Johannes hatte ein wenig von der Senioren-Gemeindereise in den Harz erzählt. Raphael hatte ihn nicht unterbrochen, dankbar für jeden Moment, der verstrich, ohne dass er mit der Sprache rausmusste.

Wie sagte man einem sensiblen Menschen, dass er seit neun Jahren Vater einer entzückenden Tochter war? Und dass die große Liebe ihn für Geld verlassen hatte? Raphael konnte sich nicht erinnern, sich jemals hilfloser gefühlt zu haben.

Johannes ahnte nichts von seinen Gedanken. Er schüttelte lächelnd seinen Kopf. »Sei nicht immer so respektlos, Raph. Auch mit über siebzig und achtzig kann man fit sein und voll im Leben stehen. Und du weißt doch, ich liebe es, mich mit Menschen älteren Semesters zu unterhalten. Da steckt so viel Lebensweisheit in vielem, was sie sagen, ohne dass es ihnen bewusst ist.«

Raphael nickte und nahm einen Schluck von dem Primitivo di Manduria, den er in Wyk in der Alten Druckerei gekauft hatte, wissend, dass sein Bruder diesen Rotwein gern trank. Seufzend rollte er das letzte Pizzadreieck auf und stopfte es sich in den Mund.

Johannes sah ihn an, während er ein Stück von seiner Calzone abteilte. »Ist irgendwas, Raph? Irgendwie bist du heute anders.«

Raphael wurde heiß. »Gleich«, murmelte er, auf seinen vollen Mund deutend. Er kaute und kaute. Und kaute.

Johannes legte das Besteck zur Seite. Seine Augenbrauen zogen sich zusammen. »Du machst mir gerade Angst, Bruder. Was willst du mir nicht sagen?«

Raphael deutete wieder auf seinen Mund.

»Du schluckst jetzt sofort runter und spuckst aus, was du mir zu sagen hast.«

Raphael schluckte. Ob alle Zwillinge einander so gut kannten wie sie? Er atmete tief durch, was Johannes den Atem anhielten ließ, und sagte: »Du bist Vater.«

Johannes starrte ihn an. Mehrere Sekunden lang. Dann zog

er mit einem »Hä?« erneut die Augenbrauen zusammen. »Wenn das eine Metapher für irgendetwas ist, verstehe ich es nicht.«

Raphael blies Luft durch die gespitzten Lippen, bevor er ohne Pause rausblubberte: »Ich hab Sina auf Föhr getroffen. Sie lebt dort, arbeitet als Polizistin. Und … sie hat eine Tochter. *Deine* Tochter, Jo. Die Kleine ist eure gemeinsame Tochter. Als sie dich damals verlassen hat, war sie schwanger von dir.«

Johannes wurde quarkblass.

»Jo? … Jo!« Raphael sprang auf.

»Wo … Was ist?«, stammelte Johannes Sekunden später, nachdem Raphael ihm ordentlich auf die Wangen geklatscht hatte.

»Beruhig dich, Jo.« Raphael tätschelte ihn unbeholfen. »Wir hocken unter deinem Esszimmertisch. Du bist vom Stuhl gerutscht.« Er patschte noch einmal an die blassen Wangen seines Bruders. »Geht's? Dann komm hoch. Hier unten quatscht es sich nicht so gut.« Raphael schob einen weiteren Stuhl weg und krabbelte unter dem Tisch hervor, um Johannes Platz zu machen.

Da Johannes' Beine noch zitterten, als er stand, packte Raphael ihn und bugsierte ihn zum Sofa. Dann ging er an eine alte Kommode, holte eine Flasche Whisky heraus, schenkte einen doppelten Single Malt in ein Glas und hielt es Johannes unter die Nase. »Trink das.«

»Sina … ist auf Föhr?« Johannes nahm das Glas, trank aber nicht. »Sie hat … ein Kind von mir?« Als er heftig zu weinen begann, nahm Raphael ihm das Glas wieder ab und trank es selbst aus.

»Ja«, sagte er dann. »Sie ist verheiratet, und die Kleine wusste bis heute nicht, dass Sinas Kerl nicht ihr Vater ist. Der ist übrigens ein Mega-Arschloch.« Um zu verhindern, dass Jo auch noch vom Sofa rutschte, behielt Raphael für sich, dass Sönke Ahmling Sina schlug. Das würde er ihm in aller Ruhe erzählen. Aber eines durfte er schon wissen. »Sina hat eure Tochter nach dir benannt, Jo. Sie heißt Hannah.«

***

Am Mittwoch lag Raphael am FKK-Strand erneut auf der Lauer – versteckt auf der Düne, wo er bereits eine Woche zuvor mit Ava auf der Decke Position bezogen hatte, um Martin und Nath Gorden zu beobachten. Das Picknick der beiden lief diesmal ähnlich ab, mit dem Unterschied, dass es nicht so lange dauerte, woran das Wetter wahrscheinlich seinen Anteil hatte. Es war längst nicht so warm. Martin und Nath hatten sich diesmal auch nicht entkleidet. In Shorts und T-Shirt hatten sie sich mit der Decke hinter den wenigen Strandkörben platziert.

Raphael war froh, dass er seinen Beobachtungsposten früher verlassen konnte. Mit dem Fernglas hatte er den Rosenstrauß im Korb schon ausgemacht. Als die Gordens – nach einem Gebet – den Strand verlassen hatten, stieg Raphael die Düne hinab und ging zu der Stelle, wo die Blumen im Sand steckten. Es war dieselbe Stelle wie in der Vorwoche.

Er ging davor in die Knie und strich nachdenklich mit den Fingern über die Blütenblätter. Das satte Rot – wofür stand es? Für die Liebe, die Martin Gorden für Dalika empfunden hatte? Das jedenfalls vermuteten alle, mit denen er darüber gesprochen hatte. Ein absolut nachvollziehbarer Gedanke, und doch gab es für das tiefe Rot durchaus noch eine weitere Beschreibung.

Blutrot.

War Blut geflossen? War das tiefe Rot vielleicht für Martin Gorden – möglicherweise sogar unbewusst – nicht nur Zeichen der Liebe und der Sehnsucht nach seiner Frau, sondern auch eine Geißelung?

War Gorden selbst für das Verschwinden seiner Frau verantwortlich?

Gedankenverloren ließ Raphael den feinen Strandsand durch seine Finger gleiten. Er verteilte die winzigen Körner auf seiner Hand. Quarzkörnchen, mehr als eine Million Jahre alt, hatte Onkel Schorsch ihnen als Kindern erzählt. Und dann hatte der Onkel von Erosions- und Sedimentationszyklen berichtet, und Raphael spürte heute noch die Langeweile, die er bei den ehrfürchtigen Ausführungen des Onkels verspürt hatte.

Er nahm ein Körnchen zwischen Daumen und Zeigefinger und rieb es. Winziges totes Gestein. Was war daran schon interessant? Eine Million Jahre lang zu existieren, wenn man nichts spürte ... Dann doch lieber nur achtzig Jahre oder fünfzig oder auch nur zweiunddreißig, gefüllt mit Leben und Lachen, der zarten Haut einer Frauenbrust, einem auf der Zunge zergehendem Steak oder einem Single Malt, der das schottische Hochmoor in den Gaumen zauberte.

Und dann überfiel Raphael ein ungeheuerlicher Gedanke. War dies vielleicht gar keine Gedenkstätte für Dalika? War es vielleicht ihr Grab? Er grub seine Hand in den Sand. Bedeckten die uralten Quarzkristalle ihre Leiche?

Raphael sah sich um. Seine Phantasie ging mal wieder mit ihm durch. Es wäre für Gorden viel zu auffällig gewesen, hier zu buddeln. Andererseits ... mitten in der Nacht war es vielleicht möglich. Das einzige Haus in der Nähe lag weit genug entfernt. Und wer ging schon um drei Uhr nachts hier spazieren? Niemand.

Wäre es nicht sogar ein perfektes Versteck für eine Leiche? Der Sand ließ sich leicht wegschaufeln. Die obere Schicht hätte Gorden mit einem Eimer abtragen können, um dann mit einer Schaufel weiterzuarbeiten. Sicherlich kein leichtes Unterfangen, denn der Vorteil der Flüchtigkeit des Sands war ebenso sein Nachteil. Er rutschte nach. Aber wenn man das Herausgehobene etwas weiter entfernt aufschichtete, die Leiche versenkte und den Sand wieder darüber verteilte ...

Der Gedanke mit dem Grab ließ Raphael auch nicht los, als er am Abend den Holzkohlegrill im Garten befeuerte. Er erwartete Johannes. Sein Bruder würde heute bei ihm übernachten. Am morgigen Donnerstagnachmittag war Jo mit den Ahmlings verabredet, um seine Tochter kennenzulernen – den Konfirmandenunterricht in Sanderup hatte er dafür abgesagt, was, da war Raphael sich sicher, Freudenschreie bei den Teenies ausgelöst hatte.

Raphael blickte auf seine Armbanduhr. Wenn die Fähre

pünktlich um achtzehn Uhr fünfzig angelegt hatte, musste Jo jeden Moment auftauchen.

Fünf Minuten später quietschte die Pforte. »Bin hinten!«, grölte Raphael. »Moin, Bruder«, begrüßte er Johannes, als der um die Ecke bog, und stellte die Schüssel, die er in der Hand hielt, auf dem alten Gartentisch ab. Er deutete darauf. »Rucola mit Schafskäse, Cocktailtomaten und Brombeeren. An deine Pilzphobie hab ich erst gedacht, als ich sie schon untergerührt hatte. Musst du also raussuchen. Aber das Dressing ist geil. Himbeeressig, Honig und Olivenöl mit Zitrone.«

Johannes umarmte seinen Bruder mit einem Lächeln. »Hallo, Tim Mälzer.«

Raphael deutete zur Hintertür. »Dein Rotwein steht in der Küche. Hol ihn dir und bring auch das Knobibrot mit. Ich hab mega Kohldampf. Ich muss erst was essen, dann können wir quatschen.« Er legte zwei Steaks auf den Grill, und als der Hauch von Gebratenem in seine Nase stieg, lief ihm das Wasser im Mund zusammen.

Als der erste Hunger gestillt war, breitete Raphael seine wahnsinnige These bezüglich des Strandgrabs vor Johannes aus.

Der erklärte ihn für verrückt. »Martin Gorden war in der Nacht von Dalikas Verschwinden nicht auf Föhr, sondern erst am nächsten Morgen zurück. Er hätte die Leiche unmöglich bei Tageslicht vergraben können. Und selbst wenn ich mir vorstelle, du hättest recht: Martin Gorden wäre doch wohl kaum so dämlich, die Stelle ständig mit einem auffälligen Rosenstrauß zu markieren.«

Raphael schürzte die Lippen. »Machen Leute nicht dämliche Sachen, wenn sie verliebt sind?«

»Ja, vielleicht. Aber wenn Gorden sie getötet hat, hat er sie nicht geliebt, und darum greift dein Argument hier nicht.«

»Das mal außer Acht lassend … Vielleicht war sie schon tot, als Gorden mit seinem Sohn die Insel verlassen hat. Dann hat er den Leichnam irgendwo versteckt und in der anderen Nacht vergraben.«

»Puh«, unterbrach Johannes ihn, »du bist ein grottiger Detektiv. Hast du vergessen, dass Dalika auf der Insel noch gesehen wurde, nachdem Martin und Nath Gorden Föhr verlassen hatten? Dafür gab es etliche Zeugen. Stand doch in den Zeitungsartikeln.«

Raphael verzog den Mund. »Fuck, stimmt.« Er überlegte. »Und wenn er sie erst umgebracht hat, als sie zurück waren? Wer sagt denn, dass sie in der Nacht starb?«

»Dann hätte die Kripo das herausgefunden. Irgendwie hätte er sich in Widersprüche verwickelt. Und Gorden hat auch kein Motiv, Raph. Er hat sie geliebt. Das kann dir jeder hier auf der Insel bezeugen.«

»Jaja«, brummte Raphael und griff nach der beschlagenen Bierflasche. Nach einem genüsslichen »Aah« stellte er sie wieder ab. »Gerade fällt mir noch ein Grund ein, warum meine Vermutung wohl hinkt: Nath hätte seine Mutter bei der Rückkehr gesehen, wenn sie noch da gewesen wäre. Das hätte die Polizei schon aus dem Kleinen rausgekitzelt.« Er sah Johannes an, der in sein Rotweinglas starrte. »Oder?«

Johannes starrte weiter.

Raphael schlug die Hand auf den Tisch, dass die Teller klirrten. »Erde an Freersen!«

Zusammenzuckend sah Johannes auf. »Was?«

Raphael seufzte. »Gespräche, die den rationalen Teil deines Hirns beanspruchen, sollten wir vielleicht verschieben, bis du Sina und Hannah gesehen und gesprochen hast, was?«

Johannes verzog gequält das Gesicht. »Ich bin fix und fertig, Bruder. Einerseits kann ich es nicht abwarten, Hannah zu sehen, sie kennenzulernen, und andererseits ... Ich habe richtig Angst vor dem, was ich morgen sagen könnte. Davor, dass ich etwas sage, das ich nicht kontrollieren kann.«

»Das wirst du nicht, Jo. Du wirst, wie immer, die passenden Worte finden. Und Hannah ist gerade mal neun Jahre alt. Ich bin ja nun weiß Gott kein Experte für Gör... für Kinder, aber ... sie hatte nur ein paar Tage, das alles zu verdauen. Dass sie darauf bestand, dich sofort kennenzulernen, spricht doch für die Kleine. Ich wüsste zu gern, wie sie ihre Eltern dazu gebracht hat, so schnell ein Treffen zu arrangieren.«

Johannes hatte ihm von dem Telefonat mit Sina, das sie vor zwei Tagen geführt hatten, bereits ausführlich berichtet.

»Ich habe keine Angst davor, Hannah etwas Falsches zu sagen. Ich werde sie wie ein rohes Ei behandeln. Ich will sie keinesfalls verschrecken. Was wir brauchen, ist Zeit, und die will ich ihr geben. Angst habe ich eher davor, was ich Sina sagen könnte, wenn ich sie sehe.« Er schluckte und sah Raphael an. »Es brodelt in mir, seit ich von dir weiß, was sie getan hat. Und dieses Brodeln ist Verachtung. Pure Verachtung, Raph! Ich kann es nicht anders nennen. Was sie getan hat –«

»Sie war jung, und unser Vater –«

»Hör auf«, unterbrach Johannes ihn ungewohnt barsch. »Was Vater getan hat, ist unverzeihlich. Abartig. Das ist mir schon bewusst, aber … er hat sie doch richtig eingeschätzt. Sie hat das Geld genommen! Und das quält mich. Für Vaters beschissenes Geld hat sie mich verlassen und mir neun Jahre lang mein Kind vorenthalten. Hat mir versagt, sie aufwachsen zu sehen.«

Raphael schwieg. Johannes' derbe Wortwahl zeigte, wie aufgewühlt er war. »Weißt du was?«, sagte er schließlich. »Lass uns morgen Mittag zur Schule fahren. Dann kannst du Hannah schon mal sehen, aus der Ferne. Oder möchtest du das lieber ni–«

»Gute Idee!«, fiel Johannes ihm ins Wort. »Ja, das ist eine deiner guten Ideen, Raph.«

Das bezweifelte Raphael, als sie am nächsten Tag in Onkel Schorschs Wagen saßen. Er hatte den Renault in der Süderstraße weit genug entfernt geparkt, damit Hannah nicht aufmerksam wurde, wenn sie den Schulhof verließ. Raphael linste durch ein Fernglas, als die Kinder Schulschluss hatten. »Da, das ist sie, die Linke«, sagte er und reichte seinem Bruder das Fernglas. »Die mit dem rosa Einhorn-Shirt.« Er deutete auf zwei Mädchen, die plappernd den Schulhof verließen.

»Das ist sie?« Johannes hatte kaum das Fernglas angesetzt, als er zu weinen begann. »Das ist …«

Raphael rutschte unruhig auf dem Fahrersitz herum. Seinen Bruder andauernd heulen zu sehen war grässlich.

»Oh Gott!« Johannes nahm das Fernglas runter und wischte hektisch über seine Augen. Zweifellos wollte er keine Sekunde verschwenden, in der er seine Tochter sehen konnte. »Sie ist wunderschön!«, stieß er aus, während er sie weiter beobachtete. »Sie sieht aus wie Sina. Nur mit dunklen Haaren.«

Raphael nahm ihm das Fernglas weg, als die Mädchen näher kamen. Es war zu auffällig.

Johannes beugte sich vor. »Sie ist dünn, oder? Ist sie nicht viel zu dünn? Oh Gott, meine Tochter ist magersüchtig. Ich … ich hätte für sie da sein müssen!« Er klebte fast an der Frontscheibe.

»Bist du irre?« Raphael zog Johannes zurück. »Das Mädel ist genau richtig und keinesfalls zu dünn. Außerdem futtert sie gerade was.«

»Ja, sie isst einen Donut«, sagte Johannes erleichtert. »Das ist ein gutes Zeichen.«

Raphael zuckte zusammen, als Johannes einen kleinen Schrei hinterherschickte. »Es ist ein Donut mit Schokoüberzug!« Er strahlte Raphael an. »Das hat sie von mir. Die mit Schoko mag ich auch am liebsten.«

»Wunderbar, dann kannst du dir auf jeden Fall einen Vaterschaftstest sparen. Denn wer außer euch beiden liebt schon Schoko-Donuts?«

Johannes lachte nicht. Er starrte Raphael an. »Vaterschaftstest? Du meinst, Sina könnte gelogen haben?«

Raphael klopfte seinem Bruder auf die Stirn. »Das war ein Wi-hitz! Und jetzt nimm die Zeitschrift und versteck dich dahinter.« Er hielt Johannes die »Auto, Motor und Sport« hin. Er selbst drehte sich von der Seitenscheibe weg und tat so, als suche er etwas in der Mittelkonsole.

Die beiden Mädchen hatten auf dem Bürgersteig fast auf Höhe aufgeschlossen. Durch die Fensterscheibe war zu hören, wie sie plapperten, als sie vorbeigingen.

Johannes linste an der Zeitschrift vorbei. »Sie haben uns nicht gesehen … Ach, sie ist so süß!« Er beugte sich über Raphael, um ihr noch einen Blick hinterherzuwerfen. »Sogar von hinten. Sie läuft ein bisschen wie ich, oder?«

»Jetzt reicht's.« Raphael schubste ihn weg. »Du hast sie gesehen und von vorn und hinten für gut befunden, dann können wir jetzt fahren. Heute Nachmittag kannst du sie weiter bewundern.«

Er startete den Wagen, stellte den Motor jedoch gleich wieder ab, denn sein Blick war auf einen Mann gefallen, der auf Höhe des Fahrradverleihs auf dem gegenüberliegenden Bürgersteig stand und anscheinend auf jemanden wartete.

»Was ist?«, fragte Johannes.

»Der Typ dahinten«, Raphael griff nach dem Fernglas, »das ist Kai Kersten. Dieser Immobilientyp, von dem ich dir erzählt habe, der Verpächter vom ›Bullauge‹.«

»Okay.« Johannes starrte zu Kersten. »Was ist jetzt Besonderes daran? Der holt hier wahrscheinlich ein Kind ab.«

Raphael nahm das Fernglas runter, weil sich zwei Mütter mit Kindern näherten. »Kersten hat keine Kinder im Grundschulalter.«

»Vielleicht Enkel? Altersmäßig könnte er –«

»Nein«, unterbrach Raphael ihn, das Fernglas wieder aufnehmend, als Kai Kersten Richtung Schulhof winkte. »Der hat zwei Töchter im Teenie-Alter.« Er schwenkte mit dem Fernglas herum und glitt über die Kinder. Eines löste sich aus einer der kleinen Gruppen, die vom Schulhof strömten. Der Junge blickte an der Straße nach links und rechts und ging dann zu Kersten auf die andere Straßenseite.

»Nath Gorden«, stieß Raphael aus. Er nahm das Glas runter und sah Johannes an. »Der holt Nath Gorden ab!«

»Ja, nun … Die kennen sich doch gut. Kersten ist ja vielleicht nicht nur Verpächter, sondern auch Freund der Familie.«

Raphael startete den Wagen und fuhr langsam an. Kersten bog zu Fuß mit Nath in die Johannesstraße ein. Seine Hand ruhte auf der Schulter des Jungen.

»Hmm …«, grunzte Raphael. Er hielt an und wartete.

Kersten und der Junge stiegen in Kerstens schwarzen Audi ein. Als Kersten losfuhr, folgte Raphael ihm. Sie fuhren in die Feldstraße und bogen dann in die Badestraße ab. »Er fährt ihn wohl zum ›Bullauge‹«, mutmaßte Raphael.

»Siehst du, ganz unspektakulär«, sagte Johannes, als der Audi kurz darauf tatsächlich in der Gmelinstraße vor dem »Bullauge« hielt und Nath heraussprang und zum Restaurant lief.

Kersten fuhr weiter.

»Scheint so.« Aber beruhigt war Raphael nicht. Kersten hatte mit dem Kleinen sehr vertraut gewirkt. Und das hinterließ ein schales Gefühl.

Er lenkte den Wagen zur Detektei zurück. Als sie das Haus betraten, war Ava schon da. Sie arbeitete am Laptop. Raphael bekam das obligatorische »Hallo«, Johannes wurde mit einer Umarmung begrüßt.

»Ich will euch nicht weiter bei der Arbeit stören«, sagte Johannes dann. »Wir sehen uns ja heute Abend, Ava. Ich freu mich drauf. Und mach dich darauf gefasst, dass ich dir einen Knopf an die Backe reden werde. Schließlich lernt man nicht alle Tage seine neun Jahre alte Tochter kennen.«

»Ich freue mich auch«, sagte Ava. »Und ich drücke dir ganz fest die Daumen, dass euer Treffen wunderbar wird.«

Johannes seufzte hörbar. »Dein Wort in Gottes Ohr.« Mit einem Winken drehte er sich um und ging Richtung Küche.

Raphael klappte seinen Laptop auf, starrte einen Moment auf den dunklen Bildschirm, dann stand er wieder auf und folgte Johannes, die Küchentür hinter sich schließend.

Johannes hantierte an der Kaffeemaschine herum und sang dabei leise einen Song. Raphael glaubte Ed Sheeran herauszuhören. »… you are perfect tonight …« War das gerade im Autoradio gelaufen, ohne dass er es wahrgenommen hatte, oder warum pfiff Jo ausgerechnet diesen Song?

Raphael ging an den Kühlschrank und schenkte sich ein Glas Cola ein. »Du hast gar nicht erwähnt, dass du mit Ava verabredet bist«, sagte er, als Johannes den Filter mit Kaffeepulver befüllte.

»Nein?« Johannes sah kurz auf. »Ich hab den Kopf wohl einfach zu voll.« Er nahm drei Becher aus dem Schrank und pfiff weiter, während er Raphael zur Seite schob, um an den Kühlschrank zu gelangen.

»Du hast sie überhaupt niemals vorher erwähnt«, sagte Raphael. »Aber so vertraut, wie ihr miteinander seid, scheinst du sie ja schon länger zu kennen … Ganz gut zu kennen«, fügte er an.

Johannes nahm die Milch aus dem Kühlschrank und gab in einen Becher einen Würfel Zucker. »Wir kennen uns durch Onkel Schorsch. Und da wir beide Van-Gogh-Fans sind, kam eins zum anderen.«

Raphael wartete auf weitere Erklärungen, aber es kam nichts. Johannes hatte sein Handy rausgeholt und fingerte daran herum.

»Eins zum anderen?«

»Hm?« Johannes sah auf. »Was?«

»Was heißt ›eins zum anderen‹? Ich meine, seid ihr … habt ihr was miteinander?«

Johannes legte das Handy auf dem Küchentisch ab. »Nein«, sagte er langsam, »haben wir nicht.« Er hielt Raphaels Blick. »Wäre das ein Problem?«

»Nein, natürlich nicht. Warum sollte es?«

»Keine Ahnung.«

»Dann stell nicht so blöde Fragen.« Raphael trank das Glas aus.

»*Du* hast gerade blöde Fragen gestellt.«

»Ich hab mich nur mit dir unterhalten.« Raphael öffnete die Küchentür und ging zurück ins Büro.

»Dalikas Mutter hat vor einer halben Stunde angerufen«, sagte Ava, als er sich hinter seinen Schreibtisch setzte. »Sie hat sich nach dem Stand der Dinge erkundigt.«

»Und was haben Sie Frau Summ-Summ geantwortet?«

»Ich habe Frau Som gesagt, dass Sie sie zurückrufen. Ich wollte nicht vorgreifen. Die Nummer steht auf dem Post-it neben Ihrem Laptop.«

»Danke. Dann werde ich ihr mal mitteilen, dass wir nichts

Greifbares haben.« Er nahm sein Handy und tippte die Nummer ein. »*Noch* nicht.«

Während es klingelte, sah er zu Ava. »Haben Sie in der Nacht von Sonntag auf Montag was vor, Frau Rahmani? Oder hätten Sie Lust, zu helfen, eine Leiche auszugraben?«

DREIZEHN

»Guten Morgen«, begrüßte Raphael seinen Bruder vorsichtig am nächsten Morgen, als der um acht Uhr dreißig die Küche betrat, mit Lidern, dick wie Botoxlippen. »Wie war's?«

Wie Raphael befürchtet hatte, brach Johannes in Tränen aus. Zwischen den Schluchzern stammelte er: »Sie … ist … so süß!«

Raphael stellte die Herdplatte ab und nahm die Pfanne herunter. »Ich fand sie auch sehr niedlich, als ich sie das erste Mal gesehen hab. Wahrscheinlich, weil sie mir ähnlich sieht.« Er zwinkerte Johannes zu.

Der wischte die Tränen von den Wangen und strahlte Raphael an. »Ja, nicht? Sie hat meinen Mund. Ich habe die halbe Nacht vor Glück geheult.«

»Sieht man.«

»Gleich zu Beginn hat sie mir erklärt, dass sie weiß, dass ich ihr Papa bin, sie das aber nicht sagen möchte, weil sie ja schon *ihren* Papa hat.« Johannes schluckte. »Und das war okay. Mehr kann ich nun wirklich nicht erwarten.«

»Das ist nicht okay!«, stieß Raphael aus und hievte eine Fuhre Rührei auf Johannes' Teller. »Sina hätte –«

»Ja«, unterbrach Johannes ihn, »natürlich hätte Sina es mir damals sagen müssen, aber … Meine Wut auf sie war wie weggeblasen, Raph.« Er sah seinen Bruder an. »Als ich sie gestern dort sitzen sah, auf der Kücheneckbank – ihr Mann hatte mir die Tür geöffnet –, da war keine Wut mehr in mir. Keine Verachtung. Wir sahen uns an und … sie brach in Tränen aus.«

»Du vermutlich auch?«

»Wie? Nein! Ich konnte sie nur ansehen. Ich habe kein Wort rausgebracht. Nicht mal ein Hallo. Sie ist noch immer wunderschön. Älter natürlich, aber … wunderschön. Ihre Augen sind noch genauso himmelblau wie damals.«

»Wie ungewöhnlich.«

Johannes registrierte den Spott nicht einmal, so vertieft war er in die Erinnerung an die Geschehnisse des Vortags. »Und ihr linkes Lid zuckt noch immer, wenn sie nervös ist. Es war, als sei sie gerade erst zur Tür raus und …« Er stockte.

»… mit einem neunjährigen Kind wieder hereinspaziert«, ergänzte Raphael sarkastisch, während er gebratenen Speck auf das Ei schaufelte.

Ernüchtert sah Johannes ihn an. »Wäre Hannah nicht mit ihrem Geplapper gewesen, hätte ich es dort nicht ausgehalten. Sina mit diesem … *ihrem* Mann zu sehen … Für ihn war es natürlich auch nicht leicht«, versuchte Johannes Verständnis für Sönke Ahmling zu zeigen, »aber wie er immer an Sina rumfingerte und sie hielt, an der Schulter oder im Arm. Er wollte zweifellos die Besitzverhältnisse klären: Meine Frau!« Mit einem unfrohen Lachen begann Johannes, im Ei herumzustochern.

Raphael hielt es für besser, die Gewalttätigkeit Sönke Ahmlings gegenüber Sina noch nicht zu erwähnen. Sein Bruder war fertig genug. »Wann siehst du Hannah wieder?«, fragte er stattdessen.

Johannes' Miene erhellte sich. »Schon nächste Woche. Wir wollen zusammen ein Eis essen gehen … Alle vier«, fügte er weniger enthusiastisch hinzu.

»Nun, du kannst nicht erwarten, dass sie dir sofort Tür und Tor öffnen«, warf Raphael ein.

»Ja, da hast du wohl recht.«

»Auf jeden Fall werde ich dich dann ja in Zukunft sehr oft hier auf Föhr sehen.« Raphael füllte zwei Becher mit Kaffee. Für Johannes tat er einen Würfel Zucker hinein. »Obwohl, du bist ja jetzt schon sehr oft hier, nicht wahr?«

Er bekam keine Antwort.

Raphael stellte den Becher vor Johannes ab. »Wie war denn gestern Abend dein Treffen mit Ava? Du kamst ja sehr spät. Es muss nach eins gewesen sein, als du nach Hause gekommen bist. Ich meine, ich hab schon geschlafen, aber … ich hab die Haustür gehört.«

Johannes sah ihn an. »Dabei habe ich mich so bemüht, leise

zu sein … Es war ein schöner Abend. Es tat einfach gut, ihr mein Herz auszuschütten. Ava ist so sensibel. Wir sind einfach auf einer Wellenlänge. Seelenverwandte.«

»Na.«

»Wir waren im Lüttje Kök essen. Ava isst genauso gern Scholle Finkenwerder Art wie ich. Dann sind wir zu ihr gegangen, weil sie den Babysitter für Tarik nur bis zehn gebucht hatte.«

»Zu ihr?« Raphael setzte sich mit seinem Becher an den Tisch. »Dann hattet ihr ja noch reichlich Zeit, bis um eins, meine ich.«

»Hmhm«, bestätigte Johannes, den Mund voll Rührei. Er kaute, schluckte und fragte dann: »Wie geht's jetzt bei dir weiter, Bruder? Ich meine, im Dalika-Fall?« Er pulte eine Weintraube von der Rebe auf dem Käseteller und steckte sie zusammen mit einem Stück alten Gouda in den Mund.

»Oh, wo du es sagst: Ich könnte deine Hilfe gebrauchen. Ich plane für Sonntagnacht, ihre Leiche auszugraben.«

Er rückte schnell vom Tisch ab, als Johannes hustend Weintraube und Käse ausspuckte.

***

Am frühen Nachmittag stand Raphael erneut vor der Rüm-Hart-Schule. Er hatte den Renault seines Onkels wieder dort abgestellt, wo er am Vortag mit Johannes geparkt hatte. Diesmal hatte er keinen Blick für die Kinder, die vom Schulhof strömten, sondern scannte den Bürgersteig und die vorbeifahrenden Wagen. Aber Kersten tauchte nicht auf. Stattdessen stellte Raphael erstaunt fest, dass Sarah angeradelt kam, am Schaukasten der Neuapostolischen Kirche vom Rad stieg und zu den in Scharen das Schulgelände verlassenden Kindern sah.

Sie trug ihre Kellnerkleidung. »Nath!«, rief sie so laut, dass Raphael es bis in den Wagen hören konnte.

Als der Kleine bei Sarah eintraf, klemmte sie seine Schultasche auf den Gepäckträger und schob das Fahrrad, während sie neben ihm herging. Raphael beugte sich vorsichtshalber auf den Beifahrersitz. Sarah kannte den Renault des Onkels zwar nicht, aber besser war besser.

Als sie vorbei waren, sah er ihnen hinterher. Was hatte das zu bedeuten? Wurde Nath jeden Tag von der Schule abgeholt? Kurz entschlossen stieg er aus, lief ein paar Kindern hinterher und fragte: »Hey! Kennt einer von euch Nath Gorden?«

Zwei Mädchen drehten sich um. »Wir kennen den«, sagte die eine.

»Wird Nath jeden Tag von der Schule abgeholt?«, fragte Raphael, sein Ich-bin-der-gute-Onkel-Raphael-Lächeln unterdrückend, um nicht wieder in die Gefahr zu geraten, für einen Mitschnacker gehalten zu werden.

»Nee.«

»Doch, einmal hat ihn schon mal sein Papa abgeholt«, widersprach ihr die andere. »Oder noch öfter, manchmal.«

»Ja, manchmal ja«, änderte die Kleine jetzt die Meinung.

Raphael zog genervt die Augenbrauen zusammen. »Also nur manchmal? Aber meistens geht er allein nach Hause?«

»Ja-haa.«

»Okay, und jetzt ksch-ksch.« Er wedelte mit den Händen. »Ab nach Hause. Und nicht mit Fremden reden, klar?«

»Das wissen wir doch«, kam die empörte Antwort von der Kleinen. »Machen wir nicht.«

Kopfschüttelnd ging Raphael zum Wagen. Warum mussten diese kleinen Kröten alle so vertrauensselig und dumm auf die Welt kommen?

Wenn er den Aussagen der beiden Mädchen glauben konnte, war es also nicht üblich, dass Nath jeden Tag abgeholt wurde. Warum also momentan?

***

»Hallo, Gestalten der Nacht«, sagte Raphael, als er in der Nacht von Sonntag auf Montag gemeinsam mit Johannes am Strand eintraf. Er leuchtete Imme und Ava ins Gesicht. »Frauen, die pünktlich sind! Bemerkenswert.«

»Nimm die Funzel runter, Fürst der Finsternis«, stieß Imme genervt aus, die Hand vor die Augen haltend. »Und sag uns lieber, wo genau wir buddeln sollen. Dann kann ich die Stalllampen platzieren.« Sie hob eine der beiden batteriebetriebenen Lampen zu ihren Füßen am Tragegriff hoch und schwenkte sie hin und her.

Raphael warf Eimer und Spaten in den Sand und nahm den Rucksack von den Schultern. »Hier.« Er wedelte mit dem Taschenlampenstrahl um die Stelle herum, an der Martin Gorden die Rosen in den Sand gesteckt hatte. Der Strauß war nicht mehr zu sehen. Der Wind oder Kinder mochten sie entfernt haben.

»Reiner Irrsinn«, stieß Johannes flüsternd aus, als er zwei weitere Taschenlampen so platzierte, dass das Sandstück, wo sie graben wollten, einigermaßen ausgeleuchtet war.

Raphael grinste. Alle drei waren entgeistert gewesen, als er ihnen seinen Plan erläutert hatte, hatten ihn für verrückt erklärt, aber letztlich hatten sie alle nicht widerstehen können, dabei zu sein. Und sie waren seinem Wunsch gefolgt, sich in Schwarz zu kleiden. Doch jetzt, um drei Uhr nachts, würde hoffentlich sowieso niemand am Strand unterwegs sein und sie bei ihrem Tun sehen.

»Bereit zum Buddeln?«, fragte Raphael, als Imme die Lampen platziert hatte.

»Aber so was von«, flüsterte sie, eine Plattschaufel in die Höhe haltend. »Mir ist richtig schlecht vor Aufregung.«

»Mir auch«, flüsterte Ava.

»Tja, die Zeiten mit Im-Büro-rumhocken-und-Nägel-Lackieren sind vorbei«, sagte Raphael und zog die mitgebrachten, ineinandergestapelten Eimer auseinander. »Bei mir ist Action angesagt.«

»Wir werden alle im Knast landen«, tat Johannes kund, während er Stirnlampen an alle austeilte.

»Weil wir im Sand buddeln?« Raphael legte seine Kopflampe um. »Das ist nicht gesetzeswidrig.«

»Uns wird schon niemand erwischen, Johannes«, sagte Ava.

»Und selbst wenn, wir graben ja nicht mit schlechten Absichten.«

Raphael sah im Lichtschein, wie sie nach der Hand seines Bruders griff und sie drückte.

»Nee, nee, schon klar«, stieß Johannes aus. »Es ist ja völlig normal, dass ein Flensburger Pastor mit seinem irren Bruder und dessen Büro-Entourage den Wyker Strand umpflügt, um eine Frauenleiche zu suchen.«

»Vor allem sollten wir langsam mal damit anfangen«, sagte Raphael und drängte sich zwischen Johannes und Ava hindurch. »Sonst wird es hell, bevor wir fertig sind.« Er verteilte die Eimer. »Auf geht's!«

Es war harte Arbeit. Bereits nach einer Viertelstunde wurde das einzige Geräusch der Nacht – das Rauschen der Brandung – von ihrem Schnaufen überlagert. Ava atmete so heftig, dass Raphael sagte: »Befehl vom Chef: Alle unter eins neunzig setzen sich in den Sand und verschnaufen fünf Minuten.«

»Witzig«, stieß Ava aus. Sie klang beleidigt. »Ich schaff das schon.«

»Lass uns Frauen doch mal die Schlagzahl reduzieren«, gab Imme vor.

Raphael war sich sicher, dass sie einzig und allein Ava entlasten wollte, denn Imme hantierte mit ihrer Plattschaufel, als sei sie aus Schaumstoff. Schweigsam arbeiteten sie weiter. Ab und an stieß einer von ihnen ein »Pst!« aus, wenn derjenige glaubte, ein verdächtiges Geräusch zu hören. Dann lauschten sie innehaltend in die Nacht, blickten durch die Schatten der Strandkörbe und den wehenden Strandhafer auf den Dünen. Aber sie blieben allein. Kein Mensch tauchte auf.

Der frische Nachtwind wehte um ihre erhitzten Gesichter, drang durch die Kleidung und kühlte den Schweiß auf der Haut. Raphael empfand das Graben als berauschend. Der dunkle Himmel, die Lichter von Amrum, die Brandung im Hintergrund, sein Keuchen und Atmen und das seiner Komplizen … Es war abenteuerlich. Und gleichzeitig war die Anspannung groß. Würden sie tatsächlich auf Dalikas Leiche stoßen?

Das Loch wurde breiter und tiefer. Raphael und Johannes standen mittlerweile darin und schaufelten den Sand nach oben weg, die Frauen schaufelten ihn zur Seite. Immer wieder stach Raphael mit einem Baustahlstab, den er im Schuppen des Onkels gefunden hatte, in den festen Sandboden, um zu prüfen, ob er auf Widerstand stieß.

»Ich mag gar nicht daran denken, wie ihr Leichnam aussehen würde, falls wir tatsächlich fündig werden sollten«, keuchte Johannes. »Ohne Sarg, hier im Dünensand ... sie wäre noch nicht vollständig skelettiert. Sehnen und Faszien wären –«

»Oh bitte, hör auf, Johannes!«, bat Ava.

»Entschuldige.«

Raphael stocherte weiter herum. Knochen würden auf jeden Fall vorhanden sein. Im selben Moment traf der Stab auf Widerstand. »Wartet! Hier ist was.« Mehrfach stocherte er um den Punkt herum. Links davon versank der Stahlstab im Sand, aber rechts stieß Raphael über eine Fläche von mehreren Zentimetern immer wieder auf Widerstand.

»Hier müssen wir buddeln«, stieß er aufgeregt aus.

»Ich muss jetzt erst mal pinkeln«, sagte Johannes und krabbelte aus dem Loch, wobei Imme ihm die Hand reichte, damit nicht so viel Sand ins Loch nachrutschte.

»Unglaublich«, rief Raphael ihm hinterher. »Du und deine Konfirmandenblase. Ich stoß hier auf 'ne Leiche, und du? Das würde es bei James Bond nicht geben: pinkeln gehen.«

Während Johannes hinter der Düne verschwand, grub Raphael mit neuem Elan. Würde er gleich auf Knochen stoßen? Im selben Moment erklang ein spitzer Schrei Avas. Die Szenerie wurde plötzlich in helleres Licht getaucht.

»Scheiße«, sagte Imme trocken, während Raphael aus dem Loch heraus auf die beiden Männer starrte, die sich mit schnellen Schritten durch den Sand näherten.

»Oh, fuck«, stieß Raphael aus. Die Bullen.

»Können Sie uns mal sagen, was Sie da treiben?«, fragte der ältere der beiden Uniformierten. »Sie kommen da mal sofort aus dem Loch raus«, wies er Raphael an.

»Hören Sie«, sagte Raphael. »Ich brauche noch zwei, höchstens drei Minuten, dann hab ich, was ich will.«

»Und das wäre?«, fragte der Beamte, während er Ava und Imme mit dem Lichtstrahl seiner Taschenlampe ableuchtete. »Sind Sie nicht die Frau von Tjark Hölderling?«, fragte er Imme.

Raphael buddelte einfach weiter. Solange die Beamten sich um die Frauen kümmerten, musste er die Chance nutzen.

»Haben Sie was mit den Ohren?«, fuhr der Jüngere Raphael an, »Sie sollen aufhören zu buddeln und da rauskommen.« Er stellte sich an den Rand der Grube und leuchtete in das Loch. »Was treiben Sie hier?«

»Um ehrlich zu sein, suchen wir –«

»... einen Schatz«, fiel Ava ihm ins Wort. »Wir suchen einen Schatz. Wir sind Geocacher.«

Alle starrten sie an. Auch Raphael und Imme.

Ava bemühte sich sichtlich, ihre Atmung unter Kontrolle zu bekommen. »Einen vergrabenen Schatz. Also einen Geocaching-Schatz, keinen richtigen.«

Der ältere Beamte hielt den Lichtstrahl seiner Taschenlampe auf Ava. »Geo-was?«

»Geocaching«, klärte sein Kollege ihn auf, bevor Ava antworten konnte. »Das ist so 'ne Art moderne Schatzsuche mit GPS-Daten, richtig?« Er sah Ava an.

Die nickte. »Genau.«

»Und das machen Sie mitten in der Nacht?«, fragte der Jüngere. »Das kann nicht Ihr Ernst sein.«

Raphael nutzte die Zeit und schaufelte vorsichtig weiter.

»Das ist so eine Art Extrakick für«, Ava schluckte, »uns Geocacher.«

»Hm.« Der Ältere grunzte. »Damit ist jetzt Feierabend. Der Strand ist tabu für so einen Quatsch. Schauen Sie sich mal das Riesenloch an, das Sie gebuddelt haben«, er schwenkte zu Raphael herum. »Raus da jetzt!«

Raphael begann hektisch zu graben. Er musste wissen, worauf er gestoßen war. »Gleich, ich hab's gleich.«

Der Beamte ging in die Knie und sprang in die Grube.

Der Jüngere sagte: »Nun lass ihn doch. Ich will auch mal sehen, wie so ein Schatz aussieht.«

Erleichtert registrierte Raphael das zustimmende Grunzen des Beamten. Er bemühte sich, keinen Sand auf dessen Schuhe zu schaufeln. Nach zwei weiteren Minuten stieß er auf Widerstand. Eine letzte Schaufel Sand, dann bückte er sich und legte mit den Händen frei, worauf er gestoßen war. Sein Herz klopfte ihm im Hals, als er das Fundstück in die Hand nahm.

Der Polizist hielt den Lampenstrahl darauf gerichtet. »Ein Stein?«

»Scheiße!«, stieß Raphael aus und warf den Stein zur Seite. Er buddelte mit den Händen wie wild weiter, aber da war nichts. Keine Knochen. Nichts. Es war dieser platte Stein, auf den er mit dem Stahlstab gestoßen war.

»Das ist kein Geocaching-Schatz«, sagte der jüngere Beamte. Er klang misstrauisch und leuchtete das Loch noch einmal ab.

»Sie graben sich hier nach China durch, um einen blöden Stein zu finden?«, setzte der Beamte neben ihm noch einmal ungläubig nach.

»Man landet nicht in China, sondern im Wasser«, murmelte Raphael.

Der Polizist leuchtete ihm ins Gesicht. »Wollen Sie mich verarschen?«

»Nein, nur verbessern. Mein Bruder und ich haben solche Sachen als Kinder gecheckt. Wenn wir uns von hier durchbuddeln würden, kämen wir im Südpazifik wieder raus.«

Der Beamte riss Raphael die Schaufel aus der Hand und warf sie aus dem Loch. »Abflug, Meister!«

Raphael krabbelte aus dem Loch. Genervt und vor allem enttäuscht. Und wo steckte eigentlich Johannes? Vermutlich beobachtete er aus der Deckung heraus, was hier abging.

»Wir nehmen jetzt Ihre Personalien auf«, sagte der Jüngere. »Ihre Ausweise, bitte.«

Ava hatte ihren tatsächlich dabei. Raphael nicht. Imme auch nicht, aber sie war von Person bekannt.

»Wie sind Sie eigentlich auf uns aufmerksam geworden?«, fragte Raphael.

»Ein Feriengast«, der Ältere wies nach rechts zu dem Haus in den Dünen, »leidet an Schlaflosigkeit. Als er aus dem Fenster sah, hat er die Festtagsbeleuchtung hier gesehen und uns angerufen … Zu Recht«, fügte er grimmig hinzu. »Und jetzt Ihren Namen, Indianer Jones.«

»Indiana«, sagte Raphael. »Aber Sie dürfen Indy sagen.«

Der jüngere Polizist lachte und bekam dafür von seinem Kollegen einen bösen Blick zugeworfen.

»Raphael Freersen«, nannte Raphael seinen Namen ohne weitere Aufforderung.

»Ach«, stieß der Ältere aus. »Von Ihnen hab ich doch schon von den Kollegen gehört. Sie haben vor der Schule Kinder belästigt.«

»Quatsch«, sagte Raphael schnell, insbesondere weil Ava ein entsetztes »Was?« ausgestoßen hatte. »Das hatte sich doch aufgeklärt. Ich hab da nur meinen Job gemacht.«

»Jaaa«, sagte der Beamte genüsslich. »Sie sind ja *Privatdetektiv.*«

Raphael schäumte innerlich. Warum klang das immer so lächerlich, wenn andere es sagten? Vorsichtshalber erwiderte er allerdings nichts darauf. Die Bullen waren schon aufgeregt genug.

»Packen wir ein«, sagte Raphael an Ava und Imme gewandt. Er begann, die Eimer ineinanderzustapeln, während Imme sich die Schaufeln griff.

»Was wird das?«, fragte der ältere Polizist.

»Wir sollen doch gehen«, sagte Raphael.

»Aber garantiert nicht, bevor die Grube wieder zugeschaufelt ist. Auf, auf, die Damen und der Herr Geocacher!«

Unter Beleuchtung der Polizisten warfen sie zu dritt das Loch zu. Raphael hoffte, dass Johannes nicht aus falsch verstandener Solidarität aus der Deckung kam, um beim Schaufeln zu helfen.

Aber Johannes tauchte nicht auf.

Sie verließen den Strand in Begleitung der Beamten. Ava und Imme fuhren mit den Rädern davon, Raphael mit dem Wagen. Er wartete zu Hause fünf Minuten, dann fuhr er wieder los, in der Hoffnung, dem Streifenwagen nicht zu begegnen. Und er hatte Glück. Wyk war um diese Uhrzeit, kurz vor Sonnenaufgang, wie ausgestorben.

Johannes kam ihm auf der Straße Richtung Wyk schon entgegengelaufen.

»Meine Güte«, sagte er, als er einstieg. »Das war ja mal aufregend. Tut mir leid, dass ihr die Grube allein zuschaufeln musstet, aber ich dachte, dass es schlauer ist, nicht aufzutauchen.«

»Du hast alles richtig gemacht«, sagte Raphael. »Die Bullen müssen nicht wissen, dass es uns im Doppelpack gibt. Das verdirbt Möglichkeiten. Außerdem reicht es völlig, wenn einer von uns Arme schwer wie Blei hat.«

»Wenigstens wissen wir jetzt, dass es nicht Dalikas Grab ist.«

»Ja. Aber ich werde rausfinden, wo es ist. Das versprech ich dir.«

VIERZEHN

»War das eine geile Aktion, Chef!«, begrüßte Imme Raphael am Dienstagmorgen in seiner Küche. Aufgrund der sonntäglichen Nachtaktion hatten sie den Montag zum freien Tag deklariert und alle nicht gearbeitet. »Tjark ist zwar ausgeflippt, als ich gebeichtet hab, was wir getan haben, aber der beruhigt sich auch wieder.«

Raphael schlitzte mit einem Messer einen Pappkarton auf, klappte die Laschen um und hob eine glänzende Maschine heraus. »War er wach, als du kamst?«

»Nee, ich war ja vorm Weckerklingeln wieder da, aber ich hatte Schiss, dass der Polizist ihn irgendwann darauf anspricht. Ich bin mir zwar nicht sicher, aber ich glaube, der ist auch bei der Feuerwehr.«

»Der Bulle hat doch Schweigepflicht.«

»Wir sind hier auf Föhr, nicht im New Yorker Police Department. Die Schweigepflicht kann da schon mal ein bisschen laxer ausgelegt werden, wenn einer einen kennt … Was baust du da auf?«

»Etwas, das uns das Leben enorm versüßen wird.« Er trat zur Seite, um den Blick freizugeben. »Ein Kaffeevollautomat.«

»Wow, voll das Hightech-Ding! Sieht teuer aus.«

»Sieht nicht nur so aus. Aber das war es mir wert. Ab sofort kannst du wählen zwischen Espresso einfach, doppio oder macchiato, oder Caffè Latte, Latte macchiato, Cappuccino oder einem Caffè Crema.« Raphael hob eine Tüte mit Kaffeebohnen, auf denen Luanas Antlitz prangte. »Natürlich aus den Premiumbohnen vom Kaffeekönig.«

»Na dann … ich nehm einen Latte mac.«

»Kriegst du, sobald das Ding einsatzbereit ist.« Er nahm die Bedienungsanleitung zur Hand. »Du kannst dich in der Zwischenzeit mal um ein Labor in Sachen Überprüfung Zigarillospeichel kümmern.«

»Ich dachte, du nimmst das selbst in die Hand? Über Sina Ahmling?«

»Da ist mir das Druckmittel abhandengekommen. Sina würde mir was husten.«

Er merkte, dass Imme auf weitere Ausführungen wartete, aber den Gefallen konnte er ihr nicht tun. Er wollte nicht mit ihr über Hannah sprechen. Das war Johannes' Part. Wenn Jo wollte, dass Imme es erfuhr, sollte er es ihr selbst sagen. Ava hatte er es schließlich auch erzählt. Seiner *Seelenverwandten.*

Zwanzig Minuten später stellte er Imme den gewünschten Kaffee neben den Laptop. »Et voilà, ein Latte macchiato vom Feinsten. Mangels stilvoller Latte-Gläser muss es vorerst dieses tun.«

Grinsend hob sie das Astra-Bierglas mit dem dampfenden Inhalt. »Prost.« Nach einem genüsslichen »Ahh!« setzte sie das Glas ab. »Das ist schon was anderes als Schorschs labberiger Muckefuck.«

»Hast du schon ein Labor gefunden?«

»Aye, Chef. Wenn du mir die *Corpora* Delicti gibst, kann ich sie gleich versenden. Wird allerdings ein wenig dauern mit dem Ergebnis. Ich hab bei drei Instituten angerufen. Die sind alle mit Arbeit überlastet.«

Raphael nahm den Gefrierbeutel mit den beiden Zigarillostummeln aus seiner Schreibtischschublade und legte ihn Imme auf den Tisch. »Ich sag dir: Der Speichel an beiden Stummeln wird von Kai Kersten sein.«

Imme lehnte sich mit verschränkten Armen im Stuhl zurück. »Ich wette fünf Euro dagegen. Kersten ist nicht der Typ, der hier nachts abhängt und dir dein Auto zerkratzt. Ist nicht sein Stil.«

»Ich erhöhe auf zehn, denn glaub mir, man verliert seinen Stil, wenn man in Bedrängnis gerät.«

»Okay, bei zehn geh ich mit.«

***

Die nächsten beiden Tage verliefen mehr oder weniger ereignislos. Raphael versuchte, mehr über Hinsch und Erhardt herauszufinden, musste aber schnell kapitulieren, da er nicht wagen wollte, Leute aus ihrer Umgebung, wie Nachbarn oder Kollegen, anzusprechen. Er musste vermeiden, dass sie vorgewarnt wurden. Die beiden durften, wenn sie am Wochenende wieder auf die Insel kamen, nichts ahnen.

Mittwoch verließ er Föhr für ein Boxtraining bei Grumpy.

Donnerstagmittag fing er Sarah, die radelnd die Badestraße hinabfuhr, zur Schulschlusszeit an der Ecke zur Feldstraße ab, so tuend, als sei das Ganze ein Zufall.

»Hey, Sarah! Schön, dich zu sehen«, winkte er ihr zu.

»Hi!« Sie hielt neben ihm.

Da sie den Kopf in seine Richtung neigte, sah er sich genötigt, ihr einen schnellen Kuss auf die vollen Lippen zu drücken. Sie schmeckte nach Pfefferminz.

»Was treibst du so?«, fragte sie kauend.

»Och, ich bin auf dem Weg zum Einkaufen. Und du?«

»Ich muss Nath von der Schule abholen.« Sie blähte die Wangen, dann wölbte sich eine Kaugummiblase durch ihre Lippen.

»Wieso das denn?« Raphael freute sich, dass sie selbst die Sprache darauf gebracht hatte, so musste er es nicht tun. In der Hoffnung, dass sie auch heute den Jungen abholen würde, hatte er sie nur aus diesem Grund abgepasst.

Die Kaugummiblase platzte mit einem leisen Plopp. Sarah zog mit Daumen und Zeigefinger einzelne Reste von den Lippen und stopfte sie in den Mund zurück. »Ach, der Chef spinnt. Er sagt, Nath sei letztens belästigt worden. Von irgendeinem Typen. Und jetzt will er nicht, dass Nath allein von der Schule nach Hause oder zum ›Bullauge‹ geht.«

Raphael wurde heiß. »Ach. Ist ja ’n Ding. Und du holst ihn jetzt also jeden Tag ab?«

»Ja.«

»Immer nur du, oder auch mal jemand anders?«

Sarah hielt im Kauen inne. »Was interessiert dich das bloß immer so? Du bist der neugierigste Kerl, den ich kenne.«

»Ich finde das nur merkwürdig. Ist doch gar nicht deine Aufgabe, Babysitter zu spielen. Lass dich nicht ausnutzen.«

Sarah winkte ab. »Ich freu mich, wenn ich mal rauskomme. Und jetzt muss ich auch weiter. Henning kann nicht so lange allein beides machen: Tische bedienen und Ausschank.«

»Verstehe. Ich will dich auch nicht aufhalten. Schon aus dem Grund könnte dein Chef auch mal jemanden anderen schicken. Du hast ja genug zu tun.«

»Passt schon. KK hat den Lütten auch schon zweimal abgeholt. Fand ich echt nett.«

»Ja, find ich auch nett, wenn er hilft. Apropos Hilfe … Die Ferienwohnung über dem Restaurant wird doch bestimmt von einer Putzfrau sauber gemacht? Vielleicht könntest du mir ihre Telefonnummer oder Adresse geben? Ich suche dringend nach einer Putzhilfe.«

»Nee, dafür gibt's keine Putzfrau. Früher hat Dali geputzt, jetzt macht der Chef das wohl selbst. Die Wohnung wird ja auch kaum mal vermietet.«

»Dafür hat er Zeit? Erstaunlich.«

»Hat wohl weniger was mit Zeit als mit Geld zu tun«, sagte Sarah. »So dicke hat er es ja nun auch nicht.«

»Aber gerade dann wäre es ja gut, die Ferienwohnung öfter zu vermieten. Oder was findet in den oberen Räumen sonst so statt?«

Raphael sah an ihrem Gesicht, dass das eine Frage zu viel gewesen war.

»Also jetzt reicht's aber«, sagte sie dann auch. »Du bist ja neugieriger als meine Mutter. Und die nervt schon tierisch. Ich muss weiter. Bis bald.«

Raphael übersah dieses Mal ihren gespitzten Mund. »Wir sehen uns, Süße.«

Als sie davonradelte, blickte er ihr hinterher. Gorden ließ seinen Jungen also abholen, weil er, Raphael, ihn belästigt hatte, obwohl sich die Umstände, weshalb er es getan hatte, aufgeklärt hatten? Auf jeden Fall wollte Gorden anscheinend verhindern, dass er Nath noch einmal anquatschte.

Verständlich, wenn er den Jungen einfach vor Belästigung schützen wollte. Oder aber eigenartig. Befürchtete er vielleicht, dass Nath irgendetwas erzählte?

In dem Fall wäre es mehr als interessant, zu wissen, was das sein konnte.

***

Raphael stand an einer der Selbstbedienungskassen im Edeka-Markt. Nach dem Zusammentreffen mit Sarah war er direkt zum Supermarkt gegangen, um seinen Einkauf zu erledigen. Er hatte das Gefühl, hier auf der Insel ständig hungrig zu sein. Die Nordseeluft war einfach appetitanregend.

Während er seine Sachen einscannte, glitt sein Blick automatisch über die Leute an den anderen Kassen. Es war kein blondes, brünettes oder schwarzhaariges Häppchen dabei, für das es sich lohnen würde, ein Lächeln aufzusetzen. Ganz im Gegenteil. Als sein Blick eine silbergraue Dauerwelle erfasste, wandte er sich schnellstens ab.

Aber zu spät.

»Herr Rickers! Huhu, Herr Rickers!«, erklang Mine Margarete Mommsens leicht krächzende, aber fröhliche Stimme.

Raphael war kurz in Versuchung, nicht zu reagieren. Sein gutes Recht, schließlich hieß er nicht Rickers, aber ihr erneutes, noch lauteres »Huhu!« ließ ihn aufsehen. Bevor Triple M den ganzen Laden zusammenhuhute, war es wohl besser, kurz zu grüßen.

»Frau Mommsen, moin.« Er nickte ihr mit einem Lächeln zu.

»Wie schön, dass wir uns hier treffen«, rief sie rüber. »Dann können wir zusammen nach Hause gehen und ein bisschen klönen.«

»Oh, ich –«

»Ein bisschen Unterstützung kann ich gut gebrauchen«, fuhr sie fort, während sie ihren Einkauf auf das Laufband legte. »Ich hab doch mehr eingekauft, als ich wollte.«

Wohlwollende Blicke der Umstehenden wanderten zu ihm. Eindeutig erwartete man sein Ja.

»Äh, ja, na klar, Frau Mommsen«, hörte Raphael sich sagen. Er schluckte. War er jetzt auch irre geworden?

Als er seine Sachen per Karte bezahlt und in der gekauften Papiertüte verstaut hatte, war er einen Moment lang in Versuchung, einfach zu verschwinden, aber Frau Mommsen hatte ihn im Blick, wie er bemerkte.

Er scannte ihren Einkauf. Zwei Konservendosen, eine Flasche Saft, zwei Möhren, eine Tafel Schokolade, eine Tüte aus der Fleischerei und eine Klobürste. Und zu seinem Entsetzen hob sie die Klobürste und schwenkte sie durch die Luft. »Die ist für Sie, Herr Rickers! Tut mal not in Ihrem Bad, dachte ich.«

Nie würde er dankbarer sein, dass sie sich seinen Namen nicht merken konnte. »Ich warte draußen auf Sie.«

»Prima, dann binden Sie doch Bobby schon mal los.«

Er drehte sich wieder um. »Bobby?«

»Ach, stimmt, meinen Liebling haben Sie ja noch nicht kennengelernt. Bobby ist mein Hund. Ich habe ihn draußen angeleint. Sie dürfen es sich für den Heimweg aussuchen: Möchten Sie lieber Bobby führen oder meine Tasche tragen?« Sie hob ihre Einkaufstasche an. Die gruseligste Einkaufstasche der Welt. Es war eine Art grober Leinenbeutel, bedruckt mit einem wirren Muster aus schwarzen, rotbraunen und weißen Kätzchen.

»Ich nehme den Hund.« Raphael ging schnell raus. Besser die Töle, als sich mit dem grottenhässlichen Beutel zu blamieren.

Draußen waren zwei Hunde angeleint. Ein Windhund, der in vorbildlicher Haltung ruhig dasaß und sich, ohne zu reagieren, von dem zweiten, einer fetten Wurst auf vier Beinen, ankläffen ließ.

»Oh Mann«, murmelte Raphael und machte sich daran, die Fellwurst loszubinden. Der Hund hörte kurz auf zu bellen, beschnüffelte ihn, wedelte dabei mit dem Stummelschwanz und kläffte dann weiter, selbst als er ihn von dem Windhund fortzog.

Sein wahnwitziger Wunsch, Frau Mommsen möge ihn überraschen und Frauchen des Windhundes sein, erfüllte sich natürlich nicht. Als sie rauskam, sagte sie strahlend: »Und, wie gefällt Ihnen mein Bobby?«

Sollte er ihr sagen, dass er versucht war, sie wegen Tierquälerei anzuzeigen?

»Wie alt ist er?«, fragte er stattdessen, um irgendetwas zu sagen.

»Achtdreiviertel. Am sechsten November wird er neun.« Sie trippelte los.

»Tatsächlich?« Er betrachtete den Hund etwas wohlwollender. »Das ist auch mein Geburtstag.«

Frau Mommsen blieb stehen. »Nein!« Sie strahlte Raphael an. »Das ist ja toll. Dann sind Sie ja auch ein Skorpion. Was ich mir eigentlich hätte denken können. Sie ähneln Bobby in vielem.«

»Dann sollte ich ins Hafenbecken springen«, murmelte er vor sich hin. »Mit einem Betonklotz an jedem Bein.«

»Bobby ist ja auch so ein Kläffer wie Sie, Herr Rickers«, bemerkte Frau Mommsen fröhlich und ging weiter. »Soll ich Ihnen verraten, warum er Bobby heißt?«

»Unbedingt.« Es war nicht einfach, sich ihren Trippelschritten anzupassen. Er seufzte. Sie würden Stunden brauchen, bis sie zu Hause waren. Hoffentlich kamen ihnen nicht so viele Leute entgegen.

»Ich habe ihn nach Bobby Ewing benannt.«

Anscheinend entnahm sie seinem ratlosen Gesicht, dass er keine Ahnung hatte, von wem sie sprach. »*Bobby Ewing.* Sie müssen doch ›Dallas‹ kennen. Diese wunderbare Serie von damals. Ach, die hab ich geliebt. Immer dienstags, von Viertel vor zehn bis halb elf. Aber …«, sie musterte ihn, »vielleicht waren Sie da noch Kind. Sie können die Serie gar nicht kennen. Das ist kein Problem. Ich sag Ihnen, worum es da ging. Wir haben ja noch ein Stück Weg vor uns. Ich muss aber noch ›Das goldene Blatt‹ und die ›Frau mit Herz‹ bei Kiki rausholen. Die legt sie mir immer zurück. Und dann können wir über den Sandwall nach Hause gehen.«

»Was?«, stieß Raphael entsetzt aus. Er würde zum Gespött

von Hunderten Touristen werden, wenn sie über die Promenade gingen. »Warum haben Sie die Zeitschriften nicht hier mitgenommen?« Er deutete zum Edeka-Markt zurück, während sie den Zebrastreifen an der Badestraße überquerten.

»Niemals! Meine Zeitschriften hole ich immer bei Kiki. Wir klönen dann ein bisschen, das ist schön. Und anschließend hole ich mir bei Steigleder noch ein Schweineohr.«

»Okaaay.«

Sie passierten den Glockenturm und das Föhrer Teekontor. An einem Strick- und Stickwarengeschäft blieb Frau Mommsen seufzend stehen und unterbrach ihren Bobby-Ewing-Monolog. »Ach, wenn meine Augen doch besser wären … Ich hab so gern gestickt.«

Während Frau Mommsen gleich darauf in der Wyker Buchhandlung verschwand, versuchte Raphael, den Hund davon abzuhalten, an die Postkartenständer zu pinkeln. Was ihm auch gelang, aber er war trotzdem dankbar, dass die alte Frau schnell wieder auftauchte.

Auf dem Weg die Mittelstraße hinunter achtete Raphael darauf, Entgegenkommenden nicht in die Augen zu blicken. Insbesondere dann, wenn ihnen Leute mit Hund entgegenkamen, die Bobby ins Nirwana zu kläffen versuchte, wenn er nicht gerade an Häuserecken, Bänken oder angeketteten Fahrrädern sein Bein zum Pinkeln hob. Dass er sein Wurstbein überhaupt noch hochbekam, grenzte an ein Wunder.

Als sie in den Sandwall einbogen, kannte Raphael sämtliche Mitglieder des Ewing-Clans. Von allen Genannten gefiel ihm eindeutig J. R. am besten, schon deshalb, weil Frau Mommsen ihn mit enormer Empörung in der Stimme als Tunichtgut, Halunken oder Spitzbuben bezeichnete.

»Was?«, stieß Raphael aus, als Frau Mommsen vor der Buchhandlung Bubu ihre Erzählung beendete. »Bobby Ewing war eine ganze Staffel lang tot?«, wiederholte er, was er aus ihrem Sermon herauszuhören geglaubt hatte. »Und dann stand er unter der Dusche und war wieder lebendig?«

»Genau.«

Raphael starrte sie an. Der Hirnfraß bei ihr war eindeutig fortgeschrittener, als man ihr ansah.

Frau Mommsen warf einem Mann mit Hosenträgern ein fröhliches »Gud dai, Bubu!« zu, das er mit einem »Gud dai, Minchen« erwiderte. Dann trippelte sie weiter. Am Café Steigleder fummelte sie ihr Portemonnaie aus der Tasche, dann hielt sie Raphael den Einkaufsbeutel hin. »Bin gleich wieder bei Ihnen.«

Automatisch griff er nach der Tasche. Sie verschwand im Café. Und er stand dort, im linken Arm seine Papiertüte, in der rechten Hand den megapeinlichen Katzenbeutel und die abgewetzte rote Hundeleine, an deren anderem Ende die fette Nackenrolle auf Beinen gerade einen Dalmatiner ankläffte.

Zwei Teenager liefen kichernd an ihm vorbei. Als eine Frau zu ihm sagte: »Man müsste Sie wegen Tierquälerei anzeigen«, war es vorbei. Raphael winkte einen Jungen zu sich heran, der an einer Laterne herumlümmelte und an einem Softeis mit Zimtmantel schleckte. »Hey, komm mal her! Willst du dir fünf Euro verdienen?«

Der Junge kam näher. »Womit denn?«

Raphael deutete zum Buchladen. »Da kommt gleich eine alte Frau raus. Der gehört der Hund. Und diese Tasche.« Er hob den Leinenbeutel an. »Du nimmst jetzt beides und wartest hier auf die Frau und gibst ihr beides. Und sagst ihr, dass ich einen dringenden Anruf bekommen habe und losmusste.«

Der Junge musterte Bobby und den Beutel. »Zehn Euro.«

»Du hast recht. Das kannst du verlangen.« Raphael drückte dem Jungen die Leine in die Hand, stellte Beutel und Tüte ab, zog sein Portemonnaie aus der Tasche und gab ihm einen Zehner. Dann ging er mit seinem Einkauf zügig den Sandwall hinunter. Bobbys Gekläffe hörte er noch, als er am Kino vorbei war.

Als er zu Hause ankam, blieb er in der offenen Tür des Arbeitszimmers stehen. »Hallo, Frau Rahmani.«

Heute trug sie ein mit Silberfäden durchwirktes weißes Kopftuch, eine weiße ärmellose Bluse und türkisfarbene Pluderhosen. Die silberfarbenen Riemchensandalen rundeten das Bild ab. Eine orientalische Prinzessin auf einer Nordseeinsel.

»Hallo, Herr Freersen.«

»Ich pack nur schnell meinen Einkauf aus, dann bin ich da.«

»Alles klar. Ich notiere Ihnen gerade eine Telefonnummer. Eine Frau Bunkrad aus Hannover möchte Sie sprechen.« Sie wandte sich ab und schrieb etwas auf ein Post-it.

Raphael verstaute die Lebensmittel im Kühlschrank und stellte den Kaffeeautomaten an. Für sich bereitete er einen Latte macchiato, für Ava einen Espresso doppio zu. Den hatte sie gestern gewählt, als er ihr seine neue Errungenschaft gezeigt und gefragt hatte, was sie am liebsten trank.

»Bitte sehr.« Er stellte die Kaffeetasse bei ihr ab und setzte sich an seinen Schreibtisch.

»Oh, danke schön.« Sie schenkte ihm ein kleines Lächeln. »Der ist wirklich lecker.«

»Sie können sich jederzeit an der Maschine bedienen. Ich gebe Ihnen gern eine Einführung.«

»Das ist nett, danke. Aber Sie müssen sich nicht verpflichtet fühlen, mich mit Kaffee zu bewirten.«

»Ich fühle mich nicht verpflichtet. Ich mach das, weil ich es möchte. Manchmal bin ich nämlich auch nett.«

Avas Wangen färbten sich leicht. Sie nahm einen Schluck Espresso.

»Was ist mit dieser Frau Dingsbunk?«, fragte Raphael, um abzulenken. Er nahm das Post-it, das Ava ihm auf den Schreibtisch geklebt hatte, in die Hand. »Bunkrad … Hat sie gesagt, was sie will?«

»Ja. Sie ist Besitzerin einer Eigentumswohnung hier in Wyk, lebt aber in Hannover. Und sie glaubt, dass ihre Putzfrau die Wyker Wohnung fremdvermietet, wenn sie nicht auf der Insel ist.«

»Was?« Raphael lachte auf.

»So hat sie es mir erzählt. Sie lebt über das Jahr verteilt mehrere Monate hier auf Föhr, aber größtenteils in Hannover. Bei der Wasserabrechnung ist sie nun stutzig geworden. Der Verbrauch ist viel höher als in den Jahren zuvor. Und das kommt ihr spanisch vor, insbesondere weil sie die Putzfrau erst seit etwas mehr als einem Jahr hat.«

»Und die Wohnung wird nur von ihr genutzt? Wird nicht an Feriengäste vermietet, wenn sie sie nicht nutzt?«

Ava schüttelte den Kopf. »Die Wohnung ist nur für den Eigenbedarf von Frau Bunkrad.«

»Na, das klingt doch nach einem guten Auftrag«, sagte Raphael zufrieden und wählte die angegebene Nummer.

FÜNFZEHN

Das Wochenende verlief ruhig. Zu ruhig für Raphaels Geschmack. In London hätte er sich die Nächte mit seinen Freunden Sam Wright und Sean Gallagher in Clubs und Kneipen um die Ohren gehauen. Sie waren zu Uhrzeiten aufgebrochen, an denen hier die Kneipen ihre Türen schlossen. Er war fast froh darüber, dass er abends jetzt viel zeitiger müde wurde.

Die gewonnene Zeit am Morgen – er schlief nicht mehr bis mittags – nutzte er für sich. Er joggte, und am Samstag fuhr er noch einmal aufs Festland, um bei Grumpy zu trainieren. Der Abend endete in Flensburg mit einer Kneipentour. Klähblatt Pub, Bärenhöhle, Daddel Du, Tableau, Volksbad – Raphael konnte sich nicht erinnern, wie er überhaupt ins Pastorat nach Sanderup gekommen war, als er Sonntagmittag bei Johannes im Gästezimmer erwachte. Das Saufen bekam seinem Hirn eindeutig nicht.

Da Johannes laut einem Zettel auf dem Küchentisch zu einem achtzigsten Geburtstag in seiner Kirchengemeinde eingeladen war, bekam Raphael ihn nicht zu Gesicht. Er fuhr zurück auf die Insel.

Der Nachmittag lag vor ihm, und er wusste nicht, was er mit ihm anfangen sollte. Nach Joggen stand ihm nicht der Sinn, also entschied er sich für einen Bummel durch Wyk. Das würde seinen Kater hoffentlich vertreiben.

Er schlenderte durch sämtliche Gassen und Gässchen. Auf dem schmalen Durchgang, der die Süderstraße mit der Mittelstraße verband, blieb er an der Alten Druckerei abrupt stehen. Auf der Terrasse des Weinlokals saß Ava Rahmani unter einem Apfelbaum und las. Sie trug kein Kopftuch, sondern die Perücke. Auf dem runden Tisch vor ihr stand eine Kaffeetasse.

Raphael zögerte einen Moment, dann betrat er die Terrasse. »Hallo, Frau Rahmani, ich will nicht stören, aber ich sah Sie hier sitzen und wollte nicht grußlos vorbeigehen.«

»Oh, hallo.« Sofort begann ihre rechte Hand, mit der sie gerade umgeblättert hatte, mit einer Strähne des Haars zu spielen, dem man – das stellte Raphael erneut fest – nicht ansah, dass es eine Perücke war.

»Schön hier«, sagte Raphael, um etwas zu sagen, und sah sich um. Alle Tische waren besetzt. Wein funkelte in den Gläsern, und vom Nachbartisch verbreitete Flammkuchen einen würzigen Duft.

»Möchten Sie sich setzen?«, fragte Ava.

Raphael nahm durchaus wahr, dass es keine euphorische Einladung, sondern eine Höflichkeitsfloskel war, aber das hielt ihn nicht davon ab, »Ja, gern« zu sagen.

Mit einem Lächeln setzte er sich auf den Korbstuhl Ava gegenüber. Da sie immer noch nichts sagte, deutete er auf die Blumen in dem Tontopf, der auf dem Tischchen stand. »Hübsch.«

»Tagetes.«

»Ah.«

Raphael war dankbar, als ein großer, schlanker Mann zu ihnen trat und nach seinen Wünschen fragte. Er war einer der beiden Besitzer der Alten Druckerei. Raphael hatte den Primitivo für Johannes bei ihm gekauft. Jetzt bestellte er einen Kaffee. Der würde vielleicht gegen den Brummschädel helfen.

»Sehr nett hier«, wiederholte Raphael sich, weil Ava weiter schwieg. Das Buch lag nach wie vor geöffnet auf ihrem Schoß.

»Ja, aus dem Grund sitze ich hier«, sagte sie jetzt und klappte das Buch zu, behielt es aber in Händen. »Es entspannt mich mehr als Geocaching.«

Raphael verzog den Mund. »Erinnern Sie mich nicht an diesen Reinfall. Ich kann euch gar nicht genug danken, dass ihr da alle mitgemacht habt.«

»Es war den Versuch unbedingt wert.«

»Danke.« Er lächelte und deutete auf das Buch. »Was lesen Sie?«

»Einen Klassiker. Ich liebe es. ›Wer die Nachtigall stört‹. Kennen Sie es?«

»Äh, wer war noch gleich der Autor?«, hakte er nach.

»Harper Lee.«

»Ach, ja. Irgendwas hab ich von dem mal gelesen, aber was das jetzt war …«

Ava verzog keine Miene. »Harper Lee ist eine Frau. Und ›Wer die Nachtigall stört‹ war bis 2015 ihr einziges veröffentlichtes Buch.«

Raphael verzog die Lippen. »Urrgs, manchmal sollte man einfach zugeben, dass man keine Ahnung hat, was?«

Jetzt lächelte Ava. »Ja.«

»Sind Sie oft hier?«

»Ja, das bin ich tatsächlich. Ich liebe dieses Kleinod, mitten in der Stadt.« Sie musterte ihn. »Sagen Sie mir, was Sie hier sehen.«

»Äh …« Das hatte irgendwie nach Fangfrage geklungen. »Sie meinen, außer den Gästen?«

Ava nickte.

Er sah sich um. »Also, da ist der Apfelbaum und –«

»Welche Farbe haben die Äpfel?«, unterbrach sie ihn.

Er betrachtete die Früchte und sagte: »Grün, mit ein bisschen Rot.« Er sah sich weiter auf der Terrasse um. »Dann sehe ich noch viel Grünzeug.« Und um Punkte zu sammeln, verbesserte er sich schnell: »Hübsches Grünzeug, mit hübschen Blumen.«

Ava lächelte. »Soll ich Ihnen sagen, was ich sehe?« Sie blickte zu den Äpfeln. »Ich sehe Früchte, die ihr sattes Grün erfolgreich gegen das Rot verteidigen, das sie wie ein Sonnenbrand beherrschen will. Und ich liebe die Stockrosen, die den Stamm umgeben, weil sie ihn irgendwie«, sie überlegte kurz, »beschützen wollen.« Sie wandte den Kopf. »Und der Efeu, der seine langen Finger liebevoll an das Mauerwerk schmiegt … wunderschön. Vor allen Dingen mag ich, dass es an diesem Platz keine Ordnung zu geben scheint.« Ihr Blick glitt zu dem kleinen Beet an der benachbarten Hauswand. »Und Margeriten sind einfach meine Lieblingsblumen.«

Raphael starrte sie an. »Okaaay«, sagte er schließlich. »Das … ist genau das, was ich hier auch sehe, aber nur in der Kurzfassung mitgeteilt habe, um Zeit für weitere, nonflorale Konversation zu haben.«

Ava lachte und griff nach ihrem Buch, als Raphael seinen Kaffee serviert bekam.

»Kann ich dir noch etwas Gutes tun, Ava?«, fragte der Schlanke, nachdem er das kleine Tablett vor Raphael abgestellt hatte.

»Danke, Torsten«, sagte sie und stand auf, »ich muss los und Tarik bei einem Freund abholen. Sag Michael einen lieben Gruß von mir. Und danke für den Kaffee. Ihr müsst euch unbedingt mal wieder einen bei mir abholen.« Von Raphael verabschiedete sie sich ebenfalls: »Dann bis Montag.«

»Darf ich Sie was fragen?«, sprach Raphael den Besitzer der Weinstube an, der Avas leere Tasse nahm.

»Ja, selbstverständlich.«

»Dann schauen Sie sich jetzt mal bitte Ihre Äpfel an«, Raphael deutete zum Baum, »und sagen Sie mir, ohne dass Sie sich über meine blöde Frage wundern, welche Farbe die haben.«

»Nun … die sind grün. Grün mit ein wenig Rot.«

»Ich mag Sie«, sagte Raphael.

***

Da es noch eine weitere Woche dauern würde, bis Dieter Hinsch und Steffen Erhardt wieder auf die Insel kamen, entschloss Raphael sich am Montag, die Zeit anderweitig zu nutzen. Auch wenn er nicht wusste, was es bringen sollte, nahm er sich vor, am Abend Henning Sökers vom »Bullauge« nach Hause zu folgen. Imme hatte ihm berichten können, dass er in der Strandstraße wohnte, im Haus seiner verstorbenen Eltern.

Die Hausnummer wusste sie unglaublicherweise nicht, und Sarah wollte er danach nicht fragen. Seine Neugier machte sie langsam misstrauisch, und er wollte sie nicht als Informationsquelle für wichtigere Sachen verlieren.

Nach einer angenehm kurzen Wartezeit, die er in der Dunkelheit zwischen dem Upstalsboom und dem »Bullauge« hin- und herlaufend verbracht hatte, verließen Henning Sökers und Sarah um zweiundzwanzig Uhr zehn gemeinsam das Restaurant. Dass sie die gleiche Richtung einschlugen, machte natürlich Sinn, denn sie wohnten beide in der Strandstraße. Raphael folgte ihnen im größtmöglichen Abstand – falls Sarah sich einmal umdrehen sollte. Würde sie zuerst abbiegen oder Henning Sökers?

Definitiv Sarah, denn sie erreichten wenig später das Einfamilienhaus, in dem sie ihre Wohnung hatte. Sie bog auf das Grundstück ein, aber – Raphael war verwirrt – Henning Sökers ebenfalls.

Hastig und so leise es seine Lederstiefel erlaubten, schloss Raphael zu ihnen auf. Sie waren beide schon im Haus verschwunden, als er dort eintraf.

Tranken sie gemeinsam noch einen Feierabendabsacker bei Sarah? Schließlich war es noch nicht spät. Doch Sekunden später ging im unteren Wohnbereich Licht an. Sarahs Dachfenster waren von hier aus nicht zu sehen. Kurz entschlossen betrat Raphael das Grundstück, tappte in der Dunkelheit durch den Garten und ging um das Haus herum.

Hinter den Fenstern von Sarahs Wohnung brannte Licht. Im Erdgeschoss ging ein weiteres Licht an. Wie Raphael durch die große Scheibe sah, handelte es sich um ein Wohnzimmer. Er suchte hastig hinter einer Staude im Beet Schutz, als er den Mann, der eine Halbliterflasche Bier in den Händen hielt und sich auf das Sofa setzte, erkannte. Es war Henning Sökers.

Verwirrt starrte Raphael aus seiner Deckung heraus durch die Scheibe. War dies Henning Sökers' Haus? Sarah wohnte bei ihm? Das hatte sie nicht erwähnt, als er sie hier besucht hatte. Allerdings hatten sie auch Besseres zu tun gehabt, als über ihren Kollegen zu sprechen.

Sökers griff etwas von dem Tisch vor sich. Anscheinend die Fernbedienung für den Fernseher, denn das Flackern spiegelte sich gleich darauf in der Scheibe wider und warf Schatten an die Wand.

Raphael beobachtete ihn zehn Minuten lang. Sökers glotzte in die für Raphael nicht einsehbare Fernseherecke, trank sein

Bier und qualmte. Er genoss einfach seinen Feierabend. Raphael hoffte, dass Sökers mal aufs Klo musste, aber den Gefallen tat er ihm nicht.

Genervt krabbelte Raphael schließlich auf Knien aus dem Beet und über den feuchten Rasen, um von innen nicht gesehen zu werden. Sich den Dreck von der Jeans putzend, ging er die Strandstraße zurück. Was hatte ihm dieser Ausflug jetzt gebracht? Nichts.

Abgesehen von der Tatsache, dass Sarah Henning Sökers vielleicht doch besser kannte, als Raphael gedacht hatte. Bei passender Gelegenheit sollte er da noch mal nachbohren.

***

Am Dienstagmorgen sah Raphael sich in der Apartmentanlage Haus Halligblick in der Straße Am Flugplatz um. Frau Bunkrad hatte ihm den Schlüssel für ihre Wohnung per Post zugesandt. Als er aufschloss und die Wohnung betrat, fühlte es sich eigenartig an. Irgendwie … großartig. Er war ein Privatdetektiv mit der Lizenz zum Schnüffeln!

Und er kostete es aus. Er öffnete sämtliche Türen und Schubladen der edlen Möbel, obwohl das für seine Ermittlungen in diesem Fall irrelevant war. Frau Bunkrad schien jedenfalls nicht am Hungertuch zu knabbern. Einrichtung und Geschirr waren erlesen. Auch ihre Kleidung war keine Billigware. Sie hatte ihm erzählt, dass sie einen Teil ihrer Kleidung immer in der Wohnung beließ, damit sie nicht so viel Gepäck mit auf die Insel nehmen musste.

Auf das Durchwühlen ihrer Unterwäsche verzichtete er. Im Film fanden die Ermittler immer rote oder schwarze Spitzenhöschen vor, die sie süffisant grinsend an ihrem Zeigefinger baumeln ließen. In der Bunkrad'schen Schublade gab es Baumwolle in Sackgröße. Ein Grund, den Finger zu lassen, wo er war.

Fest stand: Die Wohnung wurde momentan definitiv nicht bewohnt. Alles wirkte gepflegt, aufgeräumt und unangetastet. Der Kühlschrank war leer und ausgestellt. Die Stecker von Kaffeemaschine und Toaster waren gezogen. Einzig ein violettes Duschtuch im Bad fiel ihm ins Auge, weil es über dem Heizkörper hing. Das wollte nicht so recht zu dem aufgeräumten Zustand der Wohnung passen. Er strich mit dem Finger darüber. Es war trocken. Nun, Frau Bunkrad hatte es wohl am Tag ihrer Abreise nach dem Duschen oder Baden zum Trocknen dort aufgehängt.

Einen Moment lang betrachtete er sich im Spiegel über dem Waschbecken und fuhr sich mit der Hand durch den Dreitagebart, auf den er mal wieder Lust verspürt hatte. Außerdem standen die Frauen drauf.

Raphael wandte sich ab und inspizierte das Badregal. Außer einem Stapel weiterer violetter und lilafarbener Handtücher beherbergte es jede Menge Kosmetikartikel. Duschgel, Bodylotion, Deo … alles von Armani. Frau Bunkrad gönnte sich was.

Abschließend trat er auf den Balkon. Der Blick auf die Nordsee war herrlich. Die Zigarette, die er rauchte, während er die Aussicht genoss, drückte er schließlich an der Außenseite des Balkons aus und warf sie herunter. Dann verließ er die Wohnung, schloss ab und steuerte die linke Nachbarwohnung an. Auf sein Klingeln geschah nichts.

Bei der Wohnung zur Rechten hatte er mehr Glück. Ein Mann um die dreißig öffnete ihm die Tür. Auf dem Arm hielt er ein Baby, dessen Bäckchen auf guten Hunger schließen ließen. »Ja?«

Raphael stellte sich vor und sagte, was ihn hierhergetrieben hatte. Jedenfalls in groben Zügen. »Jetzt ist meine Frage: Haben Sie nebenan in letzter Zeit etwas Auffälliges gehört? Die Klospülung? Das Rauschen von Duschwasser? Einen Fernseher?«

Das Baby strahlte Raphael an, während der Mann die Lippen schürzte. »Tja, ich weiß nicht. Hier rauscht überall mal Wasser, und die Klospülungen gehen. Sind doch alles Ferienwohnungen, dachte ich. Wir sind seit Samstag hier, und ich kann Ihnen jetzt nicht sagen, ob die Geräusche, die wir hören, von links oder rechts, oben oder unten kommen. Hab ich auch nicht drauf geachtet. Tagsüber sind wir ja sowieso meistens unterwegs. Sie haben Glück, dass Sie uns noch erwischt haben. Wir wollen Rad fahren.«

Raphael bedankte sich und erwischte sich dabei, dem dickbackigen Baby ein ebenso strahlendes Lächeln zurückzugeben. Zufrieden machte er sich auf den Heimweg. Je später er auf eine Spur stieß, desto mehr Honorar konnte er Frau Bunkrad in Rechnung stellen.

Am Mittwoch machte Raphael sich zur Wohnung der Putzfrau auf. Hilke Öckersen wohnte in einem Block im Berliner Ring. Laut der Aussage von Frau Bunkrad war sie Mitte vierzig und alleinstehend. Er wollte wissen, mit wem er es zu tun hatte, und klingelte mittags an Hilke Öckersens Wohnungstür, nachdem er einem Paketboten ins Haus gefolgt war.

Eine ungeschminkte Frau mit glattem dunkelblondem Haar, die deutlich älter als Mitte vierzig wirkte, öffnete ihm die Tür. Leckerer Geruch von Bratkartoffeln schlug ihm entgegen. Das Brutzeln war im Hintergrund sogar zu hören.

»Ja?« Misstrauisch beäugte sie ihn von unten – sie maß keine eins sechzig und war mehr als zierlich. Ihre Jeans schien sie in der Kinderabteilung gekauft zu haben, denn bunte Schmetterlinge zogen sich das Bein hinauf.

»Bin ich hier richtig bei Schmidtke?«, fragte er mit strahlendem Lächeln.

»Können Sie nicht lesen?« Sie klang wenig freundlich, während sie auf ihr Türschild deutete.

»Oh! Sorry, ich war in Gedanken. Entschuldigen Sie bitte die Störung.«

»Hm.«

Raphael spürte ihren Blick im Rücken, während er zur Treppe ging. Nun wusste er, wie sie aussah, und konnte ihr folgen, wenn sie das Haus verließ.

Und das tat er, als sie zwei Stunden später in einer knallgrünen Fleecejacke am Renault vorbeiradelte, in dem er sich die Wartezeit mit dem McDermid-Hörbuch und einem Telefonat mit seinem Kumpel Sam in London vertrieben hatte.

Es wurde einer der längsten Nachmittage seines Lebens, denn er bestand aus Warten, Warten, Warten. Hilke Öckersen hatte anscheinend mehrere Putzstellen. Raphael folgte ihr zum Fehrstieg, wo sie zwei Häuser betrat und sich dort jeweils etwa eine Stunde aufhielt, dann in den Ossendrift. Zwei der Häuser sahen nach Privathäusern aus. Das machte auch Sinn, weil die Ferienwohnungen und -häuser zumeist am Samstag den Bettenwechsel hatten.

Das gleiche Prozedere wiederholte sich am Donnerstag, nur dass es diesmal andere Häuser waren. Interessant wurde es gegen achtzehn Uhr. Da radelte sie Richtung Flughafen, und tatsächlich betrat sie die Apartmentanlage Haus Halligblick. Raphael stellte den Wagen auf dem Parkplatz ab und folgte ihr ins Haus. Es bestand natürlich die Möglichkeit, dass sie hier noch eine weitere Wohnung außer der von Frau Bunkrad putzte, aber daran glaubte er nicht.

Er hielt sein Ohr an die Tür der Bunkrad'schen Wohnung und hörte tatsächlich Geräusche. Hilke Öckersen war in der Wohnung.

Was trieb sie dort? Die Wohnung war sauber, und Frau Bunkrad würde erst in vier Wochen wieder hier auf Föhr sein. Es gab also nichts vorzubereiten. Oder gab es Grünpflanzen, die gegossen werden mussten? Raphael hatte nicht darauf geachtet, als er in der Wohnung geschnüffelt hatte.

Er wartete im Hausflur. Fünf Minuten, zehn Minuten. Immer wieder legte er sein Ohr an die Tür. Es war nichts mehr zu hören. Ohne weiteres Zögern nahm er den Wohnungsschlüssel aus der Jackentasche und öffnete die Tür.

Als er den kleinen Flur betrat, fiel sein Blick auf die Kermit-Fleecejacke, die an der Garderobe hing. Gleichzeitig hörte er ein Platschen, das aus dem Bad kam. Putzte sie doch?

Zielstrebig steuerte er das Bad an und zog die Tür auf. Er hatte mit allem und nichts gerechnet, doch Hilke Öckersen aus einem in die Wanne eingelassenen Schaumbad auftauchen zu sehen, war doch irgendwie schockierend.

Ihr schien es in Sachen Schock nicht anders zu gehen, denn

als sie nach dem Auftauchen die Augen öffnete und ihn in der Tür stehen sah, schrie sie auf, schriller als schrill. Das Wasser schwappte über, als sie hektisch versuchte, sich aus der Liegeposition ins Sitzen zu bringen. »Oh Gott!«, schrie sie. »Hilfe! … Hilfe!« Sie schlug die Hände vor die Brust, wo es, das hatte er noch sehen können, nur wenig zu schützen gab.

»Hören Sie auf zu schreien, verdammt«, fuhr er sie an und wendete sich ab. »Ich tu Ihnen nichts.«

»Hilfe! … Hilfe!«

Wütend wandte er sich ihr wieder zu. »Seien Sie endlich ruhig! Frau Bunkrad hat mich beauftragt zu überprüfen, was hier los ist!«

Der Name Bunkrad erstickte ihr Geschrei. Zitternd starrte sie zu ihm hoch.

Er drehte sich wieder um. »Jetzt ziehen Sie sich verdammt noch mal was über. Und kommen Sie ins Wohnzimmer. Dann reden wir.«

Als er das Bad verließ, pochte jemand an die Wohnungstür. Ein zögerliches »Hallo?« einer männlichen Stimme war davor zu hören.

Raphael zog die Tür auf. Er sah sich dem Mann aus der Nachbarwohnung gegenüber. Statt eines Babys auf dem Arm hielt er ein Brotmesser in der Hand. »Sie?«, stieß der Nachbar aus.

»Ja, ich. Nehmen Sie das weg, Mann.« Raphael deutete auf das Brotmesser. »Ich habe die Wasserdiebin auf frischer Tat ertappt. Sie badet. Also, jetzt zieht sie sich gerade an. Und Sie können gern reinkommen, um sich davon zu überzeugen, dass ich niemanden abgemurkst habe.«

Der Mann nahm das Messer nicht runter. »Ich bleibe hier stehen. Die Frau soll herkommen. Dann kann ich sehen, ob es ihr gut geht.«

Es dauerte keine zwei Minuten, dann kam Hilke Öckersen aus dem Bad. Mit klitschnassen Haaren. Das Wasser perlte daran ab und hinterließ dunkle Flecken auf dem einfachen grauen T-Shirt.

Raphael winkte sie zur Tür. »Würden Sie dem Nachbarn bitte bestätigen, dass ich Sie nicht in Stücke geschnitten habe, sondern dass es Ihnen gut geht?«

Weinend und zutiefst verwirrt starrte sie von Raphael zu dem Mann mit dem Messer und zurück. »Oh Gott«, stieß sie mit zittriger Stimme aus. »Oh Gott, ich wollte doch nur baden.«

»Sagen Sie ihm, wer Sie sind und was Sie hier treiben«, sagte Raphael hart, weil der Messer-Nachbar noch keine Anstalten machte, sich zurückzuziehen.

»Ich habe gebadet«, wiederholte sie sich noch einmal, ihre Stimme zart wie die eines flugunfähigen Vogelkinds, das aus dem Nest gefallen ist. Als Raphaels Augenbrauen sich zusammenzogen, setzte sie hinzu: »Das hier ist nicht meine Wohnung. Ich … putze hier.«

Der Nachbar ließ das Messer sinken. Verwirrt sah er sie an. »Und Sie baden hier?«

Sie nickte weinend.

»Sie sind sicher, dass es Ihnen gut geht?« Der Nachbar musterte sie besorgt. »Ich kann die Polizei rufen.«

»Nein!«, weinte sie laut auf. »Oh, bitte nicht die Polizei. Ich tu das auch nie wieder. Ich verspreche es!« Sie sah von dem Mann zu Raphael und zurück.

»Na, dann …«, sagte der Nachbar, nach wie vor verwirrt, aber anscheinend beruhigt.

Raphael nickte ihm zu. »Danke auf jeden Fall, dass Sie auf die Schreie reagiert haben. Sehr lobenswert. Ich werde hier jetzt die Einzelheiten klären. Danke noch mal.« Dann schloss er die Tür.

Mit Blick auf das zitternde Etwas vor sich deutete er auf das braune Ledersofa im Wohnzimmer.

Hilke Öckersen setzte sich. Steif wie ein Brett hockte sie auf der Vorderkante des Sofas und sah ihn an, nachdem er sich einen Stuhl vom Esszimmertisch herangezogen und sich ihr gegenübergesetzt hatte. Ihre Augen waren riesig und voller Tränen.

Raphael überlegte, wie er verhindern konnte, dass sie wieder zu heulen begann, und entschied sich für ein Kompliment als Gesprächseinstieg: »Sie riechen gut.«

Laut aufweinend schlug sie die Hände vors Gesicht.

Okay, das war jetzt wohl doch nicht so gelungen. »Hören Sie, Frau Öckersen, ich bin Privatdetektiv. Frau Bunkrad hat mich beauftragt, herauszufinden, ob Sie diese Wohnung schwarz vermieten, denn sie hat festgestellt, dass der Wasserverbrauch im letzten Jahr auffällig hoch war.«

»Was?«, stieß sie entsetzt aus. »Ich vermiete doch die Wohnung nicht!«

»Aber sie selbst für Ihre Zwecke zu nutzen, da haben Sie anscheinend keine Skrupel?«

»Ich … ich bade hier doch bloß. Sonst nutze ich die Wohnung nicht.«

»Haben Sie kein eigenes Bad in Ihrer Wohnung?«

»Doch, hab ich. Natürlich. Aber nur eine Dusche. Und … und ich hab doch immer so Rückenschmerzen.« Hilke Öckersen zog ein zerknittertes Papiertaschentuch aus der Jeans und schnäuzte sich lautstark.

»Geld hab ich auch nicht viel. Und … da dachte ich, ich könnte Wassergeld sparen, wenn ich«, sie starrte auf ihre Hände, die das Taschentuch zerrupften, »hier bade.« Sie sah auf. Ihre Stimme wurde kräftiger. »Frau Bunkrad hat so viel Geld! Da dachte ich, dass es nicht so schlimm ist, wenn sie ein bisschen mehr Wassergeld bezahlt. Ich hab ja nicht damit gerechnet, dass sie es überhaupt merkt.«

»Nun, sie hat es gemerkt. Wie oft baden Sie denn hier?«

Sie sah wieder auf ihre Hände. »Jeden zweiten oder dritten Tag.«

»So ein Wannenbad ist ja auch was Schönes. Bisschen Giorgio Armani ins Wasser, den Schaum bis zur Nasenspitze …« Er lehnte sich vor. »Frau Öckersen, Sie haben Frau Bunkrads Vertrauen missbraucht!«

Sie begann wieder zu weinen. »Sie ist doch so reich.«

Er seufzte. »Es geht doch nicht darum, ob jemand mehr oder

weniger Geld zur Verfügung hat. Es geht um Vertrauen – und doch auch um Ihre Ehre!«

Sie starrte schweigend und mit hochroten Wangen auf die Taschentuchfetzen, die vor ihr auf dem Teppich lagen.

Und Raphael spürte, wie sich explosionsartig Hitze um seinen Solarplexus herum ausbreitete. Du quatschst von Vertrauen und Ehre, hörte er seiner inneren Stimme zu. Du hast doch deine Auftraggeberin Meyse hochgradig beschissen, indem du ihr für die Observation ihres Mannes viel mehr Geld abgeknöpft hast, als sie hätte zahlen müssen.

»Ich werde das Wassergeld bezahlen.« Hilke Öckersen war völlig aufgewühlt. »Und von dem teuren Duschbad hab ich nur ganz selten was genommen. Ich bring immer mein eigenes Duschgel mit. Das … hätte sie ja sonst gemerkt.« Das Rot auf ihren Wangen vertiefte sich. »Bitte zeigen Sie mich nicht an!«

»Es ist nicht meine Aufgabe, Sie anzuzeigen. Wie Frau Bunkrad die Angelegenheit angeht, ist ihr überlassen.«

Aufstöhnend schlang Hilke Öckersen die Arme um ihren schmalen Oberkörper. Sie wiegte sich dabei vor und zurück. »Wenn das rauskommt … dann verlier ich doch alle Putzstellen!«

Raphael musterte das Häuflein Elend vor sich stumm. »Jetzt verschwinden Sie schon«, sagte er schließlich. »Ich werde Frau Bunkrad sagen, dass ich nichts entdeckt habe, was darauf schließen lässt, dass Sie sie betrügen. Wenn Sie mir versprechen, hier nicht mehr in die Wanne zu steigen.«

Ihr Kopf ruckte hoch. »Was?«

»Ich hab keinen Bock, jemanden wegen *Badens* ans Messer zu liefern.«

»Oh.« Sie begann wieder zu weinen. »Danke, danke schön!«

»Aber ich erwarte dafür eine Gegenleistung.« Als sie ihn entsetzt ansah, winkte er hektisch ab. »Nein, nein, nicht, was Sie denken.« So verzweifelt würde er hoffentlich niemals sein. »Sind Sie gut in Ihrem Job?«

»Äh …«

»Das Putzen meine ich. Machen Sie das ordentlich?«

»Ja. Ja, natürlich.« Verwirrt sah sie ihn an.

Er nickte. Der Zustand der Bunkrad'schen Wohnung ließ darauf schließen, dass es stimmte. »Dann möchte ich, wenn Sie noch Kapazitäten frei haben, dass Sie bei mir ein-, zweimal die Woche putzen. Wäre das okay für Sie?«

Ungläubig starrte sie ihn an. »Ich soll meine Strafe bei Ihnen abarbeiten?«

Jetzt sah er sie ungläubig an. »Nein, natürlich nicht. Ich stelle Sie ein. Als meine Putzfrau.«

SECHZEHN

Raphael holte seinen Bruder Freitagnachmittag bei Windstärke acht am Fähranleger ab, froh, dass die Fähre überhaupt gefahren war. Der Sturm trieb den feinen Sand vom nahen Strand direkt in Augen und Mund.

»Danke, dass du mitmachst, Jo«, sagte er nach einer Umarmung. Es war der zweiundzwanzigste September, und Dieter Hinsch und Steffen Erhardt waren zurück auf der Insel. Raphael hatte vom Parkplatz am Hafenamt aus deren Ankunft im Hotel überwacht.

Johannes musterte ihn von der Seite, während sie den Hafen gegen den Sturm gebeugt verließen. »Du sagst mir aber schon noch genau, was du vorhast?«

»Besser nicht. Glaub mir, du willst nicht alles wissen.« Raphael spuckte aus, weil Sand zwischen seinen Zähnen knirschte.

»Da täuschst du dich aber gewaltig.« Johannes blieb stehen. »Du sagst mir jetzt, was du zu tun gedenkst. Ansonsten wird es keinen Rollentausch geben.«

Raphael seufzte. »Also gut.« Er legte Johannes eine Hand auf den Rücken und schob ihn weiter. »Lass es uns bei einem vernünftigen Kaffee besprechen.«

Sie bekamen bei Coffeefee am Sandwall einen Platz. Als sie beide mit einem XXL-Kaffee versorgt waren, klärte Raphael seinen Bruder auf.

»Es wird nur für dich ein Rollentausch sein, Jo. Ich will, dass du dich für mich ausgibst. Du musst dabei auch gar nicht viel machen. Nur rumsitzen. In einer Kneipe, die mindestens bis Mitternacht geöffnet hat.« Raphael sprach leise, damit das ältere Ehepaar am Nachbartisch nichts mitbekam.

»Und du musst vielleicht irgendwas tun, damit du dem Wirt auch wirklich in Erinnerung bist. Obwohl«, er grinste, »so ein toller Typ wie ich fällt auch durch bloße Anwesenheit auf. Und du bist ich.«

»Ja, ja«, sagte Johannes, »das hast du mir schon am Telefon gesagt. Ich will aber wissen, was du in der Zeit treibst, in der ich in der Kneipe rumhocke.«

»Glaub mir, das willst du nicht wissen.«

»Raph!«

»Okay, okay«, Raphael hob abwehrend die Hände. Er beugte sich vor. »Ich werde im ›Bullauge‹ einbrechen.«

Johannes starrte ihn an. »Bist du irre? Das ist eine Straftat! Du kannst nicht –«

»Und ob ich das kann«, fuhr diesmal er seinem Bruder über den Mund. »Ich will wissen, was da oben in den Räumen des Restaurants vor sich geht. Und falls irgendwas schiefläuft, habe ich ein Alibi.« Er grinste. »Denn ich«, er stach Johannes mit dem Zeigefinger gegen die Brust, »saß ja in der Kneipe, während *irgendjemand* im ›Bullauge‹ einbrach.«

Weil Johannes immer noch mehr als missmutig dreinblickte, setzte er nach: »Es geht hier vor allem um Nath, Jo. Der Junge wird doch nicht aus Jux und Tollerei ins Restaurant geschleppt, wenn die Kerle da sind. Fest steht: Bei diesem Wetter kommen die Männer kaum zum Golfspielen auf die Insel.«

»Du glaubst wirklich, der Kleine wird missbraucht?« Der Ekel stand Johannes ins Gesicht geschrieben.

»Ich weiß es nicht, verdammt. Darum will ich da ja rein. Du kriegst meine Lederjacke und setzt dich in die Pinte.« Er deutete den Sandwall hinunter. »Lass dir ein paar Bierchen schmecken.«

Johannes seufzte tief. »Also gut. Ich mach das. *Für das Kind.*«

»Ja, schon klar. Und jetzt sollten wir hier verschwinden. Wäre nicht gut, wenn Gorden oder Kai Kersten hier vorbeikommen und sehen, dass es uns in doppelter Ausführung gibt.«

Draußen gingen sie zu dem in Draht eingepferchten Steinwall und schauten in ehrfürchtigem Schweigen aufs Meer. Schließlich sah man die Nordsee nicht alle Tage so aufgewühlt. Das Meer hatte alles Sanfte und Spielerische schöner Sommertage verloren. Laut, hart und ungestüm gierte die graue Wassermasse nach allem, was im Wege war, während der Sturm die Wolken wie verschreckte Schafe vor sich herjagte. Wie Nadelstiche brannte der Sand im Gesicht, den der Sturm durch die Luft trieb.

»›Mit feurigen Geißeln peitscht das Meer die menschenfressenden Rosse daher; sie schnauben und schäumen‹«, sprach Johannes gegen den Wind an.

»Hä?« Raphael starrte ihn an.

»Das ist aus ›Nis Randers‹ von Otto Ernst. Ein großartiges Gedicht. Du musst es unbedingt lesen, jetzt, wo du hier am Meer lebst.«

»Hm. Und nun Abmarsch, Bruder.«

Sand und Blätter stoben ihnen um die Köpfe, während sie nach Hause gingen. Viele Touristen, in Allwetterjacken und bis über die Lippen in Kapuzen gehüllt, kamen ihnen entgegen. Keiner wollte das Naturschauspiel verpassen.

»Ich werde Ava anrufen«, sagte Johannes, als sie die Mühlenstraße erreicht hatten. »Vielleicht hat sie Lust, mich in die Pinte zu begleiten, wenn sie auf die Schnelle noch einen Babysitter für Tarik findet. Ich habe wenig Lust, allein da rumzuhängen.«

»Meine Güte, nun lass ihr doch ihren Feierabend! Du wirst ja wohl mal allein in einer Kneipe sitzen können. Du bist doch der große Hirte. Quatsch ein paar Leute an. Da sitzen genug rum, die dir vermutlich ihr Herz ausschütten werden.«

»Ich zwinge Ava doch nicht. Im Gegenteil. Sie ist ständig allein mit Tarik. Ein wenig Abwechslung tut ihr gut. Und wenn sie Nein sagt, sagt sie Nein. Dann geh ich allein. Hab ich dir eigentlich schon gesagt, dass ich mich morgen Nachmittag noch auf ein Stündchen mit Hannah und Sina und ihrem Mann treffe?«

»Nein. Aber das freut mich für dich.« Raphael klopfte Johannes auf die Schulter.

»Sina hat mich um das Treffen gebeten. Sie möchte, dass wir eine feste Besuchsregelung finden.«

Raphael musterte seinen Bruder, weil er nicht besonders freudig klang.

»Ich will sie mindestens alle vierzehn Tage sehen«, erklärte Johannes auch schon. »Ich lasse mich nicht damit abspeisen, dass ich sie nur zu sehen kriege, wenn es Sina oder Sönke Ahmling in den Kram passt.«

»Gibt's denn da keine rechtlichen Grundlagen?«

»Wie denn? Ich habe doch keinerlei Rechte. Ich bin auf ihr Wohlwollen angewiesen. Und glaub mir, Wohlwollen ist bei Sönke Ahmling kaum vorhanden.«

»Aber Hannah will dich sehen. Und anscheinend weiß die kleine Kröte sich doch durchzusetzen. Das hat sie schon bewiesen.«

Johannes' Gesichtszüge entspannten sich. »Ja, nicht? Darauf muss ich hoffen.« Dann boxte er Raphael in die Seite. »Sag nie wieder Kröte zu meinem Kind.«

***

In der Hoffnung, dass das Prozedere im »Bullauge« wie vor vier Wochen abliefe, lag Raphael ab zweiundzwanzig Uhr in der Gmelinstraße auf der Lauer. Diesmal versteckte er sich nicht auf dem Grundstück gegenüber dem Restaurant, sondern auf dem daneben, denn er verspürte keine Lust, die Bekanntschaft mit Kläffer Rudi zu vertiefen. Da es dunkel war, wagte er es, sich im Carport auf dem Grundstück zu verkriechen. Dort war er ein wenig vor dem Sturm geschützt, der zwar nachgelassen hatte, doch weiterhin Zweige und Blätter durch die Luft trieb.

Vom Carport aus hatte er die Straße vor dem »Bullauge« im Blick. Und da sich im Carport ein Auto befand, bestand nicht die Gefahr, von heimkehrenden Besitzern oder Urlaubern erwischt zu werden. Außerdem bot der Wagen gute Deckung. Immer wieder verbarg Raphael sich dahinter, wenn sich Leute auf dem Bürgersteig näherten. Glücklicherweise waren das um diese Zeit nur noch wenige. Die hohe Windstärke hielt die Leute in den warmen Stuben.

Im »Bullauge« waren die Schemen von Gästen hinter den erleuchteten Fenstern zu sehen. Mindestens zwei Tische waren noch besetzt. Wie es an den Tischen aussah, die nicht am Fenster standen, konnte Raphael nicht einschätzen. Er schickte

Johannes eine WhatsApp-Nachricht mit dem Hinweis, dass er in Position war.

Johannes antwortete umgehend. »Pass bloß auf! Und bring dich und vor allem andere nicht in Gefahr! Hier ist alles gut. Ava und ich sind angespannt. Lass sofort von dir hören, wenn wir hier verschwinden können.«

Also hatte Ava tatsächlich einen Babysitter geholt, um Jo zu begleiten! Nun gut. Raphael antwortete: »Lass dir deine Nervosität bloß nicht anmerken. Du bist Raphael Freersen! Also trink, was das Zeug hält, vergiss nicht zu rauchen und flirte gefälligst mit den anderen Frauen in der Pinte, nicht mit Ava. Raphael Freersen flirtet nicht mit Frauen mit Kopftuch!«

Zurück kam nur ein Satz. »Ava trägt kein Kopftuch.«

Sie trug also die Perücke. Raphael fragte sich, nach welchen Kriterien sie entschied, ob sie Kopftuch oder Perücke trug. Im Büro erschien sie jedenfalls nur mit Kopftuch.

Als ein Mann ein Fahrrad vom Grundstück des Restaurants schob, steckte Raphael das Handy weg. Er glaubte, dass es ein Gast sei, aber als der Mann sich auf das Rad schwang und sich gegen den Wind stemmend losradelte, war im Licht der Straßenlaterne zu erkennen, dass es Martin Gorden war.

»Was zum Teufel …?«, murmelte Raphael. Wo fuhr Gorden hin? Etwa nach Hause? Ließ er Sarah und Henning Sökers die letzten Gäste bewirten und hatte selbst Feierabend gemacht? Das war durchaus möglich. Schließlich war das Essen durch. Die Gäste tranken höchstens noch etwas.

Missmutig beobachtete Raphael die nächsten zwanzig Minuten das Restaurant. Vier Gäste gingen, sonst tat sich nichts, und Raphael spürte darüber wahnsinnige Enttäuschung. Er hatte gehofft, dass Erhardt und Hinsch wie vor vier Wochen hier auftauchten. Er wollte sie am Arsch kriegen, die Kerle! Scheuten sie etwa den Sturm?

Doch dann näherte sich ein Wagen von der Strandstraße her und hielt am Straßenrand vor dem »Bullauge«. Es war Gordens SUV. Gorden stieg aus, ging um den Wagen herum und öffnete die Beifahrertür.

Raphael konnte aus seinem Versteck heraus nicht alles sehen, aber Wortfetzen hören. Gorden sprach mit jemandem. Und er bekam eine Antwort. Eindeutig von Nath, der Wind trug seine helle Stimme herüber. Und dann sah Raphael den Jungen auch, denn Gorden hatte ihn auf den Arm genommen und trug ihn ins Restaurant. Er musste ihn aus dem Bett geholt haben.

Wie eine Springflut stieg Hitze in Raphael empor. Mit erhöhtem Herzschlag wartete er weiter ab. Im oberen rechten Zimmer ging das Licht an und erlosch gleich darauf wieder. Drei weitere Gäste verließen plaudernd das Restaurant. Anscheinend die letzten, denn eine Viertelstunde später ging auch Sarah. Henning Sökers verließ das »Bullauge« gleich darauf.

Und weitere zehn Minuten später war es so weit. Raphael hörte sie schon, bevor sie in sein Blickfeld kamen. Dieter Hinsch und Steffen Erhardt näherten sich von links. Zu Raphaels Überraschung waren sie nicht allein. Ein dritter Mann begleitete sie.

Die drei schienen bester Stimmung zu sein, denn sie redeten und lachten. Euch wird das Lachen noch im Hals stecken bleiben, tobte es in Raphael, als sie auf dem gegenüberliegenden Bürgersteig vorbeigingen und zum »Bullauge« abbogen. Raphael versuchte im Licht der Straßenlaterne das Gesicht des dritten Mannes zu erkennen, der eine Wollmütze trug. Er konnte sich nicht erinnern, den Mann schon einmal gesehen zu haben.

Wenig später erlosch das Licht in der Gaststube. Dafür ging es im linken Zimmer im Obergeschoss an. Auch rechts flammte es wieder auf, diesmal nur kurz. Raphaels Haut begann zu kribbeln. Am liebsten wäre er sofort losgestürmt, aber er riss sich zusammen. Nur keine Eile. Die konnte alles kaputtmachen.

Nach weiteren fünfzehn Minuten, in denen sich nichts mehr tat, nahm er den Rucksack, den er an die Carportwand gelehnt hatte, warf ihn sich über die Schulter und ging über die Straße, nachdem er sich vergewissert hatte, dass keine Fußgänger in Sicht waren.

Er hatte dunkle Sneakers zu schwarzen Jeans und blauem Hoodie gewählt. So leise wie möglich auftretend, ging er zum

»Bullauge« rüber und wandte sich am Gebäude nach links zur Terrasse, wo die Korbstühle, die wegen des Sturms mit Seilen um die Tische herum zusammengebunden waren, im Licht von zwei Solarlampen dunkle Schatten warfen. Lorbeerhecken trennten den Bereich vom Nachbargrundstück, das alten Baumbestand hatte. Die Blätter raschelten im Sturm, und von irgendwoher erklang Gelächter.

Raphael setzte den Rucksack auf einem der Tische ab und nahm ein Paar schwarze Handschuhe und eine baumwollene Sturmhaube heraus, die er im Internet bestellt hatte, und streifte beides über. Dann zog er einen großen Schraubendreher aus dem Rucksack.

Er ging zu der doppelflügeligen Terrassentür, die in den Gastraum führte, und setzte den Schraubendreher zwischen den beiden Türelementen genau so an, wie Grumpy es ihm erklärt hatte. Grumpy hatte zwar seit zwanzig Jahren keinen Bruch mehr begangen – die zwei Jahre Knast seinerzeit hatten ihn kuriert –, aber sein Know-how hatte er noch. Und Raphael hatte ihn nicht lange beknien müssen, ihn mit Tipps zu versorgen, nachdem er ihm den Sachverhalt mit Nath geschildert hatte.

Er begann zu hebeln. Es war schwieriger als erwartet. Als es gelang, jagte das laute Knacken ihm eine Gänsehaut über den Nacken. Das mussten die Kerle doch gehört haben! Mit rasendem Herzschlag drückte er die Tür auf und lauschte in die Dunkelheit der Gaststube. Er wartete mehrere Minuten ab, aber es tat sich nichts.

Tief durch die Sturmhaube ein- und ausatmend, steckte er den Schraubendreher zurück in den Rucksack und betrat das Restaurant. Er zog eine Taschenlampe aus der Hoodietasche und leuchtete in die Dunkelheit. Dann tappte er zu der Tür, an der ein Schild mit dem Schriftzug »Privat« angebracht war. Er knipste die Taschenlampe wieder aus und zog die Tür auf.

Vor ihm befand sich ein schmaler Flur, von dem aus eine weitere Tür abging und eine Treppe nach oben führte. Er lauschte eine Zeit lang. Schwach drangen Stimmen von oben zu ihm durch. Obwohl von der Treppe her ein schwacher Lichtschein nach unten fiel, knipste er die Taschenlampe wieder an. Er wollte kein Hindernis übersehen. Leise, langsam einen Fuß vor den anderen setzend, ging er zur Treppe.

Seine Kopfhaut begann unter der Maske zu jucken, und er fuhr kräftig mit der Linken über die Baumwolle, während er langsam eine Stufe nach der anderen nach oben nahm, die Finger der rechten Hand um die Taschenlampe verkrampft.

Dunkle Stimmen waren zu hören. Raphael war die Treppe halb hoch, als sein Blick auf drei Zimmertüren fiel. Die beiden Räume vor ihm mussten die beiden Zimmer sein, die er beobachtet hatte. Er schlich weiter. Das Licht stammte von einer kleinen Tischlampe, die auf einer Kiefernkommode stand. Hinter der rechten Tür erklang eine Stimme, und dann, Raphael lief es kalt über den Nacken, ein Stöhnen. Gefolgt von einem lauten »Verdammt!«.

Rasend vor Ekel nahm er die letzten Stufen, als etwas geschah, mit dem er nicht gerechnet hatte: Die rechte Tür wurde aufgezogen, bevor er oben war.

Und zu seiner Überraschung sah er sich Kai Kersten gegenüber.

Der erstarrte.

Raphael nutzte die Sekunde, die ihm dadurch geschenkt wurde, drehte sich um und hastete die Stufen herunter.

»Leute!«, schrie Kersten, während das Trampeln auf der Treppe Raphael verriet, dass Kersten ihm hinterherjagte. »Ein Einbrecher!«

Raphael konnte kaum denken, als er von dem kleinen Flur durch die Gaststube Richtung Terrassentür hastete. Er hörte die Stimmen der anderen Männer, die jetzt ebenfalls nach unten eilten. Vor allem aber hörte er Kersten, denn der war ihm auf den Fersen und schrie: »Freersen, du verdammtes Dreckschwein, bleib stehen!«

Raphael nutzte die zwei Meter Vorsprung, griff im Gastraum nach einem Stuhl und zog ihn im Rennen hinter sich. Kersten stolperte darüber.

Raphael fiel ein Stein vom Herzen, als er sah, dass die Terrassentür nicht zugefallen war. So hatte er noch die Zeit, im Laufen seinen Rucksack vom Terrassentisch zu greifen.

»Ich krieg dich dran«, schrie Kai Kersten, hinter ihm herrennend. »Ich krieg dich, Freersen!«

Raphael rannte, wie er nie gerannt war. Er hatte den Nachteil, dass er den Rucksack in der Hand trug, aber den Vorteil, dass Kersten leicht übergewichtig und anscheinend nicht trainiert war. Trotz des Ballasts vergrößerte sich der Abstand zwischen ihnen. Vor dem Upstalsboom standen ein paar Leute. Raphael hörte, als er an ihnen vorbeirannte, wie einer sagte: »Ey, der hatte 'ne Maske auf, oder? Das war 'n Krimineller!«

Am Strandaufgang Badestraße hastete Raphael die Treppe herunter und auf der Strandpromenade weiter. Kai Kersten gab dort auf. Von der Treppe schrie er ihm keuchend hinterher: »Freu dich … auf die Polizei, Freersen! Die … schick ich … dir jetzt!«

Raphael sprintete noch ein gutes Stück weiter, bevor er sich traute, kurz stehen zu bleiben, um die Maske abzunehmen. Hier auf der Promenade konnten ihm jederzeit Leute begegnen.

Dann rannte er weiter. Er musste so schnell wie möglich zu Hause sein. Und bei diesem Gedanken blieb er abrupt stehen und fingerte sein Handy aus der Hosentasche. Es gab noch jemanden, der sich schleunigst nach Hause aufmachen musste!

Johannes schien sein Handy in Händen gehalten zu haben, denn er meldete sich, kaum dass Raphael seine Nummer gewählt hatte.

»Alles gut?«, flüsterte Johannes aufgeregt ins Telefon.

»Nein.«

Johannes stöhnte.

»Komm sofort nach Hause«, keuchte Raphael und lief weiter. »Sofort. Ruf Ava ein Taxi, du hast keine Zeit, sie nach Hause zu bringen.«

»Ava ist schon seit einer Stunde zu Hause.«

»Umso besser. Dann auf, Bruder! Und gib ein fettes Trinkgeld. Dann bleibst du in Erinnerung.«

Zu Hause angekommen, atmete Raphael bewusst tief ein

und aus. Er musste sich entspannen. Falls Kai Kersten oder Gorden wirklich die Polizei gerufen hatten, würden sie schnell hier sein.

Dass Kersten ihn trotz Maske erkannte hatte, verwunderte Raphael kein bisschen. Seine Größe, seine Statur … natürlich kam da für Kersten nur einer in Frage, insbesondere da Raphael ihn und Gorden in letzter Zeit bedrängt hatte.

Aus genau diesem Grund – falls er erwischt würde – hatte er Jo involviert. Hoffentlich beeilte der sich. Raphael war trotz der Stresssituation zufrieden.

Er eilte die Treppe hinauf, holte sich frische Sachen, sprintete wieder nach unten und schlüpfte im Badezimmer – bewusst atmend – aus den durchgeschwitzten Klamotten und stopfte sie in den Schmutzwäschekorb.

Gerade als er in die Wanne stieg, kam Johannes nach Hause. Vom Flur aus rief er: »Raphael?«

»Bin unter der Dusche«, grölte Raphael und ließ das Wasser laufen. »Komm rein!«

Johannes betrat mit rotfleckigen Wangen das Bad. »Was ist passiert?«

»Kai Kersten hat mich im ›Bullauge‹ erwischt. Ich konnte abhauen, aber er hat mich definitiv erkannt. Trotz Sturmhaube.« In Windeseile verteilte Raphael Duschgel auf Haut und Haar.

»Woher willst du wissen, dass er dich erkannt hat?«

»›Freersen, du verdammtes Dreckschwein.‹ … Fand ich eindeutig.«

»Oh, Scheiße!«

»Außerdem hat er mir hinterhergeschrien, dass er die Bullen ruft.« Raphael spülte den Schaum ab.

»Oh, Scheiße, Scheiße!«

»Herr Pastor, Ihre Ausdrucksweise!«

Johannes starrte ihn mit weit aufgerissenen Augen an. »Was stimmt mit dir eigentlich nicht? Wie kannst du jetzt Scherze machen?«

»Ruhig Blut, Bruder.« Raphael stieg aus der Wanne, griff sich ein Handtuch und trocknete sich hastig ab. »Ich verwette meine Lederjacke, dass Kersten und Co. keinesfalls die Bullen rufen. Dann würden Sie nämlich Fragen beantworten müssen.« Wild rubbelte er über sein nasses Haar. »Denn wenn Sie mich als potenziellen Einbrecher angeben, müssen Sie damit rechnen, dass ich den Bullen sage, warum ich da war. Und das werden sie kaum wollen.«

»Dafür, dass du dir so sicher bist, dass die Polizei hier nicht auftaucht, bist du aber ziemlich in Eile.«

»*Ganz* sicher kann ich ja nicht sein«, grummelte Raphael. »Und da uns die Zeit davonläuft, steck den Föhn ein.« Er deutete auf das Korbregal. »Ich muss trocken und entspannt sein, wenn die Bullen kommen.«

»Oh Gott!« Johannes stellte den Föhn an und wedelte damit wild über Raphaels Kopf, während der in seine Boxershorts schlüpfte.

»Warum lässt du mich nicht mit der Polizei reden?« Johannes sprach laut, um das Brummen des Föhns zu übertonen.

Raphael richtete sich auf, nahm seinem Bruder den Föhn aus der Hand, stellte ihn aus und sah Johannes an. »Ernsthaft?«

»Wieso, ich würde –«

»Du würdest rumstammeln und dich verplappern«, übernahm Raphael. »Du bist nun mal der gute Bruder.«

Johannes überlegte einen Moment lang und schien dann zu dem gleichen Ergebnis zu kommen. »Okay.« Er strich mit der Rechten über Raphaels Haar. »Ist trocken.«

Raphael griff nach der Jeans, die er auf dem Waschbecken abgelegt hatte, als Johannes seinen Arm packte. »Du musst meine Klamotten anziehen! Schließlich bist du ich, also, ich bin ja du, aber dann musst du auch der sein, der ich heute war. In der Kneipe. Falls sie zum Wirt gehen, um mein, also, um dein Alibi zu überprüfen.«

Raphael starrte seinen Bruder an. »Du machst mich ganz wuschig mit deinem Gerede. Aber … du hast recht. Los, raus aus meinen Sachen.«

Johannes zog Raphaels Lederjacke aus, dann Shirt, Schuhe und Jeans.

Raphael hatte das Shirt schon an und wollte in die Jeans schlüpfen, als es klingelte.

Sie sahen einander an und stießen gleichzeitig »Scheiße!« aus.

In Raphaels Schädel brummte es. Kersten hatte tatsächlich die Bullen gerufen? Er stieg hastig in die Jeans. Dann richtete er sich auf und sah Johannes an, der nur in Boxershorts dastand. »Du bleibst hier und rührst dich nicht vom Fleck.«

Er verließ das Bad, die Tür hinter sich fest zuziehend. An der Haustür atmete er noch einmal tief durch, bevor er sie nach einem weiteren Klingeln aufzog.

Sina und ihr Kollege, der Raphael vor vier Wochen an der Grundschule befragt hatte, standen davor.

»Hallo, Sina«, sagte Raphael und bemühte sich um ein irritiert wirkendes Gesicht, während sein Blick kurz von ihr zu dem anderen Beamten wechselte.

»Hallo, Raphael«, sagte Sina. Ein Lächeln hatte sie für ihn nicht übrig.

»'n Abend, Herr Freersen«, sagte ihr Kollege. Sein Gesicht strahlte eine gewisse Vorfreude aus. »Wir würden gern mal reinkommen.«

»Wenn Sie mir sagen, warum, lade ich Sie vielleicht auf einen Kaffee zu mir ein.« Ein Scherz war immer gut, wirkte unbedarft. »Ich bin nämlich gerade nach Hause gekommen und wollte mir vor dem Zubettgehen noch einen Cappuccino gönnen.«

Das eklige Lächeln von Sinas Kollegen wurde noch breiter. »Soso, Sie sind also gerade nach Hause gekommen … Sie können sich wohl denken, dass wir deswegen hier sind?«

»Äh, nein.« Er tat, als überlege er. »Ich hab meine Zeche doch bezahlt?«

»Zeche?« Die Stimme des Beamten klang irritiert, wurde dann aber fest. »Sie werden verdächtigt, einen Einbruch begangen zu haben!«

»Was?« Raphael lachte auf. »Wollen Sie mich verarschen?«

»Sehe ich so aus?«, knurrte der Beamte.

»Bei Martin Gorden im ›Bullauge‹ wurde heute Nacht eingebrochen, Raphael«, sagte Sina. »Und er beschuldigt dich. Einer seiner Gäste will dich erkannt haben, sagt Gorden.«

Einer seiner Gäste … In Raphael arbeitete es. Gorden musste also vor der Polizei zugegeben haben, dass er um diese Zeit noch im »Bullauge« gewesen war. Und nicht allein.

»Wie bitte?«, sagte er, um ein entrüstetes Gesicht bemüht. »Spinnt der?« Er musste sich jetzt schleunigst entscheiden, wie er vorgehen wollte. Wenn er leugnete, im »Bullauge« eingebrochen zu sein, konnte er seinen Verdacht gegen die Männer nicht aussprechen. Er hatte keinerlei Beweise für einen Missbrauch. Wenn er es zugab, würde er im Knast landen, weil er eingebrochen war. Und das war scheiße. Aber noch mieser wäre es, wenn der Junge weiterhin diesen Kerlen ausgeliefert war.

Er gab die Tür frei und deutete nach innen. »Hereinspaziert, die Herrschaften. Das hör ich mir doch gern mal genauer an.« Er ging vorweg ins Wohnzimmer und deutete auf die Couch. Er setzte sich auf den Sessel und sah den Beamten an. »Verraten Sie mir, wie Sie heißen? Ich weiß gern, mit wem ich es zu tun habe.«

»Müller«, brummte der Mann. »Polizeiobermeister Müller.«

»Müller.« Raphael lächelte ihn an. »Was ganz Exotisches.«

»Sie finden sich wohl besonders witzig?«

»Meistens ja.« Raphael wandte sich Sina zu. »Dann schieß mal los.«

»Es ist …«, Sina stockte, »erst mal nur ein Verdacht, Raphael. Der Einbrecher trug eine Maske. Aber der Gast von Martin Gorden ist sich zu neunundneunzig Prozent sicher, dich anhand deiner Größe und Statur erkannt zu haben. Das ist natürlich eine gewagte Behauptung, aber du verstehst sicherlich, dass wir dem nachgehen müssen.«

Raphael blickte ernst von ihr zu Müller. »Anhand meiner Größe und Statur? Ab sofort werde ich also für sämtliche Verbrechen, die einen Meter dreiundneunzig große, schlanke Männer verüben, als Verdächtiger vernommen?«

Sina winkte ab. »Raphael, bevor du mehr sagst: Du musst uns gegenüber zu dem Vorwurf des Einbruchs keine Angaben machen. Du kannst natürlich etwas dazu sagen, wenn du möchtest, und du darfst auch anwaltlichen Rat einholen. Und selbstverständlich kannst du zu deiner Entlastung auch Beweiserhebung bei uns beantragen.«

Raphael setzte ein empörtes Gesicht auf. »Ich will sofort wissen, wer behauptet hat, ich sei das gewesen. Ich werde den Kerl anzeigen!«

Müller bekam rote Wangen. »Sie haben hier gar nichts zu verlangen. Entweder beantworten Sie unsere Fragen, oder Sie halten sich an die Belehrung der Kollegin Ahmling. Also: Wo waren Sie heute Abend in der Zeit zwischen dreiundzwanzig Uhr dreißig und null Uhr dreißig?«

»In der Pinte am Sandwall. Wie ich ja bei der Begrüßung schon sagte: Ich bin gerade erst nach Hause gekommen.«

»Was?« Müller tauschte einen überraschten Blick mit Sina, bevor er sich wieder Raphael zuwandte. »Sie wissen schon, dass wir das gleich überprüfen werden?«

»Na, darum bitte ich aber sehr. Als unbescholtener Bürger eines Einbruchs bezichtigt zu werden, ist ein starkes Stück. Ich war übrigens mit meiner Mitarbeiterin Ava Rahmani in der Kneipe. Die können Sie also auch fragen. Obwohl … Ava ist schon eher nach Hause gegangen. Den Babysitter ablösen. Aber der Wirt kann euch bestätigen, dass ich gerade erst gegangen bin.« Raphael blickte Müller spöttisch an. »Das dient dann wohl meiner Entlastung?«

Sina wirkte erleichtert. Polizeimeister Müller hingegen stand die Enttäuschung ins Gesicht geschrieben. Raphael sah ihm an, dass er ihn zu gern hinten ins Polizeiauto verfrachtet hätte, möglichst mit Handschellen.

»Komm«, sagte Müller zu Sina und stand auf. »Das wird jetzt sofort gecheckt.«

»Halt!«, sagte Raphael und stand ebenfalls auf. »Wenn ich hier schon als Verbrecher behandelt werde, hab ich da auch mal eine Frage: Wie kann denn ein Gast von Herrn Gorden den Einbrecher gesehen haben? Wenn Gorden noch Restaurantgäste hatte, würde doch kein Einbrecher so dämlich sein, dort einzubrechen.«

»Der Restaurantbetrieb war bereits eingestellt«, sagte Sina. »Martin Gorden hatte Privatbesuch in den oberen Räumlichkeiten.«

»Ach.« Raphael überlegte, wie weit er gehen konnte, ohne sich zu verraten. »Hat der kein Wohnhaus? Privatbesuch empfängt man doch zu Hause. Gorden hat doch auch den Jungen zu Hause«, stellte er sich dumm. »Der kann doch nicht allein bleiben.«

»Das ist nicht Ihr und nicht unser Problem, wo Herr Gorden seine Gäste empfängt«, sagte Müller. »Komm jetzt, Sina.«

Sina blickte Raphael an. Und er glaubte zu erkennen, dass sie überlegte, ihm eine ausführlichere Antwort zu geben, aber sie tat es nicht, sondern folgte ihrem Kollegen auf den Flur.

Doch Raphaels Entscheidung stand damit fest. Er brauchte heute Nacht nicht mehr von dem Missbrauchsverdacht zu sprechen. Nach dem Tumult war Nath für heute sicher.

Er würde morgen mit Sina darüber reden. Allein.

Sina und Müller waren schon an der Tür, als Sina sich zu Raphael umdrehte. »Darf ich mal deine Toilette benutzen?«

Raphael wurde heiß bis in die Fingerspitzen. »Äh … nein.«

»Nein?« Sina war deutlich anzusehen, dass sie mit dieser Antwort nicht gerechnet hatte.

»Nein. Ihr habt mich beschuldigt. Jetzt bin ich sauer.«

»Sie sind ein richtiges Ekel«, sagte Müller und nahm Sina am Arm. »Komm, du kannst in der Pinte aufs Klo gehen. Oder wir fahren an der Wache vorbei.«

Als Raphael die Tür hinter ihnen schloss, atmete er tief durch. Er wartete, bis der Streifenwagen wegfuhr. »Du kannst rauskommen«, rief er gegen die geschlossene Badtür.

Johannes trat mit hochroten Wangen auf den Flur. »Das war knapp … Die arme Sina. Sie muss dich für megaunhöflich halten.«

»Sie wird sich schon nicht in die Hose pinkeln. Und ich muss sie ja nicht ins Bad lassen. Die hatten schließlich keinen Hausdurchsuchungsbefehl.«

»Ich glaube, das heißt Durchsuchungsbeschluss.«

»Bin ich Bulle? Ich muss so was nicht wissen.«

»Nein, du bist kein Bulle.« Johannes grinste. »Wie sagte Sinas Kollege eben? Du bist ein Ekel.«

Raphael grinste auch. »Aus dem Mund von Polizeiobertrottel Müller fühlt es sich wie eine Auszeichnung an. Und jetzt komm, Bruder. Wir haben uns einen Whisky vor dem Zubettgehen verdient.«

Johannes winkte ab. »Ohne mich. Mir ist noch schlecht von den beiden Zigaretten, die ich rauchen musste, um du zu sein.«

»Was? Du hast nur zwei geraucht?« Raphael schüttelte den Kopf. »Du musst eindeutig noch daran arbeiten, ich zu sein.«

»Ich selbst zu sein ist schon aufregend genug. Gute Nacht.«

Raphael sah seinem Bruder nach, wie er ins Wohnzimmer ging, wo er auf der Couch schlafen würde. »Jo?«

Johannes drehte sich um.

»Danke. Ohne dich wäre mein Leben so viel ärmer.«

Johannes lächelte. »Ich hab dich auch lieb.«

SIEBZEHN

Am Samstagmorgen – Raphael und Johannes saßen in der Küche beim Frühstück – war vom Flur her zu hören, wie sich ein Schlüssel im Hausschloss drehte.

Johannes sah Raphael an. »Erwartest du heute Imme oder Ava?«

»Nein.« Raphael verdrehte die Augen. »Das wird Triple M sein, die in fünf Minuten nur noch meine *Ex*-Putzfrau ist.«

»Triple was?«

»Triple M. Mine Margarete Mommsen.«

Die Haustür wurde geöffnet, und ein krächziges »Huhu, Herr Rickers, da bin ich!« erklang.

Johannes starrte ihn an. »Herr Rickers?«

»So nennt sie mich ständig«, flüsterte Raphael. »Ein weiterer Grund, warum ihre Minuten als Putze gezählt sind. Davon abgesehen, dass sie den Dreck nicht mehr sieht, weil sie altersblind ist.« Laut rief er Richtung Flur: »Ich bin in der Küche!«

»Sei bitte nicht so grob«, bat Johannes.

»Ich sag dir: Die braucht den Wind von vorn.«

Frau Mommsen betrat die Küche mit einem fröhlichen Lächeln auf den Lippen. »Guten Morgen, Herr Ri… huch! U naan dach!« Sie fasste sich an die Brust und starrte von Johannes zu Raphael. »Da hab ich mich jetzt richtig verjagt. Gleich zwei! … Zwillinge, ist das schön!«

Sie trat näher an den Tisch und starrte erst Raphael, dann Johannes in die Augen. »Wer ist denn nun wer? Ach, ich weiß schon.« Sie bohrte ihren Finger in Raphaels Oberarm. »Sie sind mein Herr Rickers.«

»Was macht Sie da so sicher?«, fragte Raphael verblüfft nach. Schließlich waren ihre Augen nun wirklich nicht die besten.

»Ich hab Sie schon mal in dem Pyjamaoberteil gesehen.« Sie beugte sich vor und las den Schriftzug auf Raphaels schwarzem Shirt. »Powerwolf.«

Raphael sah, wie sich Johannes' Mundwinkel zu einem breiten Lächeln verzogen. Sie hatte den englischen Namen deutsch ausgesprochen. »Das ist kein Pyjama«, klärte Raphael sie auf. »Das ist ein T-Shirt.«

»Aha. Na gut. Ich bin modisch nicht auf dem neuesten Stand. Muss ich ja auch nicht. Ich bin alt. Mein einziges Vergnügen ist es, einen netten Klönschnack zu halten und gebraucht zu werden.«

Sie strahlte Johannes an. »Ihr Bruder ist ja so ein Schatz. Und so ulkig. Die Stunden hier sind immer ein Vergnügen. Sonst würde ich ja da drüben versauern.« Sie deutete in die Richtung, in der ihr Haus lag. »Wenn man immer allein ist, weiß man jede Stunde zu schätzen, in der man gebraucht wird.«

»Das ist wohl wahr«, sagte Johannes. Er sah Raphael an.

Der starrte zurück. Hoffentlich kam die visuelle Ansage »Spar dir deinen Pastorenblick!« auch bei Jo an.

»Na, ich will Sie nicht beim Frühstück stören.« Frau Mommsen wischte ein paar Brötchenkrümel vom Tisch in ihre Hand, ging zur Spüle und warf sie hinein. »Ich fang oben im Bad an.« Sie knipste das Lämpchen über der Spüle an, bückte sich, öffnete den Unterschrank und nahm eine Flasche mit Allzweckreiniger und ein Putztuch heraus.

»Frau Mommsen«, sagte Raphael, laut, da ihr Gehör ja auch nicht das beste war.

»Ja?« Sie drehte sich um und sah ihn an.

»Ich, äh ...« Wie sagte man einer uralten Frau, deren graue Dauerwellenlöckchen im Licht der Lampe silbern glänzten, dass sie eine grottige Putzfrau war und lieber im heimischen Sessel Strümpfe stricken sollte? Hilfesuchend sah er zu Johannes. »Du bist doch Pastor«, flüsterte er ihm, die Lippen kaum bewegend, zu. »Sag du es ihr.«

Johannes biss in seine Camembert-Waldfruchtmarmeladen-Brötchenhälfte. »Nö«, sagte er schmatzend.

Tief durchatmend wandte Raphael sich wieder um. »Frau Mommsen, ich hoffe Sie haben Verständnis. Ich muss Ihnen leider sagen, dass ...« Er schluckte. Wie konnte man nur so verhutzelt aussehen? So klein und faltig? Er holte tief Luft: »... dass Sie besser im Büro anfangen sollten. Nicht oben. Ich, äh, will gleich duschen.«

»Na gut. Wenn Sie meinen.« Sie öffnete die schmale Tür zur Abstellkammer und holte einen Eimer heraus. »Dann mach ich das Bad danach.«

Beide sahen sie ihr nach, wie sie ein friesisches Lied singend aus der Küche trippelte. »Alhuar ik henkem üüb a eerd, alhü uk het det lun: at jaft dach man an ian eilun Feer, det leit mi boowen uun ...«

»Wow.« Johannes nickte anerkennend, als sie außer Hörweite war. »Da hast du ihr ja wirklich den Wind von vorn geblasen.«

»Halt die Klappe.«

Mittags schipperte Johannes auf der »Uthlande« aufs Festland zurück. Raphael hatte ihn zum Fähranleger begleitet, um sich den Wind um die Nase wehen zu lassen. Der Sturm hatte sich nur wenig abgeschwächt, aber die Touristen, denen er begegnete, schien das nicht zu stören. Im Gegenteil, genau wie er genossen sie das Naturschauspiel. Das aufgewühlte Meer, das ständig wechselnde Wolkenbild am Himmel, der feine über den Strand wehende Sand, der sich überall festsetzte: nicht nur in der Kleidung, sondern auch in den Augenbrauen, im Haar ... Selbst im Mund knirschte es. Und was noch unangenehmer war: Er fror erbärmlich. Die Lederjacke war für Windstärke acht nicht ausgelegt. Darum gönnte er sich nach dem Strandspaziergang bei Wellensteyn eine wetterfeste Jacke. Er behielt sie gleich an und ließ sich seine Lederjacke einpacken.

Raphael bog in die Mittelstraße ab. Er wäre zu gern direkt zu Sina gegangen, doch er vermutete, dass sie nach der Nachtschicht um diese Uhrzeit noch schlief. Also musste er sich gedulden. Und vielleicht war es auch besser, sie anzurufen, um einen Treffpunkt zu vereinbaren. Er hatte keine Lust, bei ihr zu Hause auf Sönke Ahmling zu treffen.

Weil er noch Zeit hatte, kehrte er bei Bohn ein. »Küche &

Tafel« klang so, als würde er dort Latte-macchiato-Gläser bekommen. Und das war so. Zufrieden ging er zurück in die Mühlenstraße, in der der Sturm, wie in allen anderen Straßen Wyks, Blätter und Zweige der gebeutelten Bäume auf Straße und Bürgersteig verteilte.

Als er an seinem Haus eintraf und aufschloss, kam Hilke Öckersen in ihrer froschgrünen Fleecejacke angeradelt. »Hallo«, begrüßte sie ihn über die Hecke, als sie abstieg. »Ich wollte nur mal nachfragen, wann ich bei Ihnen mit dem Putzen anfangen soll. Ich muss das ja einplanen.« Sie hatte rote Wangen und war völlig aus der Puste.

»Äh, ja.« Raphael stellte seine Einkaufstüte ab und ging zu ihr. »Ich muss erst noch mal die Zeiten mit meiner, äh, anderen Putzfrau klären. Momentan kommt sie ständig samstags, aber da hab ich keinen Bock drauf. Am Wochenende will ich meine Ruhe haben.«

Hilke Öckersen sah ihn verwirrt an. »Sie haben schon eine Putzfrau?«

»Ja … Es ist etwas kompliziert.«

»Dann brauchen Sie mich also nicht?«

»Doch, doch. Wie können Sie es einrichten? Wochentags, nachmittags irgendwann?«

Sie überlegte kurz. »Dienstags von drei bis fünf hätte ich Zeit.«

»Prima. Dann sehen wir uns Dienstag. Die Konditionen können Sie mit meiner Mitarbeiterin Frau Rahmani klären. Sie sagen ihr Ihren Stundenlohn, und dann läuft das.«

Raphael sah ihr nach, wie sie im Sturm Richtung Sandwall weiterradelte. Er hatte jetzt also eine Putzfrau für seine Putzfrau.

Er ging zurück zum Haus und schloss auf. »Es wird Zeit, dass du von dieser Insel wegkommst, Raphael Freersen. Definitiv.«

***

»Gemütlich hast du es hier«, sagte Sina spöttisch, als sie ihm zwei Stunden später in seinem Wohnzimmer gegenübersaß und ihr Blick über das alte Mobiliar seines Onkels wanderte. Seinen Vorschlag, sich in einem Café zu treffen, hatte sie während des vorangegangenen Telefonats vehement abgelehnt. Vermutlich befürchtete sie, ihr Mann würde davon erfahren.

Raphael musterte ihr zartes, sommergebräuntes Gesicht. Dass sie überhaupt einem Treffen mit ihm zugestimmt hatte, lag einzig und allein an der Tatsache, dass er gedroht hatte, Johannes zu erzählen, dass Sönke Ahmling sie schlug, wenn sie sich nicht anhören würde, was er ihr zu sagen hatte.

»Ich werde Föhr bald wieder verlassen«, antwortete er ihr. »Da lohnt es sich nicht, diese Neandertalerhöhle umzumodeln.«

»Aha?«

Er verzog die Lippen. »Wie viel Vorfreude durch dieses ›Aha‹ klingt.«

»Du wirst von mir wohl kaum Bedauern erwarten. Jeder Tag, an dem ich dich nicht sehe oder höre, ist ein guter Tag. Und nun sag mir, was du zu sagen hast. Ich habe nicht viel Zeit.«

»Ich glaube, dass Nath Gorden missbraucht wird. Massiv. Ich kann dir die Namen von vier Männern nennen, die sich alle vier Wochen, nachdem das ›Bullauge‹ abends geschlossen hat, in der Ferienwohnung über dem Restaurant treffen. Und der Junge wurde jedes Mal, mitten in der Nacht, zu Hause aus dem Bett geholt und dorthin gebracht.«

Sina starrte ihn an. »Bist du verrückt geworden?«

»Martin Gorden, der eigene Vater, und Kai Kersten sind dabei. Und Dieter Hinsch und Steffen Erhardt.«

Sina sprang vom Sofa auf. »Du bist doch irre, Raphael!«

»Hör zu ...« Er berichtete ihr in allen Einzelheiten, was er an den Wochenenden beobachtet hatte. Nur den gestrigen Einbruch ließ er weg.

Sie hatte ihm still zugehört. Als er geendet hatte, war sie einen Moment lang ruhig. Er sah, wie es in ihr arbeitete.

»Bist du da gestern eingebrochen? ... Du warst das! Aber

wie kann das sein? Wir haben dein Alibi überprüft, du warst definitiv in der Pinte. Also kannst du nicht …« Sie brach ab und schlug sich die Hand vor die Stirn. »Wie blöd bin ich eigentlich? Natürlich konntest du!«

Ihr Blick wurde hart. »Ihr habt das früher doch schon andauernd gemacht. Du und Jo. Ihr habt die Rollen getauscht.« Sie ließ sich wieder auf das Sofa fallen. »Er hat sich für dich ausgegeben, richtig? Er saß in der Kneipe.«

Raphael nickte anerkennend, sagte aber: »Ich hab keine Ahnung, wovon du redest.«

»Das ist eine Straftat! Du bist eingebrochen! Du –«

»Ich stand im ›Bullauge‹ auf der Treppe«, fuhr er ihr wütend über den Mund, »und habe ein Stöhnen gehört! Ich will, dass ihr die Kerle verhört! Jeden einzelnen. Ein weiterer fremder Mann war Samstag auch noch dabei. Und sprich mit dem Jungen, Sina. Er ist ein Kind, er wird bei einer geeigneten Befragung verraten, was die Kerle mit ihm gemacht haben.«

»Raphael.« Sina klang bestimmt. »Wir haben Martin Gorden und Kai Kersten gestern Abend, nachdem Gorden uns gerufen hat, gefragt, was sie dort gemacht haben. Sie haben gesagt, dass sie mit Freunden einen netten Abend verbracht haben.«

»Einen netten Abend …« Raphael machte ein Würgegeräusch. »Warum macht er den nicht zu Hause bei sich? Warum schleppt er das Kind dahin?«

»Das ist natürlich schon ein bisschen merkwürdig.« Sina blies Luft durch die Lippen und sah ihn an.

Raphael beugte sich vor. »Es wäre vor allem ein Motiv für einen Mord an Dalika Gorden, Sina. Sie hatte vielleicht herausgefunden, was die Kerle mit ihrem Sohn machen.« Er lehnte sich wieder zurück. »Und das musste sie mit ihrem Leben bezahlen.«

Sina sah ihn an. Die Stille zwischen ihnen war bedeutungsschwer.

»Also gut«, sagte Sina und stand auf. »Ich hake da noch mal nach, soweit ich das kann. Aber du und Jo haltet euch da ab sofort raus, verstanden? Ich werde dich nicht decken, wenn du noch einmal eine Straftat begehst.«

»Gut, danke!« Raphael war zufrieden. Das war mehr, als er erwartet hatte.

***

Sina rief Raphael Montagmittag an. »Ich gehe heute Abend joggen«, sagte sie. »Wir können uns *zufällig* am Beachclub am Südstrand treffen. Sei um achtzehn Uhr dreißig am Lipsi.«

Raphael war aufgeregt, als er um achtzehn Uhr seine Laufklamotten anzog. Was hatte Sina herausgefunden?

Er war zu früh am vereinbarten Treffpunkt. Also joggte er hin und her. Schließlich sollte ihr Treffen zufällig wirken. Als Sina angelaufen kam – sie hatte ein enormes Tempo drauf – rief Raphael von Weitem laut und übertrieben »Sina! Was für ein Zufall!«

»Spar dir deinen Sarkasmus«, fuhr sie ihn leise an, als sie bei ihm war. »Du willst schließlich was von mir.«

»Du hast recht, entschuldige.« Sein Blick wanderte kurz an ihr hinab. Sie trug eine kurze Laufhose, die die braun gebrannten, schlanken Beine zur Geltung brachte. Umso auffälliger wirkte daher ihr langärmliges Shirt. Raphaels Augenbrauen zogen sich zusammen. »Hat er dich wieder geschlagen?« Die Tatsache, dass Ahmling sich nicht in ihrem Gesicht ausgetobt hatte, bedeutete schließlich nicht, dass er das Prügeln eingestellt hatte.

Ihr Gesicht verschloss sich. »Nein. Hat er nicht.«

»Aber er muss rasend vor Wut sein, dass Hannah es jetzt weiß. Und noch wütender muss es ihn machen, dass die Kleine so heiß darauf ist, mit Jo Kontakt zu halten.«

»Noch ein Wort, und ich gehe. Meine Ehe geht dich nichts an, Raphael. Absolut nichts.«

Raphael schluckte runter, was ihm auf der Zunge lag, um sie nicht zu vertreiben. »Also gut, was hast du rausgefunden?«

»Ich war heute Morgen bei Gorden im ›Bullauge‹ und habe ihn gebeten, mir die oberen Räumlichkeiten zu zeigen.«

»Das hat er einfach so gemacht?«

»Er hat schon nachgefragt, warum ich die Zimmer sehen will.« Sina sprach leise und schwer atmend. »Ich habe ihm gesagt, dass ich mir anschauen möchte, aus welcher Perspektive Kai Kersten dich, also den Einbrecher, gesehen haben will. Er kam ja schließlich aus einem der Zimmer.«

»Und?«

»Er hat mir die Räume gezeigt. Das eine ist ein Schlafzimmer, das andere ein Wohnzimmer. Dann gibt es noch ein Bad.«

»Ja, ja, aber … was hat der Junge dort gemacht?«

»Martin Gorden hat gesagt, dass er Nath niemals allein zu Hause lässt. Entweder holt er ihn von zu Hause ab, oder er lässt ihn vom Babysitter bringen, wenn er länger im ›Bullauge‹ ist. Der Junge schläft dann oben im Schlafzimmer weiter.«

»Und die anderen Männer? Was hat er dazu gesagt?«

»Ich konnte natürlich nicht in die Richtung bohren, die du vermutest, aber auf meine Fragen antwortete er mir, dass sie Freunde sind, seit ewigen Zeiten. Immer wenn Erhardt und Hinsch auf der Insel golfen, treffen sie sich, wenn Gorden Feierabend hat, zum Klönen. Sie trinken was und gucken Ballerfilme.«

»Hä?«

»Er hat mir das Wohnzimmer gezeigt, Raphael. Es gibt dort einen großen Flachbildfernseher. Auf meine Frage, warum er seinen Besuch nicht zu Hause empfängt, sagte er, dass er in seinem Obergeschoss zu Hause ein Zimmer vermietet hat. Da könnten sie die Filme nicht so laut hören, wie sie möchten.«

Raphael starrte sie an. »Und den Scheiß glaubst du? Das stinkt doch zum Himmel!« Er ging ein paar Schritte vor und zurück. »Großer Flachbildfernseher – ich könnte grad kotzen: Ist doch wohl klar, was die sich für Filme angucken!«

»Sei leise, verdammt«, fuhr sie ihn, sich umblickend, an. »Ich bin auch hellhörig geworden. Das klingt einfach unglaubwürdig. Obwohl es stimmt, dass er zu Hause einen Obermieter hat. Ich habe das überprüft.«

»Und was unternehmt ihr jetzt?«

»Es sind nur Vermutungen, Raphael. Wir können momentan

nichts unternehmen. Aber ich habe Gorden gesagt, dass wir das ›Bullauge‹ und sein Haus verschärft im Auge behalten werden. Wegen des Einbrechers.« Sie atmete tief durch. »Er würde nicht wagen, jetzt etwas Verbotenes zu tun.«

Raphael schüttelte den Kopf. »Das schützt den Jungen vielleicht im Moment ... Das ist doch zum Kotzen!«

»Wenn du ein Wort von dem weitergibst, was ich dir gerade gesagt habe, Raphael, dann zerstörst du damit meine berufliche Laufbahn, das ist dir hoffentlich bewusst.«

»Ja, ja.«

»Du würdest auch Hannahs Leben zerstören. Sie ist deine Nichte.«

»Ja-haa. Ich hab's begriffen, Sina. Ich halt schon meine Klappe. Ehrlich«, er sah sie an, »ich weiß das zu schätzen, was du getan hast. Du hättest das nicht tun müssen.«

Einen Moment lang musterten sie sich. Dann beugte Raphael sich vor und gab ihr einen Kuss auf die vom Wind kühle Wange. »Danke, Sina. Den Rest nehm ich selbst in die Hand.« Ohne ein weiteres Wort rannte er los.

»Raphael! Hör auf, du ...«

Was sie noch sagte, hörte er nicht mehr, weil der Wind ihre Worte davontrug. Morgen würde er umgehend herauszufinden versuchen, woher die Kerle sich kannten. Freunde von früher! Von wegen. Er würde ihr Privatleben auseinandernehmen!

***

Raphael verbrachte den gesamten Dienstagmorgen im Büro. Imme unterstützte ihn bei seinen Recherchen. Sie stöberten im Internet, telefonierten ... Alles, was sie zusammentrugen und für relevant befanden, skizzierte Raphael auf dem Flipchart. Wobei die Ergebnisse eher Negativergebnisse waren, denn sie fanden nur heraus, was die Männer *nicht* verband. Es gab keinerlei Beweise, ja nicht einmal Hinweise, wo die vier ihre angebliche Freundschaft begründet haben könnten.

Für Raphael war das nicht überraschend. Für ihn stand fest,

woher die Männer sich kannten: Die Schweine hatten über das Darknet oder andere Kanäle, die von Pädophilen genutzt wurden, zusammengefunden.

Raphael saß lesend auf seinem Schreibtischstuhl, die Füße hatte er auf dem Tisch abgelegt, als Ava um vierzehn Uhr kam. Sie hatte Tarik dabei.

»Es tut mir leid«, begann sie, kaum dass sie das Büro betreten hatten. »Tarik wollte eigentlich bei seinem Freund spielen, aber Tims Mutter hat kurzfristig abgesagt. Tim hat Durchfall –«

»Okay, okay«, winkte Raphael ab. »Keine Details bitte. Was Sie mir sagen wollen, ist, dass Sie keinen Babysitter haben und heute nicht arbeiten können?«

»Ich bin doch kein Baby!«, stieß Tarik aus. »Ich hab keinen Babysitter. Ich hab Betreuung.«

»Na dann.« Raphael grinste, während er den Jungen musterte. Der Kleine hatte noch mehr Ähnlichkeit mit seiner Mutter, wenn er die Augenbrauen zusammenzog.

»Er kann sich gut still beschäftigen«, sagte Ava. »Wenn Sie nicht möchten, dass er sich hier aufhält, gehen wir natürlich.«

»Hmm …« Raphael starrte den Jungen an und der ihn – mit erneut zusammengezogenen Augenbrauen. Es war deutlich, dass Tarik sich auch etwas Besseres vorstellen konnte, als sich in seiner Nähe aufzuhalten.

»Also gut«, sagte Raphael. »Wenn du schön ruhig bist, kann deine Mama die Post bearbeiten.« Er sah Ava an. »Die steckt noch im Postkasten. Imme und ich waren heute Morgen so beschäftigt, dass wir sie noch nicht mal reingeholt haben.«

Ava holte einen Stuhl aus der Küche und stellte ihn an ihren Schreibtisch. Tarik streifte seinen Rucksack ab und zog die Jacke aus. Als Ava hinausging, um die Post reinzuholen, hatte er schon eine Blechbox aus dem Rucksack gezogen. Er öffnete den Deckel und ließ eine Ladung Buntstifte auf den Schreibtisch prasseln. Mit einem schrägen Blick zu Raphael, der ihn mit vor der Brust verschränkten Armen musterte, begann er auf einem Zeichenblock zu malen.

»Du kannst auch draußen auf dem Apfelbaum rumklettern«, sagte Raphael. »Malen ist was für Mädchen.«

Tarik starrte ihn an. »Soll ich da etwa runterfallen? Heute ist Sturm.«

Da hatte die kleine Kröte nicht ganz unrecht. Ava wäre zweifellos nicht begeistert, wenn ihr Kleiner bei Windstärke acht im Baum rumkraxelte. Also war es wohl besser, nichts weiter zu sagen, denn sie kam gerade mit der Post rein.

Tarik setzte allerdings noch mal nach. »Van Gogh war auch kein Mädchen. Der war ein Mann. Und der hat auch gemalt.«

Raphael klappte der Mund auf. Der kleine Pups kannte van Gogh. Was war nur los mit den Kindern von heute?

Ava sah interessiert von ihrem Sohn zu Raphael. »Worum geht's?«

Tarik deutete auf Raphael. »Er hat gesagt, dass nur Mädchen malen, aber das stimmt ja nicht, Mama, oder? Auch Jungs malen.«

»Allerdings«, bestätigte Ava. Sie sah Raphael an und öffnete den Mund, schloss ihn aber nach einem Moment wieder. Sie setzte sich und begann, die Post zu öffnen.

Raphael spürte eine leichte Hitze. Sie hielt ihn augenscheinlich einer Antwort nicht für würdig.

»Oh«, stieß sie im selben Moment aus und wedelte mit einem Umschlag. »Das muss die Antwort auf die Speichelproben der Zigarillos sein.«

Raphael schwang die Beine vom Tisch und sprang auf. »Jetzt bin ich gespannt.« Er nahm den Umschlag, schlitzte ihn mit dem Finger auf und zog die beiden Papierbögen heraus. »Fuck!«, stieß er aus, nachdem er das Ergebnis gelesen hatte.

Tarik musterte ihn interessiert.

»Nicht das, was Sie erhofft hatten?«, fragte Ava.

»Nein.« Raphael starrte auf das Papier. »Die Speichelproben sind nicht identisch. Sie stammen von zwei verschiedenen Personen.«

»Kai Ker…« Sie unterbrach sich mit Blick auf Tarik und sagte: »KK war also nicht derjenige, der Ihren Wagen zerkratzt hat.«

»Anscheinend nicht.« Grübelnd ging Raphael zu seinem Platz zurück. Damit hatte er nicht gerechnet.

»Es gibt auch gute Post«, sagte Ava, nachdem sie einen weiteren Umschlag aufgeschlitzt und den Inhalt gelesen hatte. Sie stand auf und legte den Briefbogen vor Raphael auf dem Schreibtisch ab. »Ihre Gewerbeanmeldung wurde genehmigt.«

Raphael reichte ihr das Papier zurück, ohne einen Blick darauf zu werfen. »Ist für die Tonne. Ich habe nicht vor, weitere Fälle zu lösen.«

ACHTZEHN

»Und, hast du gut geschlafen, Chef?«, fragte Imme ihn nach der Begrüßung am Mittwochmorgen gut gelaunt.

Er löste seinen Blick vom Flipchart, auf dem er herumstarrte, als würden die zusammengetragenen Ergebnisse heute anders aussehen als gestern. »Ja, hab ich tatsächlich. Ich habe gegen den Frust angesoffen und bin mit mindestens zwei Promille ins Bett gefallen.«

»Holla! Dann hätte ich jetzt so einen Brummschädel.« Imme deutete mit den Händen den Umfang eines Medizinballs an ihrem Kopf an.

Raphael grinste gequält. »Wer sagt, dass ich den nicht habe? Zwei Tabletten hab ich schon versenkt.«

»Wieso liegen hier zehn Euro?« Imme zog den Geldschein unter dem Tacker hervor, als sie sich an ihren Schreibtisch setzte.

»Dein Gewinn.« Raphael berichtete ihr von dem Ergebnis der Speichelproben.

Imme steckte das Geld ein. »Tut mir ja leid für dich, Chef. Muss dich frustrieren.«

»Kai Kersten krieg ich schon dran. So oder so. Vielmehr interessiert mich jetzt, wer den anderen Zigarillo geraucht und mein Baby zerkratzt hat.«

»Beides muss, wie ich bereits mehrfach bemerkt habe, nicht zusammenhängen. Der Zigarillo könnte von einem Touristen stammen, der ihn beim Spazierengehen achtlos weggeworfen hat. Aber dein zerkratzter Wagen … das ist schon mysteriös. Da möchte dich hier wohl jemand weghaben.«

»Fragen über Fragen.« Missmutig griff Raphael nach dem Ordner mit den Zeitungsartikeln, die sein Onkel über den Fall Dalika Gorden zusammengetragen hatte. Mehr als die Hälfte hatte er bereits gestern noch einmal gelesen, in der Hoffnung, auf irgendein Detail zu stoßen, das sie weiterbrachte.

Alles, was er gelesen hatte, reichte er an Imme weiter. Frauen sahen ja Dinge, die Männer nicht sahen.

Immer wieder blickte Raphael zwischendurch auf die Flipchartnotizen. Fest stand: Schulfreunde waren die vier Männer definitiv nicht, denn ihre Geburtsjahre lagen alle mindestens zwei Jahre auseinander. Auch die Wohnorte waren unterschiedlich. Ein Punkt, der zumindest drei der Männer verband, war das Golfen. Bis auf Martin Gorden spielten alle.

Bei dem Punkt »berufliche Verbindung« war Raphael noch nicht sicher. Was Kersten und Gorden verband, war klar. Gorden war Pächter von Kerstens Immobilie. Dieter Hinsch war ebenfalls Immobilienmakler. Zwar auf Sylt, aber die Wahrscheinlichkeit war groß, dass er ebenfalls Häuser auf Föhr anbot. Was Steffen Erhardt machte, hatte Raphael noch nicht herausgefunden.

»Heute Abend fahr ich aufs Festland«, entschied er spontan. »Ich übernachte bei Jo und werde dann morgen früh zeitig nach St. Peter-Ording aufbrechen. Da häng ich mich dann Erhardt an die Fersen, wenn er sein Grundstück verlässt. Ich will wissen, wo der arbeitet.«

»Vielleicht auf der Bohrinsel, wo Martin Gorden mal gearbeitet hat? Oder in der Gastronomie?«, sinnierte Imme, auf einem Bleistift kauend.

Raphael stand auf und blätterte am Flipchart zu der Seite zurück, wo er Martin Gordens Werdegang skizziert hatte, soweit er anhand der Artikel nachzuvollziehen war. Die Journalisten waren seinerzeit fleißig gewesen und hatten allerlei über den Ehemann der spurlos verschwundenen Dalika herausgefunden. Bevor Martin Gorden das »Bullauge« auf Föhr gepachtet hatte, hatte er ein Jahr in einem Husumer Restaurant und davor drei Jahre lang auf einer Bohrinsel in der Nordsee als Koch gearbeitet.

Imme stand auf und trat neben Raphael vor das Flipchart. Sie deutete mit dem angekauten Bleistift auf den Namen der Bohrinsel, den Raphael auf das Blatt geschrieben hatte. »Wenn Erhardt auf der Buzzard arbeiten würde, wäre er aber kaum jeden Abend zu Hause. Dann wäre er wochenlang weg.«

»Die Buzzard ist eine englische Bohrinsel«, sagte Raphael. »Der Name wird nicht amerikanisch ausgesprochen, wie du es gerade getan hast, sondern englisch.«

»Hä?« Imme zog die Oberlippe hoch und sah ihn an.

»Das a klingt bei dir wie ein ä. Das ist amerikanisches Englisch. Die Engländer klingen eher nach kurzem i.«

»Aha. Danke, Herr Oberschlaumeier.«

»Gern … Ich hol uns mal einen Kaffee.«

Raphael hantierte in der Küche am Kaffeeautomaten herum, als aus dem Büro ein schriller Schrei erklang.

Imme kam ihm auf dem Flur entgegen. »Buzzard!«, rief sie. »Buzzard, Raphael!« Diesmal sprach sie es richtig aus.

Bevor er nachhaken konnte, hielt sie ihm einen Zettel vor die Nase. So dicht, dass er nichts sehen konnte. »Dein Onkel hat den Namen der Bohrinsel aufgeschrieben!«, erklärte sie aufgeregt.

Raphael griff nach dem Zettel. Es war der kleine Notizzettel, auf dem das Wort »Basid« mit drei Ausrufezeichen geschrieben stand.

»Basid, Raphael!« Imme riss ihm den Zettel wieder aus der Hand und pochte mit dem Finger darauf. »Er muss den Namen der Bohrinsel gehört haben! Und er hat es so aufgeschrieben, wie er es verstanden hat!«

Raphael schluckte. Basid.

»Scheiße!«, stieß er aus. »Das könnte sein. Seine Legasthenie … Er könnte tatsächlich Buzzard damit gemeint haben.« Gemeinsam starrten sie auf den Zettel.

»Was machen wir jetzt?«, fragte Imme. »Was fangen wir damit an?«

»Keine Ahnung.« Raphael nahm den Zettel und setzte sich auf seinen Schreibtischstuhl. Was konnte das bedeuten? Was hatte Schorsch über die Bohrinsel herausgefunden? Beziehungsweise über Martin Gorden?

»Dass Gorden auf der Buzzard gearbeitet hat, stand in der Zeitung«, sinnierte Raphael laut vor sich hin. »Schorsch hat bei seinen Recherchen dort angesetzt und ist anscheinend auf etwas gestoßen.«

»Daher die drei Ausrufezeichen hinter dem Wort Basid!«

»Ja.« Raphael sah Imme an. »Und nun? Kennst du jemanden, der auf der Buzzard arbeitet?«

»Klar. Ich hab auf allen Meeren und Bohrinseln Freunde und Verwandte. Du etwa nicht?«

»Witzig.«

»Die Frage ist doch auch«, grübelte Imme, »was Hinsch und Erhardt damit zu tun haben könnten. Denn Schorsch ist auf dem Golfplatz umgekippt. Und da war er definitiv wegen der beiden.«

»Hmm …« Raphael schwang sich aus dem Stuhl hoch und ging hin und her. »Wir müssen jemanden von der Bohrinsel ausfindig machen, der Gorden kennt. Das ist die einzige Möglichkeit, weiterzukommen.«

»Du könntest dich als Journalist ausgeben und auf der Bohrinsel recherchieren.«

Raphael sah Imme an, als wüchsen ihr Fliegenpilze aus den Ohren. »Ja, klar. Da gibt es ja auch gar keine Sicherheitsbestimmungen. Da wird jeder, der dahin möchte, mal so eben auf die Bohrinsel geflogen. Insbesondere die, die sich ohne Referenzen als Journalisten ausgeben.«

»Okay, das war dumm.«

»Vielleicht hatte Schorsch ja schon mit jemandem von der Bohrinsel Kontakt«, grübelte er laut. Er ging zum Schreibtisch und zog Schorschs Handy heraus. »Mal sehen, ob auf diesem Knochen eine Nummer gespeichert ist.«

»Telefonnummern hat Schorsch immer in seinem Adressbüchlein notiert.«

»Stimmt, das Buch hab ich gesehen.« Raphael wühlte in der Schublade und wurde fündig. Das blaue Kunstleder des Buches war mehr als abgegriffen und zeigte, dass der Onkel es oft zur Hand genommen hatte.

Raphael blätterte wahllos durch die Seiten. In der krakeligen Schrift des Onkels standen auf den zerknitterten und bereits vergilbten Seiten Unmengen an Kontaktdaten. »Fuck, das sind Hunderte Nummern und Adressen! Ich wusste gar nicht, dass mein Onkel so viele Leute kannte. Der ist hier doch nie weggekommen.«

»So alt, wie das Ding ist, stehen da wahrscheinlich noch seine Grundschulfreunde drin«, sagte Imme. »Wie willst du denn vorgehen? Wir haben weder einen Namen noch eine Telefonnummer.«

»Wir müssen uns durchtelefonieren«, murmelte Raphael beim Blättern. »Von A bis Z. Aber – ich bin ja ein schlaues Kerlchen – wir rufen nur die auf den jeweiligen Seiten zuletzt eingetragenen Leute an, denn es muss sich, wenn wir überhaupt richtigliegen, um eine seiner neueren Eintragungen handeln.«

Er trat zu Imme an den Schreibtisch. »Ich möchte, dass du die jeweils letzten zwei Namen samt Telefonnummern von A bis Z in einer Tabelle auflistest. Die druckst du zweimal aus. Dann fange ich vorn an und du hinten.«

»Und was sag ich den Leuten?«

»Das überlegen wir uns bei einem Kaffee.«

Eine Stunde später saß Raphael im Wohnzimmer, damit Imme in Ruhe im Büro telefonieren konnte. Er wählte die Nummer, die hinter dem Namen Albers stand. Sich räuspernd wartete er darauf, dass jemand das Gespräch annahm.

»Fängt ja gut an«, murrte er schließlich, als sich niemand meldete.

Allianz stand als Nächstes auf der Liste. Da es sich kaum um Herrn oder Frau Allianz handeln würde, ließ er die Nummer aus und ging über zu Bargmann. Es war eine Föhrer Festnetznummer. Nach dem dritten Klingeln meldete sich eine ältliche Frauenstimme.

»Ah, Frau Bargmann«, säuselte Raphael mit Callcenter-Freundlichkeit. »Schön, dass ich Sie erreiche. In Ihrer Familie gibt es ja einen Bezug zur Bohrinsel Buzzard in der Nordsee, richtig?«

»Wer ist da?« Frau Bargmann klang mehr als verwirrt.

Raphael war sich sehr sicher, dass sie kaum diejenige war, die Ihnen weiterhelfen würde, aber er versuchte sein Glück. Diesmal sprach er lauter und noch deutlicher, da sie anscheinend schwerhörig war.

»Bohrinsel?« Ihr Tonfall sagte alles. Sie hatte keine Ahnung, wovon er sprach. »Da haben Sie sich verwählt«, sprach sie in den Hörer, ebenfalls laut, als sei er auch schwerhörig.

»Sie kennen also niemanden, der dort arbeitet?«, hakte Raphael noch mal nach.

»Nein.«

»Dann vielen Dank!« Er legte auf und wählte die nächste Nummer.

Nach zehn Minuten, er war beim Buchstaben E angelangt, stand er auf und ging ins Büro.

Imme sah ihn an, als er eintrat. »Nein, das ist kein Enkeltrick«, sprach sie gerade ins Telefon und verdrehte die Augen. »Ich wollte nur wissen, ob …« Sie hielt inne und starrte das Telefon an. »Aufgelegt«, sagte sie. »Bisher habe ich nur zwei Leute erreicht, und die hatten keine Ahnung, wovon ich sprach. Sie kannten niemanden, der auf einer Bohrinsel arbeitet.«

»So ähnlich ging's mir auch. Die, die ich erreicht habe, konnten mir nicht weiterhelfen. Einer hat bei mir auch einfach aufgelegt.«

»Dann weiter im Text«, sagte Imme und tippte nach einem Blick auf die Liste eine neue Nummer ein.

Mittags, als Imme ging, hatten sie nichts erreicht. »Ich werde es abends versuchen«, sagte Raphael. »Dann sind die meisten Leute zu Hause.«

Imme verzog die Lippen. »Bis auf die, die auf Bohrinseln arbeiten. Die sind selten zu Hause.«

»Ich liebe deinen Optimismus.«

»Und ich liebe meinen Tjark, und darum muss ich mich jetzt sputen. Mittwochs kocht meine Schwiegermutter. Da muss ich pünktlich am Tisch sitzen, sonst gibt's böse Blicke. Tjark muss sich oft genug von ihr anhören, dass eine Bäuerin auf den Hof gehört und nicht in eine Detektei. Bis Morgen, Chef.«

Raphael führte noch zwei Gespräche, die ihn nicht weiterbrachten. Frustriert ergab er sich dem Knurren seines Magens. Zeit für ein Mittagessen.

Weil er keine Lust hatte, zu kochen, nahm er seine Jacke und ging zu Bübchens Milchbar am Sandwall. Er ließ sich den Salat mit Krabben an einem der Außentische schmecken und beobachtete dabei die Leute, die vorbeispazierten. Obwohl die Herbstferien noch nicht begonnen hatten, war viel los auf der Insel. Eltern mit noch nicht schulpflichtigen Kindern und Ü-fünfzig-Pärchen bildeten den Großteil der Urlauber. Und auf jeden dritten Touristen schien ein Hund zu kommen.

Er gönnte sich noch einen Espresso und eine Zigarette, dann zahlte er und ging zurück in die Mühlenstraße. Die Luft war angenehm frisch, und die Sonne brach durch die Wolken. Es roch nach Herbstanfang, und er atmete die würzige Luft tief ein. Als er die Gartenpforte hinter sich schloss, fiel sein Blick auf die verwitterten hölzernen Buchstaben über der Eingangstür. »Friesen lück«.

Lächelnd bückte er sich unter dem tief hängenden Zweig des Apfelbaums und pflückte im Vorbeigehen einen der grünen Äpfel ab. Und im gleichen Moment überkam ihn ein Gefühl, das höchst beunruhigend war.

Das war diese verflixte Insel! Irgendwas machte die mit einem. Oder warum sonst war ihm gerade, als käme er nach Hause?

Er musste hier weg. Dies war die Bruchbude seines Onkels. Nicht sein Heim!

Über sich selbst verärgert, griff er drinnen nach der Liste und telefonierte im Büro noch einmal die Nummern ab, bei denen am Morgen niemand das Gespräch angenommen hatte.

Als Ava um vierzehn Uhr das Haus betrat, war Raphael erneut beim Buchstaben M angelangt – Magnussen war der nächste Name auf der Liste. Und weil das Gespräch diesmal angenommen wurde, begrüßte er Ava nur mit dem Heben seiner Hand und einem Lächeln.

»Frau Magnussen«, sprach er ins Telefon. »Wie schön, dass ich Sie erreiche. Ich bin doch richtig bei der Familie Magnussen, die einen Bezug zur Bohrinsel Buzzard in der Nordsee hat?«

Ava sah überrascht aus. Zweifellos fragte sie sich, was er da trieb. Aber das wurde sogleich zweitrangig, denn Frau Magnussen – sie klang nach einer Frau um die sechzig – antwortete mit »Ja, wieso? Wer sind Sie?«.

Raphael setzte sich gerade auf. »Mein Name ist Freersen«, sagte er. »Ich ermittle in einem Fall eines ehemaligen Mitarbeiters der Bohrinsel«, entschied er sich spontan, nah an der Wahrheit zu bleiben. »Und da hätte ich ein paar Fragen. Sie arbeiten also auf der Buzzard?«

»Na, ich doch nicht. Mein Mann hat dort gearbeitet. Aber …«, sie klang jetzt misstrauisch, »worum geht es genau?«

»Das würde ich Ihrem Mann gern sagen. Wann könnte ich ihn erreichen?«

»Mein Mann ist zur Kur in Bad Bramstedt. Der kommt erst in zwei Wochen wieder.«

»Vielleicht könnten Sie mir ja seine Handynummer geben? Dann würde ich –«

»Ich gebe Ihnen gar nichts«, fuhr sie ihm verärgert über den Mund. »Sie können mir ja sonst was erzählen.« Und dann legte sie auf.

Raphael legte den Hörer weg und sah Ava an. »Das war jetzt a) gut und b) scheiße.«

Avas Augenbrauen bildeten einen Strich. »Bekomme ich c) eine Aufklärung?«

Er erzählte ihr, wie Imme auf den Zusammenhang zwischen Basid und Buzzard gekommen war.

»Das ist toll!«, rief Ava. Ihre Augen leuchteten. »Schorsch könnte damit tatsächlich die Bohrinsel gemeint haben.«

»Und jetzt bin ich beim Abtelefonieren der Liste aus Schorschs Adressbuch tatsächlich auf jemanden gestoßen, der laut seiner Frau auf der Buzzard gearbeitet hat. Ein Herr Magnussen.«

»Wunderbar. Und was ist an diesen neuen Erkenntnissen jetzt … nicht so gut?«

Raphael lächelte breit. »Nicht so gut – das sagen Sie also statt ›scheiße‹?«

Ava sah ihn herausfordernd an. »Ich versuche in der Tat, Fäkalsprache zu vermeiden.«

»Sie halten mich für einen richtigen Assi, richtig?«

»Sie sind mein Chef. Sie können reden, wie Sie möchten. Ob es mir gefällt, ist eine andere Sache. Aber ich bin jetzt neugierig. Was ist b)?«

»Herr Magnussen ist zur Kur in Bad Bramstedt. Noch für zwei Wochen. Und seine Frau hält mich für einen Trickbetrüger oder so was. Sie hat einfach aufgelegt. Wie komm ich jetzt an weitere Informationen?«

Ava musterte ihn stumm. »Bad Bramstedt …«, sagte sie dann, »so viele Möglichkeiten, sprich Kliniken, gibt es da nicht, wo dieser Herr Magnussen sich aufhalten könnte. Soll ich mich durchtelefonieren?«

»Sehr gut!« Raphael war ehrlich begeistert. »Aber«, fügte er nach einem Moment des Überlegens hinzu, »das mit dem Telefonieren lassen wir lieber. Das ist zu uneffektiv. Ich habe eine bessere Idee.«

***

Der Speisesaal der Bad Bramstedter Bernardi-Klinik war voll besetzt, als Raphael am Donnerstag um achtzehn Uhr den Raum betrat. Er war bereits seit nachmittags vor Ort, aber der Drachen an der Anmeldung hatte ihn trotz seiner Allzweckwaffe, dem Du-bist-die-schönste-Frau-der-Welt-Lächeln, abblitzen lassen, als er nach Herrn Magnussen und dessen Zimmernummer gefragt hatte. Tragisch, nur die wenigsten Frauen waren dagegen immun.

Jetzt blieb nur die Offensive. Dafür hatte er bis zum Abendbrot warten müssen, um so viele Männer wie möglich im Speisesaal anzutreffen.

»Herr Magnussen?«, rief er von der Mitte des Raums aus laut in das muntere Geplauder und Geschirrklappern im Saal hinein. »Herr Magnussen?«

Alle starrten ihn an.

Hoffentlich hatte er hier Glück. Mittags hatte er bereits zwei andere Bad Bramstedter Kliniken erfolglos abgegrast.

»Ich suche Herrn Magnussen«, wiederholte Raphael sich noch einmal mit einem Lächeln.

Die Damen vom Catering musterten ihn verwirrt, ließen ihn aber gewähren.

Die Hand eines Mannes um die sechzig ging in die Höhe. Er trug ein weißes Shirt unter einer blauen Trainingsjacke, war braun gebrannt und sah mehr als gesund aus. »Ich bin Rolf Magnussen«, sagte er irritiert.

Raphael hatte sich seine Worte zurechtgelegt. »Oh, Entschuldigung, Sie meine ich nicht. Vielleicht bin ich auch in der falschen Klinik. Guten Appetit weiterhin.« Er drehte sich um und ging hinaus. Er würde Magnussen abfangen, wenn er vom Essen kam. Ihn direkt am Tisch, vor allen anderen, mit seinem Anliegen zu konfrontieren, wagte Raphael nicht.

Er ließ sich auf einer der Sitzgruppen nieder, die locker im Flur verteilt standen, und verschanzte sich hinter einem Hamburger Abendblatt vom Vortag. Er war versucht, zwei Gucklöcher in das Papier zu reißen, um die Tür zum Speisesaal im Auge zu haben, aber lächerlich machen wollte er sich auch nicht, und so beließ er es dabei, immer wieder über die Zeitung zu blicken, wenn Leute den Saal verließen.

Nach fünfundvierzig Minuten war es endlich so weit. Etliche Männer in blauen Sportjacken waren bereits an Raphael vorbeigegangen. Rolf Magnussen trat glücklicherweise allein aus dem Saal. Er war anscheinend doch nicht so gesund, wie sein Teint weismachen wollte, denn er humpelte schwer und stützte sich auf zwei Gehhilfen.

»Herr Magnussen, entschuldigen Sie«, sprach Raphael ihn an und klappte die Zeitung zusammen, als er neben ihm war.

»Sie«, sagte Rolf Magnussen. »Wollen Sie jetzt doch mich sprechen?«

»Ehrlich gesagt, ja.« Raphael stand auf. »Wenn Sie der Herr Magnussen sind, der auf der Buzzard gearbeitet hat.«

Rolf Magnussen musterte Raphael intensiv, während er sagte: »Der bin ich. Was wollen Sie denn von mir?«

»Ich weiß von Ihrer Frau, dass ich Sie hier antreffen würde, wollte aber nicht vor allen anderen mit Ihnen reden«, sagte Raphael, um eine Vertrauensbasis zu schaffen. »Ich bin Privatermittler, und es geht um den Fall der verschwundenen Dalika Gorden. Und da wäre meine Frage jetzt, ob Sie ihren Mann kennen. Er hat ebenfalls auf der Buzzard gearbeitet. Er war dort Koch. Sein Name ist Martin Gorden.«

Rolf Magnussens buschige graue Augenbrauen zogen sich zusammen. »Ja, ja, den kenne ich. Aber ich habe keine Lust, das alles noch mal durchzukauen.« Er verzog abschätzig den Mund. »Wie viele Privatdetektive ermitteln da eigentlich? Vor ein paar Monaten hab ich schon mal Fragen dazu beantwortet.«

»Das war wohl mein Onkel. Georg Rickers?«

»Kann sein, ich habe mir den Namen nicht gemerkt. Ich habe ihm alles gesagt, was ich über Flash weiß. Mehr gibt's da nicht.«

»Flash?« Raphael war irritiert.

Magnussen nickte. »Flash. So haben ihn auf der Bohrinsel alle genannt. Warum, dürfte klar sein.«

Raphael lächelte. »Ja, okay.« Flash Gordon war eine amerikanische Comicfigur, eine Art Superheld. Und bei der Namensähnlichkeit passte dieser Spitzname natürlich perfekt. »Flash Gorden ... witzig«, sagte Raphael. »Wobei er optisch von einem Superhelden megaweit entfernt ist.« Im selben Moment überlief es Raphael heiß.

Flash!

Das hatte sein Onkel gemeint, als er »Flesch« geschrieben hatte!

Rolf Magnussen lächelte. »Wohl wahr. Man hätte Flash allerdings auch Flush nennen können. Das hat Ihr Onkel Ihnen doch bestimmt gesagt?«

»Mein Onkel ist verstorben und hat mir gar nichts mehr mitteilen können.«

»Oh, tut mir leid. Er hat auch ordentlich geschnauft, während wir uns unterhielten.«

»Dann war es definitiv mein Onkel.«

»Na, jedenfalls, Flash hat Poker gespielt hat. Exzessiv. Royal *Flush* ... Sie verstehen?«

»Poker?« Raphael war mächtig verwirrt.

Magnussen stützte sich leicht stöhnend kurz auf dem kranken Bein ab, dann wieder auf dem gesunden. »Gorden war hochgradig spielsüchtig. Das hat ihn den Job auf der Buzzard gekostet, als das rauskam. War eigentlich 'n feiner Kerl, der Flash, aber Spielsucht ist was Fatales. Die verzocken Haus und Hof, die Spielsüchtigen, wenn die nicht in Therapie gehen. Und selbst dann werden wohl viele rückfällig.«

Raphael war sprachlos. Martin Gorden war spielsüchtig!

Magnussen störte sich nicht an Raphaels Schweigen. Er redete weiter. »Hat mir schon leidgetan, der Flash, als ich hörte, was da mit seiner Frau passiert ist. Habe alles in der Presse verfolgt.«

»Ja«, sagte Raphael nur. In seinem Kopf surrte es. Spielsüchtig …

»Fuck!«, stieß er aus, als ihm klar wurde, was das bedeuten konnte. Das war vielleicht die Antwort auf die Frage, was die vier Männer verband. Kersten, Hinsch, Erhardt und Gorden waren keinesfalls Freunde von früher. Und das, was sie alle vier Wochen im »Bullauge« zusammenführte, war nichts, was mit dem kleinen Nath zu tun hatte.

Die Kerle zockten!

Sie hauten sich die Nächte beim Pokerspiel um die Ohren. Die Ferienwohnung über dem Restaurant war der perfekte Ort, um verbotene Glücksspiele durchzuführen.

»Danke, Herr Magnussen. Sie haben mir wirklich enorm weitergeholfen«, sagte Raphael und reichte dem Mann die Hand, zog sie aber wieder zurück, weil Magnussen ja beide Hände an den Gehhilfen hatte.

Rolf Magnussen nickte ihm zu. »Dann mal viel Glück beim Weiterermitteln. Würde mich für Flash freuen, wenn das Drama um seine Frau endlich aufgeklärt wird. Er war es jedenfalls nicht, dafür würde ich meine Hand ins Feuer legen. Flash kann keiner Fliege was zuleide tun.«

***

Das Sanderuper Pastorat lag zwischen altem Baumbestand. Kastanien drückten unter Raphaels Schuhen, als er den Weg zu dem Backsteingebäude mit den grün-weißen Holzfenstern hinaufging. Ein paar kickte er im Licht der Außenlampe zur Seite. Als er klingelte, lächelte er in der Erinnerung daran, wie Johannes und er als Kinder Kastanienmännchen gebastelt hatten. Zwillingskastanienmännchen. Es war gar nicht so einfach gewesen, genau gleichförmige Kastanien für Kopf und Körper zu finden.

»Hereinspaziert«, begrüßte Johannes ihn fröhlich und ließ ihn eintreten. »Ich sitze gerade an meiner Predigt für Sonntag und brauche noch zehn Minuten. In der Küche steht Kaffee. Aber ich hab dir auch ein Bier kalt gestellt. Nimm, was du magst.«

»Nath Gorden wird vermutlich gar nicht missbraucht«, sprudelte Raphael heraus. »Die Kerle spielen Poker, oben, über dem Restaurant.«

»Was?« Johannes sah ihn verwirrt an.

Raphael berichtete, was er gerade herausgefunden hatte.

»Aber warum sollten die Männer so ein Geheimnis daraus machen?«, fragte Johannes. »Solange Gorden es in dieser privaten Runde belässt und kein öffentliches Glücksspiel betreibt, kann ihnen doch keiner was. Oder wie ist da die Rechtslage?«

»Das ist die Frage. Ich habe ja nur die Wochenenden beobachtet, an denen Hinsch und Erhardt auf der Insel waren. Vielleicht hat Gorden ja auch an den anderen Wochenenden Pokergäste gehabt? Außerdem hatten Hinsch und Erhardt beim letzten Mal noch einen weiteren Typen dabei. Verbotenes Glücksspiel … da drohen hohe Geldstrafen oder vielleicht sogar Haft?«

»Hm.« Johannes überlegte. »Das wäre natürlich möglich. Was mich allerdings wundert: Wenn auf der Bohrinsel alle von Martin Gordens Spielsucht wussten, wieso kam das nicht heraus? Die Journalisten haben doch seinerzeit fleißig recherchiert, nachdem Dalika Gorden verschwunden war.«

»Vielleicht konnten die Presseleute kein Englisch? Die Buzzard wird schließlich von einer englischen Firma betrieben. Deutsche Mitarbeiter sind da die Ausnahme.«

»Quatsch.«

Raphael ließ sich auf das Sofa fallen. »Ja, keine Ahnung. Vielleicht sind die Pressefuzzis einfach an die falschen Informanten geraten. An die, die Gorden nicht verpfeifen wollten. Schließlich wird er kaum mit sich allein gepokert haben.«

»Und was willst du jetzt unternehmen?« Johannes hockte sich auf den Sessel.

»Das weiß ich noch nicht. Es Sina sagen? Damit die es an die Kollegen der Kripo weiterleitet, die den Fall Dalika bearbeiten? Die Frage ist doch: Hat das Ganze was mit Dalikas Verschwinden zu tun?«

»Sie wird zweifellos von der Spielsucht ihres Mannes gewusst haben. Und wenn er diese Pokerrunden schon lange betreibt, wird sie auch das gewusst haben.«

Raphael nickte. »Spielschulden ... das würde auch die Gerüchte um die finanzielle Notlage der Gordens erklären, obwohl das Restaurant so gut läuft. Aber all das ist noch kein Grund, Dalika zu töten.«

Die Sonntagspredigt war vergessen. Sie diskutierten die verschiedensten Möglichkeiten für ein Motiv, aber die eine, alles erklärende Idee war nicht dabei.

»Du musst zur Polizei gehen«, sagte Johannes, als sie zu Bett gingen. »Offensichtlich sind die Kripobeamten bei ihren Ermittlungen nicht darauf gestoßen, dass Gorden spielsüchtig ist. Es könnte ein neuer Ermittlungsansatz für sie sein.«

»Ja, da hast du wohl recht«, sagte Raphael. Aber vorher würde er selbst noch etwas austesten.

NEUNZEHN

Die Terrasse des »Bullauge« war gut besetzt. Als Raphael die Gaststube betrat, roch es lecker nach gebratenem Fisch. Bis auf drei Tische waren alle besetzt.

»Hi!«, begrüßte er Sarah, die von draußen hereinkam und ein Tablett mit leeren Gläsern auf dem Tresen abstellte. Dem Barkeeper rief er »Moin« zu. Henning Sökers nickte ihm zu. Er war dabei, Gläser zu polieren.

»Oh, hallo, Raphael«, sagte Sarah. »Möchtest du was essen? Bis auf den«, sie deutete auf einen Tisch am Fenster, auf dem ein Kärtchen mit dem Aufdruck »Reserviert« stand, »kannst du zwischen den freien Tischen wählen.«

Raphael war nicht undankbar dafür, dass sie ihm hier an ihrem Arbeitsplatz ihre vollen Lippen nicht zum Kuss bot. »Nein, ich möchte nichts essen«, sagte er. »Ich möchte deinen Chef sprechen.«

»Aber der hat jetzt keine Zeit. Du siehst doch, was hier um die Mittagszeit los ist.«

»Sag ihm einfach, Raphael Freersen ist hier. Dann wird er schon aus seinem Kabuff rauskommen.«

Sarahs Augenbrauen zogen sich zusammen. »Kennt ihr euch denn?«

»Ja.«

Sie zögerte noch einen Moment, dann verschwand sie hinter der Schwingtür, die in die Küche führte.

Sekunden später kam Martin Gorden in den Gastraum gestürzt, direkt auf Raphael zu. Seiner Kochkleidung entströmte der Geruch nach Bratfisch und Zwiebeln. »Dass Sie es wagen, hier aufzutauchen«, fauchte er Raphael an. »Ich erteile Ihnen Hausverbot! Verschwinden Sie, oder ich rufe die Polizei!«

Sarah, die Gorden gefolgt war, blickte mit weit aufgerissenen Augen von einem zum anderen. Und Raphael sah aus dem Augenwinkel, dass Barkeeper Henning Sökers das Gläserpolieren eingestellt hatte. Auch ein paar der Gäste wurden aufmerksam.

Er scherte sich nicht darum. Er zog ein Päckchen Spielkarten aus der Tasche seiner Lederjacke und begann in aller Seelenruhe, die Karten zu mischen.

Martin Gorden starrte auf Raphaels Hände. In seinem Gesicht begann ein Muskel zu zucken.

Raphael nahm die oberen fünf Karten in seine linke Hand, fächerte sie auf und blickte auf das bunte Durcheinander an Spielkarten. »Oh«, sagte er, »ein Royal *Flash*!«

Martin Gorden wurde blass. Er sah sich hektisch im Raum um, dann wieder Raphael an. »Was soll das?«, stieß er aus, wesentlich leiser als zuvor. Er fuhr sich mit der rechten Hand durch das schüttere Haar. »Ich … ich weiß nicht, was Sie von mir wollen.«

Raphael trat ganz nah an ihn heran. Er flüsterte ihm ins Ohr: »Das kann ich dir sagen, Gorden, was ich von dir will. Ich will, dass du mir sagst, was mit Dalika passiert ist. Denn wir wissen doch beide, dass der Schlüssel zum Ganzen in deiner Spielsucht liegt.« Er trat zurück und steckte Martin Gorden eine Spielkarte, die er aus der Gesäßtasche herauszog, in den Bund der Schürze.

Es war die Herzdame.

Dann drehte er sich um und verließ das Restaurant.

Draußen ging Raphael ein paar Schritte Richtung Upstalsboom, dann überquerte er die Straße. Sein Fahrrad hatte er unberechtigterweise in einem Fahrradständer auf dem Grundstück eines Ferienhauses abgestellt. Er schloss das Rad auf, fuhr aber nicht davon, sondern setzte sich auf die weiße Bank vor dem Haus und behielt den Aufgang zum Restaurant im Auge.

Hatte *er* jetzt zu hoch gepokert?

Nein, lautete fünf Minuten später die Antwort. Er hatte gewagt und gewonnen.

Martin Gorden kam mit seinem Fahrrad auf die Straße gejagt und fuhr Richtung Strandstraße. Mitten in der Hauptgeschäftszeit verließ er sein Restaurant!

Raphael ließ ihm einen kleinen Vorsprung, bevor er ihm folgte. Gorden trat in die Pedale, als trainiere er für die Tour de France.

Raphael war nicht überrascht, als Gorden Richtung Flugplatz fuhr. Er war definitiv auf dem Weg zu Kai Kersten. Hinter dem Flugplatz bog er tatsächlich links in den Greveling ab und schlug dann den Weg zu Kerstens Grundstück ein.

Raphael radelte schnell am Grundstück vorbei. Aus sicherer Distanz beobachtete er, wie Gorden an Kerstens Tür klingelte. Er wurde augenblicklich hereingelassen, was dafür sprach, dass er sich telefonisch avisiert hatte.

Wie gern wäre er jetzt Zeuge des Gesprächs!

Aber Raphael musste sich damit begnügen, die Männer aufgerüttelt zu haben. Mehr konnte er momentan nicht tun. Heute Abend würde er zu Sina gehen und ihr von Gordens Spielsucht berichten.

Raphael ließ einen Lieferwagen passieren und wollte sein Fahrrad gerade in Fahrtrichtung drehen, als Kerstens Haustür wieder geöffnet wurde. Martin Gorden stürmte heraus, schwang sich auf sein Rad und fuhr die Auffahrt wie von der Tarantel gebissen herunter. Er war definitiv mehr als aufgebracht. Wie es aussah, war er in Tränen aufgelöst. Was Kai Kersten ihm hinterherrief, konnte Raphael nicht verstehen, weil ein weiterer Lieferwagen angefahren kam.

Doch er hatte ein ganz anderes Problem: Martin Gorden bog nicht links ab, sondern kam direkt auf ihn zugeradelt.

Zum Wegfahren war es zu spät, also blieb Raphael nur die Möglichkeit, auf Tauchstation zu gehen. Und da profitierte er von dem Lieferwagen, der in wenigen Metern Entfernung vor ihm angehalten hatte. Hastig schob er sein Fahrrad dahinter. Sekunden später jagte Gorden an ihm vorbei. Als Raphael vorsichtig um die Ecke linste und zu Kerstens Grundstück sah, trat Kai Kersten gerade auf eine perfekt gestutzte Buchsbaumkugel ein.

Junge! Raphael war mehr als zufrieden mit sich. Er hatte definitiv etwas losgetreten!

Aber wo wollte Martin Gorden hin? Der Greveling führte zwar über mehrere Abzweigungen zurück an den Greveling-stieg, aber der Weg, den Gorden jetzt eingeschlagen hatte, war definitiv nicht der kürzeste zum Restaurant.

Raphael folgte ihm mit gebührendem Abstand. An der Hauptstraße bog Gorden nicht zum Restaurant ab, sondern nach links Richtung Nieblum.

Wo fuhr er hin?

Die Frage beantwortete sich schneller als erwartet, denn Martin Gorden bog gleich darauf in den Strandweg ab, der zwischen den Gebieten Greveling und Bredland lag. Gorden rumpelte wie irre über den Schotter. Am Strandübergang warf er das Rad einfach in den Sand und rannte nach links auf die Düne, an der das kunterbunte Pippi-Langstrumpf-Haus lag.

Was hatte das zu bedeuten?

Als Raphael die Düne erreichte, war von Gorden nichts zu sehen, obwohl die von Strandhafer und Gras bewachsene Fläche sehr eben war – von einigen Mulden abgesehen. Aber es war wildes Schluchzen zu hören. Raphael folgte den Lauten. So geräuschlos wie möglich tappte er durch den Strandhafer. Nach zwanzig Metern sah er Martin Gorden vor sich. Er lag gekrümmt in einer der Mulden und weinte herzzerreißend.

Raphael schluckte. Das klang zum Erbarmen. Und es bedeutete mit allergrößter Wahrscheinlichkeit, dass Dalikas Verschwinden tatsächlich mit Gordens Spielsucht in Zusammenhang stand. Anders war diese Verzweiflung nicht zu erklären.

Raphael schlich zurück. Er betrat den Strand und ging ein paar Schritte. So weit, dass er Gorden noch im Blick haben würde, wenn der zu seinem Fahrrad zurückkehrte. Mehr als zehn Minuten musste Raphael warten, bis es so weit war und Martin Gorden in Sichtweite kam. Er wirkte jetzt gefasster, aber seine Körperhaltung war die eines alten Mannes.

Gorden sammelte sein Rad aus dem Sand auf und fuhr los. Raphael wartete, bis er außer Sichtweite war, dann ging er zu der Mulde, in der Gorden wie ein waidwundes Tier gelegen hatte. Der Platz war wie geschaffen, um seiner Verzweiflung freien Lauf zu lassen. Spaziergänger am Strand waren weit genug weg, und die Villa Kunterbunt, deren Rückseite und Terrasse zu sehen waren, lag auch nicht in Hörweite.

Raphael wollte sich zum Gehen wenden, als sein Blick auf etwas fiel, das ihn stutzen ließ. Etwas, das er bis vor Kurzem nicht beachtet hätte, aber nun … Er bückte sich zu dem vertrockneten Blütenkopf. Der Trocknungsprozess war weit fortgeschritten, aber es war definitiv eine rote Rosenblüte.

Zufall?

»Nein«, murmelte Raphael aufgeregt und sah sich um. Und tatsächlich, hinter der Mulde, in der Gorden gekauert hatte, steckten Überreste eines Straußes im Sand. Drei Stängel mit vertrockneten Köpfen, die übrigen Stängel waren ohne Kopf.

»Scheiße!«, stieß Raphael aus. Sein Herz begann zu rasen, sein Blick glitt wild hin und her. Es hatte etwas zu bedeuten, dass Gorden sich in seiner Verzweiflung ausgerechnet hierher verkrochen hatte.

***

»Was ist los mit dir, Raph?«

»Wie?« Raphael sah seinen Bruder verwirrt an. Er hatte Johannes, der am Abend mit seiner Tochter zum Pizzaessen verabredet war, am Fähranleger abgeholt.

Johannes musterte ihn im Gehen. »Du bist so unkonzentriert. Irgendwas beschäftigt dich doch?«

Raphael machte eine wegwerfende Handbewegung. »Alles gut. Ich, äh, bin gedanklich nur damit beschäftigt, mir zu überlegen, wie ich Sarah abserviere, ohne ihr wehzutun.«

Dieser Gedanke hatte ihn zwar gestern kurz beschäftigt, war aber keinesfalls der Anlass für seine geistige Abwesenheit. Raphael wollte Johannes diesmal nicht in das einweihen, was er plante. Er musste auch mal was allein auf die Reihe kriegen. Insbesondere, wenn es vermutlich wieder nur ein Hirngespinst war.

»Du machst dir Gedanken darüber, wie du einer Frau schonend beibringen kannst, dass Schluss ist?« Johannes blieb stehen und packte Raphael am Arm. »Okay, Alien, du sagst mir jetzt sofort, wo ich meinen Bruder finde.«

Raphael lachte herzhaft. »Hey, der war richtig gut, Bruder.« Um von weiteren Nachfragen abzulenken, brachte er das Gespräch auf Hannah. Das funktionierte immer, denn Johannes war mehr als vernarrt in seine Tochter. Und es klappte auch diesmal. Raphael ließ ihn erzählen, während sie den Sandwall entlanggingen.

»Meinst du, ich sollte mit ihr ein Kinderzimmer im Pastorat einrichten? Also, falls sie mich mal besucht?«, fragte Johannes, als sie in die Mühlenstraße einbogen.

»Oh nein«, stöhnte Raphael, als er aus der Ferne sah, wer vor seinem Haus auf und ab lief.

»Nicht?« Johannes sah ihn betroffen an. »Aber sie hat gesagt, dass sie mich unbedingt bald besuchen will. Sie ist ganz neugierig, wie und wo ich wohne. Und ein Kinderzimmer –«

»Was?«, unterbrach Raphael ihn. »Nein, ich meine doch nicht Hannah. Mein Stöhnen galt Frau Khun-Dingsbums.« Er nickte Richtung Haus.

»Oh!«, war Frau Soms Begrüßung, als sie bei ihr eintrafen. Ihr Blick wechselte zwischen den Männern hin und her. »Zwei Stück!«

»Ja, wir sind zwei Stück«, sagte Raphael. »Möchten Sie reinkommen?« Er deutete zum »Friesen lück« und zwinkerte Johannes zu. Der erwiderte Frau Soms Gruß vorbildlich mit einem »Guten Tag, Khun Som.«

»Gibt denn Spur über Dali?«, fragte Frau Som Raphael. Hoffnung pur klang durch ihre Stimme.

»Leider noch nicht«, erwiderte er. Er hatte nicht vor, Dalikas Mutter in das einzuweihen, was er über Martin Gorden und die anderen Männer herausgefunden hatte. Es war besser, sie blieb ahnungslos, bis er tatsächlich etwas zu Dalikas Schicksal vorweisen konnte.

»Nix?«, hakte sie noch einmal nach.

Raphael schüttelte den Kopf. »Aber ich gebe nicht auf. Ich

verspreche Ihnen, dass ich weiterhin alles tun werde, um herauszufinden, was mit Ihrer Tochter passiert ist.«

Raphaels Wecker klingelte um zwei Uhr nachts. Schnell stellte er ihn aus. Es fehlte noch, dass Johannes, der unten auf dem Sofa schlief, etwas mitbekam. Er zog sich dunkle Sachen an und ging die Treppe leise hinunter, die vorletzte Stufe von oben aussparend, weil sie knarzte. Unten schlüpfte er in ein paar blaue Sneakers. Beruhigt stellte er dabei fest, dass Schnarchen aus dem Wohnzimmer drang. Der glückliche Johannes schlief den Schlaf des Gerechten.

Raphael lächelte. Sein Bruder hatte ihm – nachdem er vom Pizzaessen mit Hannah zurückgewesen war – über eine Stunde lang von dem Treffen berichtet. Raphael wusste jetzt unter anderem – unter sehr viel anderem –, was Hannah liebte oder auch nicht. Sympathisch fand Raphael, dass sie nicht gern zur Schule ging. »Ich möchte lieber jeden Tag am Strand sein«, hatte sie zu Johannes gesagt.

Raphael schlich aus der Hintertür. Überrascht stellte er fest, dass sich dichter Nebel gebildet hatte. Der Herbst hielt langsam, aber sicher Einzug. Mit der Erkenntnis, dass das seinem Vorhaben nicht abträglich war, stieg er in den Renault. Beladen hatte er den Wagen bereits am Mittag.

Er fuhr los und ruckelte wenig später auf dem Strandweg Richtung Villa Kunterbunt. Er parkte den Wagen am Ende des Wegs und öffnete den Kofferraum. Bewaffnet mit Spaten, Plattschaufel, Metallstab, Eimer sowie Stirn- und zwei Taschenlampen marschierte er über die Düne zu der Mulde, in der Martin Gorden gekauert hatte. Dort legte er alles ab und sah sich um.

Das bunte Ferienhaus war hinter dem dichten Nebel verschwunden. Die einzigen Lichter, die schemenhaft durch die grauen Schwaden zu erkennen waren, kamen von einigen Außenlampen in den Wohngebieten Greveling und Bredland und von Amrum. Das Meer rauschte in seinem ewigen Tonus, und das übte auf Raphael eine beruhigende Wirkung aus. Er hatte Zeit. Hier war niemand, der ihn bei seinem Tun stören würde. Alle Häuser lagen weit entfernt. Er musste sich nur entscheiden, wo er buddeln wollte. Dort, wo Gorden gekauert hatte? Oder dort, wo der vertrocknete Strauß im Sand steckte? Diese Frage hatte er sich heute schon zigfach gestellt, ohne zu einem Entschluss gekommen zu sein.

»Okay«, murmelte er. Er würde sich auf sein Gefühl verlassen. Und so begann er mit dem ersten Spatenhieb in der Mulde, nachdem er zwei Taschenlampen zum Ausleuchten platziert hatte. Schaufel für Schaufel flog der Sand zur Seite. Da er diesmal allein arbeitete, musste er den Sand weit werfen, damit er nicht zurück in die Grube rieselte. Und das ließen ihn seine Arme spüren. Irgendwann begann er zu keuchen, zu schwitzen, aber er wurde nicht langsamer, während sich die Feuchtigkeit kühl auf seine Haut legte. Die Neugier war das Öl auf seinem Motor.

»Vielleicht hätte ich dich doch mitnehmen sollen, Bruder«, murmelte er nach einer weiteren halben Stunde, als er in der immer größer und tiefer werdenden Grube stand, aber noch lange nicht da war, wo er hinwollte. Er legte den Spaten, den er erneut gegen die Plattschaufel ausgetauscht hatte, zur Seite, griff nach dem Metallstab und bohrte ihn in kurzen Abständen in den Sand. Aber er kam noch nicht tief genug. Wer eine Leiche verbuddelte, hatte definitiv tiefer gegraben.

Er warf den Stab hinter sich in den Sand und streckte die Hand nach dem Spaten aus, aber er griff ins Leere. Irritiert lenkte er das Licht der Stirnlampe zu der Stelle, an der er ihn abgelegt hatte. Im selben Moment schlug ihm seitlich etwas an den Schädel, so brachial, dass er zur Seite kippte. In seinen Schmerzschrei mischten sich Worte: »Du verdammter Schnüffler! Du dumme Sau!«

Raphael rappelte sich auf, obwohl er dem Drang in seinem Schädel, in ein dunkles Nichts zu versinken, zu gern nachgegeben hätte. Aber er kämpfte dagegen an. Stöhnend wandte er den Kopf dem Angreifer zu. Wer es war, hatte die Stimme bereits verraten. Kai Kersten hob den Spaten, den er Raphael gerade mit der Breitseite an den Kopf geschlagen hatte, erneut. Aber das Licht von Raphaels Stirnlampe blendete ihn. Den Moment, in dem Kersten die Augen zukniff, nutzte Raphael. Er griff neben sich und warf Kersten eine Handvoll Sand ins Gesicht, als der die Augen wieder öffnete.

Kersten jaulte auf, und Raphael versuchte, vor dem Schlag wegzutauchen. Aber die Grube ließ nicht viel Spielraum. Raphael wurde zwar nicht am Kopf getroffen, aber das Spatenblatt rammte sich in seine Schulter. Er hörte etwas brechen, doch der Schmerz an seinem Kopf überwog. Weil Kersten ihm einen Moment schenken musste, um sich den Sand aus den Augen zu wischen, gelang es Raphael, auf die Füße zu kommen. Aus der Grube heraus zog er Kersten am Bein hinein.

Sie fielen übereinander her. Raphael verlor dabei die Stirnlampe. Ihr Keuchen und Stöhnen vermischte sich mit dem Rauschen der Brandung. Raphael gelang es, seinem Gegner einen linken Haken zu verpassen, der ihn taumeln ließ, aber Kersten hatte den Vorteil, unverletzt zu sein. Einem zweiten Schlag konnte er ausweichen.

Und dann bekam Raphael eine Ladung Sand ins Gesicht. Für einen Moment war er blind. Seine Augen brannten, aber das war das geringste Problem. Kersten trat ihm die Beine weg und warf sich auf ihn. Raphael lag auf dem Bauch. Kersten hockte auf seinem Rücken und drückte Raphaels Kopf mit beiden Händen in den Sand.

Raphael bot alles an Kraft auf, was er aufbieten konnte. Er versuchte, Kerstens Hände von seinem Kopf zu zerren, aber seine Position ließ kaum Spielraum. Und vor allem kam die Panik hinzu. Er konnte nicht atmen! Die Nase war bereits voller Sand, und reflexartig riss er den Mund auf. Der Sand drang ein. Das Blut pochte in seinem Schädel. Er musste würgen und husten, sog den Sand in seine Kehle. Die Sekunden wurden zur Ewigkeit.

Luft! Er brauchte … Luft! Alles begann sich zu drehen. Ihm wurde schlecht. Etwas zog ihn fort … aus dem Leben …

Und dann, gerade als das schwarze Monster ihn zu verschlingen drohte, verschwand die Last von seinem Rücken. Etwas riss ihn hoch. Panisch, weil er immer noch nicht einatmen konnte, begann Raphael zu schnauben, zu spucken, zu husten …

Jemand klopfte ihm auf dem Rücken und schrie seinen Namen. »Raphael! Spuck aus! Atmen … du musst atmen, hörst du?«

Raphael würgte und spuckte, und dann, endlich, endlich, kam Luft in seinen Lungen an. Je mehr Sand er ausschnaubte, desto mehr Luft kam durch. Das schwarze Monster zog sich zurück. Erst langsam und widerwillig, dann immer schneller.

Das Husten trieb Tränen aus Raphaels brennenden Augen, spülte den Sand hinaus. Er würgte weiter, während er die linke Hand in den Oberarm seines Retters krallte, der ihn hielt. Sprechen konnte Raphael noch nicht, aber spüren. Liebe und unendliche Dankbarkeit.

»Alles wird gut, Bruder. Alles wird gut!« Johannes klang immer noch panisch, während er Raphael noch einmal auf den Rücken klopfte, weil der erneut zu würgen begann.

Es dauerte, bis Raphael so weit war, dass er einatmen konnte, ohne husten oder würgen zu müssen. »Was … machst … du hier?«, war das Erste, was er herausbrachte, seinen Bruder in der Dunkelheit aus brennenden Augen anstarrend.

Johannes' Stimme zitterte. »Meinem bescheuerten Bruder das Leben retten.«

»Deine … beste Idee … *ever*.«

»Kommst du klar?« Johannes ließ ihn los. »Ich muss nach ihm schauen.« Er stand auf. Seine Stimme schwankte. »Ich hab ihm die Plattschaufel an den Kopf gehauen.«

Raphael hörte, wie Johannes Kerstens Körper im Sand umdrehte. »Lass ihn nicht tot sein, Gott, bitte!«, stieß Johannes dabei flehend aus. »Bitte nicht.«

Raphael hörte durch einen erneuten Hustenanfall hindurch Johannes' erleichtertes »Danke, Gott! … Er lebt, Raphael. Ich hab ihn nur bewusstlos geschlagen. Oh, danke, Gott!«.

»Ruf … die Polizei«, stieß Raphael aus.

»Ja … ja, natürlich. Und einen Rettungswagen … Gott, bin

ich froh, dass ich dir gefolgt bin. Ich darf gar nicht daran denken, was wäre, wenn ich nur eine Minute später hier gewesen wäre.«

Raphael legte sich zurück in den Sand. »Dann hättest du … ab nächstem Ersten … in der Mühlenstraße *zwei* Wohnungen vermieten können.«

Johannes seufzte. »Tu mir einen Gefallen, Raph. Wenn du irgendwann einmal, in hoffentlich ferner, ferner Zukunft, am Himmelstor ankommst, sag nichts. Einfach mal nichts. Dann lassen sie dich vielleicht rein.«

***

Raphael hatte sich geweigert, im Rettungswagen mitzufahren, und behauptet, es gehe ihm gut. Eine satte Lüge. In der Tat ging es ihm wesentlich besser, seit er sich die Kehle mit dem Wasser eines Rettungssanitäters und dem Tee, den Sina aus dem Streifenwagen holte, freigespült hatte, doch sein Schädel schmerzte grauenhaft, ebenso seine Schulter, aber er wollte nichts von dem verpassen, was auf der Düne geschah.

Kai Kersten war mit dem Rettungswagen ins Krankenhaus gebracht worden – bei Bewusstsein. Zwei Streifenwagenbesatzungen waren vor Ort. Polizeiobermeister Müller befragte gerade Johannes. Sina hockte vor Raphael. »Du buddelst hier im dichten Nebel, weil du glaubst, dass Dalika Gordens Leiche hier liegt?«, fragte sie ungläubig. »Wie kommst du darauf?«

Raphael entgegnete nichts. Er sah zu Johannes, dessen Gesicht vom Licht einer Taschenlampe eines weiteren Beamten angestrahlt wurde. »Jo ist völlig fertig.«

Sina war seinem Blick gefolgt. »Allerdings«, sagte sie streng. »Er hat ja auch gerade ziemlich was mitgemacht. Er hat Kai Kersten mit einer Plattschaufel fast den Schädel zertrümmert.«

»Ja, verdammt, um mir das Leben zu retten, falls dir das entfallen ist«, stieß Raphael aus.

»Es ist mir keinesfalls entgangen, dass Jo mal wieder die heißen Kartoffeln für dich aus dem Feuer geholt hat. So wie früher.« Ihre Stimme klang bitter. »So wie immer.« Ihr Blick hing an Johannes. »Er ist noch genauso wie früher.«

Ihr schien bewusst zu werden, dass sie einen lauten Seufzer ausgestoßen hatte. Abrupt wandte sie sich wieder Raphael zu. »Und jetzt erzähl. Der Reihe nach, damit ich verstehe, wieso du glaubst, dass Dalika Gorden hier liegt.«

Und das tat Raphael. Er berichtete von der Buzzard, von seinem Gespräch mit Rolf Magnussen und der Spielsucht Gordens, dass er Gorden mit seinem Wissen konfrontiert hatte und ihm am Morgen hierher gefolgt war.

»Und jetzt schnappt euch Schaufeln, Sina, und buddelt, was das Zeug hält. Dann werdet ihr sehen, dass ich recht habe. Dalika Gorden liegt entweder in der Grube, die ich angefangen habe zu graben, oder dahinter, wo die trockenen Blumen im Sand stecken.«

Sina starrte ihn einen Moment lang schweigend an. Als Polizeiobermeister Müller neben sie trat, sagte sie: »Wenn es stimmt, dass Kai Kersten dich töten wollte, Raphael, wird er einen Grund dafür gehabt. Und sollte dieser Grund die hier vergrabene Leiche von Dalika Gorden sein, müssen wir das Gebiet jetzt absperren. Wir können hier nicht buddeln. Wir würden Spuren vernichten.«

Bevor Raphael antworten konnte, schritt Müller ein. »Wir werden hier nicht die Spurensicherung antanzen lassen, Sina, nur weil der da«, er deutete auf Raphael, »ein bisschen Sand geschluckt hat, während er sich mit Kai Kersten geprügelt hat.«

»Er wollte mich töten!«, schrie Raphael den Polizisten an.

»Ich nehm das auf meine Kappe«, sagte Müller zu Sina, Raphael ignorierend, und ging zu seinen Kollegen. Gleich darauf schnappten sich Müller und ein weiterer Beamter Raphaels Spaten und Plattschaufel und hoben die Grube weiter aus.

Raphael und Johannes saßen nebeneinander im Sand. Schweigend sahen sie bei der Aktion zu. Wie in einem Sherlock-Holmes-Film, dachte Raphael angesichts des wabernden Nebels. Er vergaß sogar seine Wut auf Müller. Dass der Polizeiobermeister weiterbuddelte, obwohl er damit gegen Dienstvorschriften verstieß, sorgte schließlich dafür, dass sie Gewissheit bekommen würden.

Nach einer Viertelstunde, in der die Polizisten immer wieder mal mit dem Stahlstab in den Sand gebohrt hatten, stieß Müller unvermittelt ein lautes »Warte!« aus und ging in die Knie. Sein Kollege hörte auf zu buddeln.

Raphael, Johannes und Sina beugten sich vom Rand der Grube aus vor, um besser sehen zu können. Sina lenkte den Strahl ihrer Taschenlampe auf das schwarze Gewirr, das ihr Kollege in der Grube durch seine Finger gleiten ließ.

Raphael fragte sich noch, was dieses verklebte Zeug war, als Sina es bereits erkannt hatte. »Haare!«, stieß sie aus.

Der Polizist ließ das schwarze Wirrwarr los, stand auf und warf den Spaten zur Seite. »Gib mir mal Handschuhe«, wies er den Kollegen außerhalb der Grube an.

»Spinnst du?«, stieß Sina aus. »Die Spurensicherung killt uns. Ihr kommt da jetzt raus.«

»Die müssen das ja nicht erfahren«, murmelte Müller. Er zog die Handschuhe an, die sein Kollege ihm reichte, ging auf die Knie und begann, den Sand vorsichtig mit den Händen zur Seite zu schieben. Sina seufzte tief, aber ihre Neugier schien die Bedenken zu überwiegen. Sie schnappte sich eine Lampe und leuchtete die Szenerie gemeinsam mit dem Kollegen von oben aus.

Raphael und Johannes wechselten schweigend einen Blick. Raphael war sich sicher, dass Johannes' Halsschlagader genauso pochte wie seine. Sehen konnte er es nicht, weil alles Licht auf die Grube gerichtet war.

»Scheiße!«, stieß Müller leise aus, als er einen Schädel freilegte.

Raphael stockte der Atem. Der Leichnam war noch nicht vollständig skelettiert. Er glaubte, wächserne Haut am Schädelknochen zu erkennen.

Johannes gab einen erstickten Laut von sich. »Das ist sie … Dalika Gorden, oder?« Er sah zu Sina.

Sie pustete Luft durch die Lippen und löste ihren Blick von dem unschönen Anblick. »Davon können wir wohl ausgehen.«

Polizeiobermeister Müller sagte: »Verdammt.« Er kletterte aus der Grube, gefolgt von dem Kollegen. Sie klopften sich den Sand von den Hosen, dann zog Müller ein Smartphone aus der Tasche. »Jetzt dürfen die Kollegen von der Mordkommission aus Flensburg ran. Wir haben hier einen Mord und«, er nickte Raphael zu, »einen versuchten Mord.«

Sina trat zu Raphael und Johannes. Sie ging in die Knie und legte Raphael eine Hand auf die Schulter. »Gut gemacht.«

ZWANZIG

»Das war keine gute Idee, Raph, nicht im Krankenhaus zu bleiben.« Johannes versuchte zwar, nicht allzu vorwurfsvoll zu klingen, aber sein Kopfschütteln und die zusammengezogenen dunklen Brauen sprachen Bände.

Raphael hob den Kopf nicht vom Kissen. Er lag in seinem Wohnzimmer auf der alten Couch und fühlte sich nicht wirklich gut. Am Morgen war sein Kopf geröntgt worden, nachdem Johannes ihn quasi gezwungen hatte, doch noch im Krankenhaus vorzusprechen, weil die Kopfschmerzen nicht besser, sondern immer schlimmer geworden waren.

Das Röntgenbild hatte gezeigt, dass sein Schädel zwar nicht gebrochen war, er aber eine leichte Gehirnerschütterung hatte. Und einen Schlüsselbeinbruch. Trotzdem hatte er sich – nach ein paar Stunden im Krankenhausbett – auf eigene Verantwortung entlassen. Ruhig liegen konnte er schließlich auch zu Hause. Doch sein Schädel brummte. Insbesondere die zeitintensive Aussage vor einem Beamten der Mordkommission Flensburg, der ihn hier zu Hause aufgesucht hatte, hatte ihn mehr Kraft gekostet als erwartet.

Als es klingelte, sah Raphael auf seine Armbanduhr. Siebzehn Uhr. Wer mochte das sein? Seine Mutter konnte nicht so schnell hier sein. Johannes hatte sie erst vor einer Stunde angerufen – gegen Raphaels Willen.

»Das wird Ava sein. Oder Imme«, sagte Johannes und stand vom Sessel auf. »Ich habe die beiden angerufen. Ich fand, sie haben es verdient, von uns zu hören, was geschehen ist, und nicht von anderen.«

Raphael nickte zaghaft. Zaghaft nicht, weil ihm Johannes' Entscheidung nicht gefiel, sondern aus Respekt vor seinem Brummschädel.

Es war Avas Stimme, die auf dem Flur erklang, nachdem Johannes die Tür geöffnet hatte.

»Raphael! Ist alles gut?«, begrüßte sie ihn, als sie das Wohnzimmer betrat. Vor dem Sofa ging sie auf die Knie und musterte ihn besorgt. Ihre Augen schienen noch dunkler als sonst.

Er schürzte die Lippen. »Das muss ich also tun, damit du mich endlich duzt? Mich fast umbringen lassen?«

Ihre Wangen färbten sich.

»Danke, dass du gekommen bist, Ava«, sagte er und spürte dem Klang ihres Namens nach, während es erneut an der Tür klingelte.

Johannes kam mit Imme zurück.

»Wieso klingelt ihr eigentlich alle?«, begrüßte Raphael sie. »Ihr habt doch einen Schlüssel. Mein Schädel brummt schon genug.«

Immes hellblonde Augenbrauen zogen sich zusammen, während sie von Raphael zu Johannes sah. »Hast du nicht gesagt, dass er fast gestorben wäre? Er hört sich gerade so garstig wie immer an.«

Johannes nickte. »Ich bin froh darüber. Nach dem, was ich da gestern im Schein der Taschenlampen gesehen habe ... Ich werde so schnell nicht vergessen, wie mein Bruder mit dem Kopf im Sand steckt und strampelt und dann plötzlich alle viere von sich streckt. Ich habe einfach die Schaufel gegriffen und sie dem Kerl, von dem ich in dem Moment gar nicht wusste, wer er war, an den Kopf gehauen. Dann bin ich in die Grube gesprungen, hab Kersten zur Seite geschoben und Raphael hochgerissen. Sein Würgen und Husten war das Schönste, was ich seit Langem gehört hatte.«

»Jetzt werd nicht melodramatisch«, sagte Raphael, aber er schickte ein fettes Grinsen mit.

»Woher hast du gewusst, wo Raphael ist?«, fragte Ava. Sie hockte noch vor dem Sofa und sah Johannes an.

»Hätte ich gewusst, wo er hingefahren ist, wäre ich eher da gewesen. Aber so musste ich quasi erst herausfinden, an welchem Strandabschnitt er sich aufhielt. Dass er irgendwo buddeln wollte, hatte ich nachmittags zufällig entdeckt. Ich brauchte einen Reservekanister, weil ich Benzin für den Rasenmäher holen wollte. Als ich den Kofferraum des Renaults öffnete, lag das Buddel-Equipment vor mir.«

Er sah Raphael an. »Und da du ja schon den ganzen Tag über so merkwürdig warst, mir aber nichts erzählt hast, habe ich einfach mal abgewartet. Moment …« Er ging in die Küche und holte zwei Stühle. Einen stellte er Imme hin, auf den anderen setzte er sich.

Ava stand auf und setzte sich auf den Sessel.

»Nun erzähl schon weiter, Herr Pastor«, forderte Imme ihn ungeduldig auf.

»Nun«, fuhr Johannes fort, »da ich also wusste, dass er wieder einmal etwas ausgraben wollte, und ich mir natürlich denken konnte, was es war, er es mir ja aber augenscheinlich verschweigen wollte, nahm ich mir vor, wach zu bleiben, um ihn zur Rede zu stellen, sollte er sich nächtens davonmachen.«

»Er«, erklang Raphaels mürrische Stimme. »Ich bin anwesend.«

»Du bist jetzt mal ruhig«, sagte Johannes. »Leider hat das mit dem Wachbleiben nicht geklappt. Ich bin wieder weggenickt und –«

»Weggenickt?«, unterbrach Raphael ihn. »Du hast geschnarcht wie tausend Russen, als ich das Haus verließ.«

»Na, jedenfalls bin ich irgendwann wach geworden, weil in der Nachbarschaft ein Hund wie verrückt kläffte.«

»Das klingt nach der Fellwurst«, murmelte Raphael. »He«, sagte er dann zu Johannes, »dann verdanke ich mein Leben ja gar nicht dir, sondern Bobby Mommsen.«

»Hat der Hund dich aus dem Sand gezogen?«, fragte Imme streng.

»Ach, lass ihn reden, Imme.« Johannes winkte ab. »Ich bin dann nach oben gegangen, weil ich so ein komisches Gefühl hatte. Und du warst tatsächlich weg, Raph. Ich wusste ja nicht, wie lange du schon aus dem Haus warst. Ich hab mich schnell angezogen und mir Schorschs Fahrrad geschnappt. Tja, und dann bin ich die verschiedenen Strandzugänge abgeradelt und habe Ausschau nach dem Wagen gehalten. Das hat natürlich gedauert. Letztendlich war ich dann ja Gott sei Dank doch noch rechtzeitig zur Stelle.«

Ava hatte Tränen in den Augen. »Das war großartig von dir, Jo.«

Raphael verdrehte die Augen. Und selbst das schmerzte im Schädel.

Imme stand vom Stuhl auf und begann im Zimmer hin und her zu gehen. »Aber warum hat Kai Kersten Dalika umgebracht? Wir können doch davon ausgehen, dass es ihr Skelett ist?«

Diesmal verzichtete Raphael aufs Augenverdrehen. »Wessen denn sonst?«

»Ja, okay, das war mal wieder dumm. Aber ich frage mich, warum Kersten sie getötet haben soll.«

»Ich weiß von der Kellnerin im ›Bullauge‹, dass Kersten auf Dalika Gorden scharf war«, sagte Raphael. »Sarah hat es zwar anders ausgedrückt, aber Fakt ist es wohl.«

»Also hat er sie vielleicht bedrängt, und sie hat sich gewehrt«, sinnierte Ava vor sich hin. »Und dabei …« Sie brach ab, weil es erneut an der Tür klingelte.

Raphael stöhnte. »Wer ist das denn jetzt? Wir sind doch vollzählig.«

»Ich hab ja gleich gesagt, dass du im Krankenhaus besser aufgehoben wärst«, sagte Johannes vorwurfsvoll. »Hier ist viel zu viel los.« Er stand auf und ging zur Tür. Gleich darauf kam er mit Sina zurück. Sie war in Zivil.

»Oh, ich wusste nicht, dass ihr Besuch habt«, sagte sie. »Ich komm dann noch mal wieder.«

»Jetzt bleib bloß hier«, sagte Raphael. »Gibt's was Neues? Du kannst es ruhig vor Ava und Imme sagen. Ich würde es ihnen sowieso postwendend erzählen.«

Sina blickte unschlüssig von einem zum anderen. Als Johannes ihr seinen Stuhl hinschob, hielt sie seinen Blick einen Moment lang. »Danke«, sagte sie mit einem zaghaften Lächeln und setzte sich.

Sie atmete durch. »Also gut. Das, was ich jetzt sage, steht

morgen sowieso in der Zeitung. Das Ergebnis der DNA-Analyse steht zwar noch aus, aber wir können davon ausgehen, dass es sich bei der Leiche um Dalika Gorden handelt.«

»Einer ekligen Leiche«, sagte Raphael. »Diese Wachshaut …«

»Ja, nun, sie war noch nicht vollständig skelettiert«, sagte Sina. »Nach einem Jahr ist das auch nicht zu erwarten. Sie –«

»Stopp!«, sagte Ava und stand auf. »Das mag ich nicht hören. Ich werde in der Küche warten.«

»Da steht kein Stuhl mehr«, sagte Raphael. »Setz dich wieder hin, Ava. Wir schenken uns weitere Details, nicht wahr, Sina?«

»Du hast doch damit angefangen«, antwortete Sina, nickte aber.

»Sag uns lieber, was Gorden und Kersten mit Dalika gemacht haben«, forderte Raphael sie auf. »Du hast doch bestimmt was von deinen Kripo-Kollegen gehört.« Er war mehr als neugierig. Da es sich nun nicht mehr um einen Vermisstenfall handelte, hatten die Husumer Kollegen an Flensburg abgegeben.

Sina seufzte. »Also gut. Ich rede mich hier zwar um Kopf und Kragen, aber da du alles ins Rollen gebracht hast, Raphael … Gorden und Kersten sind völlig fertig. Sie haben beide ein Geständnis abgelegt. Wie es aussieht, hatte Martin Gorden hohe Spielschulden bei Kai Kersten. Und der hat Gorden für eine Nacht mit Dalika einen kompletten Erlass der Schulden angeboten.«

Ava und Imme stießen einen entsetzten Laut aus.

»Große Güte!«, sagte Johannes.

»Gorden hat seine Frau verschachert?«, fragte Raphael ungläubig. Das Kopfschütteln stellte er unverzüglich ein, weil der Schmerz ihn wie ein Blitz durchfuhr.

»Beide Männer sagen, dass sie freiwillig zugestimmt hat«, erklärte Sina. »Aus Liebe zu ihrem Mann. Um seine Schulden zu begleichen.«

»Mhm«, sagte Raphael, »das kann man glauben, oder? Sie hat schließlich in Thailand jahrelang nichts anderes gemacht. Was? Jetzt guckt mich nicht alle so entsetzt an. Ich sage ja nicht, dass ich es gutheiße. Ich stelle nur Fakten klar.« Er sah Sina an. »Wie und wo ist der Mord passiert?«

»Kai Kersten hat Dalika in das bunte Ferienhaus am Strand bestellt«, sagte Sina. »Es gehört ihm und war zu dem Zeitpunkt nicht vermietet. Martin Gorden hat ausgesagt, dass er die Insel wegen des *Arrangements* an dem Tag gemeinsam mit Nath verlassen hat.«

»Der feine Herr«, stieß Imme bitter aus. »Will er noch Mitleid dafür, dass er es nicht ertragen konnte, auf Föhr zu sein, während seine geliebte Frau sich für ihn prostituierte?«

»Aber wieso hat Kersten sie ermordet?«, hakte Johannes nach.

»Er behauptet, es war ein Unfall. Laut seiner Aussage hatte Dalika es sich beim Ausziehen im Ferienhaus anders überlegt. Kersten sagt, dass sie nur in BH und Slip aus dem Schlafzimmer flüchtete, auf die Terrasse. Dort soll es zu einer Rangelei gekommen sein. Sie stürzte angeblich so unglücklich, dass sie mit dem Kopf auf dem Boden der Terrasse aufschlug. Kersten bekam Panik, als er die Blutlache sah, und wusste nicht, was er tun sollte. Er hat ausgesagt, dass er ins Haus gegangen ist und Martin Gorden angerufen hat. Dann ist er zurück auf die Terrasse, und da war sie weg.«

»Dalika war weg?«, hakte Raphael nach.

Sina nickte. »Ja.«

Ava legte die Hand an den Hals.

»Weg?«, stieß Imme aus. »Wie, weg?«

»Das würde mich jetzt auch interessieren«, murmelte Raphael.

»Sie war wohl schwer verletzt gewesen, aber nicht tot, wie von Kersten angenommen. Sie muss zu sich gekommen sein, als er drinnen mit Gorden telefonierte, und ist geflohen«, sagte Sina. »Kersten hat dann in Haus und Garten alles abgesucht. Schließlich ist er die Straßen abgelaufen. Irgendwann hat er die Suche auf die Düne ausgeweitet, und dort hat er sie letztendlich gefunden. Tot.«

Alle starrten Sina an.

»Er hat sie dann ins Ferienhaus zurückgetragen und gewartet, bis Martin Gorden am nächsten Tag zurück war. Gorden hat ihre Badesachen am Strand auf den Dünen deponiert, damit es so aussieht, als sei sie schwimmen gegangen. In der darauffolgenden Nacht haben sie Dalikas Leiche, eingewickelt in eine Decke, im Sand der Düne vergraben.«

»Aber wie kann Martin Gorden das zugelassen haben?«, fragte Ava entsetzt. »Warum hat er Kersten nicht angezeigt? Sie war doch seine Frau! Er hat sie geliebt!« Sie schüttelte sich. »Wie konnte er sie nur, gemeinsam mit dem *Mörder*, im Sand verscharren?«

Sina sah Ava an. »Aus Scham? Schließlich war er der Auslöser des Geschehens. Ohne seine Spielsucht wäre es nie dazu gekommen … Und Kersten hat Dalikas Tod ja auch nicht gewollt. Wegen Mordes wird er jedenfalls kaum verurteilt werden, wenn seine Angaben stimmen.« Sina nahm dankend ein Glas Wasser von Johannes an. Er verteilte gefüllte Gläser an alle.

»Ich bräuchte eher einen Schnaps«, sagte Imme, trank aber einen Schluck Wasser. »Vielleicht wollte Gorden auch den Jungen nicht verlieren«, sagte sie, als sie das Glas absetzte. »Er liebt Nath über alles, das weiß hier jeder.«

»Jetzt macht das auch alles Sinn«, sagte Ava leise. »Die Blumen, die er beim Picknick immer in den Sand gesteckt hat. Er konnte sie schließlich nicht dort platzieren, wo sie begraben lag. Das wäre aufgefallen.«

»Aber genau das hat er getan«, klärte Raphael sie auf. »So bin ich überhaupt darauf gekommen. Es steckten vertrocknete rote Rosen neben Dalikas Dünengrab.«

»So viel kann ich noch verraten«, sagte Sina. »Kersten hat Martin Gorden für sein Schweigen bezahlt. Er hat ihm alle Schulden erlassen und zusätzlich jeden Monat die Pacht, die Gorden ihm überwiesen hat, bar zurückgezahlt.«

»Unglaublich«, stieß Johannes aus. »Aber … bei allem, was Gorden getan oder nicht getan hat, er hat ein höllisches Jahr hinter sich. Er hat seine Frau nicht getötet, aber er hat den Mann gedeckt, der das getan hat – aus Scham, aus Eigennutz, um das

Kind nicht zu verlieren, aus Geldgier, wie auch immer. Aber ein Mörder ist er nicht.«

»Der arme kleine Nath«, sagte Ava mit Tränen in den Augen. »Was wird jetzt nur aus ihm?«

»Johannes hat Dalikas Mutter in meinem Auftrag angerufen«, sagte Raphael. »Sie ist jetzt auf Föhr.«

Sina nickte. »Ich weiß von den Kollegen von der Mordkommission, dass sie mit Frau Som gesprochen haben. Sie wird sich hier auf der Insel um Nath kümmern, bis geklärt ist, wie es mit dem Jungen weitergehen soll.«

Sie stellte ihr Glas auf dem Kacheltisch ab und sah in die Runde. »Ich habe euch das gesagt, was in den nächsten Tagen in der Presse stehen wird. Ich hoffe natürlich, dass das Gesagte bis dahin in dieser Runde bleiben wird. Ansonsten bin ich meinen Job los.« Ihr Blick blieb an Johannes kleben.

Der nickte. »Ich verbürge mich für alle hier. Danke, dass du uns aufgeklärt hast, Sina.«

»Ja, danke«, sagte Raphael. »Für alles.«

»Dickes Friesenehrenwort, Frau Ahmling, ich schweige wie ein Grab.« Imme legte ihre große Hand auf ihr Herz.

»Sina«, sagte Sina zu ihr. »Ich heiße Sina.«

»Imme.«

Ava nickte Sina zu. »Ich bin Ava. Und ich schwöre ebenso, dass ich kein Wort verraten werde.«

»Na, dann ist das ja geklärt«, murmelte Raphael mit geschlossenen Augen. »Wäre schön, wenn ihr Duz- und Blutsschwestern jetzt alle verschwindet. Mein Schädel braucht Ruhe.«

***

Johannes blieb bis Montagmittag. Als er ging, musste Raphael ihm schwören, sich noch ein paar Tage ruhig zu verhalten. Und das einzuhalten war für Raphael nicht schwer, denn er fühlte sich gar nicht gut. Es war allerdings weniger die Gehirnerschütterung, die ihm zusetzte, als die Alpträume, die ihn befielen, sobald er wegnickte. Immer wieder erstickte er darin. Und wenn er von seinem eigenen Schrei aufwachte, fühlte er wieder den salzigen Sand in Kehle und Nase und die Schwärze, die nach ihm griff.

Er war dankbar für jede Ablenkung. Darum kostete er die Interviews aus, um die ihn die Presse bat. Zwei Gespräche fanden am Telefon statt, ein drittes Interview gab er persönlich. Hätte die Hamburger Boulevardzeitung einen Mann geschickt, um an seiner Tür zu klingeln, hätte er ihn vielleicht abgewimmelt, um Rücksicht auf seinen Schädel zu nehmen, aber der Rothaarigen mit den Sommersprossen hatte er nicht widerstehen können. Er war sogar mit ihr an den Strand gegangen, damit sie dort ein Foto von ihm schießen konnte.

Warum sollte er auch die Aufmerksamkeit, die man ihm schenkte, nicht weidlich ausnutzen? Die Friesendetektei in die Schlagzeilen zu bringen – das war er dem Onkel schuldig.

Mit der Nachmittagsfähre kam Frauke Freersen auf die Insel. Sie hatte Raphaels Lieblingstrüffelpralinen im Gepäck, sie bekochte ihn, weinte mehr als einmal vor Glück über die Tatsache, dass er noch lebte, und beschimpfte ihn wegen seiner Unvorsichtigkeit.

Raphael hielt alles aus, denn – das gestand er sich ein – es tat irgendwie gut, dass sie da war. Bemuttert zu werden war etwas, das er lange nicht erfahren, allerdings auch nicht wirklich gewollt hatte.

Dass sie am Abend Dalikas Mutter an der Tür abgewimmelt hatte, während er unter der Dusche stand, nahm er ihr allerdings übel.

»Ich habe ihr gesagt, dass sie am Donnerstag wiederkommen kann«, rechtfertigte Frauke Freersen sich, während sie in der Küche zu Abend aßen. »Dann kannst du dich bei ihr für die schönen Blumen bedanken.« Sie deutete auf den Blumenstrauß auf der Spüle, in den verschiedene weiße Blumen eingearbeitet waren.

»Es geht mir doch nicht um das Grünzeug«, sagte Raphael. »Ich will mit Frau Khu-Klux… Som über Dalika und die Tat sprechen. Und über Nath.«

»Jetzt musst du erst mal gesund werden.«

»Reden ist nicht arbeiten. Ich wäre durchaus in der Lage gewesen, mit ihr zu sprechen.«

»Papperlapapp. Und jetzt iss dein Brot, damit du wieder zu Kräften kommst.«

Am Mittwoch besuchte ihn Mine Margarete Mommsen. Sie blieb eine halbe Stunde und verabschiedete sich mit einem »Aadjis, Herr Rickers! Kommen Sie bloß schnell wieder auf die langen Beine.«

Als seine Mutter zurück ins Wohnzimmer kam, nachdem sie die alte Frau zur Tür gebracht hatte, sagte Raphael: »Dalikas Mutter wimmelst du ab, aber die senile Plaudertasche lässt du rein. Danke! Jetzt hab ich wieder Kopfschmerzen.«

»Sie ist doch so eine niedliche alte Dame. Und ich konnte endlich mal wieder mein geliebtes Fering sprechen.«

»Hm«, grunzte Raphael. »Wann geht eigentlich deine Fähre morgen?«

Frauke Freersen sah ihn erstaunt an. »Morgen? Ich wollte doch noch ein paar Tage bleiben. Du bist –«

»Topfit«, log Raphael. »Ich bin dir wirklich dankbar, dass du hier bist, Mama, aber Vater vermisst dich doch bestimmt.«

Frauke Freersen musterte ihn. »Ich verstehe.« Mit einem Lächeln strich sie über seine Wange. »Ich wünschte, du wärst weniger gern allein.«

»Ich fühl mich sauwohl, so wie ich lebe.«

»Ja, ja, aber … Föhr hat wunderbare Frauen zu bieten. Vielleicht gibt es ja hier eine Frau, für die du deine ständigen Liebschaften endlich aufgeben würdest?« Mit einem Lächeln reckte sie sich.

»So eine Frau wie dich gibt's nicht noch mal, Mama. Außerdem: Ich bin nun mal ein Grizzly und kein Schwan. Monogamie … ich glaube, es gibt nichts, was mich mehr gruselt.«

Ein tiefer Seufzer kam über die Lippen seiner Mutter. »Ich gebe die Hoffnung trotzdem nicht auf. Irgendwo gibt es sie. Die Frau, für die du auf jede andere Frau verzichten wirst.«

»Die gibt es bestimmt, aber für mich kommen bemannte Flüge in ein anderes Sonnensystem leider zu spät.«

***

Donnerstag empfing Raphael Frau Som am Spätnachmittag im Büro. Ava hatte ihr die Tür geöffnet und bereitete jetzt in der Küche Kaffee zu.

Raphael hatte damit gerechnet, von Umarmungen erdrückt zu werden, aber Dalikas Mutter beschränkte sich glücklicherweise darauf, seine Hände zu greifen und ihn verbal zu ummanteln. Die Tränen, die ihr dabei über die Wangen rannen, glitzerten im Licht der Deckenlampe. Raphael war sich sicher, dass niemals wieder jemand ihn so loben würde. So wahrhaftig, so voller Inbrunst. Und das gebrochene Deutsch machte die Superlative noch eindringlicher. Wann wurde man schon mal »größtes Held von Deutschland« oder »viel, viel bessere Detektiv als James Bond« genannt?

»Ich habe Ihnen ja versprochen, dass ich sie finde«, sagte er, als er endlich zu Wort kam, und er empfand darüber in diesem Moment ... ja, was? Stolz? Das erschien ihm zu profan, um das Gefühl in seinem Innersten zu beschreiben. Eigentlich war es tiefe Freude, was er fühlte. Und das erschreckte ihn. War er völlig verkorkst? Er hatte ein Skelett ausgegraben. Wie konnte man da Freude empfinden?

Er war froh, als Ava mit den Getränken hereinkam. Mit einem »Bitte schön, Khun Som« stellte sie vor Dalikas Mutter den gewünschten Cappuccino ab. Ihm reichte sie einen Caffè Crema. Dann setzte sie sich an ihren Schreibtisch.

»Ava, du holst dir jetzt einen Espresso und setzt dich gefälligst zu uns«, sagte Raphael. »Wir haben alle dazu beigetragen, dass dieser Fall gelöst werden konnte.«

»Aber dies ist mein Arbeitsplatz. Und es ist viel zu tun. Noch nicht einmal die Post ist geöffnet.« Sie deutete auf einen kleinen Stapel Umschläge auf dem Schreibtisch.

Frau Som blickte interessiert von einem zum anderen, während sie sich die Tränen mit einem Papiertaschentuch, das sie ihrer roten Fransentasche entnommen hatte, von den Wangen wischte.

»Die Post ist noch nicht bearbeitet, weil deine Kollegin sich hier heute Morgen mit Kaffee vollgehauen und entspannt zugehört hat, während ich zwei weiteren Presseleuten Interviews gegeben habe. Auf meinen Wunsch hin. Einfach mal chillen … Das ist doch nicht so schwer.«

Ava schluckte. »Aber dann kann ich kein Geld von dir annehmen. Du bezahlst uns doch nicht fürs Kaffeetrinken. Ich bin deine Angestellte.«

Raphael verdrehte die Augen. »Okay, dann sage ich dir als dein Chef: Setz dich zu uns.«

»Ist Chef«, schaltete Frau Som sich ins Geschehen ein und zeigte auf Raphael, während sie Ava ansah. »Muss man tun, was Chef sagt. Und dieses Chef ist wunderschönes, wunderbares Chef, oder?«

Raphael lehnte sich grinsend in seinem Stuhl zurück und verschränkte die Arme hinter dem Kopf.

Ava stand auf, ohne eine Miene zu verziehen. »Ich denke, ich nehme einen doppelten Espresso.«

Als Ava zurück war, sprachen sie zuerst über Nath.

Momentan wohnte Frau Som mit ihm in einer günstigen Pension, die Sina empfohlen hatte. Der Kleine war mit der Situation völlig überfordert. Seine Großmutter hatte ihn für ein paar Tage von der Schule abgemeldet, damit er sich ein wenig fangen konnte.

»Aber lassen Sie ihn wieder in die Schule gehen, wenn er es möchte«, riet Ava Frau Som. »Ablenkung und andere Kinder … das wird ihm helfen.«

Frau Som nickte. »Jetzt er ist bei Freund. Spielen. Und Lehrerin gibt großes Hilfe für mich. Gutes Frau. Alles gutes Leute auf Insel.« Sie sah Raphael an. »Und nun erzählen, bitte.«

Raphael breitete vor Dalikas Mutter aus, was er im Laufe der Wochen erfahren hatte. Er ließ auch die Gemeinschaftsbuddelaktion mit Johannes, Imme und Ava nicht aus und schilderte schließlich minutiös, was sich in der Nacht von Samstag auf Sonntag am Strand ereignet hatte.

Frau Som brach während seines Monologs immer wieder in Tränen aus. »Danke, oh, danke«, sagte sie, als er mit seinem Bericht fertig war. »Nun ich kann Körper von mein Dalika bestatten. Aber muss warten noch. Polizei sagt, Medizin-Gericht muss prüfen noch.«

Raphael nickte. »Die Gerichtsmedizin kann den Leichnam wohl erst freigeben, wenn alle Untersuchungen abgeschlossen sind. Werden Sie die Überreste Ihrer Tochter in Ihre Heimat überführen?«

Entgegen seiner Erwartung schüttelte Frau Som den Kopf. »Nein. Dalika Überrest hier sein soll. Ich in Deutschland bleib. Für Nathapong.«

»Aber das wird wahrscheinlich nicht möglich sein, oder?« Ava sah Raphael fragend an. »Würde eine Aufenthaltsgenehmigung ausgestellt werden? Wie läuft das bei einer Vormundschaft?«

Raphael hob abwehrend die Hände. »Frag mich doch nicht so was. Von rechtlichen Sachen hab ich keine Ahnung.«

»Ich deutsches Mann heirate. Dann kann bleiben«, haute Frau Som eine Neuigkeit heraus, die eine weitere Diskussion bezüglich der Möglichkeiten des Bleiberechts im Keim erstickte.

»Was?«, stießen Raphael und Ava gemeinsam aus.

Frau Som spielte mit den Fransen der Tasche. »Ich Klaus heirate.«

»Klaus ...« Raphael starrte sie an, dann Ava, die fragend die Schultern hob.

»Ist Wärter von Campingplatz. Hat dreimal gefragt, ob heirate ihn. Ich immer gesagt Nein, aber ... nun gesagt Ja.«

Einen Moment lang herrschte Schweigen. Dann griff Ava nach der Hand von Frau Som. »Sie tun das für Nath. Ich kann das durchaus verstehen, aber ... wollen Sie das wirklich, Khun Som? Lieben Sie diesen Mann?«

Dalikas Mutter sah Ava nicht an. »Ist gutes Mann mit gutes Herz. Und Nathapong hat verdient Leben in Deutschland. Leben in Heimat nicht gut für ihn wie hier auf kleine Insel. Föhr gut für Karma von Nathapong.«

Ava öffnete den Mund, aber dann schloss sie ihn wieder.

Raphael bemerkte, dass Ava schwer schluckte, aber sie behielt für sich, was sie sagen wollte. Vermutlich kämpfte sie mit sich. Sie verstand, was Dalikas Mutter zu ihrem Handeln trieb, aber gutheißen konnte sie es nicht. Dalikas Mutter verkaufte sich im Grunde für ihren Enkel.

»Sie gefunden Kette von Dalika in Sand?«, holte Frau Som ihn zurück aus seinen Gedanken. »Ich gern haben will.«

»Kette?«, fragte Raphael verwirrt.

»Kette von Dalika«, wiederholte Frau Som. »Kette mit Stern. Stern mit viel Steine mit Glitzer. Hat immer getragen um Hals.«

Raphael sortierte, was sie gerade gesagt hatte. »Sie glauben, Dalika trug die Kette, als sie … starb?«

»Ja. Trug immer. War Geschenk. Hab ich geschenkt Dalika Stern, weil Name Dalika hat Bedeutung ›Stern‹ in Heimat.«

»Oh.« Ava traten Tränen in die Augen. »Dalika heißt ›Stern‹? Das ist schön.«

Raphael öffnete den Pappordner auf seinem Schreibtisch und löste das Foto von Dalika aus der Büroklammer am Fragebogen, legte es vor Frau Som ab und tippte auf die Kette, die Dalika auf dem Foto trug. »Diese?«

»Ja.« Frau Som strich zart mit dem Finger über Dalikas Gesicht. »Stern für mein Stern Dalika.«

»Tut mir leid«, sagte Raphael. »Ich habe im Sand nichts gefunden. Sollte die Polizei die Kette gefunden haben, wird sie sie Ihnen aushändigen, da bin ich sicher.«

Frau Som nickte. »Wenn weg, hat Nathapong kein Erinnerung-Kette von Dalika.«

Ava griff nach Frau Soms Hand. »Aber er trägt viele wunderschöne Erinnerungen an seine Mutter in seinem Herzen. Erinnerungen sind auch Sterne. Sie leuchten im Dunkel der Trauer.«

Dalikas Mutter ging unter Tränen. Als Raphael und Ava sie an der Haustür verabschiedeten, fragte Frau Som nach der Rechnung.

»Es ist alles in Ordnung. Behalten Sie Ihr Geld«, sagte Raphael, ohne zu überlegen. »Sie brauchen es für Nath.«

Diese Ankündigung löste einen neuerlichen Tränenstrom und verbale Dankeshymnen aus, sodass Raphael sich gezwungen sah, sie mit einem »Alles Gute für Sie und Nath« mehr oder weniger aus der Tür zu schieben.

Ava starrte ihn an. »Das war unglaublich großzügig.«

Raphael hielt ihren Blick einen Moment lang. »Passt schon. Meine Mutter hat gestern angedeutet, dass mein Vater den Geldhahn wohl wieder öffnet, sobald ich in die Firma zurückkehre.«

»Du gehst also zurück nach London?«

»London, Flensburg … schauen wir mal.«

»Aber du hast bewiesen, dass du ein großartiger Detektiv bist. Vielleicht …« Sie brach ab.

»Ja?«

»Ach, nichts. Ich dachte nur, du hättest Freude bei der Arbeit empfunden.«

»Ehrlich gesagt, hab ich mich vorhin vor mir selbst geekelt. Frau King-Kongs Lobesarien und Tränen haben ein Gefühl in mir ausgelöst, das ich tatsächlich mit tiefer Freude umschreiben würde. Freude darüber, ein Skelett gefunden zu haben. Ist irgendwie krank.« Er schüttelte den Kopf, ging zurück ins Büro und setzte sich an seinen Schreibtisch.

Ava folgte ihm. Sie sah ihn an. »Vielleicht war es nicht Freude über den Fund der Knochen, sondern Freude und Dankbarkeit darüber, dass du für Nath und Frau Som etwas zu Ende gebracht hast, das sie sonst ihr Leben lang belastet hätte?«

Er sah sie erstaunt an.

»Ich kenne dich nicht gut, Raphael, aber vielleicht kennst *du* dich auch nicht gut?« Ihre Wangen bekamen Farbe. »Entschuldige, das … das ist mir so rausgerutscht.«

»Alles okay«, murmelte Raphael. Er richtete sich auf. »Ich werde mal bei Sina anrufen. Vielleicht kann sie was zu der Kette sagen. Die Polizei hat den Anhänger ja möglicherweise gefunden. Und du solltest Feierabend machen. Es ist gleich fünf.« Er griff nach dem Telefon. »Übrigens, das, was du Dalikas Mutter gesagt hast, also das mit den Sternen im Dunkeln und den Erinnerungen, das war … also das hätte Johannes gefallen.«

***

Sonntagmorgen wurde Raphael um sieben Uhr durch wildes Gekläffe geweckt, das eindeutig nach Bobby klang.

»Lebensretter hin oder her, ich bring dich heute noch um, blöde Töle«, stieß er genervt aus, stand auf, zog den Haken, der den Fensterflügel offen hielt, aus der Halterung, und knallte das Fenster zu, dass die Scheibe vibrierte. Er legte sich wieder hin, aber an Schlaf war nicht mehr zu denken. Also stand er nach einer Viertelstunde auf und bereitete sich ein ausgiebiges Frühstück zu.

Gut gestärkt beschloss er, ins Watt zu laufen, der Flut entgegen, die vor einer Stunde eingesetzt hatte. Im Schuppen des Onkels hatte er Gummistiefel stehen sehen, aber er verzichtete darauf, sie anzupassen. Onkel Schorsch hatte mit seinen ein Meter fünfundsechzig kaum Schuhgröße siebenundvierzig gehabt.

Weil er keine Lust hatte, den Umweg über den Sandwall zu gehen, wo sich Inkens Gummistiefelverleih befand, trat er die Wanderung barfuß an. Seine Füße waren eiskalt, als er nach einer Stunde im Watt Richtung Südstrand zurückging. Außerdem brummte sein Schädel. Vielleicht hätte er doch im Bett bleiben sollen.

Er setzte sich auf eine der Bänke an der Promenade, putzte mit dem Geschirrhandtuch, das er im Rucksack mitgenommen hatte, seine Füße notdürftig sauber und trocken und schlüpfte in Socken und Sneakers. Da Schleswig-Holstein Herbstferien hatte, war die Promenade gut bevölkert.

Gerade als er den zweiten Schuh anziehen wollte, erklang vor ihm eine Stimme, die vor Wut zitterte. »Du hast nur mit mir rumgemacht, weil du mich über die Gordens ausquetschen wolltest, richtig?«

Raphael sah auf. Sarah stand vor ihm. In ihren Augen glitzerten Tränen. Ihr Gesicht drückte pure Abscheu aus. »Du Arschloch«, sagte sie erstickt, und die Tränen liefen.

Die leise gesprochenen Worte fühlten sich in seinem Magen wie ein Boxhieb an. »Sarah, ich –«

Doch sie ließ ihn nicht ausreden. »Sprich mich nie wieder an. Nie wieder, hörst du!« Mit einem letzten verächtlichen Blick für ihn ging sie weiter.

»Sarah, warte …« Er nahm den Schuh in die Hand und stand auf.

Sie hob den Mittelfinger in die Höhe und schrie, ohne sich umzudrehen: »Nie wieder, hab ich gesagt!«

Raphael blieb stehen und sah ihr hinterher, wie sie sich schnellen Schrittes von ihm entfernte. »Was?«, blaffte er ein Pärchen an, das ihn süffisant angrinste. »Kümmert euch um euern eigenen Scheiß.«

Er zog den Sneaker an und ging in die entgegengesetzte Richtung nach Hause. Und das, was er dabei fühlte, konnte er diesmal zuordnen. Ja, so fühlte sich dann wohl ein schlechtes Gewissen an.

Nicht gut. Gar nicht gut.

EINUNDZWANZIG

Als Raphael Montagmorgen sein Büro betrat – er hatte bis neun durchgeschlafen –, hörte Imme auf ihrem Laptop einen Song bei YouTube. Mitsingend begrüßte sie ihn mit dunkler Stimme: »… zu Asche, zu Staub, dem Licht geraubt …«

»Doch noch nicht jetzt«, sagte Raphael mürrisch und stellte den Lautsprecher aus. »Ich hab Kopfschmerzen.«

Imme lachte auf und legte die riesige Tapezierschere, mit der sie in einer Zeitung herumschnippelte, zur Seite. »Ich sehe, Chef, du guckst auch ›Babylon Berlin‹. Mega-Serie, oder?«

»Ja, endlich mal Erstklassiges bei den Öffentlich-Rechtlichen … Was machst du da? Erpresserbriefe aus Zeitungsbuchstaben zusammensetzen?«

»Ich schneide alle Artikel aus allen Zeitungen aus, in denen unser Fall und die Friesendetektei erwähnt werden. Die sammeln wir in einem Ordner, mit der Aufschrift ›Raphaels gelöste Fälle‹.«

»Gelöster *Fall*. Singular, denn es wird keine weiteren Fälle geben.«

»Ach, rede nicht so«, sagte sie und setzte die Schere wieder an. »Das macht mir Angst.«

Raphael sagte nichts dazu. Er griff nach zwei Artikeln, die Imme ausgeschnitten hatte, und nahm sie mit zu seinem Schreibtisch, obwohl er sie bereits gelesen hatte. »Am besten komm ich im Insel-Boten weg. Die berichten wenigstens Fakten«, sagte er, ohne Imme anzusehen, die gerade einen Zeitungsbericht las. »In allen anderen Zeitungen haben sie mir das Wort im Mund umgedreht. Diese Wichser.«

»Willkommen in der Realität. So funktioniert Boulevardpresse.«

»Hier!« Er hielt einen Artikel in die Höhe, in dem er am Strand abgebildet war. »Die Rothaarige hat mich als Friesen-Clooney betitelt. Und sie lässt Dalika in einem Licht dastehen, als hätte sie es mit jedem auf der Insel getrieben. Hoffentlich liest der Kleine diesen Scheiß nicht.«

Jetzt blickte Imme auf. »Holla! Höre ich da menschliche Regungen?«

Raphael streckte ihr den Mittelfinger entgegen, während sein Blick zum Fenster glitt. Sina öffnete gerade die Gartenpforte. Sie war in Zivil.

Er stand auf und ging zur Haustür. »Hi, Lieblingsbulle«, begrüßte er sie.

»Ah! Friesen-Clooney höchstpersönlich öffnet mir die Tür.«

»Witzig.«

»Fand ich auch.«

»Wenn du das dämliche Grinsen aus dem Gesicht nimmst, kriegst du einen Kaffee.« Er deutete ins Haus.

Sina trat ein. »Nein, lass gut sein, ich habe nicht so viel Zeit. Ich hatte nur gerade in der Nähe zu tun und dachte, ich gebe dir die Infos zu Dalika Gordens Kette persönlich.«

Raphael führte sie ins Büro. Er schob ihr den Besucherstuhl zu und setzte sich hinter seinen Schreibtisch.

Sina rückte den Stuhl so hin, dass sie nicht nur Raphael, sondern auch Imme ansehen konnte. »Die Kollegen von der Spurensicherung haben in der Grube keine Kette gefunden«, berichtete sie.

Auf Immes fragenden Blick hin klärte Raphael sie über den Glitzerstern-Anhänger auf.

»Die Kette ist vielleicht bei Dalikas Gerangel mit Kai Kersten gerissen«, sagte Imme nach einem Moment der Überlegung. »Dann müsste er sie auf der Terrasse gefunden haben.«

»Genau«, sagte Sina. »Kersten wird diesbezüglich befragt werden. Wenn er sie hatte, wird er sie vermutlich weggeworfen haben, um Spuren zu verwischen. Vielleicht hat Dalika die Kette aber auch in den Dünen verloren, als sie vor Kersten floh.«

»Dann könnte sie dort noch unter Sand liegen«, sagte Raphael.

»Oder ein Tourist könnte sie gefunden und eingesteckt haben«, erwiderte Sina. »Ein Finder konnte ja nicht ahnen, dass es ein Schmuckstück ist, das mit einem Verbrechen in Zusammenhang steht.«

»Man könnte bei ›Aktenzeichen XY‹ einen Aufruf starten«, stieß Imme begeistert aus. »Wenn der Finder das sieht, wird er die Kette abgeben.«

Sina starrte sie an. »Bei ›Aktenzeichen XY‹ wird nach Tätern und Beweismitteln gefahndet, nicht nach Erinnerungsstücken. Es ist zwar traurig für Dalikas Familie, dass die Kette weg ist, aber mehr ist diese Kette nun mal nicht. Nur eine Erinnerung.« Sie sah Raphael an. »Der Leichnam wird bald freigegeben. Frau Som wird dann umgehend benachrichtigt, damit sie die Beerdigung organisieren kann. Sie wünscht wohl eine Urnenbestattung nach buddhistischem Vorbild.«

Raphael nickte. »Alles klar.« Als Sina aufstand und sich verabschiedete, sagte er: »Ich möchte übrigens ein Essen veranstalten. Mit allen, die geholfen haben, diesen Fall zu lösen. Du kriegst also auch eine Einladung.«

»Untersteh dich!«, stieß Sina aus. »Es darf niemand wissen, dass ich euch widerrechtlich Informationen habe zukommen lassen.«

»Entspann dich. Dann kommst du eben als Freundin des Hauses. Schließlich bist du die Mutter meiner Nichte.«

»Was?«, kreischte Imme los. »Hannah ist deine Nichte?«

Ohne ein Wort drehte Sina sich um und ging.

Raphael klärte Imme über Sinas und Johannes' Beziehung in der Vergangenheit auf, ohne auf die Details einzugehen.

»Krass«, sagte Imme.

Ihr abschließender Kommentar bewies allerdings, dass sie feinfühlig genug war, zu erkennen, dass Raphael ihr längst nicht alles erzählt hatte: »Nach den Details frag ich dann deinen Bruder.«

»Mach das.« Raphael stand auf. »Ich bin jetzt mal ein Stündchen weg. Ich muss eine Riesen-Fleischwurst und einen noch riesigeren Blumenstrauß besorgen.«

Er war schon im Gehen, als ihm noch etwas einfiel. »Ich

erwarte zwei Pakete, Imme. Nimm sie bitte entgegen, falls ich noch nicht zurück sein sollte.«

***

»Herr Rickers!« Mine Margarete Mommsen sah erstaunt zu Raphael hoch, nachdem sie ihre Haustür aufgezogen hatte. »Das ist ja eine schöne Überraschung, dass Sie mich auch mal besuchen.« Sie sprach laut, um das Kläffen von Bobby zu übertönen, der schon losgelegt hatte, als Raphael den Klingelknopf mit dem Ellenbogen gedrückt hatte.

Sie deutete auf die Kartons in seinen Händen. »Was haben Sie denn da? Ich habe nichts bestellt. Sie haben hoffentlich nichts für mich angenommen. Wenn, ist das eine Betrügermasche. Ich kaufe nur in den Wyker Geschäften ein. Nur!«

»Das ist ein Dankeschön für Sie und Bobby. Wenn Ihr Hund nicht gekläfft hätte, wäre mein Bruder nicht aufgewacht. Und wenn er nicht aufgewacht wäre, hätte er mich nicht retten können … Würden Sie mich reinlassen?«

»Oh! Natürlich. Kommen Sie.« Sie trat zur Seite und deutete ins Innere des kleinen Einfamilienhauses. »Aber das wäre doch nicht nötig gewesen … Bobby kläfft ja andauernd. Normalerweise werde ich deswegen von den Nachbarn ermahnt und nicht beschenkt.«

Raphael lachte auf. »Normalerweise stecke ich auch nicht mit dem Kopf im Sand. Besondere Umstände verlangen besondere Geschenke. Wo ist Ihr Wohnzimmer?«

Mine Mommsen ging an ihm vorbei und trippelte den schmalen Flur entlang zu einer Tür, die offen stand.

Raphael rümpfte die Nase. Es roch bei ihr nach alten Leuten. Was genau es war, konnte Raphael nicht ausmachen, aber bei seiner Oma hatte es genauso gerochen.

»Hier, bitte.« Sie deutete ins Wohnzimmer. »Aber was um Gottes willen haben Sie denn da bloß? … Still, Bobby! Ruhig jetzt! Das ist doch Herr Rickers. Zeig ihm mal, dass du ein lieber Hund bist.«

Raphael verdrehte die Augen. Nicht nur, dass Bobby keine Lust hatte, ein lieber Hund zu sein, nein, er wollte ein ätzender Hund sein, denn er ging Raphael an die Wade und juckelte daran.

Mit den Kartons in den Armen versuchte Raphael, ihn abzuschütteln. Vergebens.

»Pfui, Bobby!« Frau Mommsen bückte sich und zog den Hund am Halsband zum Flur. »So«, sagte sie, als sie die Tür geschlossen hatte, »nun haben wir Ruhe.« Eine gewagte Behauptung, da Bobby von der anderen Seite wie verrückt die Tür ankläffte.

Raphael griff nach der Fleischwurst, die auf dem oberen Karton lag. »Die ist für Bobby. Wahrscheinlich riecht er sie und spielt deshalb verrückt.«

Frau Mommsen nahm die ringförmige Wurst. »Du meine Güte, die ist ja riesig. Dann sage ich Danke im Namen von Bobby. Ich werd ihm gleich mal ein Stückchen abschneiden, damit er Ruhe gibt.«

Sie ging hinaus, und Raphael öffnete die Pakete. Triple M würde Augen machen, wenn sie sah, was er für sie hatte.

Er hatte den Fernseher zur Seite gerückt, um an die Steckdosen zu gelangen, als Frau Mommsen zurück ins Wohnzimmer kam.

»Was in Gottes Namen treiben Sie denn da, Herr Rickers! Verstellen Sie mir bloß nichts am Fernseher!«

Raphael rückte alles wieder zurecht, kickte ein Stück Styropor zur Seite und strahlte die alte Dame an. »Ich hoffe, Sie freuen sich, Frau Mommsen. Das«, er deutete auf das kleine Gerät neben dem Fernseher, »ist ein DVD-Player. Und mit diesen DVDs«, er ging zum Tisch und hob die obere der insgesamt dreiundsiebzig DVDs an, »haben Sie rund zweihundertachtzig Stunden Filmzeit.«

Sie starrte ihn an, dann trippelte sie zum Fernsehschrank und las mit zusammengezogenen Brauen das Firmenlabel am Player ab. »Sonü heißt der, hmm …« Sie stupste den Player mit dem Finger an, ganz kurz, als hätte sie Angst, er würde sie beißen.

»Mein lieber Herr Rickers …«, sie drehte sich wieder zu ihm um, »so was kann ich nicht gebrauchen. Das ist was für junge Leute, dieser neumodische Kram.«

Raphael lächelte. »Glauben Sie mir, Frau Mommsen, ein DVD-Player ist alles, aber nicht neumodisch. Ich gebe Ihnen jetzt einen Einführungskurs für das sehr einfach zu bedienende kleine Gerät.« Er ging hin und streichelte den Player. »Sie müssen keine Angst davor haben. Es ist nur Plastik.«

»Aber mit Strom! Und neumodisch! Diese Maschinen mit den englischen Wörtern sind nichts für mich. Ich gucke ARD und ZDF und am liebsten NDR.«

Raphael öffnete die Hülle und zog die Disc heraus. Dann nahm er die Fernbedienung und deutete darauf. »Sie müssen nur diesen Knopf hier drücken, sehen Sie, dann öffnet sich die kleine Schublade am Player, und da legen Sie diese runde Scheibe rein.«

»Nein! Das brauchen Sie mir gar nicht erst zu zeigen.«

Raphael blieb geduldig. Triple M … wie drollig sie aussah, wenn ihr Hals steif wurde und sie die Arme vor der Brust verschränkte. Er hielt ihr das Cover der DVD vor Augen. »Und Sie wollen das hier wirklich nicht sehen?«

Frau Mommsen brauchte einen Moment, bis sie erfasst hatte, was auf dem Cover zu sehen war. »›Dallas‹?«, stieß sie aus. »Mein ›Dallas‹? Das aus dem Fernseher?« Sie starrte ihn ungläubig an.

Raphael nickte. »Das aus dem Fernseher. Mit dem Tunichtgut und Spitzbuben. Wie hieß er noch gleich?«

»Jä Ar.« Frau Mommsen nahm ihm das Cover aus der Hand, drehte und wendete es. »Das gibt es tatsächlich auf diesen kleinen Scheiben?«

Da ihre Augen leuchteten, als würde sie einem Schiff den Weg durch Nebel weisen wollen, war Raphael sich sicher, die nächste Stunde nicht umsonst zu opfern. »Kommen Sie, Frau Mommsen, ich gebe Ihnen jetzt eine kleine Einführung in die Wunderwelt der Technik. Und wir fangen bei A an.«

Er nahm ihre tattrige, faltige Hand und legte sie auf den

Player. Seine Hand ließ er auf ihrer liegen. »Das ist Ihr neuer Freund Sonü. Er beißt nicht. Er öffnet seinen Mund nur, wenn Sie auf diesen Knopf drücken.« Raphael drückte auf die Fernbedienung. »Sehen Sie? Und dann will er gefüttert werden. Mit der kleinen Scheibe, die Disc heißt. Und jetzt holen Sie mal einen Zettel und einen Stift. Da schreiben wir alles auf, was Sie wissen müssen. Dann können Sie ›Dallas‹ gucken, wann immer sie wollen. Morgens, nachmittags, abends …«

»Ach!« Sie sah ihn an, als würde ihm ein Rüssel wachsen. »Das kommt dann nicht dienstags von Viertel vor zehn bis halb elf? Auf der Scheibe kommt das eher?«

Raphael schluckte. »Sie holen jetzt einen Zettel. Einen *großen* Zettel.«

***

Vierzig Euro hatte Raphael sich den Blumenstrauß in der Boldixumer Gärtnerei Hommel kosten lassen, mit dem er die Strandstraße entlangging. Sarah würde hoffentlich zu Hause sein. Einen Job hatte sie schließlich momentan nicht, da das »Bullauge« mangels Koch, der gleichzeitig ihr Chef war und in Untersuchungshaft saß, geschlossen war.

Als er den Klingelknopf des Einfamilienhauses drückte, nahm er zum ersten Mal bewusst auch das zweite Klingelschild wahr, auf dem »Sökers« stand. Auch der Barkeeper des Restaurants war jetzt arbeitslos. Fest stand: Sarah und Henning Sökers würden es beide schwerhaben, jetzt im Oktober auf der Insel noch etwas Neues zu finden. Die Saison war fast vorüber, und im Winter hatten die meisten Lokale geschlossen.

Durch die milchige Scheibe des seitlichen Türelements sah Raphael einen Schatten die Treppe herunterkommen.

»Bitte, sei nicht sauer«, sagte er, als Sarah die Haustür aufzog. Er hielt ihr den Blumenstrauß entgegen. »Du musst mir glauben, wenn ich dir sage, dass ich aufrichtig heiß auf dich war. Du bist eine wunderschöne, tolle Frau und … wir hatten doch viel Spaß miteinander, oder? Ich geb ja zu, dass ich nicht widerstehen konnte, dir die eine oder andere Frage zu Gorden zu stellen, aber –«

»Die eine oder andere Frage?« Sarahs Stimme klang unangenehm hoch, während sie nach dem Strauß griff.

Raphael kam nicht dazu, zu antworten, denn Sarah haute ihm den Strauß so heftig um die Ohren, dass die Blüten flogen. Dann drückte sie ihm die Blumen ins Gesicht und knallte die Tür zu.

Raphael hatte automatisch nach den Stängeln gegriffen. Er pustete ein Blütenblatt von den Lippen und starrte die Tür an. Frauen waren wirklich, wirklich kompliziert.

Er stopfte den ramponierten Strauß zu den drei künstlichen Sonnenblumen, die in einer stählernen Milchkanne neben der Tür steckten, und ging. Wenigstens hatte er heute schon ein Erfolgserlebnis gehabt. Frau Mommsen hatte tatsächlich die erste DVD ihres Lebens zum Laufen gebracht. Als die ›Dallas‹-Titelmelodie erklungen war, hatte sie Tränen in den Augen gehabt.

Auf dem Bürgersteig wandte er sich nach links Richtung Gmelinstraße. Den Mann, der ihm ein gutes Stück entfernt rauchend entgegenkam, erkannte er sofort. Am Seemannsgang.

Raphael war klar, dass Henning Sökers auch ihn sofort erkannt hatte, denn er stockte im Schritt. Doch nur für einen Moment, dann ging er weiter, die Kippe in den Garten zu seiner Rechten werfend.

Als sie auf gleicher Höhe waren, begrüßte Raphael ihn locker mit »Moin, Herr Sökers«, obwohl ihm das Herz im Hals klopfte. »Wie geht's Ihnen? Können Sie Ihre unfreiwillig freien Tage wenigstens etwas genießen?«

Henning Sökers klang wenig freundlich. »Nee, natürlich nicht. Wenn man nicht weiß, wie das im Job weitergeht, ist das kaum was zum Genießen, oder?«

»Da haben Sie wohl recht«, sagte Raphael. »Aber bestimmt sind Sie doch auch froh, dass der Fall Ihrer Chefin jetzt geklärt ist?«

»Ja, klar.«

»Na dann … Alles Gute.« Raphael tippte sich an einen imaginären Hut und ging. Er wagte nicht, sich umzudrehen, denn er war sich sicher, dass Sökers ihm nachblickte. Aus einem einzigen Grund: Sökers wollte sehen, ob Raphael wahrgenommen hatte, was er eben in den Garten geworfen hatte.

Raphael verbat sich, den Kopf nach links zu drehen, als er sich dem Grundstück näherte, auf das Henning Sökers die Kippe geworfen hatte. Aber das musste er auch gar nicht, denn er sah aus dem Augenwinkel, dass der Stummel auf dem Rasen noch vor sich hin qualmte.

Ein Zigarillostummel.

Als Raphael sein Haus betrat, verriet ein Blick auf die Uhr, dass es Viertel nach eins war. Imme hatte natürlich pünktlich Feierabend gemacht, und so war niemand da, obwohl er jetzt dringend jemanden zum Quatschen gebraucht hätte.

Er ging Richtung Küche und öffnete den Kühlschrank, nahm die Flasche Aquavit, die Onkel Schorsch noch halb geleert hatte, aus dem Gefrierfach, und trank einen großen Schluck direkt aus der Flasche.

Mit einem wohligen »Aah« spürte er dem Brennen von der Kehle bis in den Bauch nach. Das tat gut, auch wenn Johannes immer wieder behauptete, dass es eine Illusion sei, zu denken, Alkohol beruhige. Er ging ins Wohnzimmer und legte sich aufs Sofa, das einzige Kissen hinter den Kopf stopfend.

Wie passte Sökers ins Bild? Was könnte ihn veranlasst haben, den Wagen zu zerkratzen?

Raphael versuchte, sich zu erinnern, was er im Fall Dalika unternommen hatte, bevor sein Wagen verschandelt wurde. Aber das war nicht einfach. Es lagen so viele Wochen dazwischen.

Definitiv hatte er vorher den Aufstand an der Grundschule verursacht. Schließlich hatte er daraufhin Gorden verdächtigt, sein Baby zerkratzt zu haben. Hatte Martin Gorden seinem Barkeeper davon erzählt? Möglich, aber hätte dann nicht auch Sarah Bescheid gewusst?

Grübelnd schloss Raphael die Augen. Im nächsten Moment fuhr er hoch. »Ja, klar!«

Die Nachbarin!

Er stand auf und begann, im Zimmer umherzulaufen. Henning Sökers' Nachbarin war die Mutter, die ihn, Raphael, an der Schule für einen pädophilen Mitschnacker gehalten hatte, bis er zugab, Privatdetektiv zu sein. Und diese aufregende Begegnung hatte sie vielleicht mit ihren Nachbarn geteilt.

Raphaels Puls war erhöht. Ja, das war durchaus plausibel. Aber war auch plausibel, dass Henning Sökers daraufhin seinen Wagen zerkratzt hatte, wenn er es denn gewesen war?

Ja, das war es, gab Raphael sich selbst die Antwort. Henning Sökers war in Dalika Gorden verliebt gewesen. Hatte Sökers ihn mit der Kratzaktion von der Insel vertreiben wollen, um Dalikas Kind zu schützen?

Diese Frage stellte Raphael umgehend Ava, als sie um vierzehn Uhr zur Arbeit kam. Er erzählte ihr von seinem Erlebnis und seinen Schlussfolgerungen.

Dass Ava seine Ausführungen durchaus interessant fand, zeigte die Tatsache, dass sie sich nicht auf ihren Schreibtischstuhl gesetzt hatte, sondern auf den Tisch. Ein Bein baumeln lassend, starrte sie ihn an. »Das mit dem Zigarillo ist wirklich auffällig«, sagte sie. »Insbesondere, da er ihn, wie du sagst, weggeworfen hat, als er dich wahrnahm.«

»Gut, es war nur noch ein Stummel«, gab Raphael zu. »Er hätte ihn sowieso jeden Moment weggeworfen.«

»Aber hätte er ihn dann nicht vor sich auf den Gehweg geworfen?«, sagte Ava. »Und ausgetreten?«

»Ich trete meine Kippen auch nicht immer aus«, sagte Raphael. »Aber ich werfe sie nicht in fremde Gärten, sondern in den Rinnstein. Er wollte definitiv nicht, dass ich ihn mit dem Zigarillo sehe.«

»Verständlich, wenn er wegen Nath dein Auto verhunzt hat«, sagte Ava und stand auf. Sie setzte sich hinter den Schreibtisch. »Aber du kannst es ihm nicht beweisen. Du könntest ihn höchstens mit deiner Vermutung konfrontieren. Vielleicht gibt er es zu.«

»Der?« Raphael lachte spröde auf. »Der ist 'ne feige Sau.

Sonst hätte er ja nicht nachts mein Baby zerkratzt. Der würde das nie zugeben.«

»Dein *Baby*.«

Dass Avas Blick mitleidig wirkte, gefiel Raphael nicht. »Ja, mein Baby!«

»Und was willst du jetzt tun?« Sie öffnete den Laptop und stellte ihn an.

»Ich besorg mir seinen Speichel und schicke ihn ans Labor. Die DNA des anderen Zigarillos haben wir ja zum Vergleich.«

Ungläubig musterte sie ihn. »Und wie willst du an seinen Speichel kommen?«

»Ich geh los und schnapp mir die Kippe vom Rasen. Du kannst schon mal ein Anschreiben für das Labor fertig machen und ausdrucken.«

Raphael nahm das Fahrrad seines Onkels und war innerhalb weniger Minuten vor dem Grundstück in der Strandstraße, auf das Sökers die Kippe geworfen hatte. Irgendwas war anders. Sein Blick glitt über das Gras.

»Scheiße!«, fluchte Raphael. Der Zigarillostummel war weg.

Hatte Sökers ihn aufgesammelt? Oder waren es die Grundstücksbesitzer gewesen?

Noch einmal scannte Raphael das Gras. Genau hier hatte der Stummel doch gelegen! Und dann merkte er, was anders war. Der Rasen war gemäht. Jetzt nahm er auch das Brummen wahr. Wer auch immer hier vorn gemäht hatte, tat das Gleiche jetzt im hinteren Garten.

Fuck!

Er setzte sich aufs Fahrrad und fuhr wieder nach Hause. Was konnte er jetzt tun? Warten, bis es dunkel war, wieder zurückfahren und in der Hoffnung auf Zigarillostummelreste den Kompost auf dem fremden Grundstück durchwühlen?

Nein, entschied er nach kurzer Überlegung, das würde er anders lösen. Insbesondere, weil sein Kopf immer mehr schmerzte und ihm ein wenig schwummrig war. Eine Gehirnerschütterung, auch wenn sie nicht schwer war, war vielleicht doch nicht so leichtfertig abzutun, wie er es sich vorgestellt hatte.

»Und?«, fragte Ava, als er das Büro betrat. »Hast du den Zigarillo?«

»Nein, verdammt.« Er berichtete, was passiert war. »Wäre ich bloß eher hingefahren. Jetzt –«

»Geht's dir gut?«, unterbrach Ava ihn. Sie klang besorgt. »Du bist ganz blass.«

»Ich denke, ich leg mich mal ein Stündchen hin.« Er hatte eigentlich vorgehabt, ihr zu sagen, was er bezüglich der Speichelbeschaffung plante, aber ihr besorgter Blick hielt ihn ab. Sie würde wahrscheinlich sofort Johannes anrufen, wenn sie hörte, was er vorhatte. Und der würde ihm dann mit Vorhaltungen nur auf den Keks gehen.

ZWEIUNDZWANZIG

Raphael hatte sich – bedingt durch heftige Kopfschmerzen – einen weiteren Tag Ruhe gegönnt. Doch am Mittwochmorgen hielt ihn nichts mehr. Um neun fuhr er mit dem Renault seines Onkels in die Strandstraße und legte sich auf die Lauer – weit genug von Sökers' Haus entfernt, sodass er von dort aus nicht gesehen werden konnte.

Sökers verließ das Haus um halb zehn. Er rauchte wieder. Diesmal eine Zigarette. Raphael ging vorsichtshalber auf Tauchstation, aber Sökers nahm die entgegengesetzte Richtung. Doch das interessierte Raphael nicht. Es war nicht Sökers, auf den er wartete, sondern Sarah. Irgendwann würde sie doch mal das Haus verlassen.

Seine Geduld wurde auf eine harte Probe gestellt. Er war drauf und dran, zurück in die Mühlenstraße zu fahren, als Sarah um Viertel vor zwölf vom Grundstück radelte und, genau wie Sökers, nach links abbog. Im ersten Moment ärgerte er sich, dass sie nicht zu Fuß unterwegs war, aber das änderte sich schlagartig, als er sah, dass ihre Handtasche im Korb auf dem Gepäckträger lag. Das bot vielleicht die beste Möglichkeit, an das zu kommen, was er brauchte.

Er folgte ihr langsam mit dem Wagen. Sie bog nicht, wie er erwartet hatte, in die Gmelinstraße ab, sondern radelte Richtung Flugplatz. Als sie die Straße überquerte, stoppte Raphael den Wagen und setzte den Blinker.

»Happy Hair«, stand über der Tür des Geschäfts, in dem Sarah verschwand, nachdem sie ihr Rad abgeschlossen hatte. Raphael pustete Luft durch die Lippen. Das konnte ja wieder dauern.

Er parkte den Wagen, wartete darin eine halbe Stunde, dann stieg er aus und begann, vor Sarahs Fahrrad hin und her zu gehen. Aber erst nach weiteren zwanzig Minuten verließ Sarah den Friseurladen mit einem Winken: »Tschüs, Dana, bis zum nächsten Mal!«

Ihr strahlendes Lächeln verlor sich abrupt, als sie Raphael draußen stehen sah. »Was machst du denn hier?« Mit wenigen Schritten war sie bei ihrem Rad. »Raffst du das eigentlich nicht? Ich will mit dir nichts mehr zu tun haben.«

Raphael musterte sie. Sie hatte ihr langes blondes Haar, das ein angenehmer Duft von Haarspray umgab, um etliche Zentimeter kürzen lassen. »Du siehst klasse aus«, sagte er mit strahlendem Lächeln.

Ein verächtliches »Pff!« war die Antwort. Sie bückte sich und öffnete das Fahrradschloss.

»Ich möchte einfach nicht, dass wir im Bösen auseinandergehen«, sagte Raphael. Er versuchte einen Hundeblick, als sie ihn ansah, während sie ihre Handtasche in den Fahrradkorb pfefferte.

»Leck mich.« Sie ergriff den Lenker, schob das Rad an ihm vorbei und schwang sich darauf.

In dem Moment, in dem sie sich abstieß, griff Raphael zu. Blitzschnell versteckte er die schwarze Tasche hinter seinem Rücken – falls sie sich noch einmal zu ihm umdrehen sollte. Aber das tat sie nicht. Nur ihre rechte Hand ging in die Höhe, der Mittelfinger ausgestreckt.

Hastig ging Raphael zum Auto zurück und öffnete die Tasche. Wenn er Pech hatte, befand sich der Haustürschlüssel nicht darin, sondern in Sarahs Jacke. Er durchwühlte alle Fächer und stieß schließlich ein euphorisches »Ha!« aus. Zwischen Smartphone, Labellos in allen Geschmacksrichtungen, pinkfarbener Tamponbox und zwei ausgespuckten, in Silberpapier gewickelten harten Kaugummis zog er ein Schlüsselbund heraus, an dem neben einem hellblauen Plüsch-Einhorn und einem metallenen S vier Schlüssel hingen.

Erleichtert stellte Raphael fest, dass keiner der beiden Türschlüssel zu einer Schließanlage gehörte, für die er hätte nachweisen müssen, dass er Eigner der Schlüssel war.

Mehr als zufrieden fuhr er um vierzehn Uhr zu dem Schlüsseldienst, den er über Google ausfindig gemacht hatte. Eine halbe Stunde später war er glücklicher Besitzer eines Zweitschlüssels zu Henning Sökers' Haus.

Als er den Laden verließ, ging sein Handy. Das Display verriet die Anruferin. Es war Sarah.

Er atmete tief aus, bevor er das Gespräch annahm. »Sarah!«, rief er freudig. »Das freut mich, ich dachte schon –«

»Hast du meine Tasche geklaut?«, unterbrach sie ihn mit schriller Stimme.

»Wie bitte?« Raphael legte alle Verwirrtheit in seine Stimme, die er aufbringen konnte. »Deine Tasche? Wovon redest du bitte?«

»Meine Tasche ist weg. Ich hatte sie in den Fahrradkorb gelegt, als ich beim Friseur losgefahren bin, und als ich beim Supermarkt vom Rad stieg, war sie weg. Ich bin die ganze Strecke noch mal abgefahren. Aber sie kann eigentlich gar nicht rausgefallen sein. Und du bist der Einzige, mit dem ich gesprochen habe.«

»Na ja, ›gesprochen‹ würde ich das jetzt nicht nennen. Du hast mich beschimpft. Aber davon abgesehen: Was, bitte schön, sollte ich mit deiner Tasche anfangen? Wie du bemerkt haben solltest, versuche ich krampfhaft, mit dir Frieden zu schließen. Da würde ich wohl kaum so eine Aktion starten. Die hat dir wahrscheinlich jemand aus dem Fahrradkorb geklaut. Sind Radfahrer an dir vorbeigefahren? Oder musstest du irgendwo anhalten, sodass ein Fußgänger Zugriff gehabt hätte?« Er hatte schnell gesprochen, damit sie ihm nicht dazwischenreden konnte.

»Wir sind hier auf Föhr! Hier klaut keiner Taschen aus Fahrradkörben.«

Raphael lachte herzhaft. »Na, du bist ja gutgläubig. Kein Wunder, dass sie dir das Ding klauen konnten.«

»Du hast sie wirklich nicht?«, hakte sie unsicher nach.

»Nein! Ehrenwort.«

»Scheiße. Da ist mein Schlüssel drin, mein Portemonnaie, mein Handy …« Tränen klangen durch ihre Stimme.

Raphael durchlief es unangenehm heiß in der Bauchgegend, aber darauf konnte er keine Rücksicht nehmen. Sökers hatte sein Baby zerkratzt, und das musste er dem Arschloch nachweisen. Das rechtfertigte nun mal besondere Maßnahmen wie Taschenklau. Und Lügen.

»Dann geh ich jetzt zur Polizei«, sagte Sarah mit weinerlicher Stimme und legte einfach auf.

***

Mittwochabend lag Raphael erneut im Wagen seines Onkels in der Strandstraße auf der Lauer. Er hoffte darauf, dass Henning Sökers das Haus verlassen würde. Ihm war bewusst, dass er vielleicht etliche Abende hier verbringen würde, ohne dass das geschehen würde, denn Sökers schien nicht der gesellige Typ zu sein, sondern eher ein Stubenhocker, aber eine andere Möglichkeit sah Raphael nicht. Tagsüber, wenn Sökers das Haus zum Einkaufen verließ, wollte er es nicht wagen, weil die Nachbarn ihn sehen könnten.

Kurz rein, Zahnbürste schnappen, wieder raus. Das war der Plan. So würde er an die DNA von Sökers gelangen. Und wenn sie tatsächlich mit der DNA des Zigarillostummels übereinstimmte, den er an seinem Mercedes gefunden hatte, würde er dem Barkeeper gehörig die Fresse polieren. Das war den Aufwand allemal wert.

Um zweiundzwanzig Uhr dreißig langte es Raphael, und er startete den Wagen. Er hatte sich mit einem Hörbuch von Tess Gerritsen die Zeit vertrieben, aber jetzt würde er nach Hause fahren. Um diese Zeit würde Sökers kaum noch rauskommen. Ein Stück die Straße runter hielt er noch einmal. Er stieg aus und warf Sarahs Tasche mit Schwung auf das fremde Grundstück zu seiner Rechten. Die Wyker waren ehrliche Häute. Der Besitzer würde Sarah die Tasche wiederbringen oder sie bei der Polizei abgeben.

Am nächsten Abend war Raphael nach zwei Stunden Warten bereits so genervt, dass er in Erwägung zog, seine Aktion am Freitag tagsüber zu starten. Doch um zwanzig Uhr setzte er sich im Wagen gerade auf. Sökers verließ sein Grundstück in

Richtung Gmelinstraße. Er trug eine dunkle Steppjacke und Jeans und ging mit ausholenden Schritten davon.

Wo wollte er hin? Diese Frage beschäftigte Raphael, während er mit klopfendem Herzen darauf wartete, dass Sökers aus seinem Blick verschwand. Als es so weit war, stieg er aus und blickte sich um. Kein Mensch war zu sehen. Er ließ zwei Wagen passieren, dann ging er schnell zum Haus, zog ohne zu zögern den Schlüssel aus der Tasche und steckte ihn ins Schloss. Aufatmend stellte er fest, dass der Schlüsseldienst gute Arbeit geleistet hatte.

Er betrat das Haus hastig und schloss die Tür leise hinter sich. Das Flurlicht brannte. Er sah zur Treppe. Sarah war vielleicht in ihrer Wohnung, jedenfalls hatte er sie nicht weggehen sehen. Sie durfte ihn nicht hören.

Raphael drückte die Türklinke zu Sökers' Wohnungstür herunter, aber wie erwartet hatte er nicht das Glück, dass Sökers sie offen gelassen hatte. Es war eine einfache Zimmertür, die mit einem Zimmerschlüssel zu öffnen war. Da er den nicht hatte, zog er den Schraubendreher, den er schon im »Bullauge« verwendet hatte, aus dem Jeansbund und setzte ihn an der Tür an. Leise würde es jetzt nicht zugehen, aber ihm blieb keine andere Möglichkeit.

Das Knacken, als die Tür aufbrach, ging ihm durch Mark und Bein, aber oben tat sich nichts. Raphael wartete noch einen Moment ab, doch es blieb ruhig. Wenn Sarah im Haus war, hatte sie nichts gehört oder das Geräusch Henning Sökers zugeordnet.

Raphael lehnte die Tür an, als er drinnen war. Er zog eine kleine Taschenlampe aus der Innentasche seiner Lederjacke und ging leise von Raum zu Raum. Der Rauch von Sökers' letzter Zigarette hing noch im Wohnzimmer. Nippes und Deko gab es nicht, nur ein paar Topfpflanzen. Raphael trat an den Tisch, auf dem sich neben einer zerknüllten Marlboro-Packung ein verdreckter Aschenbecher befand. Sökers musste ihn gerade ausgeleert haben. Schade, eine Kippe wäre als Speichelträger perfekt gewesen.

Ins Schlafzimmer warf Raphael nur einen kurzen Blick. Das Bett war ungemacht, und auch hier roch es nach kaltem Rauch. Den Geruch in der Küche ordnete Raphael Spiegeleiern zu. Die Pfanne stand noch auf dem Herd. In der Spüle tummelten sich schmutzige Gläser, auf der Ablagefläche lag ein Brotbrett mit abgeschnittenen Gurkenenden, daneben ein halb voller Beutel mit Feinbrot.

Raphael trat an den Mülleimer und hob mit spitzen Fingern den klebrigen Deckel an, in der Hoffnung, darin Kippen zu entdecken, aber er wurde enttäuscht. Wahrscheinlich hatte Sökers sie rausgebracht. Nun gut, dann würde er doch die Zahnbürste nehmen.

Das Badezimmer war überraschend groß und beige gekachelt. Raphael ließ den Lichtstrahl wandern. Hier war es so dreckig, dass selbst Frau Mommsen mit ihren Fähigkeiten geglänzt hätte. Zahnpastareste und Bartstoppeln klebten im Waschbecken. Die Seife lag in einer schmuddeligen Plastikschale in einer gräulichen Brühe. Der Spiegel war fleckig, die Badewanne zeigte einen fettigen Schmutzrand, und der Duschvorhang hing nur noch an drei Haken. An dem Muffgeruch im Raum trug wohl der Haufen aus schmutziger Unterwäsche und umgedrehten Socken neben einem Schmutzwäschebehälter seinen Anteil.

Raphael bereute, keine Handschuhe mitgenommen zu haben, als er nach der Zahnbürste griff, die in einem mit Zahnpasta befleckten Plastikbecher stand. Er steckte die Bürste in einen mitgebrachten Gefrierbeutel und wollte direkt wieder gehen, als sein Blick auf eine Porzellandose fiel, die neben dem Rasierhobel auf der Ablage unter dem Spiegel stand und so gar nicht hierherpassen wollte. Sie war weiß und herzförmig, den staubigen Deckel zierte ein Engel.

Er hob den Deckel an und brauchte zwei Sekunden, um zu begreifen, was er da, auf Watte gebettet, sah. Sein Herz, das seit dem Einbruch ohnehin stärker schlug, begann zu rasen.

Er fingerte die silberne Kette heraus. Der Anhänger war ein Stern. Winzige Steinchen funkelten im Licht der Taschenlampe.

»Scheiße!«, stieß er aus, als ihm klar wurde, was er da gefunden hatte.

Mit zitternden Fingern leuchtete er nach dem Lichtschalter der Lampe über dem Spiegel und knipste ihn an. Die Taschenlampe legte er im Waschbecken ab.

Das war Dalika Gordens Kette. Eindeutig! Raphaels Gedanken rasten. Wie zum Teufel kam der Barkeeper an Dalikas Kette? Oder war es nur ein identischer Anhänger?

In diese wirren Überlegungen hinein hörte er eine männliche Stimme fluchen. Blitzschnell machte Raphael das Licht aus.

Sökers war zurück!

Raphael wurde heiß. Sökers hatte natürlich die aufgebrochene Tür bemerkt.

Da Raphael die Badtür nicht geschlossen hatte, sah er, wie das Licht im Wohnungsflur anging. Sökers fluchte wild vor sich hin, während hastige Schritte verrieten, dass er ins Wohnzimmer ging.

Raphael blieb keine Zeit zum Überlegen. Er stopfte die Kette in die Jackentasche und legte den Deckel geräuschlos zurück auf die Dose. So leise wie möglich stieg er in die Wanne und versteckte sich hinter dem siffigen Duschvorhang, gebeugt, weil er Angst hatte, dass sein Kopf den Vorhang überragte.

Wenn Sökers nur einen kurzen Blick ins Bad warf, hatte er vielleicht eine Chance, unerkannt zu entkommen, wenn der Kerl anschließend in die Küche ging, die hinter dem Badezimmer lag.

Und dann ging auch schon das Deckenlicht im Bad an. Raphael hielt den Atem an. Die Arme leicht angewinkelt, die Hände zu Fäusten geballt, stand er da, bereit, sofort zuzuschlagen, sollte Sökers den Vorhang zur Seite ziehen.

Er hörte Sökers schnauben, dann war einen Moment Ruhe, und Raphael erwartete, dass der Vorhang aufgerissen wurde, aber das Licht ging wieder aus. Schritte entfernten sich.

Raphael überlegte nicht lange. So vorsichtig und leise wie möglich stieg er aus der Wanne. Sökers hatte die Tür aufgelassen, sodass Licht vom Flur ins Bad fiel. Raphael brauchte drei Schritte von der Wanne bis zur Tür. Er linste um die Ecke, und im nächsten Moment spürte er kalten Stahl an seinem Hals.

»Du blöder Schnüffler!«, stieß Henning Sökers aus. Seine Hand, die das riesige Fleischmesser hielt, zitterte ebenso wie seine Stimme. »Warum musst du hier rumschnüffeln? Warum kannst du nicht einfach alles so lassen, wie es ist? Kersten sitzt doch im Knast. Ihr Mörder ist geschnappt!« Die Messerspitze an Raphaels Hals gedrückt, trieb Sökers ihn zurück ins Bad. So weit, bis die Wand Raphael stoppte. Nur der Lichtschein vom Flur fiel herein.

Raphael versuchte ruhig zu bleiben, was mit dem Messer am Hals nicht einfach war, insbesondere weil der Mann, der das Messer hielt, wütend und mehr als nervös war.

»Alles gut, Herr Sökers«, sagte Raphael leise, stocksteif stehend, weil der kalte Stahl seine Gurgel berührte. »Ich –«

»Halt den Mund!«, presste Sökers hervor und drückte ihm die Messerspitze ein Stückchen in den Hals.

Der Schnitt ließ das Blut fließen, aber den Schmerz spürte Raphael kaum. Sökers verminderte den Druck nicht, sodass Raphael den Kopf an die Fliesen pressen musste. Ihm war klar: Wenn Sökers jetzt weiterdrückte, war's das.

»Ich hab die Taschenlampe im Waschbecken gesehen«, riss Sökers Raphael aus den Gedanken. »So schlau bist du also gar nicht, Freersen … Nur, du bringst alles durcheinander.« Er klang jetzt weinerlich, was Raphael nicht gefiel. Sökers' Hand zitterte immer mehr.

»Ich will doch nur wissen, ob Sie es waren, der mein Auto zerkratzt hat, Herr Sökers«, wagte Raphael einen Vorstoß. Er sprach gepresst, weil das Messer an der Kehle das verlangte. »Sie brauchen doch kein Messer. Ich … ich entschuldige mich dafür, hier eingedrungen zu sein. Legen Sie einfach das Scheißmesser weg.«

»Willst du mich verarschen?« Sökers' Stimme wurde schrill. »Ich hab doch gesehen, dass du die Kette entdeckt hast! Der Deckel liegt nicht richtig auf der Dose.«

Oh, Scheiße. Raphael unterdrückte ein Schlucken. »Ich weiß nicht, wovon Sie reden«, versuchte er sein Glück.

»Hältst du mich für blöd?« Sökers keifte fast. »Ich weiß

nicht, wie du es rausgefunden hast, aber das ist jetzt auch egal. Ich komm ja sowieso in den Bau!« Die Wut verzerrte sein Gesicht zu einer hässlichen Fratze. »Und alles nur, weil sie nicht mitgemacht hat! Ich wollte doch nur, dass sie auch mit mir macht, was sie mit Kersten gemacht hat! Ich wollte auch mal ihre Brüste berühren, ihre Schenkel …« Er jaulte auf. »Sie war so schön. So schön. Kersten durfte sie ficken, und ich, ich durfte sie immer nur angucken, aus der Ferne, wenn sie abends schwimmen ging.« Sökers' Kopf ruckte so weit vor, dass sein Speichel Raphaels Gesicht traf. »Nur einmal ficken! Dann hätte ich sie doch gehen lassen …«

Raphael stöhnte auf, weil das Messer sich in seinen Hals bohrte. Der Schmerz ließ ihn die Augen zusammenpressen. Sökers verlor die Kontrolle.

Johannes … Sein Bruder fiel Raphael in diesem Moment ein. Es tut mir leid, Jo …

Seine Halssehnen und Muskeln waren Spannung pur, während er das Blut seinen Hals warm hinabrinnen spürte. Gleich war es vorbei …

Hab dich lieb, Jo.

Und dann war es tatsächlich vorbei.

Aber da war keine Schwärze und auch kein Licht, in das er gehen konnte. Nein, es gab ein Geräusch, ein »Klonk«, ein Stöhnen, und das Messer war weg von seiner Kehle.

Als Raphael die Augen öffnete, brauchte er einen Moment, um zu erkennen, wer da im Halbdunkel vor ihm stand. »Sarah?«, stammelte er. Stocksteif stand sie da. In ihrer rechten Hand hielt sie – Raphael zweifelte kurz an seinem Verstand – eine Förtenpfanne.

Zwischen ihnen lag Henning Sökers.

»Raphael«, kam es über Sarahs zitternde Lippen, mit der freien Hand deutete sie auf seinen Hals. »Du … du blutest.« Sie ließ die Pfanne fallen, ging raus und knipste im Flur das Deckenlicht im Bad an.

Wie fremdgesteuert kam sie zurück und starrte auf den bewusstlosen Sökers, dessen Mund offen stand. Speichel rann aus seinem Mundwinkel auf den dreckigen Badboden. Sie sah Raphael an. »Er … er wollte dich umbringen!« Ihre Stimme wurde schriller. »Ich wollte nur den Müll rausbringen. Ich hab Hennings Stimme gehört, so keifig, und die Tür stand offen, und … dann bin ich einfach reingegangen.« Ihre Augen waren riesig. »Ich dachte, er würde dich umbringen! Ich bin zum Flur zurück und … hab die Förtenpfanne von der Wand gegriffen.« Sie blickte zu Boden auf die gusseiserne Pfanne. »Ich hab zugeschlagen.« Sie starrte wieder auf Sökers. »Oh Gott!«, weinte sie auf und ging in die Knie.

Raphael tat es ihr gleich. Mit dem Rücken an der Wand glitt er langsam Richtung Boden. Mit angewinkelten Knien, den Kopf an die Wand gelehnt, schloss er die Augen. Eine Hand hielt er an den blutenden Hals gepresst. »Ich hab dich sehr, sehr gern, Sarah«, murmelte er. »Sehr.«

Mit der anderen Hand fummelte er sein Handy aus der Jackentasche und wählte die 110.

DREIUNDZWANZIG

»Du hast an mich gedacht?«, stieß Johannes aus. »Dein letzter Gedanke galt *mir*?«

»Wehe, du flennst jetzt«, stieß Raphael aus. Warum hatte er das überhaupt erzählt? Er zerrte an dem Verband um seinen Hals, der ihn beim Sprechen einengte, und blickte in die Runde, die um Onkel Schorschs Sofa herum versammelt saß.

Ava schossen Tränen in die Augen. »Ihr seid euch schon im Mutterleib so nah gewesen. Von der ersten Sekunde eurer Existenz an.« Ihr Blick glitt von Raphael zu Johannes. Sie streichelte Johannes' Hand. »Diese Nähe ist unantastbar. Ihr werdet immer auf das Engste miteinander verbunden sein.«

Johannes schluckte, als müsse er einen Tennisball herunterwürgen.

Raphael starrte die beiden an. »Jo, erzähl bloß unserer Mutter nicht, dass nicht sie mein letzter Gedanke war, als ich dachte, ich geb den Löffel ab.«

Johannes lachte auf, und Raphael war erleichtert, dass die rührselige Stimmung sich verflüchtigte.

»Du hast so ein Glück gehabt, Raph, dass du den Löffel *nicht* abgegeben hast«, sagte Sina, die neben ihm auf dem Sofa saß. »Zweimal so kurz hintereinander in letzter Sekunde gerettet zu werden … Dein Schutzengel macht einen verdammt guten Job.«

»Als heldenhafter Detektiv bin ich jedenfalls grandios gescheitert«, murmelte Raphael. »Gleich zweimal konnte ich mich nicht selbst aus einer vertrackten Situation befreien. Stattdessen verdanke ich mein Leben einer kläffenden Fellwurst und einer Förtenpfanne.«

»Nein«, sagte Sina streng. »Du verdankst es Johannes und Sarah Vollmert.«

»Ja, mein Gott, das weiß ich. Ich werd das nie wiedergutmachen können … Ich konnte doch nicht ahnen, dass Sökers

Dalika ermordet hat. Ich wollte seine DNA, um rauszufinden, ob er meinen Wagen zerkratzt hat. Ich wollte ihm nur die Fresse polieren.«

»Kai Kersten wird dir jedenfalls mehr als dankbar sein«, sagte Sina.

Raphael nickte. Sina hatte ihnen berichtet, dass Henning Sökers ein Geständnis abgelegt hatte. Er war Dalika Gorden an dem verhängnisvollen Abend gefolgt, in der Annahme, sie werde zum Schwimmen gehen. Er war ihr an seinen freien Tagen oft dorthin gefolgt, ohne dass sie es bemerkt hatte. Diesmal war sie allerdings nicht an den Strand gegangen, sondern zu Kerstens Ferienhaus. Henning Sökers hatte sich dort hinter dem Strandhafer der Düne verborgen.

Dass Dalika auf der Flucht vor Kai Kersten den Weg in die Dünen eingeschlagen hatte, war ihr zum Verhängnis geworden. Halb nackt, nur in Dessous, war sie Henning Sökers quasi in die Arme gelaufen. Er hatte versucht, die schwer verletzte Frau zu vergewaltigen. Als sie zu schreien begann, hatte er sie erwürgt.

Kai Kersten, der Dalika letztlich tot aufgefunden hatte, war davon ausgegangen, dass sie ihrer Kopfverletzung erlegen war. Ein Rechtsmediziner hätte die Würgemale sofort erkannt, aber Kersten und Gorden hatten die Leiche in ihrer Panik am nächsten Tag vergraben.

Raphael atmete tief durch. Es fühlte sich mehr als gut an, derjenige zu sein, dem es zu verdanken war, dass letztendlich der wahre Täter zur Rechenschaft gezogen werden konnte. Wie gut, dass er Sökers mit dem Zigarillo gesehen hatte. Inzwischen wusste er von Sarah, dass Sökers ab und zu einmal eine Packung Zigarillos von Kai Kersten geschenkt bekommen hatte, wenn der im Restaurant war.

Als es klingelte, sprang Johannes auf. »Ich geh schon.«

Raphael verkrampfte sich, als die Stimmen auf dem Flur verrieten, wer die Besucher waren. Dass seine Mutter kommen würde, war Raphael klar gewesen, aber sein Vater …

Er bemerkte, dass Sina sich ebenfalls versteifte. Auch sie hatte die dunkle Stimme des Kaffeekönigs erkannt.

Die Begrüßung fiel entsprechend aus. Sein Vater hatte sichtlich nicht damit gerechnet, auf weitere Gäste zu stoßen. Sein »Guten Tag« in die Runde klang wenig herzlich. Als er Sina erkannte, färbten sich seine Wangen.

Seine Mutter hingegen begrüßte alle per Handschlag. Sinas Hand hielt sie einen Moment länger als die aller anderen. »Ich freue mich, dich zu sehen, Sina«, sagte sie.

Sina blieb steif. »Guten Tag, Frau Freersen.«

Raphael sah seiner Mutter an, dass sie gern noch mehr gesagt hätte – definitiv etwas zu ihrem Enkelkind, das sie, laut Johannes, lieber heute als morgen kennenlernen wollte –, aber sie tat es nicht. Es war auch nicht der richtige Zeitpunkt für ein solches Gespräch.

Raphael war dankbar, dass seine Mutter die steife Atmosphäre durch ihr Weinen und ihre Dankesbezeugungen nicht so spürbar werden ließ. Selbst sein Vater ließ sich zu einer Umarmung hinreißen. »Was machst du für Sachen, Junge«, brummte er.

»Nun sag ihm gleich, was du zu sagen hast, Hajo«, forderte seine Mutter den Vater auf, ohne Rücksicht darauf, dass so viele Nichtfamilienmitglieder anwesend waren. Sie hatte sich neben Raphael auf das Sofa gesetzt.

Hajo Freersen setzte sich auf den Stuhl, den Johannes aus dem Büro geholt hatte.

»Nun, wir wollen nicht lange rumreden, Raphael«, begann Hajo Freersen. »Komm zurück in die Firma. Wir finden dort schon etwas für dich, das deinen Befähigungen und Wünschen entspricht. Wenn du zurück nach London willst, dann mach das. Und wenn du dich für unseren Flensburger Betrieb entscheidest, ist das auch in Ordnung. Hauptsache, du hörst mit diesem lebensgefährlichen Unsinn hier auf.«

Alle schwiegen. Nur Frauke Freersen schluchzte erneut auf und flüsterte erstickt: »Du hättest tot sein können. Tot!«

Raphael betrachtete seinen Vater einen Moment lang, dann sah er Johannes an, dessen Blick fragend auf ihm ruhte. Raphael sah zu Imme, über deren Nasenwurzel eine Kerbe stand. Sinas verschlossenes Gesicht zeigte keinerlei Regung. Sein Blick wanderte weiter zu Ava, die ihre Hände ineinander verknetete.

»Also gut, Vater«, sagte Raphael. »Ich danke dir. Es ist mir bewusst, dass es ein großzügiges Angebot ist, denn wir wissen beide, dass ich für die Firma kein Gewinn bin.«

Es kam kein Dementi von seinem Vater, was seine Mutter zu einem »Hajo, nun sag schon, dass das nicht stimmt!« bewog.

»Lass gut sein, Mama«, sagte Raphael. »Ich habe mich entschieden. Ich werde nach London fliegen«, er lächelte, als Johannes und Imme aufstöhnten, »und dort meine Wohnung auflösen. Aber nicht, um in die Kaffeerösterei zurückzukehren. Ich bleibe hier. Auf Föhr.« Er grinste. »Ich bring doch nicht die Friesendetektei in die Schlagzeilen, um das dann nicht auszukosten.«

»Das heißt«, Imme sah ihn mit leuchtenden Augen an, »du bleibst hier? Du führst die Detektei fort?«

»Yep.«

Imme kreischte los, Johannes stieß ein erleichtertes »Gott sei Dank!« aus. Sinas Gesicht blieb verschlossen.

Avas Kopf war hochgeruckt. »Du bleibst?«

»Ja.«

Ihr Lächeln war so schön wie ihre dunklen Augen, fand Raphael. Aber war Seltenes nicht immer schön?

»Es lebe die Friesendetektei!«, stieß Imme glücklich aus. »Stand im Kühlschrank nicht noch 'ne Pulle Sekt?« Sie sprang auf und eilte in die Küche. Gleich darauf kam sie mit Gläsern und Flaschen zurück.

Raphael bekam einen Single Malt in sein Sektglas, Ava Wasser, alle anderen teilten sich den Sekt.

»Auf dich, Schorsch«, sagte Raphael und hob sein Glas gen Zimmerdecke. »Und auf den nächsten Fall für die Friesendetektei. Ich bin gespannt, was es sein wird.«

Liebe Leserinnen und Leser,

meine Familie und ich lieben Föhr. Seit mehr als fünfundzwanzig Jahren kommen wir ein-, zweimal im Jahr auf die Insel, um Kraft zu tanken, um die Nordsee und das herrliche Wattenmeer bei Sonne, Wind und manchmal auch Sturm zu genießen, um gut zu essen und zu trinken, um einfach das Leben zu genießen.

Und darum war es einfach an der Zeit, meine Lieblingsinsel in einen Krimi einzubetten, der der Beginn einer neuen Reihe ist. Ich hoffe, Sie, liebe Krimi-Freunde, haben genauso viel Spaß beim Lesen, wie ich ihn beim Schreiben hatte.

Ein herzliches Dankeschön gilt Maiken Oelke für die Friesisch-Übersetzungen. Auch Kirsten Müller-Weckenmann von der Wyker Buchhandlung gab mir hilfreiche Tipps – danke dafür, Kiki.

Von Knud Broder Knudsen stammt das Lied »Leew Eilun Feer«, aus dem ich einige Zeilen zitiert habe.

Danke auch Frau Mommsen und Frau Brodersen für die Infos zum Thema Golf.

Ein lieber Gruß gilt Michael Steuer und Torsten Tews – die Lesungen bei euch in der »Alten Druckerei« sind immer ein großes Vergnügen, nicht zu vergessen: euer köstlicher Wein.

Seit meinem ersten Krimi beim Emons Verlag sind »meine« Lektorin und ich ein tolles Team – herzlichen Dank, liebe Hilla Czinczoll, für das perfekte Schleifen des Textes.

Dem gesamten Emons-Verlagsteam aus Köln danke ich für die erneut wunderbare Zusammenarbeit. Es macht Freude, eine Emons-Autorin zu sein.

Und abschließend einen herzlichen Gruß allen Einheimischen und allen Urlaubern.

Föhr ist immer eine Reise wert.

Ihre Heike Denzau

Heike Denzau
MARSCHFEUER
Broschur, 240 Seiten
ISBN 978-3-89705-919-1

»Denzau ist es wieder gelungen, die Spannung bis zum überraschenden Ende zu halten. Kein Geplänkel stört, keine Ungereimtheit verdirbt den Spaß. Wie schon im Debüt steht die Geschichte im Vordergrund und ist nicht bloßes Alibi für Land-und-Leute-Anekdoten aus Norddeutschland.« taz Nord

»Urlaubskrimi mit Atmosphäre!« Radio Berlin

www.emons-verlag.de

Heike Denzau
DIE TOTE AM DEICH
Broschur, 240 Seiten
ISBN 978-3-89705-826-2

»Der Roman lebt auch vom nordischen Flair: Der Leser sieht Landschaft und Einheimische durch Lyns Augen und nimmt so deren besonderen Charme wahr.« Frankfurter Rundschau

»Heike Denzau schreibt nicht nur spannend, wobei sie auf blutrünstige und reißerische Szenen verzichtet. Sie schreibt auch liebevoll und höchst amüsant über die Marsch und die angenehmen Schrulligkeiten der Menschen, die dort leben. Die detailreichen Kenntnisse der Polizeiarbeit erhielt die Autorin von ihrem Bruder, der selbst Kommissar in Itzehoe ist.« Norddeutsche Rundschau

www.emons-verlag.de

Heike Denzau
TOD IN WACKEN
Broschur, 256 Seiten
ISBN 978-3-95451-064-1

»Es ist ihr hervorragend gelungen, die Atmosphäre des Festivals einzufangen. Absolut empfehlenswert – auch für Nicht-Metal-Fans.« shz

»Der dritte Krimi mit Oberkommissarin Lyn Harms ist nicht nur spannend, sondern auch witzig.« Norddeutsche Rundschau

»Der Krimi rockt! Ein schlüssiger Krimi mit viel Lokalkolorit – ein Muss für Metalheads.« Lübecker Nachrichten

Heike Denzau

DER TEUFEL VON WACKEN

Broschur, 336 Seiten

ISBN 978-3-7408-0315-5

»Raub, Mord und Heavy Metal. Heike Denzau hat den Roman sehr clever konstruiert, sodass der Showdown als logische Folge der Ereignisse erscheint. An Dramatik kaum zu überbieten.«

dpa Deutsche Presse-Agentur GmbH

www.emons-verlag.de